고향은 어떻게 소설이 되는가

고향은 어떻게 소설이 되는가

모옌 에세이집 상

박재우·배도임 옮김

아시아

차례

2부 삶을 질투하지 않는 문학, 문학을 질투하지 않는 삶

차례

4부 초원이 존재하지 않는다면 누가 뻔뻔스럽게 계속 살아갈까

옮긴이의 말

소설의 밖에서

박재우 교수는 나의 오랜 벗이다. 그는 중국문학을 연구하고 또 중국문학을 한국에서 번역 소개하고 보급하는 데 힘쓰고 있다. 아울러 그는 중국 작가와 한국 작가의 만남과 대화도 적극적으로 추진하고 있다. 에세이도 들어 있고 강연도 들어있고 머리글도 들어 있는 이 책은 박재우 교수와 그의 제자 배도임 박사가 한글로 번역하였다. 그래서 나는 마음이 든든하고 뿌듯하다.

여기에 수록된 글은 모두 내가 비교적 편하게 쓴 작품이다. 생각나는 대로 편하게 썼기 때문에, 내 성격과 인품을 있는 그대로 더 잘 드러내고, 소설 '밖'에 있는 나를 더욱 많이 이해할 수도 있다.

지금까지 내 소설은 대부분 거의 다 한글 번역본이 있다. 그 가운데는 훌륭하게 번역된 것도 있고, 비교적 거친 것들도 있다. 이는 한편으로 문학작품 번역이 쉽지 않다는 사실을 설명하고, 또 다른 한편으로 독자가 번역서 한 권이나 몇 권을 읽어서는 어떠한 외국 작가에 대하여 객관적인 인식을 얻지 못할 가능성이 있다는 점도 설명한다. 바로 그러한 까닭에, 박재우 교수가 책임 번역한 이 책을 나는 특별히 소중히 여긴다.

작가는 소설을 쓸 때, 사실은 소설 속 인물을 돌아가면서 역을 맡아 연기한다. 작가의 개성이 물론 어떤 인물들에게서 구체화할 수 있긴 하지만, 대부분 경우에 작가는 무대 뒤에 숨어있다. 그렇지만 에세이를 쓰거나 강연할 때, 작가는 얼굴을 드러내지 않고 속마음을 쏟아낸다. 이러한 글은 소통의 장애를 없애주므로, 무릎을 맞대고 흉금을 터놓고 이야기하는 듯이 읽을 수 있다.

나는 전에 한국에 열 번 갔었고, 많은 벗을 사귀었다. 한국의 벗들이 박재우 교수가 번역한 이 책을 그들에게 다정한 안부를 묻는 내 편지로 여기기를 바란다. 코로나19 상황이 하루빨리 물러가서 우리가 한국이든 중국이든 아니면 다른 어디서든 다시 만날 수 있기를 기대한다.

2022년 11월 28일
모옌

일러두기

1. 이 책은 베이징北京 문화예술출판사文化藝術出版社에서 2010년에 출판한 『莫言散文新編』을 우리말로 옮긴 것이다.

2. 지은이 주석과 옮긴이 주석은 같은 일련번호를 가지며, 지은이 주석에는 [지은이]라고 표시하였다.

3. 제목을 표시하는 기호로 단행본에는 『 』, 단편소설은 「 」, 잡지와 신문에는 《 》, 영화나 음악의 제목에는 〈 〉 사용하였다.

1부

붉은 수수, 그 고향은
어떻게 내 소설이 되었는가?

고향을 뛰어넘자

박쥐는 새인가

    소설가가 그의 창작 행위를 승화시켜 창작을 지도하는 이론이 되기를 함부로 시도하거나, 자신의 소설 속에서 소설에 관한 이론을 유추해내려고 시도할 때, 이러지도 저러지도 못하는 난처한 곤경에 빠지기 쉽다. 개별적인 소설가가 심오한 이론을 담은 글을 써낼 수 있는 경우도 전혀 없다고 할 수는 없겠지만, 일반적으로 말하면 이론이 심오할수록 진리에서 멀리 벗어나기 마련이다. 하지만 대다수 소설가의 시각에서 보자면 소설의 이론은 소설의 함정이 된다. 인생이라는 저울 위에서 당신은 저울추가 아니면 달리는 대상이 되는 물건이다. 쇠를 담금질하는 대장간에서 당신은 모루가 아니면 쇠메이다. 이 두 가지 칼로 베듯 단호한 비유는 사실 딱 들어맞는 것이 결코 아니다. 박쥐는 쥐를 볼 때면 이렇게 말한다.

    "나는 너희 사촌이야."

박쥐는 제비를 만날 때면 이렇게 말한다.

"나도 날아다니는 새야."

그런데 생물학자들이 박쥐를 들짐승으로 분류하였으니 박쥐는 새가 아니다. 그러나 박쥐는 새처럼 해 저무는 황혼이나 심지어는 깜깜한 밤에 하늘을 날 수 있고, 또 이름과 관련하여 중국 사람에게는 길상의 상징으로 여겨져 왔다. 박쥐는 부득이한 경우에 자신을 새라고 하였는데, 이것이 바로 이론에 관한 나 같은 소설가의 태도이다.

소설 이론의 난처함

소설의 이론은 의심할 나위 없이 소설이 나온 뒤에 생겨난 것이다. 소설 이론이 생겨나기 전에 소설은 이미 수없이 등장하여 그야말로 대성황을 연출하였다. 중국에서의 최초의 소설 이론은 김성탄, 모종강 부자 등이 소설 속 문장 여기저기에 비평하는 말을 구절구절 삽입한 데서 비롯되었다. 내 개인적인 독서 경험에 의하면 이러한 비평적인 글은 원래 소설에서 재주를 뽐내듯 늘어놓고 억지로 끌어다 붙이는 시사詩詞 구절과 마찬가지로 모두 독서를 방해하는 것이다. 나는 이제껏 이러한 글을 읽지 않았다. 하지만 김성탄 같은 사람들은 비평을 아주 흥미롭게 하였고 후대의 소설 이론가들은 이러한 글에서 최초의 소설 이론과 미학도 발견하였다. 이것으로 볼 때 소설 이론은 초기 단계부터 소설가와는 전혀 상관없고 절대다수 독자와도 별 관계가 없었다. 소설을 비평한 김성탄 같은 사람들은 우선 독서를 즐기는 독자였는데, 마음에 느낀 바가 너무 많은 나머지 참지 못해 이러니저러니 지적하였을 것이다. 이는 순전히 자기 자신의 즐거움에서 시작된 행위였지만 책을 인쇄하면서 성질이 점차 남을 즐겁게 하는 쪽으로 바뀌었고 독자의 독서 감상을 이끌어 주는 기능을 갖게 되었다. 이러한 독자 가운데서 그의 조언을 들은 사람이 붓을 들어 소설을 쓰게 되면, 이러한 비평의 글이 창작을 인도하는 기능을 하게 된다. 그러므로 소설의 이론은 독서에서 나왔고, 소설 이론의 실천이 창작인 것이다. 가장 순수한 소설 이론은 독서와 창작을 안내하는 두 가지 기능을 가질 뿐이다. 하지만 모더니즘이나 포스트모더니즘의 소설 비평은 일찍부터 평론가들이 현란하게 기교를 부리며 어휘를 가지고 노는 경마장이 되었고, 소설 비평의 본래 의미에서 벗어난 지 오래되었다. 횡포를 일삼는 신흥 소설 비평은 소설과의 의존 관계를 일찌감치 벗어났고 게다가 나날이 소설을 비평의 부속품으로 만들었다. 이러한 의존 관계의 전복은 소설 이론과 소설 창작을 거의 서로 관계가 없는 일로 만들었고, 소설은 신진 평론가가 기교를 연출할 때 필요한 도구로 바뀌었다. 이러한 소설 비평의 강렬한 자기표현 욕망과 표현되기를 갈망하는 소설 창작의 욕구가 일부 소설가를 소설 평론가 앞에 꿇어앉아 공손히 밥상을 바치는 아내가 되게 하였다. 그리하여 비평되길 갈망하고 짓밟히기를 갈망하도록 만들었다. 진실한 것은 합리적인 것이다. 이러한 체계를 형성한 유행하는 소설 비평은 그

지나친 고상함 때문에 결국은 자신과는 반대의 길로 나갈 것이다. 반면 순수하고 진솔한 소설 비평은 소설보다도 더욱 소박하고 솔직한 까닭에 영원히 살아남을 것이다. 신흥 소설 이론의 조작방식은 간단한 것을 복잡하게 만들고 쉬운 것을 어렵게 하며, 상징이 없는 곳에서 상징을 만들어내고 매직이 없는 곳에서 매직을 만들어내며, 원래 평범한 소설가를 심오하기 그지없는 정도로 끌어 올리기도 하는 것이다. 소박한 소설 이론의 작동방식은 복잡한 듯이 보이는 것을 간단히 단순 명료한 것으로 환원시키고 일부러 어렵게 만든 것을 쉽게 만들며, 인위적인 상징을 제거하고 마술사의 상자를 열어젖히는 것이다. 나는 소박한 소설 비평에 마음이 쏠린다. 왜냐하면 소박한 소설 비평은 독자에 대한 책임뿐 아니라 소설에 대한 책임, 동시에 비평하는 사람 자신에 대한 책임성을 갖기 때문이다. 이러한 비평과 마주하는 것이 겉치레와 화려함을 추구하는 세상 풍조와 서로 어긋나는 것일지라도 말이다.

소설이란 도대체 무엇인가

발자크는 소설이란 민족의 이면사라고 보았고, 밀란 쿤데라는 소설이 인류 정신의 최고 집합체라고 여겼으며, 프루스트는 소설이 잃어버린 시간을 찾는 도구라고 생각하였다. 프루스트는 확실히 이 도구로 잃어버린 시간을 찾았고, 아울러 그것을 문자의 바닷속에서 구체화하였다. 그는 마르셀의 마들렌 속에서 구체화하였고,

복잡하고 기이하며 꼬리에 꼬리를 무는 이전의 생활에 대해 연상적인 묘사를 통해 구체화했다. 나도 일찍이 여러 차례 분별없이 소설에 대한 정의를 내린 적이 있었다. 1984년에는 소설이 소설가가 멋대로 상상한 기록이라고 하였고, 1985년에는 소설이 꿈과 진실의 결합이라고 하였다. 1986년에는 소설이 어린 시절을 매장하는 우울한 장송곡이라고 규정하였으며, 1987년에는 사람의 정서를 담는 그릇이라고 말하였다. 또 1988년에는 소설이란 인류가 잃어버린 정신적 보금자리를 찾는 오래된 이상이라고 하였고, 1989년에는 소설가의 정신적 삶의 생리적인 일부분이라고 하였다. 1990년에는 이렇게 말했다. "소설이란 불덩이가 데굴데굴 구르는 것이고 물줄기가 이리저리 솟구치는 것이며 온몸이 눈부신 커다란 새가 여기저기 날아다니는 것이어서 (…) 오묘하고 심원하여 가장 묘한 곳으로 들어가는 문이다."[1] 소설가가 있는 만큼 소설에 관한 정의가 있고, 이런 정의들은 종종 모두 강렬한 감정적 색채를 띠고 있어 모두 다 모호성을 갖고 있으며 그리하여 포괄성도 갖고 있다. 모두 상당히 형이상적이어서 진지하게 다루기 어렵고 진지하게 다룰 필요도 없다. 고명한 소설가는 독자와 농담하기를 좋아하고, 특히 간단한 문제를 복잡하게 만드는 평론가를 상대로 짓궂은 장난을 치길 좋아한다. 평론가가 괴팍한 낱말이나 알기 어려운 디테일한 그 무엇을 만나 머리통을 긁적일 때, 소설가는 바로 그의 뒤쪽에 서

---

1 『노자老子』의 한 구절 '玄而又玄, 衆妙之門.'이다.

서 몰래 웃고 있다. 제임스 조이스가 몰래 웃고 포크너가 몰래 웃으며 마르케스까지도 몰래 웃고 있다.

나는 심오한 논문 한 편을 만들 생각이 없다. 나를 죽인다 해도 심오한 글을 써낼 수 없다. 나는 이론적 소양이 없고 머릿속에도 이론 용어가 없다. 이론 용어란 소나 돼지를 잡는 사람이 손에 들고 있는 쇠칼이며, 그것이 없으면 그 일을 할 수 없는 것과 다름없다. 나의 글은 주로 문학을 사랑하는 사람을 위한 것이다. 나의 글은 실용주의의 원칙을 따르니까 시골 마을의 문학청년에게는 좀 유용할지 모르지만, 도시의 모든 사람에게는 조금도 쓸모없을 것이다.

수많은 소설가와 소설 평론가가 소설에 입힌 신비한 외투를 벗겨버리면 우리 눈 앞에 펼쳐지는 소설은 아주 간단한 요소인 언어, 이야기, 구조로 되어 있다. 언어는 문법과 낱말로 구성되고, 이야기는 인물의 활동과 인물의 관계로 구성되며, 구조는 기본적으로 기술의 일종이다. 아무리 고명한 작가이고 아무리 위대한 소설일지라도 이런 요소로 구성되고 이런 요소를 운용한다. 이른바 작가의 격조도 주로 이 세 요소를 통한 것이다. 가장 중요한 것은 언어와 이야기라는 요소를 통해서 표현되는 점이다. 이는 작품 속의 격조를 표현할 뿐만 아니라 작가의 개성적인 특징도 드러낸다.

나는 왜 이러한 언어로 이러한 이야기를 서술하는가? 나의 글쓰기는 잃어버린 고향을 찾는 것이기 때문이고, 내가 어릴 때 살았던 고장이 바로 나의 고향이기 때문이다. 작가의 고향이란 단지 부모의 나라만이 아니라 어린 시절 내지는 젊은 시절에 살았던 고장을 가리킨다. 마르케스는 작가가 서른 살이 지나면 늙은 앵무새처럼 말도 더는 배울 수 없게 된다고 하였다. 아마 작가와 고향의 관계를 가리킨 것이리라. 작가는 배워서 되는 것이 아니다. 글쓰기의 재능은 영혼 속에서 겨울잠을 자는 씨앗 한 알과 같이 적당한 외부적 조건이 생겨야만 꽃을 피우고 열매를 맺는다. 배움의 과정은 실제로 이 씨앗을 찾는 과정이다. 없는 것은 영원히라도 찾아낼 수도 없다. 그래서 문학 관련 학과에서는 어떻게 글쓰기 할 것인가에 대해서는 알지만, 글쓰기를 영원히 할 수 없는 사람들을 더욱 많이 배출해낸다. 사람마다 모두 고향이 있지만 왜 사람마다 모두 작가가 될 수 없는가? 이 문제는 하느님이 대답해주셔야 할 것이다.

하느님이 당신에게 인류 감성의 변천을 깨달을 수 있는 영혼을 주었다면 고향이 당신에게 이야기를 줄 것이고 당신에게 언어를 줄 것이다. 나머지는 당신 자신이 할 일이고, 누구도 당신의 일을 도와줄 수 없다.

마침내 문제의 핵심에 가까워졌다. 소설가와 고향의 관계이다. 더 정확하게 말하면 소설가가 창조한 소설과 소설가의 고향과의 관계이다.

고향의 제약

내가 토박이 농민으로서 가오미高密 둥베이향東北鄉의 메마른 땅에서 힘들게 노동할 때, 나는 그 땅에 대해 뼈에 사무치는 원한으로 가득 찼었다. 그것이 조상들의 피와 땀을 몽땅 흘리게 하였고 내 목숨도 갉아먹고 있었다. 우리의 얼굴은 하늘을 등지고 누런 흙을 향하여 소와 말이 바친 것보다 더욱 많은 것을 바쳐야 하였지만, 얻은 것은 오히려 옷이 몸을 가리지 못하고 먹어도 배를 채울 수 없는 찢어지게 가난한 삶이었다. 여름에 우리는 불볕에 시달렸고, 겨울이면 차가운 바람 속에서 부들부들 떨었다. 모든 것을 질리도록 보았고, 세월이 무감각 속에서 흘러갔다. 낮고 다 쓰러져가는 초가집, 바짝 마른 강줄기, 촌스러운 꼭두각시 같은 마을 사람들, 악랄하고 교활한 마을 간부들, 어리석고 횡포나 부리는 간부의 자식들이 내게 환상을 갖게 하였다. 이다음 어느 날 내가 이 땅을 벗어날 기회가 있다면 나는 절대로 다시 돌아오지 않으리라. 그리하여 1976년 2월 16일, 내가 신병을 태운 트럭에 올라탔을 때, 나와 함께 같은 트럭을 탄 젊은이들이 눈물을 흘리며 배웅하는 사람들과 작별할 때, 나는 고개조차도 돌리지 않았다. 나는 새장을 벗어난 새와 같다고 느꼈고, 내가 미련을 둘 만한 가치 있는 것이 그곳에는 이미 없다고 생각하였다. 나는 차가 더욱 빨리 더욱 멀리까지 달려가기를 희망하였다. 하늘 끝까지 달려갈 수 있으면 가장 좋았다. 차가 가오미 둥베이향에서 200리 떨어져 있는 부대에 도착해서 지휘관이 목적지에 왔다고 말하였을 때, 나는 깊은 실망을 느꼈다. 안타깝게도 이는 시원치 못한 탈주였고, 고향은 커다란 그림자처럼 여전히 나를 뒤덮고 있었다. 그러나 두 해가 지난 뒤에 고향 땅을 다시 밟았을 때, 오히려 내 마음은 얼마나 두근거렸던지. 온몸에 흙먼지를 뒤집어쓰고 온 머리에 보리 수염을 붙인 채로 어머니가 전족하였던 발로 눈시울을 붉히며 타작마당에서 나에게로 뒤뚱뒤뚱 급히 다가오는 모습을 보았을 때, 나는 뜨거운 것으로 목이 메었고 눈에는 눈물이 가득 고였다. 이 광경을 뒷날 나는 나의 소설 「폭발爆炸」 속에 써넣었다. 눈 속에 왜 눈물이 고였는가. 이는 내가 당신을 깊이 사랑하기 때문이다. 그때 나는 어렴풋이 사람에 대한 고향의 제약을 느꼈다. 당신을 낳고 키우고 당신 조상의 넋과 뼈를 묻은 그 땅에 대해 당신은 그곳을 사랑할 것이고 한스럽게 생각하기도 할 것이지만 당신은 그곳을 벗어날 수 없을 것이다. 그래서 한나라 고조 유방의 시처럼 "큰바람 몰아치니 구름이 날아오르네, 천하를 호령하고 고향으로 돌아오네"[2] 하는 것이고, 악부가사 구절처럼 "내 강을 건너고 싶으나 강에 다리가 없어, 황학이 되어 고향으로 돌아가고 싶네. 고향에 돌아가고 마을에 들어가 고향에서 어슬렁거리니 몸이야 고달프나 멈추지 않네. 덩실덩실 춤사위가 전하는 말 편안하기 그지없어, 고향에서 어슬렁거리니 황홀경이 따로 없네"[3] 하는 것이다. 공을 세워 이름을 날리는 것이 고향으로 돌아가기 위함이니, 『사기』 항우본기의 "부귀를 얻고도 고향에 돌아가지 않는 것은 비단옷을 입고 밤길을 다니는 것이나 다름없다."[4]하는 말과 같다. 가난에 쪼들려 고생해도 고향에 돌아가려 하니, 도연명의 시구

---

2   유방劉邦의 「대풍가大風歌」의 1,2행이다. 원문은 '大風起兮雲飛揚, 威加海內兮歸故鄕'이다.

3   『악부가사·회남왕편樂府歌辭·淮南王篇』의 일부이다. 원문은 '我慾渡河河無梁, 願化黃鵠還故鄕, 還故鄕, 入故裡, 徘徊故鄕, 苦身不已, 繁舞寄聲無不泰, 徘徊桑梓遊天外'이다.

4   『사기·항우본기史記·項羽本紀』의 한 구절이다. 원문은 '富貴不還故鄕, 猶如衣錦夜行'이다.

처럼 "새장 속의 새는 옛 숲을 그리워하고 연못의 물고기는 고향을 그리워하니"[5] 늙을수록 더욱더 고향으로 돌아가려 한다. 조조는 또 "여우는 죽음에 이르게 되면 대가리가 어렸을 때 뛰놀던 언덕을 향하는데, 어찌 고향을 잊으리."[6] 하였으니 문학사를 두루 펼쳐보면, 예로부터 지금까지 5천 년 동안 영웅호걸과 방랑 시인이 강을 건너는 붕어처럼 꼬리에 꼬리를 물고 이어졌다. 전하는 시편과 유실된 시편 속에서 고향은 일관된 주제의 하나이고 슬프면서도 감미로운 응어리이며 운명적으로 정해진 귀착점이고 갈망 속에서나 현실 속에서나 마지막 공연을 펼치는 무대이다. 유방은 성공한 사람으로서 성공적이지 못한 공연을 펼쳤다. 그의 고향 사람들이 시정잡배였던 그의 과거를 폭로하였기 때문이다. 항우는 실패한 사람으로서 강동江東의 어른들을 뵐 면목이 없어 죽을지언정 강동으로 가지 않았다. 사실상 애틋하게 고향을 그리워하는 이러한 마음이 제왕이 되어 나라를 일으키려 한 항우의 대업을 망친 중요한 원인이다. 영웅호걸조차도 고향이란 탯줄을 끊기 어려운데, 하물며 평범한 사람은 오죽하랴? 사방에서 초나라 노랫소리 울려 퍼지니 강동의 자제가 모두 도망치고 만 것은 고향을 그리는 마음이 초래한 일이다. 영웅호걸의 고향에 대한 정이 역사를 만들었고 문인 묵객의 고향의 정이 시를 읊게 하였다. 길고 긴 세월 동안 이 운명에서 벗

---

5 도연명陶淵明의 「전원으로 돌아가 살며歸園田居」의 한 구절 '새장 속의 새는 옛 숲을 그리워하고 연못의 물고기는 옛 연못을 그리워하니(羈鳥戀舊林, 池魚思故淵)'이다. 모옌은 '연못'을 '고향'으로 바꾸었다.

6 조조曹操의 「각동서문행郤東西門行」의 마지막 행이다. 원문은 '狐死歸首丘, 故鄉安可忘'이다.

어나기 어려웠다.

1978년, 따분한 군영에서 생활하는 동안에 나는 창작의 붓을 들었다. 원래는 섬을 배경으로 하는 군대 소설을 쓰고 싶었지만, 내 머릿속에 떠오르는 것은 오히려 고향의 정경이었다. 고향의 땅, 강물, 식물들이었다. 콩, 면화, 수수, 빨간 것 하얀 것 노란 것, 아득히 넓은 것, 신기루 같은 것들이 내 눈앞에 겹겹이 출렁이는 파도에 실려 쏟아져 나왔다. 고향의 사투리와 토박이말이 철썩이는 바다 깊은 곳에서 밀려와서 내 귓가에서 맴돌았다. 당시 나는 나에 대한 고향의 본능적인 상스러운 것들의 유혹을 억누르려고 애썼다. 바다, 산, 군영 등을 쓰고 또 이러한 소설 몇 편을 발표하기는 하였어도, 보자마자 이것들은 가짜라는 것을 알았다. 내가 묘사한 것은 나와 감정적인 연관성이 전혀 없었고, 나는 그것을 사랑하지도 미워하지도 않았기 때문이다. 그 뒤로도 몇 년 동안 내내 이렇게 고향을 억누르는 몹시 잘못된 태도를 지니고 있었다. 소설을 도덕적으로 고상하게 만들기 위해 주인공의 손에 『레닌선집』을 쥐여 주었다. 소설에 귀족적인 티를 갖게 하려고 주인공에게 하루에 피아노 300곡을 치게 하였다. 근거 없이 아무렇게나 써내고 알지도 못하면서 고상한 척하였다. 서양 빵을 먹고 서양 방귀 뀌는 걸 배웠다. 양고기 샤부샤부 한 끼를 먹으면 후이족回族 사람으로 바뀌었다. 어부의 딸은 부들부채 발이고 유목민의 아들은 낫자루 다리인 것과 마찬가지로 나는 스무 살이 되어서 가오미 둥베이향을 떠난 시골뜨기로서 아무리 변장하고 치장을 하든 간에 점잖은 귀공자가 될 수 없었다. 이처럼 나의 소설은 어떠한 화환을 더 걸어놓더라도 여전히 고구마 소설일 뿐이다. 사실 내가 고향을 멀리 벗어나려고 애쓰면 애쓸수록 나는 오히려 한 걸음 한 걸음 무의식중에 고향으로 다가갔다.

1984년 가을이 되어서, 「백구와 그네白狗鞦韆架」라는 제목의 소설 속에서 나는 처음으로 '가오미 둥베이향'이라는 기치를 조심스럽게 들었다. 이로부터 숲을 불러 모으고 민가를 습격해 약탈하는 문학 생애를 시작하였다. 주원장이 황제가 된 후 유기에게 한 말처럼 "원래는 남의 집에 불이 난 틈을 타서 도둑질하려던 것이었는데, 누가 장난삼아 한 것이 진짜 될 줄 알았나."[7] 하는 셈이었다. 나는 문학의 '가오미 둥베이향'을 창조한 황제가 되어 명령을 내리고 마음대로 남들을 마구 부리게 되었다. 죽이고 싶으면 죽이고 살리고 싶으면 살리면서 세상을 주무르는 재미를 실컷 맛보았다. 피아노, 빵, 원자탄, 개똥, 모던걸, 본바닥 불량배, 황제의 친척, 가짜 양놈, 진짜 선교사들을 깡그리 모두 수수밭 속으로 쑤셔 넣었다. 어떤 작가가 말한 것처럼 "모옌의 소설은 모두 가오미 둥베이향이라는 낡은 포대 속에서 끄집어낸 것이다." 그의 본래 뜻은 비꼬는 데 있었지만, 나는 오히려 이 비꼬기를 나에 대한 최고의 찬사로 삼았다. 이 낡은 포대가 진짜 훌륭한 보배이다. 손을 거칠게 확 집어넣으면

---

7 주원장朱元璋이 황제가 된 뒤에 유기劉基(劉伯溫)에게 한 말이다. 원문은 '原本想趁火打劫, 誰知道弄假成眞'이다.

장편이 끌려 나오고, 가볍게 살짝 집어넣으면 중편이 잡혀 나오고, 한 손가락을 쏙 집어넣으면 단편 몇 편이 걸려 나온다. 이러한 말을 하는 까닭은, 내가 문학이란 허풍 치는 사업이지 아첨하는 사업이 아니라고 여기기 때문이다. 어떤 소설가를 허풍 대장이라고 욕하는 것은 그에게 한껏 아첨의 말을 늘어놓은 것이나 다름없다.

이 뒤로 나는 '영감'이라고 부르는 격정이 내 머릿속에서 솟구치는 것을 느꼈다. 늘 어떠한 소설을 창작하는 과정에서 또 새로운 소설을 구상하게 되었다. 이때마다 나는 지난 20년 동안 농촌에서 살면서 겪은 모든 어둠과 고생이 모두 하느님이 나에게 하사한 은혜라는 것을 절실히 느낀다. 내 몸은 비록 시끌벅적한 도시에 있기는 하지만 나의 정신은 이미 고향으로 돌아가서 나의 영혼을 고향에 대한 추억에 맡기면, 잃어버린 시간이 난데없이 또 소리와 색채로 가득 채워진 화면의 형식으로 내 눈앞에 나타난다. 이때 나는 내가 프루스트와 그의 『잃어버린 시간을 찾아서』를 좀 이해하였다고 느꼈다.

세계문학사를 보면, 대개 독특한 격조를 지닌 작가마다 모두 자기 문학의 공화국을 갖고 있다. 포크너에게 그의 요크나파토파 카운티가 있고, 마르케스에게 그의 마콘도 마을이 있고, 루쉰에게 그의 루전魯鎭이 있고, 선충원에게 그의 변방의 도시가 있다. 이러한 문학의 공화국은 하나같이 모두 다 그곳 군주의 진정한 고향이란 기초 위에서 세워진 것이다. 또한 수많은 작가에게 있어서 그들의 작품을 어느 특정한 문학적 지리적 명칭 안에 한정할 수 없을지라도, 그 이면의 많은 묘사는 여전히 그들의 고향과 고향에서의 삶을 원본으로 삼은 것이다. 로렌스의 거의 모든 소설 속에는 노팅엄셔 탄광 지대인 이스트우드의 탄가루와 습기로 가득 채워져 있다. 숄로호프의 『고요한 돈강』 속의 돈강이 바로 카자크 초원을 키웠고 그의 돈강을 키웠다. 그래서 그는 '오, 우리 아버지 고요한 돈강!'처럼 슬프고 아린 노래를 부를 수 있었다.

이러한 예는 하나하나 다 열거할 수 없을 정도로 많다.

어떻게 이렇게 할 수 있었을까?

고향은 '피가 흐르는 땅'이다

이 글의 세 번째 단락에서 나는 특별히 '작가의 고향은 단지 부모의 나라만이 아니라 그가 어린 시절 내지는 젊은 시절에 살았던 곳을 가리킨다'라고 강조하였다. 그곳엔 어머니가 당신을 낳을 때 흘린 핏자국이 있고 당신의 조상이 묻혀 있기에, 고향은 당신의 '피가 흐르는 땅'이다. 몇 년 전에 내가 어느 기자와 인터뷰를 했을 때, '지식청년 작가'가 농촌제재를 쓰는 문제에 대해 적절하지 않다는 말을 한 적이 있다. 내 말의 대체적인 뜻은 지식청년 작가가 농촌에 내려갔을 때는 일반적으로 청년의 사유 방식이 이미 정형화되어 있기에 그들이 농촌의 우매함과 뒤떨어진 상황을 목격하고 농촌의 물질적 빈곤과 노동의 고달픔을 직접 겪었다고 해도, 농민의 사유 방식을 이해할 수 없다는 것이었다. 이 말은 즉시 반박을 불러왔는데, 정이鄭義, 리루이李銳, 스톄성史鐵生 등 농촌제재를 쓴 지식청년 작가를 예로 들면서 나의 관점에 반박하였다. 이 세 사람은 의심할 바 없이 모두 내가 존중하는 뛰어난 작가로서 그들의 작품에는 훌륭한 농촌제재의 소설이 있다. 하지만 그것은 아무튼 지식청년이 쓴 농촌이며 늘 방관자적인 태도를 어렴풋이 드러내고 있다. 이러한 소설에는 일종의 분명히 말할 수 없는 무엇(소설의 예술적 가치에 전혀 영향을 미치지는 않지만)인가가 모자란다. 그 원인은 바로 그 고장에 작가의 어린 시절이 없고 작가의 피와 살과 서로 이어진 정감이 없다는 데 있다. 지식청년 작가는 일반적으로 두 손을 활용하여 쓸 수 있다. 한 손은 농촌을 쓰고 한 손은 도시를 쓴다. 도시를 쓴 작품 가운데 종종 감정으로 가득 채워져 후세에 전해지는 작품이 있다. 예를 들면 스톄성의 유명한 에세이 『나와 디탄공원我與地壇』이다. 스톄성의 「나의 아득히 먼 칭핑완淸平灣」이 두드러진 작품이라고는 해도 『나와 디탄공원』과 비교하면 분명히 좀 뒤떨어진다. 『나와 디탄공원』 속에는 종교가 있고 하느님이 있으며, 더욱더 중요한 것은 어머니가 있고 어린 시절이 담겨 있다는 점이다. 여기에 역설 한 가지가 담긴 것 같다. 『나와 디탄공원』은 주로 작가가 병으로 인하여 도시로 되돌아온 생활을 쓴 것이고, 결코 그의 어린 시절을 쓴 것이 아니다. 내 말은 스톄성의 '피가 흐르는 땅'은 베이징이라는 것이다. 그는 생산대대에 정착하기 전에 부모를 따라 이사를 여러 차례 다녔는데, 언제나 디탄공원 주변에서 맴돈 것이었다. 게다가 이사할수록 가까워졌던 것이며, 그는 디탄공원 안의 온갖 꽃들과 좋은 나무들이 내뿜은 신선한 산소를 마시면서 자란 아이로 자처하였다. 그의 디탄공원은 그의 '피가 흐르는 땅'의 일부분이다. 나는 줄곧 우리 시대 사람의 작품을 감히 분석하지 않았다. 톄성 형은 불심이 바다와 같으니 나를 용서하시겠지.

어린 시절의 경험과 작가의 창작에 관한 많은 논의가 있었다. 이탁오는 동심설童心説을 주장하였다. 그는 "무릇 동심이란 것은 거짓을 끊은 순진함이며, 최초에 지닌 한 생각의 근본이 되는 마음이다"라고 하였다. 최초에 지닌 한 생각의 근본이 되는 마음이 생기면 진실한 세계를 볼 수 있다. 예컨대 파우스토프스키는 "생활에 대한, 우리 주변의 모든 시적인 것에 대한 이해는 어린 시절이 우리에게 준 가장 위대한 선물이다. 만약 어떤 사람이 길고 긴 그리고 엄숙한 세월을 살아가면서 이 선물을 잃지 않는다면 그러면 시인이자 작가이다"(『금색 장미』)라고 말하였다. 가장 이름난 헤밍웨이의 명언을 꼽으라면 "작가의 가장 소중한 자산은 불행한 어린 시절이다"라는 말이다. 물론 행복한 어린 시절을 보낸 작가도 있다. 행복한 어린 시절의 경험도 작가의 가장 소중한 자산이자 요람이다. 생리학적인 각도에서 말하면, 어린 시절은 작고 약하며 도움이 필요한 때이다. 심리학적인 각도에서 말하면, 어린 시절은 환상과 두려움을 갖고 사랑의 보살핌을 갈망하는 때이다. 인식론의 각도에서 말하면, 어린 시절은 유치하고 천진하며 단편적인 시절이다. 이 시기의 모든 감각은 가장 피상적이면서도 가장 깊은 것이다. 이 시기의 모든 경험은 더욱 예술적 색채를 지니지만 실용적인 색채가 부족하다. 이 시기의 기억은 뼛속 깊이 새겨지지만, 어른이 된 뒤의 기억은 표피에 남아 있는 것이다. 행복하지 못한 어린 시절의 가장 직접적인 결과는 왜곡된 영혼이다. 기형적인 감각과 병적인 개성이 수많은 이상야릇한 꿈나라와 자연, 사회, 인생에 대해 세상을 놀라게 하는 견해를 갖게 한다. 이것이 바로 이탁오의 동심설과 헤밍웨이의 요람설의 본뜻이리라. 문제의 근본은 이 모든 것이 다 고향에서 비롯된다는 데 있다. 내가 경계를 정한 고향 개념의 중요한 내용이 바로 어린 시절의 경험이다. 만약 어린 시절의 경험에 대한 작가의 의존도를 인정한다면 고향에 대한 작가의 의존도를 인정한 것이나 다름없다.

몇몇 평론가가 나를 예로 들어 어린아이 시각과 나의 창작의 관계를 분석하였다. 그 가운데서 괜찮은 것은 상하이 작가 청더페이 程德培의 「기억에 얽매인 세계」인데, 부제목은 '모옌 창작 속의 어린아이 시각'이다. 청더페이는 "이것은 아득히 먼 과거의 도깨비가 빈둥거리고 수많은 감각이 서로 엇갈리고 부딪치면서 형성된 정신이 맴도는 기억에 얽매인 세계"라고 말하였다. 또 "저자는 종종 현재의 안정된 환경에서 과거의 농촌 생활을 드러내고, 이러한 영혼이 된 겹친 그림자 속에서 자신의 어린 시절의 고통과 기쁨을 부활시켰다."라고 말하였다. 청더페이는 또 나의 소설 「큰바람大風」 속의 한 단락을 직접 인용하였다.

어린 시절은 모래언덕이 들풀을 박아 넣은 이러한 회백색 하천 둑에서 사라지듯이 할아버지가 팔로 나의 몸뚱이를 밀고 노랫소리로 나의 영혼을 밀면서 계속 앞으로 나아가게 하였다.

청더페이가 "모옌의 작품은 늘 배고픔과 물난리를 쓴다. 이는 절대 우연이 아니다. 사람의 기억에 대해 말하면, 이는 의심할 바 없이 어린 시절의 생활이 남긴 그림자이다. 게다가 일단 기억 속의 그림자가 억세게 작품 속에서 표현되어 나올 때, 그것은 또 작품 자체에 없어서는 안 되는 색조와 배경이 된다." 하고 말하였다. 또 "사랑의 보살핌의 부족과 물질적 빈곤 앞에서 어린 시절의 눈부신 금빛이 어둡게 색을 잃기 시작하였다. 그리하여 현실 생활 속에서 잃어버린 광택이 상상의 세계에서 감각과 환각의 도깨비가 되었다. 희미한 빛은 어두운 영혼에 대한 항쟁이자 보충이다. 어린 시절에 잃어버린 것이 많을수록 항쟁과 보충의 욕망이 더욱더 세차졌다." 하고 말하였다. 더 인용하자면 표절한 혐의가 짙긴 하지만, 지훙전季紅真은 "향토 사회에서 소년 시절을 보낸 작가는 향토 사회를 통해 세계를 살피는 기본 시각으로 갖게 되는데 그렇지 않기란 매우 어렵다. 어린 시절의 경험이 종종 작가의 중요한 창작 충동이 되고 특히 창작의 시작 단계에서 그러하다. 모옌의 소설이 처음에 보편적인 관심을 받게 된 것은 분명히 그의 어린 시절 향토 사회의 경험을 제재로 삼은 작품 때문이다. 향토 사회의 기본 시각과 제한적인 어린아이의 시각이 서로 겹치면서 그의 이 시기의 서술 개성을 대표하게 되었고, 게다가 그의 텍스트의 서열 가운데서 고향에 대한 그리움과 미움이란 이중의 심리적 콤플렉스를 드러냈다." 하고 말했다.

평론가가 횃불처럼 나의 어린 시절을 밝혀내자 많은 지난 일이 눈앞에 드러나게 되었다. 나는 또 불량배 출신 황제 주원장이 그의 책사 유기에게 한 말을 다시 인용하지 않을 수 없다. "원래는 남의 집에 불이 난 틈을 타서 도둑질하려던 것이었는데, 누가 장난삼아 한 일이 진짜 될 줄 알았나!"

1955년 봄에 나는 가오미 둥베이향의 메마르고 뒤떨어진 작은 마을에서 태어났다. 내가 태어난 집은 낮고도 또 허물어져서 사방에서 바람이 들어오고 위쪽에서 빗물이 새고 울타리와 벽이 오랜 세월 밥 짓는 연기에 시커멓게 그을린 곳이었다. 마을의 오래된 풍습에 의하면 산모가 분만할 때, 몸 아래쪽에 큰 길거리에서 쓸어온 흙을 깔아주어야 갓난아기가 엄마 배에서 나오자마자 이 흙 위에 떨어진다고 하였다. 이 풍습의 뜻을 나에게 해석해준 사람은 없었지만, 나는 이것이 '만물은 흙에서 나온다' 하는 오래된 믿음의 구체적인 실천이라고 추측한다. 나도 물론 처음에 아버지가 큰 길거리에서 쓸어온, 숱한 사람이 밟고 지나간 소똥, 양똥과 들풀의 씨앗이 뒤섞인 흙 위에서 태어났다. 이것이 어쩌면 내가 결국은 향토작가가 되고 도시작가가 되지 못한 근본적인 원인일지 모른다. 내 가족은 아주 많다. 할아버지, 할머니, 아버지, 어머니, 작은아버지, 작은어머니, 형, 누나, 그리고 뒤에 나의 작은어머니가 나보다 어린 사내아이 몇 명을 더 낳았다. 우리 집은 당시 마을에서 식구가 가장 많은 집이었다. 어른들은 모두 일을 하느라 바빠서 나를 돌볼 사람이 없었지만 나는 무럭무럭 자랐다.

　나는 어렸을 때 하루 내내 꼬박 개미집 옆에 쭈그리고 앉아서 그 조그마한 녀석들이 바삐 들락날락하는 것을 바라보면서 머릿속으로 많은 이상야릇한 생각을 이리저리 굴릴 수 있었다. 내가 기억하는 최초의 일은 한여름에 똥통에 빠져서 배 속을 온통 똥물로 채운 사건이다. 큰형이 나를 똥통에서 건져내 강물로 안고 가서 깨끗이 씻겨주었다. 그 강은 눈이 부셨고, 강물은 매우 뜨거웠고, 많은 발가벗은 시커먼 사내들이 강물 속에서 미역을 감고 물고기를 잡았다. 청더페이가 추측한 것처럼 어린 시절이 나에게 준 인상이 가장 깊은 일은 바로 물난리와 배고픔이다. 그 강에서는 해마다 여름이면, 가을이면 언제나 큰물이 넘실거리고 파도가 출렁이며 물소리가 시끌벅적한 강 속에서 솟구쳤다. 우리 집의 부뚜막 위에 앉아 있으면 강 속에서 용마루보다 높이 솟구치는 큰물을 볼 수 있었다. 어른들은 모두 강둑 위에서 지키고 있고 할머니들은 향을 피우고 이마를 땅에 조아리며 기도하였다. 전설 속의 자라 귀신이 강 속에서 바람을 일으키고 파도를 일으킨다고 하였다. 밤이 될 때마다 여기저기서 개구리가 시끄럽게 울었다. 당시의 가오미 둥베이향은 확실히 물살이 동물들의 낙원이었다. 청개구리는 커다란 연못의 색깔을 바꿀 수 있었다. 온 거리마다 죄다 꿈틀꿈틀 움직이는 두꺼비들이었고, 어떤 두꺼비는 말굽처럼 커서 사람을 두렵게 하였다. 날씨는 불볕이었고, 아이들은 여름 내내 모두 옷을 입지 않았다. 나는 초등학교 1학년에 다닐 때까지 엉덩이를 내놓고 맨발로 한 오라기도 걸치지 않고 다녔다. 우리를 맨 처음에 가르친 사람은 다른 현縣의 사투리를 쓰는 지紀 선생이었다. 다 큰 처녀였는데 교실에 들어와 발가벗은 원숭이 떼거리를 보자마자 놀라 몸을 돌려 도망쳐버렸다.

당시의 겨울은 별나게 추웠다. 밤이면 정말 손을 내밀어도 손가락 다섯 개가 보이지 않았다. 들판에는 풀빛의 도깨비불이 군데군데서 반짝거렸고, 늘 커다랗고 종잡을 수 없는 불덩이들이 깜깜한 밤중에 데굴데굴 굴러다녔다. 당시에는 죽는 사람이 별나게 많았다. 해마다 봄이면 모두 몇십 명이 굶어 죽었다. 우리는 모두 배불뚝이였고, 뱃가죽 위에는 온통 핏줄이고, 뱃가죽은 속이 다 비치도록 얇았고 창자가 꿈틀꿈틀 움직였다. 이 모든 것이 다 눈앞에서 일어난 일처럼 눈에 선하다. 그래서 내가 처음으로 마르케스의 『백년의 고독』을 읽은 뒤에 강렬한 공명이 생겼고, 동시에 이러한 기이한 광경은 매직의 방식으로 표현하지 말고 다른 방식으로 써냈으면 좋았을 텐데 하는 점이 한없이 아쉬웠다. 나는 별나게 못생겼고 밤에 오줌 싸는 버릇이 있고 게걸든 게으름뱅이인지라, 집안에서 가장 귀여워하는 사람이 없는 축에 속하였다. 게다가 가난한 생활과 정치적 압박이 어른들의 마음을 편하지 않게 하여서 나의 어린 시절은 어두웠고, 두려움과 배고픔이 나를 따라 자라났다. 이러한 어린 시절이 어쩌면 나를 작가가 되게 한 중요한 원인일지 모른다. 이러한 어린 시절은 필연적으로 고향과 피와 살이 이어진 관계를 맺게 하였다. 고향 산천과 강물, 동식물이 모두 어린 시절의 감성에 흠뻑 적셔져서 짙은 감정 색채를 띠게 되었고, 나중에 알게 된 많은 친구는 까맣게 잊어버렸지만, 고향의 모든 것들을 잊을 수 없게 되었다. 수숫잎이 바람결에 흔들리고 메뚜기 떼가 풀밭에서 날아다니고 소의 목덜미에 밴 냄새가 늘 나의 꿈에 들어온다. 짙은 밤안개 속에서 난데없이 여우의 울부짖음이 들린다. 오동나무 아래쪽에 뜻밖에 맷돌만큼 커다란 두꺼비가 칩거하고 있고, 삿갓보다 훨씬 큰 검은 박쥐가 마을의 낡은 절 안에서 남몰래 활공하고 있다. 요컨대 지금까지 일단락을 지은 내 작품 속에는 모두 내 어릴 때의 느낌이 넘쳐흐르고 있다. 그러므로 나의 문학의 길은 내가 엉덩이를 드러내놓고 학교에 간 그 순간부터 시작된 것이다.

고향이 바로 경험이다

젊은 나이로 세상을 떠난 미국 작가 토머스 울프는 단호하게 "진지한 소설은 모두 자서전적이다. 게다가 누구든 만약 어떤 진실한 가치를 가진 것을 창조해내려고 생각한다면 반드시 그 자신의 생활 속에서 소재와 경험을 사용해야 한다"(토머스 울프의 강연록 『어떤 소설 이야기』)라고 말하였다. 그의 말이 설령 지나치게 절대화되었다고 해도 확실히 그 나름의 근거가 있다. 어떤 작가든, 친정한 작가라면 필연적으로 자신이 직접 경험한 것을 이용하여 이야기를 엮을 것이며 감정적 경험이 신체적 체험보다 훨씬 중요할 것이다. 작가가 자신이 직접 경험을 이용할 때면 언제나 자신을 숨기려 하고 언제나 그 경험을 겉만 바꾸려 하지만 눈치 빠른 평론가라면 늘 여우의 꼬리를 잡을 수 있을 것이다.

토머스 울프는 그의 걸작 『천사여 고향을 보라』에서 그의 고향의 재료를 거의 원형 그대로 옮겨온 것 같다. 소설이 발표된 뒤에 고향 사람들의 분노를 일으켜 그는 몇 년 동안 고향으로 돌아갈 수 없었다. 토머스 울프는 극단적인 한 예이다. 이를테면 직접 겪은 재료를 사용한 것 때문에 소송을 일으킨 경우도 흔히 볼 수 있다. 마리오 바르가스 요사의 『훌리아 아주머니와 작가』[8]는 지나치게 사실에 '충실하였기' 때문에 훌리아의 분노를 일으켜서 그 본인도 『작가와 훌리아 아주머니』라는 책을 써내 사실을 밝힌 일이 있다.

이른바 경험이란 대체로 어떠한 사람이 어떠한 단계의 시간 동안에 어떤 환경 속에서 무슨 일을 하였고, 어떤 사람들과 어떤 관계를 맺었는가를 나타낸다. 일반적으로 말하면 이러한 경험 자체가 비교적 완벽한 것이 아니라면, 작가가 이런 경험을 원형 그대로 사용하는 경우는 드물다.

이 문제에 있어서 고향과 글쓰기의 관계는 결코 특별히 중요한 것이 아니다. 많은 작가가 고향을 떠난 뒤에 어쩌면 놀랄 만한 일을 겪을 것이기 때문이다. 하지만 내 경우 고향을 떠난 뒤의 경험에는

---

8   마리오 바르가스 요사의 『La tía Julia y el escribidor』(1977)는 한국에서 『미라플로레스에서 생긴 일』(사민서각, 1990), 『나는 훌리아 아주머니와 결혼했다』(문학동네, 2009)로 번역되었고, 중국에서 『胡莉婭姨媽与作家』(人民文學出版社, 2009)로 번역되었다.

특이한 점이 없이 평범하였고 그래서 고향에서의 경험을 특히 중시하였다.

나의 소설 가운데 고향의 경험을 직접 이용한 것은 단편소설 「메마른 하천枯河」과 중편소설 「투명한 홍당무透明的紅蘿蔔」이다.

문화대혁명 기간 내가 열두 살이었던 그해 가을에, 나는 다리 건설 현장에서 막노동을 하였다. 처음에는 돌을 부수고 뒤에는 철공에게 풀무질을 해주었다. 햇빛이 빛나는 정오에 철공들과 석공들이 다리 아래쪽 공간인 빈터에 누워 쉴 때, 나는 배 속의 배고픔을 참지 못해 생산대대를 빠져나가 무밭으로 가서 홍당무 한 뿌리를 뽑아 먹다가 어느 가난한 농부에게 붙잡혔다. 그가 나를 한바탕 구타한 다음에 나를 끌고 가서 공사 현장에 보고하려고 하였다. 내가 뻔뻔스럽게 버티고 있으니 그가 아주 재치 있게 내 발에 신은 신발을 벗겨서 건설 현장 책임자에게 보냈다. 신발을 잃어버린 채로 집에 갔다가는 두들겨 맞을 것이 뻔했기 때문에, 날이 어두워진 뒤에 할 수 없이 책임자에게 신발을 찾으러 갔다. 책임자는 원숭이처럼 생긴 사람이었는데, 그가 일꾼을 집합시키고 나에게 마오 주석을 향해 용서를 빌게 하였다. 일꾼들이 다리 아래쪽 빈터에 모였고, 200여 명이 새까맣게 서 있었다. 해가 마침 서산으로 지고 있어서 하늘 반쪽이 꿈나라처럼 빨갛게 불타고 있었다. 책임자가 마오 주석의 초상화를 걸어놓고 나에게 용서를 빌게 하였다.

나는 울면서 마오 주석 초상화 앞에 꿇어앉아 더듬더듬 말하였다. "마오 주석님……, 제가 홍당무 한 개를 훔쳤습니다……. 죄를 지었습니다……. 만 번 죽어도 싼 죄입니다…….”

일꾼들이 모두 고개를 숙이고 말을 하지 않았다.

책임자 장張씨가 말하였다.

“반성도 비교적 깊으니까 용서해주마.”

책임자 장씨가 나에게 신발을 돌려주었다.

나는 조마조마하면서 집으로 돌아갔다. 집에 돌아간 다음에 한바
탕 호되게 두들겨 맞았다. 「메마른 하천」에 이 단락이 등장하는데,
당시의 상황을 재현한 것이나 다름없다.

형이 그를 마당에 내동댕이치고 그의 엉덩이를 냅다 걷어차며
소리쳤다.

“일어서, 네가 아주 집안을 망치려고 작정하였지!”

그는 땅바닥에 누워 꼼짝도 하지 않았다. 형이 힘껏 그의 엉덩
이를 계속 걷어차며 말하였다.

“일어나, 네가 죄를 지었냐 아니면 공을 세웠어, 아니야?”

그는 기적같이 일어나(소설 속에서 그는 이때 마을 지부서기에게 이
미 반은 죽도록 얻어맞았다) 한 걸음 한 걸음 담 모퉁이 쪽으로 물러
나서 똑바로 선 다음에 새파랗게 질린 채로 비쩍 마른 형을 쳐다
보았다.

형이 화가 나서 어머니에게 말하였다.

“쟤를 죽이면 그만이에요, 살려둬 봐야 화근 덩어리에요. 나도
원래 올해 군대 가려는 희망을 품고 있었는데, 이젠 아예 끝장났

어요."

그는 애처롭게 어머니를 쳐다보았다. 어머니는 이제껏 그를 때린 적이 없었다. 어머니가 눈물을 흘리며 다가왔다. 그가 서럽게 "엄마!" 하고 불렀다.

……어머니의 쇠골무를 낀 손이 사납게 그의 귓구멍 위를 때렸다. 그가 우는 소리를 냈다……. 어머니가 짚 더미 위에서 마른 면화 가지 한 개비를 뽑아내 사정없이 그를 때렸다.

아버지가 한 걸음 한 걸음 다가왔다. 저무는 해가 아버지의 근심에 잠긴 얼굴을 비추었다……. 아버지의 왼손이 그의 목덜미를 거머쥐었고 오른손에 신발 한 짝을 들었다……. 아버지의 낡은 신발의 두툼한 바닥이 처음에는 그의 머리통을 때렸다. 그의 머리통을 거의 가슴 속으로 못질하는 것 같았다. 그 낡은 신발이 더욱 많이 그의 등짝에 떨어졌다. 급하게 한 번, 천천히 한 번. 신발 밑창이 갈수록 얇아졌고, 흙이 사방으로 날아가 흩어졌다……

이러한 단락을 옮겨 쓰자니 내 가슴이 자꾸자꾸 불편해진다. 「메마른 하천」을 본 사람은 아직 기억할지 모르겠다. 그 샤오후小虎라는 이름의 아이는 마지막에 자기 가족에게 산 채로 맞아 죽는다. 하지만 진실한 상황은 이렇다. 아버지가 소금물에 적신 밧줄로 나를 때릴 때, 할아버지가 달려와서 나를 구해주었다. 할아버지가 당시에 화를 버럭 내며 말하였다.

"젠장, 홍당무 뽑은 거 아냐! 뭘 이렇게 때려?"

할아버지는 내 소설 속의 도적과 아무런 관계가 없다. 그는 부지런한 농민이고 인민공사에 대해 내내 반감을 갖고, 밭 이천 평과 소한 마리를 가진 자작농 생활을 소망하였다. 그는 줄곧 인민공사가 토끼 꼬리만큼도 못 자랄 것이라 큰소리쳤다. 나중에 정말 들어맞을 줄은 생각지 못하였다. 아버지는 훌륭한 아버지이다. 어머니는 훌륭한 어머니이다. 그들이 나를 그토록 호되게 때리게 한 원인의 하나는 내가 마오쩌둥 초상화 앞에 꿇어앉아 대중이 지켜보는 가운데 죄를 용서해달라고 빌었던 것이 그들의 자존심을 상하게 한 것에 있고, 둘째는 우리 출신이 상중농上中農이기 때문에 성실해야만 그럭저럭 살아갈 수 있다는 데 있었다. 나의 「메마른 하천」은 실제로 극좌 노선에 대해 성토하는 격문이다. 비정상적인 사회에는 사랑이 없고 환경이 사람을 잔인하고 무자비하게 만든다.

물론 호되게 맞아야만 소설을 써낼 수 있는 것이 결코 아니지만, 이러한 고향의 경험이 없었다면 나는 결코 「메마른 하천」을 써낼 수 없었을 것이다. 마찬가지로 나의 출세작 「투명한 홍당무」도 써낼 수 없었을 것이다.

「투명한 홍당무」는 「메마른 하천」을 쓰기 전에 쓴 것이다. 이 작품은 순수한 '어린아이의 시각'으로써 평론가의 찬사를 받고, 나에게 명성을 가져다준 것이지만, 이 모든 것이 무심결에 완성된 것이고 창작을 할 때는 무슨 시각이라곤 전혀 생각지 못하였다. 그저 내가 대장간의 화롯불 옆에서 60여 일 동안 밤낮없이 지낸 생각만 난다. 작품 속의 신기한 이미지, 괴팍한 감각은 어쩌면 그 시절의 특이한 경험에서 비롯되었을 것이다. 기형적인 영혼은 필연적으로 생활을 변형시키기 마련이다. 그래서 작품 속에서 홍당무는 투명하고 기차는 기어가는 괴물이고 머리카락이 땅에 떨어지면 쿵 소리를 내고 소녀의 목도리는 불타는 불꽃이 되었다.

자신의 고향에서의 경험을 소설 속에 녹여낸 예는 수두룩하게 들 수 있다. 미즈카미 츠토무의 「뽕나무 아이」와 「기러기 절」, 포크너의 『곰』, 가와바타 야스나리의 『설국』, 로렌스의 『아들과 연인』 등과 같은 작품 속에서 모두 작가의 그림자가 뚜렷하게 떠오른다.

작가는 자신의 경험에서 벗어나기 어렵고 가장 벗어나기 어려운 것도 고향에서의 경험이다. 때로는 고향에서의 경험이 아닌 것이 고향의 경험 속으로 이식되기도 한다.

고향의 풍경

풍경 묘사 내지는 환경 묘사, 지리 환경, 자연 식피, 인문 풍속, 음식 거주 등과 같이 비슷비슷한 묘사는 근대 소설의 중요한 구성 부분이다. 설령 중국의 전통적인 소설을 쓰는 방법을 계승한 '산야오단파'[9]의 원조 자오수리의 소설이라고 해도 역시 일정한 비중의

---

9 1950년대에서 1960년대 중기 사이에 산시 출신의 작가 자오수리趙樹理를 비롯하여 마펑馬烽, 시룽西戎, 리수웨이李束爲, 쑨첸孫謙, 후정胡正 등이 흙냄새 물씬 풍기는 지역적 언어적 특색을 갖춘 작품으로 문단에서 활약하였다. 이들에게 붙여진 명칭 '산야오단山藥蛋'은 '감자'를 말하는데, '촌뜨기'라는 뜻도 갖는다.

풍경 묘사를 담고 있다. 당신이 어떠한 이야기를 구상하였을 때, 가장 편리한 방법은 이 이야기가 일어난 환경을 당신의 고향에 놓는 것이다. 쑨리孫犁의 허화뎬荷花淀, 라오서의 샤오양취안小羊圈 골목, 선충원의 펑황청鳳凰城, 마르케스의 마콘도, 제임스 조이스의 더블린 등이 그러하다. 나는 물론 가오미 둥베이향이다.

현대 소설의 분위기란 실제로 주관적이고 감각화된 풍경이자 환경 묘사가 만들어낸 것이다. 지금 소설가는 발자크처럼 카메라로 찍은 것 같은 자질구레한 묘사 따위를 진작 내버렸다. 지금 소설가가 묘사한 대자연은 영혼을 가졌고 모든 것이 다 신비한 힘을 가졌다. 만물이 갖는 이 신비한 느낌은 주로 어린 시절의 고향에서 배태되고 발전되어 나온 것이다. 시쳇말로 당신이 잘 아는 것을 쓰라는 말이다.

나는 나의 인물을 사탕수수밭에 둘 수 없다. 나는 나의 인물을 수수밭에만 둘 수 있다. 나는 수수의 씨를 뿌릴 때부터 수확할 때까지의 전 과정을 여러 차례 경험하였고 눈을 감고도 수수가 하루하루 어떻게 자라는지를 떠올릴 수 있기 때문이다. 나는 수수의 맛을 알 뿐 아니라 심지어 수수의 사상도 안다. 마르케스는 세계적인 작가이지만 수수밭을 써낼 수 없다. 그러면 그의 바나나 숲을 쓸 수 있을 뿐이다. 수수밭은 나의 가오미 둥베이향이란 문학 왕국의 중요한 구성 성분이기 때문에, 이곳은 그 해에 일본 침입자에게 저항한 것처럼 어떤 침입자이든 반대한다. 마찬가지로 나도 절대 라틴아메리카의 열대 우림을 감히 쓸 수 없다. 그곳은 나의 고향이 아니기 때문이다. 고향으로 돌아가면 나는 물고기가 물을 만난 것과 같지만 고향을 벗어나면 발걸음을 내딛기 어려워진다.

　나는 「메마른 하천」에서 고향의 강물을 썼고, 「투명한 홍당무」에서 고향의 다리 아래쪽 빈터와 황마밭을 썼다. 「즐거움歡樂」에서 고향의 학교와 연못을 썼고, 『하얀 면화白綿花』에서 고향의 목화밭과 면화 가공공장을 썼다. 「구상번개球狀閃電」에서 고향의 잡초 무성한 진펄과 갈대밭을 썼고, 「폭발」에서 고향의 보건소와 타작마당을 썼다. 「금발의 젖먹이金髮嬰兒」에서 고향의 길거리와 작은 술집을 썼고, 「오래된 총老槍」에서 고향의 이원梨園과 움푹한 지대를 썼으며, 「백구와 그네白狗鞦韆架」에서 고향의 백구와 다리를 썼다. 또 『천당마을, 마늘종의 노래天堂蒜薹之歌』에서 고향의 마늘과 회화나무 숲을 썼는데, 이 작품 속의 이야기를 1987년 중국 전역을 뒤흔든 '창산蒼山 마늘종 사건'에서 제재를 취하였다고는 하지만 나는 그것을 가오미 둥베이향으로 가져갔다. 내 머릿속에 완벽한 마을이 있어야 하고, 그래야 손쉽게 나의 인물을 배치할 수 있기 때문이었다.

　고향의 풍경이 풍부한 영혼과 한없는 매력을 갖는 까닭은 고향의 풍경 속에 어린 시절이 담겨 있다는 데 중요한 원인이 있다. 나는 「투명한 홍당무」 속에 큰 다리 아래쪽 빈터를 쓰면서 아주 커다랗고 신기하게 썼다. 하지만 내가 몇몇 촬영기사와 함께 그 다리 아래쪽 빈터를 찍으러 고향으로 돌아갔을 때, 그들이 실망한 것은 물론이고 나 자신조차도 놀랍고 의아하였다. 눈앞에 있는 다리 아래쪽 빈터는 여전히 그때 그 시절의 다리 아래쪽 빈터인 건 의심할 것이 없는데, 그러나 내 머릿속의 그토록 커다랗고 굉장하고 심지어 장엄함마저 띠고 있었던 느낌들이 도대체 어디로 달아난 것인지 몰랐다. 눈앞의 다리는 낮고 빈터는 좁아서 손을 뻗으면 빈터의 천정을 건드릴 수 있었다. 다리 아래쪽 빈터는 여전히 그 다리 아래쪽 빈터이지만 나는 이미 그때 그 시절의 내가 아니었다. 이것이 더 나아가서 내가 「투명한 홍당무」에서 확실히 어린아이의 시각을 활용하였다는 것을 증명하였다. 작품 속의 경물은 모두 고향에서의 어린 시절의 인상이며, 변형되어 동화가 된 것이다. 소설의 짙은 동화적인 색채는 이를 바탕으로 생긴 것이다.

고향의 인물

1988년 봄 어느 날 오전, 내가 가오미 둥베이향의 어느 창고 안에서 창작하고 있을 때, 남루한 차림새의 한 노인이 나의 방에 들어왔다. 그는 왕원이王文義라는 분으로 항렬로 따지면 내가 아저씨라고 불러야 하는 분이었다. 나는 황급히 일어나 자리를 권하고 담배를 권하였다. 그가 담배를 피우면서 불쾌한 듯이 물었다.

"자네가 나를 책 속에 써넣었다며?"

내가 급히 그것은 그때 얼떨결에 그리되었다는 둥 지금은 벌써 고쳤다는 둥 하면서 해명하였다. 노인이 담배 한 대를 다 피우고 떠났다. 나는 홀로 책상 앞에 앉아서 한참 동안 생각에 잠겼다. 나는 확실히 이분 왕원이를 소설 「붉은 수수」에 써넣었다. 물론 살짝 바꾸긴 하였다. 왕원이는 팔로군이었고, 한 차례 전투 중에 귀를 다쳤다. 그가 소총을 내던지고 머리통을 싸맨 채로 달려오면서 큰 소리로 울며 소리쳤다.

"중대장, 중대장, 내 머리통이 없어졌어……."

중대장이 그를 한 발로 걷어차며 욕설을 퍼부었다.

"염병할 놈아, 머리통이 없는데 어떻게 말을 해! 너 총은?"

왕원이가 말하였다.

"참호 안에 내버렸어."

중대장이 몇 마디 욕설을 퍼붓고 빗발치듯 쏟아지는 총알을 무릅쓰고 달려가서 그 소총을 찾아왔다. 이 일이 고향에서 얘기할 때 웃음거리가 되었다. 왕원이도 숨기지 않고 인정하였다. 남이 그에게 겁이 많다고 비웃을 때, 그는 언제나 웃음으로 대꾸하였다.

내가 「붉은 수수」를 쓸 때, 자연스레 왕원이를 떠올렸고, 그의 모습, 목소리, 표정, 그가 겪은 전투 장면 등을 떠올렸으며, 마치 내 눈앞에서 벌어지는 것도 같았다. 나는 이름을 바꿀 생각이었고, 왕 셋째, 왕 넷째 등으로 바꿀까도 생각하였지만 이름을 바꾸게 되면 실감 나는 장면도 사라졌다. 어떠한 상황에서는 이름이 결코 부호에 지나는 것이 아니라 생명의 구성 부분이 되는 것을 볼 수 있다.

나는 이제껏 소재의 결핍을 느낀 적이 없다. 고향을 생각하기만 하면, 고향 사람들이 꼬리에 꼬리를 물고 딸려서 솟구쳐 나왔다. 그들은 각자의 멋, 각기 다른 생김새, 미묘한 운치를 지니고 있고, 제각각 이야기보따리를 품고 있어서, 사람마다 모두 기성의 전형 인물이었다. 나는 수백만 자의 소설을 썼지만, 고향의 가장자리와 귀퉁이만 썼을 뿐이다. 대단히 문학적인 수많은 사람이 마침 그곳에 서서 나를 기다리고 있다. 고향이 내 창작의 마르지 않는 원천이 된 까닭은 내 나이와 경력을 따라서 끊임없이 성장했기 때문에 고향의 인물과 환경 등을 재창조할 수 있다는 데 있다. 이것은 작가가 그의 일생에 걸친 창작 전체 과정에서 그의 어린 시절 경험의 영원히 마르지 않는 자원을 끊임없이 흡수할 수 있다는 것을 의미한다.

고향의 전설

사실 나는 절대다수의 사람이 이야기를 들으면서 자랐고 그들 모두가 이야기를 할 수 있는 사람이 될 수 있다고 생각한다. 작가가 일반적인 이야기꾼과 다른 점은 이야기를 글로 써내는 데 있다. 종종 가난하고 뒤떨어진 곳일수록 이야기는 풍성해진다. 이러한 이야기의 한 갈래는 요괴와 귀신이고, 또 다른 한 갈래는 별의별 사람과 일이다. 작가의 시각에서 말하면 이는 거대한 재산이고, 고향은 가장 소중한 선물이다. 고향의 전설과 이야기는 문화의 범주에 속해야 한다. 이러한 기록되지 않은 문화가 바로 민족의 독특한 기질과 천부적인 요람이자 작가의 개성을 형성하는 중요한 요소이다. 마르케스가 만약 외할머니에게서 그렇게 많은 전설을 들은 것이 아니라면 그는 돌풍을 일으킨 작품 『백년의 고독』을 절대 써낼 수 없었다. 『백년의 고독』을 카를로스 푸엔테스가 '라틴아메리카의 성경'이라 격찬한 까닭은 "전설이 역사와 문학을 잇는 다리"[10]라는 데 그 중요한 이유가 있다.

나의 고향은 포송령의 고향과 300리 떨어진 거리에 있고, 우리 고장에도 요괴와 귀신의 이야기가 별나게 발달하였다. 많은 이야기가 『요재지이』 속의 이야기와 대동소이하다. 사람들이 먼저 『요재지이』를 본 뒤에 이야기를 전하게 된 것인지 아니면 이런 이야기가 먼저 생긴 뒤에 『요재지이』가 생긴 것인지에 대해서 나는 알지 못한다. 나는 단연코 요괴와 여우가 먼저 생긴 뒤에 『요재지이』가 생긴 것이기를 바란다. 나는 그때 그 시절에 유선 포송령[11]이 그의 집 대문 앞 커다란 나무 아래쪽에다 찻물을 마련해놓고 지나가는 사람에게 이야기를 청하였을 때, 나의 어느 고향 어른이 그의 찻물을 마시고 그에게 이야기의 소재를 제공해주었다고 생각한다.

내가 요괴를 직접 써넣은 소설은 많지 않다. 「짚신 움막草鞋窨子」 속에 좀 썼고, 『물갈퀴가 달린 조상들生蹼的祖先們』 속에 좀 써넣었다. 하지만 어렸을 때 들었던 귀신 이야기가 나에게 끼친 깊은 영향을 인정할 수밖에 없다. 그것이 대자연에 대한 나의 공경과 두려움을 키웠고, 세계를 느끼는 방식에도 영향을 끼쳤다. 어린 시절의 나는 두려움에 단단히 얽매여 있었다. 내가 어쩌다 홀로 수수밭 가장자리에 서 있을 때, 바람이 불어 수수 이파리가 사각사각 소리를 낼

10　일본의 유명한 민속학자 야나기타 구니오柳田國男가 한 말이다.

11　포송령(蒲松齡, 1640-1715)의 자(字)는 유선留仙, 검신劍臣, 별명은 유천거사柳泉居士, 세칭 요재선생聊齋先生, 자칭 이사씨異史氏, 지금의 산동성 쯔보시 쯔내구 홍산진 푸씨마을(山東省淄博市淄川區洪山鎭蒲家莊) 사람이다.

때마다 온몸에 식은땀이 나면서 머리카락이 쭈뼛쭈뼛 섰다. 그런 이파리를 휘두르는 수수에서 이빨을 드러내놓고 발톱을 치켜세우는 도깨비가 나에게 달려드는 것 같아서 나는 괴성을 지르며 달아나곤 하였다. 강물 한 줄기, 오래된 나무 한 그루, 무덤 한 장 등이 모두 나에게 두려움을 느끼게 하였다. 무엇이 두렵게 하는 것인지에 대해서는 나 자신도 뚜렷하게 해석할 수 없다. 하지만 내가 무서운 것은 고향의 자연 경물일 뿐이고 다른 지역의 자연경관이 얼마나 우람하고 장대하건 간에 나의 놀람과 두려움을 일으키지 못하였다.

별의별 사람과 일은 고향 전통의 중요한 내용이다. 나는 예전에 어떠한 글에서 역사는 어떤 의미에서 허구적인 이야기이고 오래된 역사일수록 참모습에서 멀어지며 문학에 가까워진다고 쓴 적이 있다. 그래서 사마천의 『사기』를 역사로 봐서는 절대 안 된다. 역사상 인물과 사건이 사람들의 입에서 입으로 전해지는 과정이 실제로는 허구화되는 과정이다. 이야기꾼마다 그의 청중을 감염시키기 위하여 저도 모르게 이것저것 덧붙이기 마련이다. 더 나중으로 가면 참새가 봉황이 되고 산토끼가 기린이 된다. 역사는 사람이 쓴 것이며 영웅은 사람이 만든 것이다. 사람이 현실에 대해 불만을 품을 때 과거를 그리워하며, 사람이 자신에 대해 불만을 품을 때 조상을 숭배하게 된다. 나의 소설 『붉은 수수 가족紅高粱家族』도 대체로 이러한 것이다. 사실상 우리의 조상과 우리는 별 차이가 없다. 그러한 옛날의 빛남과 눈부심은 대부분 우리의 이상이다. 그렇지만 옛날을 이상화하고 옛사람을 허구화한 전설을 소설가가 몽땅 다 쓸 수 없으니, 아무리 써도 마르지 않는 창작의 원천이 된다. 전설은 고향에 관한 것이자 조상에 관한 것이다. 그리하여 물과 젖처럼 작가와 서로 잘 융합되는 관계가 되었다. 작가는 고향의 전설을 이용하는 동시에 또 고향의 전설에 이용당한다. 고향의 전설은 작가가 창작하는 소재이며, 작가는 고향의 전설이 만들어낸 존재이다.

고향을 뛰어넘자

저 토머스 울프도 "나는 자기 자신의 고향을 인식하는 방법이 그것을 떠나는 것이며, 고향을 찾는 방법은 자신의 마음속에서 그것을 찾고, 자신의 머릿속으로 자신의 기억 속으로 자신의 정신으로 들어가서 그리고 타향으로 가서 그것을 찾아야 한다는 것을 진작 발견하였다."(토머스 울프의 강연록 『어떤 소설 이야기』) 하고 말하였다. 그의 말이 나의 강렬한 공명을 일으켰다. 내가 고향에 있을 때, 눈앞의 모든 것이 다 낯익은 풍경이기에 그것들의 내재적 가치와 독특함을 전혀 드러낼 수 없었다. 하지만 고향을 멀리 떠나 문학창작의 붓을 잡은 뒤에, 나는 돌아갈 집이 없는 아픔을 느끼면서 억누를 수 없는 정신적 고향에 대한 갈구가 생겼다. 당신은 언제나 자신의 영혼을 어느 한 곳에 잘 두어야 할 것이다. 그래야 고향이 의지할 곳이 되고 도시에 사는 향토작가의 마지막 피난처가 된다. 숄로호프와 포크너가 더욱 그러하였다. 마지막에 그들은 아예 고향으로 돌아가 살았다. 어쩌면 머지않은 장래에 나도 가오미 둥베이향으로 갈지 모르겠다. 안타깝게도 그곳의 모든 것이 다 진작 딴판으로 바뀌어서, 현실 속의 고향은 내 기억 속의 고향과 내가 상상력으로 풍부하게 만들었던 고향과는 많이 달라졌다. 작가의 고향은 더욱더 옛날을 추억하는 꿈나라이다. 그것은 역사상 어떠한 진실한 생활을 근거로 삼은 것이지만 수많은 꽃과 풀을 첨가하였고, 숱한 이야기꾼처럼 그렇게 작가가 독자를 끌어들이기 위하여 끊임없이 그의 꿈속의 고향에다가 이것저것 덧붙인 것이다. 고향을 이렇게 환상적이고 감성적으로 처리하려는 기도 속에서 고향을 뛰어넘으려는 희망과 고향을 뛰어넘을 가능성이 싹텄다.

향토문학의 기치를 높이 드는 작가는 대체로 두 유형으로 나눌 수 있다. 한 유형은 평생토록 이곳에서 서로 의지하며 충성스럽게 고향의 찬가를 부른다. 작가의 도덕적 가치표준도 고향의 도덕적 가치표준이다. 그들은 기록 이외에는 다른 일을 더는 하지 않는다. 이러한 작가도 어쩌면 지방의 색채를 가진 작가가 될 수 있을지 모르지만, 이 지방색채는 결코 진정한 의미에서의 문학적 격조가 아니다. 이른바 문학적 격조란 사투리와 토박이말을 사용해 지방 경물을 묘사하는 데 그치는 것이 아니라, 작가의 독특한 사유 방식과 사상관점의 풍모를 녹여내 언어에서 이야기까지, 인물에서 구조까지 모두 독특하게 타인과 구별되는 것을 가리킨다. 이러한 격조를 형성하려면 작가는 확실히 고향을 멀리 벗어날 필요가 있다. 다양한 느낌을 지닌다면, 그러한 참조 과정에서 고향의 진보한 것이든 낙후한 것이든 고향의 독특함을 발견할 수 있으며, 또한 독특함 속에 포함된 보편성도 찾을 수 있다. 이 특수한 보편성이야말로 문학이 지역성을 벗어나 세계로 나아갈 통행증이다. T. S. 엘리엇은 이름난 그의 논문 「미국 문학과 미국어」에서 이렇게 지적하였다.

> 민족 문학의 발전과정에서 한 시대를 대표할 수 있는 어떠한 작가이든 간에 모두 이 두 가지 특성을 갖추어야 한다. 돌발적으로 나타난 지방색채와 작품의 자유로운 보편적인 의미 말이다. ……만약 상당히 긴 시간 동안에 어떠한 작가에 대한 외국 사람의 존경이 시종 바뀌지 않는다면, 이것이 바로 이 작가가 자기 자신이 쓴 글 속에서 지역적인 것과 보편적인 것을 함께 잘 결합하였음을 충분히 증명한다.

선충원, 마르케스, 루쉰 등이 바로 이렇게 고향을 멀리 떠난 뒤에 고향을 정신적 지주로 삼아 그것을 찬미하고 비판하고 풍부하게 하고 발전시키며 마지막에 특수함 속의 보편성을 돌출시켜서 세계로 나아갈 통행증을 획득한 작가이다.

토머스 울프는 그의 짧은 삶의 후반에 자아와 비좁은 고향 관념에서 벗어나 가능한 한 드넓은 세계를 이해하고 새로운 사상으로 삶을 통찰하며 더욱 풍부한 생활을 작품 속에 써넣어야 한다는 것을 의식하였다. 하지만 안타깝게도 그는 미처 제대로 해보기도 전에 세상을 떠났다.

소련의 문예평론가 바리예프스키가 헤밍웨이, 올딩턴 등과 포크너와의 차이를 치밀하게 비교하여 이미 말한 바 있다.

포크너가 이때 간 것은 다른 길이다. 그는 직면한 시대 속에서 과거 시대와 관련된 것들을 찾았다. 일종의 끊임없이 이어지는 인류 가치의 유대 말이다. 게다가 이러한 유대가 그의 고향 미시시피강의 조그만 땅에서 나온 것을 발견하였다. 이곳에서 그는 우주, 그리고 끊을 수 없는, 사람을 실망케 할 수 없는 유대를 발견하였다. 그리하여 그는 이 유대를 풀어내는 데 그의 여생을 바쳤다. 이는 바로 헤밍웨이, 올딩턴과 다른 작가들이 당시 문제의 파도를 자신의 주변에서 신속하게 전파해냄으로써 세계에서 이름난 작가가 된 원인이다. 그리고 포크너가 민족적이고 심지어 지역적인 예술가였다는 점에 대해서는 논쟁할 여지가 없다. 그것이 천천히 고통스럽게 소외된 세계를 향해 그와 이 세계의 친밀한 관계를 드러내고 인간성의 바탕이 중요함을 보여주어 그 자신을 전 세계적인 작가가 되게 하였다.

토머스 울프가 깨달은 것이 바로 포크너가 실천한 것이다. 토머스 울프는 그의 진실한 고향을 기록하였지만, 포크너는 오히려 그의 진실한 고향의 기초 위에서 그것보다 훨씬 풍부하고 드넓은 문학의 고향을 창조해냈다. 포크너는 그의 문학의 고향을 경영할 때 전 세계적인 재료를 사용하였다. 그 가운데 가장 중요한 재료는 물론 그의 사상이다. 그의 시공관과 도덕관은 그의 문학 궁전의 두 기둥이다. 이러한 것들은 그가 비행을 배우는 학교에서 획득한 것일지도 모르고 호텔의 욕조 안에서 깨달은 것일지도 모른다.

포크너는 우리의, 적어도 나의 빛나는 본보기이다. 그는 우리에게 성공적인 경험을 제공하였지만, 우리에게 함정도 설치해 놓았다. 우리는 포크너가 도달한 높이를 뛰어넘을 수 없을 것이다. 우리는 그의 산봉우리 옆에 또 다른 산봉우리 하나를 세울 수 있을 뿐이다. 포크너는 마르케스에게도 정신적인 스승이다. 마르케스는 포크너의 방법을 배워서 자신의 고향을 건축하였지만, 그의 궁전을 지탱하는 기둥은 고독이다. 우리는 달리 또 다른 방법을 발견할 수 없을 것이고, 유일하게 할 수 있는 일은 마르케스를 배워 자신의 정신적 기둥을 발견하는 것이다.

고향의 체험, 고향의 풍경, 고향의 전설 등은 어떤 작가라도 모두 벗어나기 어려운 꿈나라이지만, 이 꿈나라를 소설로 바꾸려면 필연적으로 이 꿈나라에 사상을 부여해야 한다. 이 사상적 수준의 높낮이가 당신이 도달할 수 있는 높이를 결정한다. 여기에는 진보와 낙후의 구분이 없다. 단지 깊고 얕은 차이만 있다. 고향을 뛰어넘기는 무엇보다 먼저 사상적으로 뛰어넘기를 해야 하며, 혹자는 철학적 초월이라고 말한다. 이 철학이란 신비한 빛발이 어느 운 좋은 머리 위를 비출지 모르지만, 운 좋은 머리가 되기 위하여 나와 나의 동료들이 똑같은 노력을 들여 기도하고 또 기대하고 있다.

해방군예술대학 문학과와 그 황금시대

중국인민해방군예술대학 문학과를 졸업한 지도 눈 깜짝할 사이에 스물두 해가 지났다. 나의 첫 번째 소설집 『투명한 홍당무』가 출판된 지도 스물두 해가 되었다. 그해에 태어난 아이도 대학을 졸업할 나이가 되었다. 아무리 심리적으로 여전히 저항하고 있다고 해도 사실상 이미 늙었다. 그때 북을 치며 노래하던 예인 뤄위성騾玉笙이 한창 인기 절정에 있었다. 그가 아마도 우리의 지금 나이 정도였을 것이다. 조금 더 늙었을지도 모르겠다. 그가 부른 북장단 가락 가운데서 '강과 산을 재정비해 후생을 기다리네重整河山待後生.'라는 구절을 나는 잊지 않고 기억하고 있다. 이 글은 처음에 중국인민해방군예술대학 학보의 요청을 받아서 쓴 것이기 때문에, 나는 문학과의 그 한창 젊은 남녀 후배들에게 말할 때, 혹시라도 나이를 내세우는 꼰대 티가 없기를 바라고, 더욱 많이 친근하기를 희망하였다고 느꼈다. 또 늙으면 눈치가 있고 젊은이를 어려워하여 입을 다물고 무대를 내주고 젊은이에게 올라가서 공연하게 해야 한다고 주장하였다. 문단도 사실은 무대인지라 어수선하게 당신이 노래를 끝내면 내가 등장하였다. 이왕 무대에 오른 바에야 먹고 사는 것도 젊음에 기대야 한다. 후배들이 쓴 글은 내가 찾을 수 있는 것마다 찾아서 읽었다. 그대들이 쓴 것을 나를 때려죽여도 나는 써낼 수 없을 것이다. 이것은 겸손이 아니라 우리가 당시에 쓴 것을 우리 앞 세대의 작가들이 써낼 수 없는 것과도 같다.

나는 1984년 8월 31일 오전을 또렷이 기억한다. 기관의 통근차를 타고 중국인민해방군예술대학에 갔는데, 내가 제일 먼저 도착하였다. 정문 우측의 커다란 백양나무 아래쪽에 임시로 탁자 몇 개를 마련해놓았고, 문학과의 몇몇 관계자들이 그곳에서 대기하고 있다가 나에게 각종 서식에 써넣게 하였다. 그런 다음 나에게 숙소의 열쇠를 주었다. 숙소는 정문 우측의 회색 건물 안 1층, 가장 서쪽 남향의 첫 번째 방이었다. 화장실이나 교실에 가장 가까이 위치한 방이었다. 그렇게 긴 방의 서쪽 벽에 또 칠판 한 개가 있었다. 숙소 안에 쇠침대 네 개, 주황색의 새 책상 네 개, 그리고 전기 도금한 붉은 플라스틱 깔개의 의자 네 개가 있었다. 나는 이제껏 이렇게 아름다운 책상을 사용해본 적이 없었고 이렇게 부드러운 의자에 앉아본 적도 없었다. 나중에 이 모든 것들은 쉬화이중徐懷中 주임이 우리를 위하여 대학에서 어렵게 얻어 내온 것이라고 들었다. 이러한 숙소와 물품이 정말 나를 기뻐 어쩔 줄을 모르게 하였다. 원래 베이징에 주둔하는 부대의 학생은 통학해야 한다고 말하였기 때문이다. 당시에 나는 시내버스조차도 잘 탈 줄 몰랐고, 다이얼 전화조차도 사용할 줄 몰랐다. 부대가 멀리 옌칭延慶에 있는데 나에게 통학을 하라는 말을 듣자마자 즉시 멍해졌었다. 그래서 문학과의 류이란劉毅然 선생에게 학교에서 묵게 해달라고 부탁하였다. 아무 자리나 있으면 되고, 창고, 잡동사니 칸, 심지어 복도도 괜찮다고 말하였다. 나중에 류이란 선생이 나에게 통학할 필요가 없다고 알려줬다. 이 사치에 가까운 숙소를 대했을 때 나는 울고 싶은 심정이었다.

아마도 나의 큰형이 우리 가오미 둥베이향의 첫 번째 대학생이었던 연고일지도 모르겠지만, 나는 어려서부터 대학생의 영광을 느꼈고, 대학에 다니는 꿈을 싹틔웠다. 이 꿈은 거의 광기에 가까웠다. 후배들이여, 만약 흥미를 느낀다면 나의 「나의 대학의 꿈我的大學夢」을 찾아 읽어보시라. 그 가운데 과장이 다소 있긴 해도 기본적인 뼈대는 역시 사실이다. 당시 중국인민해방군예술대학 문학과가 비록 전문대학이라고 하여도, 결국은 대학의 교문을 넘어 들어간 셈이고, 아무튼 당당하게 중국인민해방군예술대학의 배지를 가슴에 붙일 수 있었으므로 허영심을 얼마간 만족시킨 셈이다. 나처럼 흥분한 사람은 내 생각에 절대로 나 한 사람에 그치지 않는다. 개학한 지 얼마 되지 않는 어느 날 저녁이라고 기억한다. 어느 학우의 아버지가 사람 한 무리를 이끌고 산둥에서 달려와 교문에 들어서자마자 큰소리로 외쳤다.

"여기가 중국인민해방군예술대학입니까? 내 아들이 여기서 대학에 다니고 있다네!"

어르신네의 감격과 자부심이 말과 행동에서 흘러넘쳤다. 아버지가 이러하니 그 아들은 더 말해 무엇하리오.

개학식 뒤에 자신을 소개하는 것과 비슷한 만남의 자리가 있었다. 나에게 깊은 인상을 남긴 것은 학우 주샹첸朱向前의 발언인데, 청산유수로 폭넓은 자료를 인용해 증명하였다. 나는 놀랍고 의아하기 그지없었다. 속으로 '저 사람은 뭘 배우러 온 거지? 대학에 가서 교수해도 되겠는데'라고 생각하였다. 뒤이어서 바로 수업에 들어갔다. 오래전부터 존함을 들어온 많고 많은 인물이 연달아 무대에 올라 선보였다. 확실히 명실상부한 사람이 있고 확실히 유명무실한 사람도 있었다. 하지만 내 시각에서 말하면 모든 과목이 죄다 나에게 많은 수확을 주었다.

훗날 돌이켜 생각하면, 쉬화이중 주임과 문학과의 선생님들이 우리의 특성에 맞추어 설계한 교육 방침은 아주 정확하였던 것이고, 탁월한 성과도 거두었다. 우리는 나이가 어린 사람이라고 해도 서른 살, 좀 많으면 마흔 살에 가까웠다. 모두 다 일정한 창작 경험을 갖고 어느 정도 작품을 발표하였다. 또 몇몇 사람은 이미 명성이 매우 높았다. 수업 과정이 2년뿐이었지만, 만약 우리에게 일반 대학생처럼 그렇게 공부하라고 하면 분명히 적절하지 않았을 것이다. 이름난 교수진을 구성해 강의하고 또 각계 명사들의 자유 강좌를 개설하는 교육 방식으로 우리의 부족한 기초지식을 보충할 수 있었고 언제든지 예술계와 교류하며 시야를 넓혀 창작 열정을 자극할 수 있었다.

20여 년이 지났음에도 불구하고 당시 수업을 받던 광경이 여전

히 눈앞에 선하다. 홍쯔청洪子誠과 차오원쉬안曹文軒 선생의 당대문
학, 자오더밍趙德明, 린이안林一安, 자오전장趙振江 선생 등의 라틴아메
리카문학, 탕웨메이唐月梅 선생의 일본문학, 류짜이푸劉再復 선생의
성격조합론, 왕푸런王富仁 선생의 루쉰 연구, 왕쩡치汪曾祺, 린진란林
斤瀾, 리퉈李陀 선생 등의 창작 이야기 등이 모두 나에게 잊기 어려운
인상을 남겼고 또 평생의 수확을 주었다. 그 밖에도 중앙공예미술
대학의 쑨징보孫景波 선생의 미술 강좌에서는 환등기로 정교한 도화
수백 폭을 보여주었다. 그 가운데 원시시대의 늙은 할머니의 조각
상 그림 한 폭은 중요한 소설의 영감이 되었다. 또 중앙악단의 이름
난 지휘자 리더룬李德倫의 음악 감상 시간은 나를 평생토록 부끄럽
게 한 수업이다. 당시 리 선생은 마침 전국 각지에 교향악 보급 운
동을 전개하고 있었고, 그의 수업은 음악의 기원에서부터 시작하
였다. 당시에 나는 그가 우리를 과소평가한다고 생각하였다. 그의
수업이 비교적 길어졌고 식당에서 배식하는 시간마저 놓쳤다. 모
두 좀 참지 못하는 것 같았다. 그가 강의를 마친 뒤에 질문을 받겠
다며 질문을 하게 하였는데 질문을 하는 사람이 없었다. 내가 어정
쩡하게 일어나서 말하였다.

"리 선생님이 우리에게 한참 동안 녹음기를 틀어주셨지만 우리
는 아직 선생님의 지휘를 보지 못하였습니다. 선생님이 녹음기에
대고 우리에게 몸짓으로 좀 표현해주실 수 없으십니까?"

리 선생이 불쾌한 듯이 말하였다.

"나는 많은 악단을 지휘해보았지만, 이제껏 녹음기를 지휘해본

적은 없네."

훗날 어느 정도 음악 지식이 생긴 뒤, 리더룬 선생의 경력과 성취를 좀 알게 된 다음에, 비로소 나의 요구가 얼마나 황당하고 무지하였는지를 알게 되었다.

우리는 어쨌거나 소설을 쓰는 사람이기 때문에, 수업을 들은 뒤에 손이 근질거리는 것을 참지 못해 드높은 글쓰기 열풍이 소리 없이 전개되었다. 숙소 안의 구조에도 변화가 생겼다. 침대마다 책상마다 모두 천으로 가리기 시작해서 방에 들어가면 미궁에 들어가는 것 같았다. 유일하게 천으로 가리지 않은 방은 우리 숙소였다. 지난주에 나는 강의하러 사오싱紹興문리대학에 갔다가 같은 숙소를 썼던 스팡施放과 만났다. 그는 예전에 진로를 바꿔 사오싱도서관의 당 위원회 서기를 맡고 있다. 당시의 광경을 회상할 때, 왕희지가 「난정서」에서 말한 것과 같았다.

무릇 사람이란 서로 어울려 한평생을 살아가는 것이니, 혹여 어떤 사람이 마음속에 품은 바가 있어 한 방 안에서 벗과 회포를 나눔이라면, 또 어떤 사람은 자기 흥취에 따라 얽매이지 아니하고 세속 밖의 즐거움을 찾는다. 비록 취함과 버림이 다르고 고요함과 조급함이 다르나 자신의 처지를 기꺼이 여기고 잠시 우쭐하면 기쁨에 자족하니 장차 늙음이 이름도 모르게 된다. 흥취가 지나면 추구하던 바가 권태롭고 심정은 일의 변화를 따르기 마련이라 감회 또한 그에 따라 변할지니!

당시 우리 문학과는 밤마다 환히 등불을 밝혔고, 숙소마다 작업 현장이 따로 없었다. 모두 창작의 열정이 높고 창작의 속도도 빨랐다. 지금 돌이켜 생각해보면 신화와 진배없다. 한밤중이 될 때마다 옆방의 학형 리번선李本深이 국자로 밥그릇을 두드리며 외쳤다.

"일 끝내! 솥뚜껑 열자!"

그러면 방마다 사람이 죄다 나와 급수실로 가서 물을 떠다가 '빨리 끓어요'라는 수중용 전열기 러더콰이나 전기난로로 라면을 끓였다. 우리가 처음 입학하였을 때, 라면 한 봉지에 2마오毛였는데 뒤에 2.5마오로 올랐다. 나는 한 번에 50봉지를 사서 배낭에 넣어 침대 아래쪽에 두었다. 동시에 말린 새우 두 냥을 샀다. 라면을 끓일 때 두 개씩 넣으면 맛이 그야말로 일품이었다. 같은 방에서 내 라면을 먹어본 사람이라면 칭찬해 마지않았다. 당시 학교 식당은 너무 형편없었고, 식사 때마다 줄을 서는데 시끌벅적해서 장터 같았다. 방 안에서 라면을 끓이면 시간을 많이 절약할 수 있었고 돈도 제법 아낄 수 있었다. 학교 측에서 여러 차례 전기난로를 수색하며 금지하였다고 해도 근절되지 않았다. 그때 나는 라면이 세상에서 가장 맛있는 것이고 위대한 발명이라고 생각하였다. 목욕은 일주일에 한 차례씩 할 수 있었고, 그때마다 수백 명이 샤워기 열 몇 개를 놓고 쟁탈전을 벌였다. 숙소의 난방기는 있으나 마나 하였으므로 발은 늘 동상이 걸려 있었다. 숙소 환경은 오늘날의 중국인민해방군예술대학과 비교할 수 없지만 나는 아주 행복하였다. 우리는 온 힘을 기울여 썼고 다 쓴 다음에는 서로서로 보여주었다. 평소에 입만 산 사람이라고 해도 학우의 원고에 의견을 제시할 때는 의젓하고 엄숙해졌다. 우리의 집단적인 노력은 아주 빠르게 문학계에 영향을 끼치게 되었다. 전국 각지의 편집자들이 꼬리에 꼬리를 물고 찾아왔다. 이렇게 온 사람은 늘 수확이 얼마간 있었다. 당시 우리 문학과는 소설공장 같아서 어떤 사람은 우스개로 우리를 조폐작업장이라고도 불렀다. 당시 1만 위안元은 어마어마한 거액이었는데, 몇몇 학우는 만 위안대 소득자가 되었다. 여러 선생이 우리에게 조급하게 쓰지 말고, 얻기 어려운 기회를 이용하여 진지하게 수업을 받고 책을 많이 읽을 것 등을 권하였다. 지금 보면 당시 광기에 가까운 우리의 글쓰기는 응당 정확한 선택이었다고 말해야 한다. 그러한 글쓰기 분위기는 복제할 수 없고, 그러한 사회적 환경도 복제할 수 없을 것이기 때문이다. 졸업한 뒤에 창작 여건이 훨씬 좋아졌다. 하지만 대부분 학교에 있을 때보다 더욱 훌륭한 작품을 결코 써내지 못하였다. 창작이란 확실히 말로 이해시키기 어려운 일이다.

중국인민해방군예술대학 문학과가 몇십 년 동안 사회에서 명성을 누린 중요한 까닭은 여기서 작가를 배출해낼 수 있었고, 대부분학교에 있을 때 역작을 써낸 데 있다고 생각한다. 중국인민해방군예술대학 문학과의 이런 전통과 분위기는 설사 명문 대학의 중문학과라고 해도 갖추지 못한 것이었다. 당시 눈앞의 성공과 이익에만 급급한 것 같은 우리 행동에도 다소 긍정적인 의미는 있었다. 물론 수업을 받는 것도 아주 중요하고 책을 읽는 것도 중요하고, 심지어 내무 정리, 구보 훈련 등도 아주 중요하지만, 앞에서 말한 수업을 완성하는 동시에 시간을 이리저리 짜내 창작할 수 있는 것도 매우 필요하다. 장아이링張愛玲은 "출세를 하려면 나이 어릴 때 하라." 하고 말하였다. 후배들이 노력하기를 바란다.

평론계에서는 1980년대를 문학의 '황금시대'라고 말하였다. 사실 영화, 미술, 음악 등 예술 장르의 '황금시대'이기도 하였다. 이렇게 말하는 근거는 물론 그 시기가 작품을 내고 인재를 배출해낸 데 있다. 자랑하건대 우리 중국인민해방군예술대학 문학과는 1980년대 문학계의 아름다운 풍경이었다. 우리가 없었다면 이 문학의 황금시대도 훨씬 퇴색되었을 것이다. 하지만 우리는 당시에 결코 그렇게 좋다고 느끼지 못하였다. 지금 사람과 마찬가지로 불평불만이 가득해서 외부환경이 좋지 않고 제약이 너무 많으며, 지도 직책에 있는 많은 원로작가의 사상이 보수적이고 젊은이를 억압한다며 원망하였다. 확실히 어떤 제재들은 쓸 수 없었고, 어떤 작품들은 썼다고 해도 확실히 발표할 수 없었다. 하지만 사실이 증명하듯이 써야 하는 것은 방법을 달리해서라도 썼고, 쓴 작품이 확실히 훌륭한 것이라면, 설사 당시에 발표하지 못하였다고 해도 뒷날에라도 모두 발표하였다. 일부 제약은 결코 문학의 발전에 지장을 주지 않았다. 완전히 제약이 없다고 해서 꼭 위대한 작품이 탄생한다고 말할 수도 없다.

그 시절이 눈 깜짝할 사이에 흘러갔다. 지나간 날이 오래될수록 돌이켜봐야 할 것들이 많아진다. 내가 당시에 나이가 어려 철없이 허영에 들뜬 나머지 가벼이 해서는 안 될 말을 하고 해서는 안 되는 일도 하였고 일부 학우의 마음을 아프게도 하였다. 지금 생각해도 아주 부끄럽다. 하지만 학우들이 이미 나를 용서하였기를 바란다.

나의 대학 경험

대학에 가려는 꿈은 1960년대 초기에 큰형이 화둥사범대학에 입학할 때부터 싹이 트기 시작하였다. 당시에 우리 고향에서 대학생 본인은 말할 것도 없고 대학생의 가족도 특별한 존경을 받았다. 물론 시샘도 적지 않았다. 나는 우리 집 마당에 서 있을 때 자주 골목 쪽에서 어떤 사람이 "저 집이 낡은 걸 보지 말게, 대학생을 낸 집이네!" 하고 이러쿵저러쿵하는 소리를 들었다. 이따금 또 어떤 사람이 목소리를 낮추고 "저 집은 골수 중농인데, 글쎄 대학생을 냈어!" 하고 말하는 이야기도 들었다. 어느 해인가 겨울방학 때 큰형이 집으로 부모님을 뵈러 왔다. 그가 잠을 자는 틈에 내가 그의 학교 배지를 떼어내 가슴 앞에 붙이고 길거리로 달려 나가서 어린 친구들에게 자랑하였다. 어린 친구들이 나를 놀리며 "네 형이 대학에 다니지 네가 다니는 것도 아닌데, 뭘 뻐기니?" 하고 말하였다. 그때 나는 속으로 이다음에 반드시 대학에 가고 대학생이 되어야겠다고 결심하였다. 하지만 계급투쟁의 외침이 높아질수록, 출신성분론이 거세질수록 덩달아 나의 대학 꿈도 멀어졌다. 문화대혁명이 발발하자 대학이 학생모집을 중단하였고, 나의 대학 꿈도 깨끗이 상실되었다. 대학의 꿈이 파괴되었을 뿐 아니라 가정 출신이 중농이기 때문에 중학교에 들어갈 권리마저도 박탈당하였다. 당시의 정책에 따라서 중농의 아이는 중학교에 들어갈 수 있었다. 나라가 박탈하려는 것은 지주, 부농, 반혁명분자, 악질분자, 우파분자 등의 후손이 교육을 받는 권리였다. 하지만 실제로는 결코 그렇지 못했으니 중농의 아이는 기본적으로 모두 교문에서도 내쫓겼다. 이런 교육 정책을 제정한 사람은 심혈을 기울여 매우 깊이 생각하였을 터였다. 그들은 계급의 적의 후손이 교육을 받을 권리를 박탈하는 것이 붉은 혁명 강산을 공고히 하는 가장 유력한 조치이고, 문맹 무리가 모반한다 해도 큰일을 이루기 어렵다는 점도 알았을 터였다.

문화대혁명 후기에 대학이 노동자, 농민, 병사 학생을 모집하기 시작하였다. 정책에 따르면 농촌의 젊은이 가운데 가정 출신이 '지주, 부농, 반혁명분자, 악질분자, 우파분자'만 아니고 중학교의 동등 학력과 노동 적극 조건을 갖추면 빈농과 하층민의 추천을 받아서 모두 무시험으로 대학에 들어갈 수 있었다. 그러나 실제로는 근본적으로 그렇게 한 것이 아니었다. 당시에 대학이 받아들인 학생은 적었고, 해마다 학생모집 정원은 마을 수준까지 내려오기 전에 이미 다 분배되어 남을 것이 없었다. 이른바 빈농과 하층민의 추천이라는 것도 실은 아름다운 거짓말이었다. 뒷날 '백지 시험지의 영웅' 장톄성張鐵生이 나서서 편지 한 통을 대학에 보냈다. 지금 그를 거론하면 사람들이 대부분 다 코웃음 치겠지만 당시에 나는 그를 대단히 숭배하였다. 장톄성의 성공이 나의 대학 꿈을 불러일으켰고, 나에게 절망 속에서 한 줄기 희망을 보게 하였다. 설령 중학교에 다니지 못하였다고 해도 나는 집에서 큰형이 물려준 중학교 교과서를 모두 보았고, 수학, 물리, 화학은 안 된다고 해도 국어의 실제 수준은 중학교에 다닌 빈농과 하층민의 아이들보다 훨씬 높았다. 그리하여 나는 당시 교육부장을 맡은 저우룽신周榮鑫에게 편지를 써서 그에게 대학에 가고 싶은 강렬한 소망을 표시하였다. 편지를 보내고 얼마 되지 않은 어느 날 저녁 무렵, 나는 일을 끝내고 집에 돌아와 부뚜막 앞에 앉아서 어머니를 도와 밥 지을 불을 피우고 있었다. 아버지가 술에 취한 듯이 대문 안으로 비틀비틀 걸어 들어오는 모습을 보았다. 아버지는 손에 편지 한 통을 움켜쥐고 있었다. 나는 본능적으로 그 편지가 나와 관계가 있다는 것을 느꼈다. 아버지는 부뚜막 앞에 선 채로 온몸을 부들부들 떨고 있었다. 그분이 나를 노려보는데 얼굴이 아궁이 불 아래서 빨간빛을 내뿜었다. 아버지가 나에게 말하였다.

"너 무슨 생각이냐?"

그런 다음에 아버지가 손에 쥐었던 편지를 나에게 주었다. 그것은 갈색의 크라프트지 공용편지 봉투이고, 이미 뜯긴 것이었다. 나는 안쪽에서 발신인 붉은 도장이 찍힌 공용편지지 한 장을 꺼냈다. 아궁이 불을 빌려 편지지 위에 볼펜으로 삐뚤빼뚤 글자 몇 줄이 적힌 것을 보았다. 그 내용에서 편지는 이미 받았고, 대학에 가고 싶은 소망은 좋은 것이니 농촌에서 안심하고 노동하고 행동을 잘하고 빈농과 하층민의 추천을 받기를 바란다는 것이었다. 나는 이것이 공식적인 말투의 상투어라는 것을 안다고 해도 역시 감동을 크게 받았다. 이것은 어쨌든 국가교육부의 답신이었고, 나 같은 농촌 아이가 마음 고생한 결과 국가교육부의 회신을 받을 수 있었으니 이미 기적을 창조한 것이었다. 나는 아버지와 어머니가 작은 소리로 밤에 말하는 것을 듣고 그들의 심정이 아주 복잡한 것을 알았다. 그 뒤로 반년 동안에 나는 성, 지역, 현, 인민공사의 학생모집 지도소조 등에 많고 많은 편지를 썼고 그들에게 대학에 대한 나의 꿈을 하소연하였지만 더는 답장이 없었다. 마을 안의 사람들이 내가 대학 꿈을 꾸는 것을 모두 알았고 모두 이상한 눈으로 나를 쳐다보았는데, 마치 신경에 탈이 난 사람처럼 보았다. 생산대대 안의 빈농대표가 많은 사람 앞에서 나에게 말하였다.

"네가 이렇게 해서 대학에 갈 수 있으면 우리 안의 돼지도 가겠다!"

그의 말이 듣기 거북하긴 하였지만, 그때 그 시절 상황에서 확실히 정곡을 찌르는 말이었다. 사실 말이지 생산대대 안의 돼지는 대학에 가도, 나는 갈 수 없었다.

당시의 농촌 젊은이가 농촌을 벗어나고 싶으면 대학에 가는 것 이외에 또 다른 길은 군인이 되는 것이었다. 군대에서 만약 잘 행동하면 추천을 받아 대학에 갈 수도 있었고, 직접 장교로 선발될 가능성도 있었다. 이것은 금빛 찬란한 길이지만 중농의 아들로서 말하면 군대에 가는 것은 어떤 의미에서 추천을 받아 대학에 가는 것보다 훨씬 어려웠다. 열일곱 살이 된 해부터 나는 해마다 입대 신청을 하였지만, 중도에서 걸러졌다. 몸이 불합격 아니면 가정 출신이 불합격이었다. 가정 출신도 이론적으로는 합격이지만, 그렇게 많은 빈농과 하층민의 아이가 모두 군인이 되려고 하는데, 어떻게 골수 중농의 아들에게 군대에 가게 할 가능성이 생기겠는가? 그런데 하늘이 무너져도 솟아날 구멍은 있다고 마침내 기회가 찾아왔다. 1976년 징병 철에 마을의 간부와 거의 모든 사원이 창이현昌邑縣으로 자오라이허膠萊河를 파러 갔고, 그 나이에 속한 젊은이는 모두 공사 현장 체험을 위해 참가하였다. 나는 당시 면화 가공공장에서 임시노동자로서 강을 파러 가지 않고, 인민공사 주둔지와 인민공사 직속 기관의 젊은이들과 함께 공사 현장 체험에 참여하였다. 마침 인민공사 무장부장의 아들도 임시노동자로서 면화 가공공장에서 일하고 있었다. 나는 그의 아버지가 손에 쥔 권력이 나에게 얼마나 중요한지를 알고, 평소 그와 잘 어울리는 데 신경을 썼다. 징병이 시작되자 나는 그의 아버지에게 편지 한 통을 써서 그 아들 편에 보냈다. 그 외에 또 더 많은 좋은 분들의 도움을 받아서 결국 혁명 대열에 섞여 들어가게 되었다.

군대에 간 이듬해에 대학입시가 회복되었다. 지휘관은 내가 고등학교 졸업생이라고 생각하여 나에게 한 차례 고등학교 과정을 복습하고 다음 해 대학입시를 준비할 기회를 주었다. 응시할 학교는 중국인민해방군의 공정기술대학이었다. 전공은 컴퓨터 단말기 수리이다. 지휘관이 이 결정을 나에게 알려주었을 때, 나는 정말 만감이 교차하였고 사흘 동안 밥조차도 먹을 수 없었다. 나는 자신의 배 속에 먹물 먹은 게 없고 글을 쓸 줄 아는 것 이외에 수학, 물리, 화학은 거의 백지라는 것을 안다. 나는 $\frac{1}{2}+\frac{2}{3}$는 $\frac{3}{5}$인 줄 알았다. 대학입시까지 반년의 시간만 남았을 뿐인데 어떻게 하지? 시험을 봐, 말아? 마지막에 그래도 시험을 치르기로 마음먹고 집에서 큰형의 관련 책들을 전부 부치게 해서 어려운 독학을 시작하였다. 다음 해 6월까지 배우니 겨우 입문한 셈이어서 시험에서 빵점도 못 받겠다고 느끼고 있을 때, 지휘관이 나에게 시험의 정원이 없어졌다고 알려 왔다. 이것은 기쁨과 슬픔이 교차하는 소식이었다. 슬픈 것은 반년 동안 헛되이 고생하였다는 것이고, 기쁜 것은 합격하지 못해 망신당할 필요가 없어졌다는 점이었다. 뒷날 나는 그해에 시험에 참가한 사람 대부분이 군 간부의 자식들이었고, 그들의 수준은 나보다 별로 높지 않았지만, 역시 입학 허가를 받은 것을 알았다. 만약 내가 그 시험을 봤다면 선발되었을 가능성도 없지 않다. 선발되었다면 나는 무선전기 기술자가 되었을 가능성이 짙고 소설을 쓰는 사람이 되진 않았을 것이다.

대학의 꿈이 깨끗이 깨어졌을 때, 대학이 난데없이 나에게 대문을 열어주었다. 당시에 나는 이미 당정간부黨政幹部 기초과基礎科 과정에 참가하였고, 반년 안에 수월하게 네 과목을 통과해서 1년이 더 지나면 전문대학 졸업장을 획득할 수 있었다. 이때 중국인민해방군예술대학 문학과가 학생모집을 회복하였다는 소식이 내 귀에까지 들렸다. 내가 이전에 발표한 작품 몇 편을 들고 중국인민해방군 예술대학으로 달려갔을 때, 신청업무는 이미 끝난 뒤였다. 당시 문학과 주임이었던 나의 은사 쉬화이중 선생이 내 작품을 보고는 흥분하여서 당시 문학과에서 업무간사를 맡은 류이란에게 말하였다.

"이 학생, 문화시험에 합격하지 못해도 우리에게 필요합니다."

문화시험에 참여하였을 때, 정치와 어문은 아주 자신이 있었는데, 자신이 없는 것은 지리였다. 하지만 기회와 인연이란 묘한 것이어서 시험을 치를 때, 내 앞쪽 벽에 세계지도와 중국지도가 한 장씩 걸려 있었다. 또 문제가 중국 국경선을 에워싸고 있는 나라를 적으라는 것이었고, 나는 이 문제에 정확하게 답하였다. 등고선과 관련된 문제는 내가 직감에 의존해서 옳게 답하였다. 이렇게 해서 작품으로 최고 점수를 받고 문화시험에 2등이라는 우수한 성적으로 중국인민해방군예술대학 문학과에 입학하여 서른이 다 된 나이에 전문대학생이 되었다.

그 기수에 중국인민해방군예술대학 문학과에 들어와 공부한 학생 가운데 몇몇은 이미 높은 명성을 갖고 있었다. 가장 이름난 사람은 지난濟南 군사지역의 리춘바오李存葆, 리취안李荃, 선양沈陽 군사지역의 쑹쉐우宋學武, 난징南京 군사지역의 첸강錢剛 등이 모두 국가급의 문학상을 받은 적이 있었고, 나머지 학우들도 모두 이미 많은 작품을 발표하고 있었다. 당시 우리는 낮에는 수업을 받고 밤에는 창작에 매달렸다. 네 사람이 기숙사 한 방에 살았다. 서로 방해하지 않기 위해 숙소마다 안에 천막을 쳤다. 방에 들어가면 길을 잃을 수 있을 정도였다. 우리 숙소 사람들은 게을러서 여전히 한눈에 들어오는 소박한 모습을 유지하고 있었다. 당시엔 날씨가 지금보다 훨씬 추웠고, 난방기는 따뜻하지 않아 방 안에 얼음이 얼 수 있었다. 한밤중까지 글을 짓다 보면 배가 고파진다. 그러면 러더콰이로 라면을 끓여 먹었다. 라면값이 오를 것이란 말을 들으면 한 번에 여든 봉지씩 사들였다. 깊은 밤 2시가 되어도 문학과는 여전히 등불을 환히 밝히곤 하였다. 누군가 쇠그릇을 두드리며 복도에서 외쳤다.

"일 끝났다! 일 끝났어!"

어떤 사람은 우리 숙소를 조폐작업장이라 불렀고, 나는 첫째가는 조폐기였다. 우리 문학과는 간부 특별연수반이고 선생님이 몇 분 없어서 대부분의 수업은 외부에서 초빙해온 선생님이 강의하였다. 베이징대학의 선생님, 사회과학원의 선생님, 학과 관계를 지닌 분이라면 거의 다 한 번씩 초빙되었다. 또 다른 많은 사회적 유명인사도 초빙에 응하여 왔다. 이런 방식은 체계적이지 않다고 하지만, 정보량이 아주 많고 무차별 폭격인지라 사방팔방에서 바람을 몰고 와서 재빨리 문학에 대한 우리의 고유 관념을 바꾸는 데 매우 훌륭한 작용을 하였다. 초빙된 선생의 대다수는 모두 참 재능과 견실한 학문을 갖고 개별적인 별난 재주도 있었다. 예를 들면 어떤 여자 학우가 실존주의를 깊이 연구했다는 사람을 초청하였다. 이 사람은 어깨너머까지 머리카락을 길렀지만, 남자라고 했다. 그는 교실에 들어오자마자 강단으로 껑충 뛰어 올라가서 앉은 채로 실존주의에 대해 말하기 시작하였다. 한참 동안 말하였는데도 무엇이 실존주의인지 명확하지 않았다. 강의 후반부 절반 동안은 강단에서 몸으로 왔다 갔다 하였다. 나는 이 양반이 지쳤고 강단에 앉아 있는 것이 수강생 의자에 앉는 것만큼 편하진 않지만, 강단 위에서 내려오면 아주 체면을 구기는 일임을 알았다. 우리는 또 기공을 연구하였다고 하는 분을 초빙했다. 이 사람은 기공이 작동하기만 하면 즉흥적으로 천국의 음악을 피아노로 연주할 수 있다고 하였다. 그는 과연 한 곡을 쳤지만, 음악을 연구한 학우의 말에 의하면, 그가 친 것은 가장 초급인 피아노 연습곡이라고 하였다. 우리는 또 교향곡에 대해 말해달라고 이름난 음악지휘자 리더룬李德倫을 청했다. 리 거장은 삼황오제부터 시작해서 점심을 먹어야 할 때가 되어서야 정식 주제로 들어갔고, 녹음기로 노래를 틀어 우리에게 들려주었다. 나는 리 거장에게 녹음기에 대고 지휘 몸짓을 해주기를 요청했다. 그가 싸늘하게 웃으며, "나는 많은 악단을 지휘해보았지만, 이제 껏 녹음기를 지휘해본 적은 없네" 하고 말하였다. 수업이 끝난 뒤에 학우들 가운데 어떤 사람은 나를 욕하고, 어떤 사람은 나를 비웃었다. 하지만 당시에 나는 수긍하지 않고, 이 리더룬이 너무 뻐기는 거 아닌가 하고 의심하였다. 지금 돌이켜보니 정말 어리석었다. 내가 어떻게 그렇게 거장 지휘자에게 녹음기에 대고 지휘하라고 요구할 수 있었는지?

중국인민해방군예술대학을 졸업한 뒤에 2년이 지나서 나는 베이징사범대학과 루쉰문학원이 합동으로 운영하는 작가 대학원생반에 섞여 들어갔다. 당시에 영어와 문예이론을 배우고 학자형 작가가 되고 싶었지만, 그곳에 간 뒤에 그것도 결코 쉬운 일이 아니라는 점을 발견하였다. 또 마침 학생운동을 만나서 마음 편하게 수업할 수도 없었다. 지금 돌이켜보니 물론 또 너무 후회된다. 외국에 나가게 되어 아름다운 젊은 외국 여성이 쌀라쌀라 말하는데 한마디도 못 알아들을 때 특히 그렇다.

지금 나에게 정식 석사학위증이 있고, 이력을 채워 넣을 때도 뻔뻔스럽게 대학원생 학력을 써넣지만 나 자신이 속으로는 결코 진정하게 대학에 다닌 적이 없다는 것을 안다. 진정으로 대학에 다니려면 내 큰형처럼 그렇게 초등학교에서 중학교에 가고 한 걸음 한 걸음 시험을 쳐야 한다. 나는 나라에서 인정한 대학원생 학력을 가졌음에도 결국은 제대로 된 학력자가 아닌 야호선野狐禪일 뿐이다.

나도 이러한 소설을 더는 쓸 수 없게 되었다

1984년 초겨울의 어느 아침에, 나는 중국인민해방군예술대학의 숙소에서 꿈을 하나 꾸었다. 꿈에 어느 드넓은 무밭으로 갔다. 무밭의 한복판에 원두막이 하나 있었고, 그 원두막에서 빨간 옷을 입은 풍만한 소녀가 걸어 나왔다. 소녀가 손에 작살 한 개를 들고 바닥에서 홍당무 한 개를 꽂아 높이 쳐들고 막 떠오른 빨간 해를 향해 나에게로 걸어왔다. 이때 기상나팔 소리가 울렸다. 나는 한참 동안 이 눈부신 꿈속에 잠겼고 마음속에서는 격정이 용솟음쳤다. 이날 오후에 수업을 들으면서 공책 위에 이 꿈을 썼다. 일주일 뒤에 초고를 써냈다. 또 일주일을 들여 깨끗하게 옮겨 썼다. 이것이 소설일까? 소설을 이렇게 써도 될까? 확실히 말할 수 없었지만, 어렴풋이 이 원고 속에 이전의 내 모든 작품과는 다른 무엇이 들어있다는 것을 느꼈다. 이전의 작품 속에는 모두 '나'란 없었다. 이 소설 속에는 거의 전부 '나'를 썼다. 이것은 이 작품이 꿈이라는 기초 위에서 구상된 것임을 가리킨다. 게다가 더욱 중요한 것은 이 작품이 최초로 나의 직접 경험을 옮겨온 것이며, 망설일 것 없이 사회와 삶에 대한 나의 견해를 표현하였고, 어린 시절 기억 속의 자연계에 대한 감지 방식을 써냈다는 데 있다.

그때 우리 학우와 친구들 사이에는 서로서로 작품을 봐주며 의견을 제시해주는 관행이 있었다. 나는 원고를 우리 문학과의 업무 간사 류이란劉毅然에게 주었고, 그에게 꼼꼼히 점검해주길 부탁하였다. 그가 다 본 다음 아주 흥분해서 나에게 말하였다.

"기가 막혀, 이건 소설일 뿐 아니라 장편시야!"

류이란은 원고를 쉬화이중 주임에게도 이미 전하였고, 주임도 틀림없이 이 소설을 좋아할 것이라고 말하였다. 며칠이 지난 뒤에 나는 복도에서 쉬화이중 주임을 만났다. 그가 이 소설을 인정하며 아주 뛰어나게 썼다고 말하였다. 쉬화이중 주임의 부인인 중국공산당 중앙군사위원회 정치업무부 가무단의 위쩡샹于增湘 선생이 자신도 이 소설을 보았다고 말하였다. 그는 소설 속의 그 '호적 없는' 검은 아이[12]가 감동적이었다고 말하였다.

나는 쉬화이중 주임이 원래 제목 「금색의 홍당무」를 「투명한 홍당무透明的紅蘿蔔」로 고친 것을 보았다. 당시에 나는 제목을 바꾼 것에 대해 그렇다고는 생각하지 않았다. '금색'이 '투명'보다 훨씬 눈부시다고 생각하였다. 그러나 몇 년 지난 뒤에 나는 쉬화이중 주임이 얼마나 뛰어난 교정을 해준 것이었는지를 알게 되었다.

---

12 중국에서 '한 자녀 낳기' 가족계획 정책이 시행되면서 출생신고를 하지 않아 '호적 없는 아이'를 가리킨다.

얼마 지나지 않아 창간한 지 오래되지 않은 『중국작가』에서 이 소설의 게재를 결정하였다. 편집 책임은 샤오리쥔(肖立軍)이 맡았다. 쉬화이중 주임이 몇몇 우리 학우를 소집하여 이 소설에 관해 좌담하였다. 좌담의 발언은 내가 글로 정리하였다. 1985년 3월, 『중국작가』 제2기에 이 소설과 좌담 요지를 발표하였다. 곧 화교빌딩에서 『중국작가』의 편집장 펑무(馮牧) 선생이 주관하여 '투명한 홍당무」 세미나'를 개최하였다. 왕쩡치, 스톄성, 리퉈, 레이다(雷達), 쩡전난(曾鎭南) 등 여러 선생이 세미나에 참석해 이 소설을 호평해주었다. 이렇게 해서 「투명한 홍당무」가 나의 출세작이 되었다.

재작년에 문집을 엮기 위해 다시금 이 소설을 읽었다. 설령 그 속에서 어색한 구절과 결점을 많이 볼 수 있었지만, 나도 이러한 소설을 더는 쓸 수 없게 되었다는 것을 알았다.

『붉은 수수 가족』의 운명

『붉은 수수 가족紅高粱家族』은 내가 쓴 첫 번째 장편이자 내 작품 가운데서 가장 영향력을 가진 소설이다. 많은 사람이 모옌을 언급할 때마다 자주 '〈붉은 수수〉의 작가'라고 말한다. 모옌을 모르는 사람은 많지만 〈붉은 수수〉라는 영화를 모르는 사람은 거의 없다.

『붉은 수수 가족』은 1985년 가을에 완성하였고, 당시에 나는 아직 중국인민해방군예술대학 문학과에 다니고 있었다. 최초에 영감이 생긴 것은 여러 우연성이 겹쳐 있다. 그것은 어떤 문학창작세미나에서 몇몇 원로작가가 다음과 같은 문제를 제기한 데서 비롯되었다. 윗대의 작가들은 직접 전쟁을 겪었고 많은 소재를 가졌지만, 그들은 이미 창작할 힘이 없어졌다. 하지만 젊은 세대는 힘이 있지만, 직접 체험이 없다. 그래서 중국에서 전쟁소설의 앞날이 사라졌다는 이야기였다.

당시에 내가 불쑥 일어나서 말하였다.

"우리는 다른 방식으로 이 부족을 메울 수 있습니다. 총을 쏘고 대포를 쏘는 소리를 들은 적은 없지만 우리는 폭죽을 터뜨리는 소리를 들었습니다. 사람을 죽이는 것을 본 적이 없지만 우리는 돼지를 죽이고 닭을 잡는 것을 보았습니다. 더군다나 소설가의 창작은 역사를 복제하려는 것이 아닙니다. 역사를 복제하는 것은 역사학자의 임무입니다. 소설가가 표현하려는 것은 사람의 영혼에 대한 전쟁의 왜곡이나 전쟁 속에서 드러난 인간성의 변이입니다. 이러한 의미에서 말하면 전쟁을 경험하지 못한 사람도 전쟁을 쓸 수 있습니다.”

이러한 계기로 나는 구상을 시작하였다. 무엇보다 먼저 떠올린 것은 나 자신의 고향이었다. 내가 어렸을 때 기후는 지금과 달라서 늘 비가 내렸고 여름이 될 때마다 큰물이 범람해 심어놓은 키가 작은 농작물은 물에 잠겨 죽을 수 있었기 때문에, 수수를 심어야 할 뿐이었다. 당시에는 인구가 적고 땅은 넓었다. 가을이 되어 마을을 나오기만 하면 한눈에 끝을 볼 수 없는 수수밭이 펼쳐졌다. ‘나의 할아버지’와 ‘나의 할머니’의 시대에는 빗물이 더 많았고 인구는 더욱 적었으며, 수수는 더욱더 많았다. 많은 수숫대가 겨울까지 가을걷이를 하지 못해 초야에 묻힌 영웅들에게 보호벽을 제공하였다. 그리하여 나는 수수밭을 무대로 삼아 항일 이야기와 사랑 이야기를 이곳으로 가져가 공연을 펼쳐보기로 마음먹었다. 뒷날 많은 평론가가 나의 소설 속에 붉은 수수는 이미 식물일 뿐 아니라 어떤 상징적 의미를 지녔고 민족정신을 상징한다고 여겼다. 이러한 틀을 확정한 뒤에 나는 일주일의 시간을 들여서 신시기 중국 문단에서 크나큰 영향을 끼친 이 작품의 첫 번째 초고를 완성하였다.

『붉은 수수 가족』은 진실한 이야기에서 나왔다. 나의 이웃 마을에서 일어난 일이었다. 예전에 유격대가 자오라이허 다리 어귀에서 매복 기습전을 펼쳤고, 일본군 한 소대를 섬멸하였고, 군용차 세대를 불태웠다. 이는 당시에 아주 대단한 승리였다. 며칠 지난 뒤에 일본군이 보복하러 왔지만, 유격대는 진작 흔적도 없이 피하였고, 일본군이 그 마을의 백성 100여 명을 죽이고 마을 안의 가옥을 전부 불태웠다.

『붉은 수수 가족』은 '나의 할머니'라는 풍부하고 뚜렷한 여성 형상을 창조하였고, 또 영화 〈붉은 수수〉에 출연한 여배우 궁리鞏俐를 배출하였다. 하지만 나는 현실 속에서 결코 여성을 이해할 수 없다. 내가 묘사한 것은 내가 상상한 여성이고, '나의 할머니'는 환상 속의 인물이다. 내 소설 속의 여성과 우리가 요즘 보는 여성은 차이가 있다. 갖은 고생을 이겨내는 그녀들의 품격은 일치한다고 해도 그러한 낭만 정신은 독특한 것이다.

나는 훌륭한 작가라면 반드시 독창성을 갖추어야 하며, 훌륭한 소설도 당연히 독창성을 지녀야 한다고 내내 생각하였다. 『붉은 수수 가족』이란 작품이 한 시대를 풍미한 까닭은 바로 그러한 독창성을 지녔다는 데 원인이 있다. 거의 20년이 지난 뒤에도 내가 『붉은 수수 가족』에 대하여 여전히 비교적 만족하는 부분은 소설의 서사 시각이다. 과거의 소설에는 제1인칭, 제2인칭, 제3인칭 등이 있었지만, 『붉은 수수 가족』에서 처음으로 '나의 할머니'와 '나의 할아버지'라는 서사 시각을 사용하였다. 제1인칭 시각은 또 전지적인 시각이다. '나'를 쓸 때는 제1인칭으로 쓰지만, '나의 할머니'를 서사 시각으로 쓰면서 '나의 할머니'의 입장에서 서게 되었고, 그녀의 내심 세계가 직접 표현될 수 있었다. 그래서 서술하기에 매우 편리하였다. 이렇게 하여서 간단한 제1인칭 시각보다 훨씬 많이 풍부하고 넓어졌다. 이는 당시에 창조였다.

왜 이러한 역사를 쓰고 전쟁을 쓴 소설이 그렇게 큰 반향을 일으켰는가? 나는 이 작품이 당시 중국 사람의 공통적인 심리상태를 딱 맞추어 표현한 데 있다고 여긴다. 개인의 자유가 오랫동안 억압을 받은 뒤에 『붉은 수수 가족』이 대담하게 생각하고 대담하게 말하고 대담하게 개성해방의 정신을 퍼뜨렸다. 하지만 나는 당시에 이 창작의 사회적 의미를 결코 의식하지 못하였고, 사람들에게 이런 것이 필요하다고도 생각하지 못하였다. 만약 요즘 『붉은 수수 가족』을 쓴다면, 몇 배는 더 '야'하게 써도 무슨 반향을 일으키지 못할 것이다. 요즘 독자가 안 읽어본 것도 있나? 그래서 사람마다 나름의 운명을 가진 것처럼 작품도 모두 나름의 운명을 갖는다. 『붉은 수수 가족』은 아주 좋은 운명을 가졌고 행운의 신이 비춰준 소설이다.

이제 『붉은 수수 가족』이 한국에서 곧 출판될 것이다. 나는 아주 기쁘다. 이 기회를 빌려 이 책의 옮긴이 박명애 여사의 창조적이고 각별한 수고에 감사드리며 한국의 독자에게도 감사드린다. 그리고 여러분이 나의 책을 좋아할 수 있기를 희망한다.

낡은 '창작담' 비판

1984년 가을, 처음 중국인민해방군예술대학에 들어갔을 때, 창작과 관련한 짧은 글 한 편을 썼었다.

천마가 하늘을 날 듯

작가가 창작 과정에 들어가기 전과 창작 과정에서 가장 고달프고도 행복하며, 가장 간단하면서도 가장 복잡한 노동이 바로 상상이다. 상상이 없다면 문학도 없다. 상상이 없는 문학은 대뇌 반쪽을 끄집어낸 개와 같이 살아있다고 하지만 영혼이 없고, 살아 있다고 해도 불구의 개나 마찬가지이다. 그래서 상상력이 없는 문학작품은 '부속'이 빠지지 않았다고 해도 가장 중요한 혼이 부족한 것이고, 그래서 진정한 문학작품이라 칠 수도 없다.

생활은 창작의 유일한 원천이다. 이는 의심할 바 없이 정확한 것이지만, 생활이 있다 해도 불충분한 것이다. 사람마다 모두 생활하고 있지만, 사람마다 글쓰기를 할 수 있는 것이 결코 아니기 때문이다. 글을 쓰는 사람 가운데서도 많은 사람이 덩달아 설쳐대기는 해도 진정한 의미에서의 문학작품을 써내지 못한다. 그들의 문제는 바로 천재성과 혼이 없는 데 있다. 문학가의 천재성과 혼은 집중적으로 그의 상상 능력에서 드러난다. 상상의 나래를 펴고, 정신 같은 것을 뒤섞고, 바람, 말, 소 등 전혀 상관없는 몇몇 사물을 함께 연결하여 한데로 녹여내고 한 덩어리로 뭉쳐서 끊을 수 없게, 찢을 수 없게, 꼬리를 잡아당기면 머리가 움직이게 해야 한다. 이것이 바로 상상의 간단한 공식이자 일반적인 목적이다.

작가가 상상의 과정에 들어간 뒤라면 반드시 상상을 빌려 원시적인 생활 소재에 힘차게 날갯짓하는 날개를 달아주어야 한다. 이리저리 날 수 있으면 물론 좋고, 날 수 없다면 곧장 도태될 풋내기이다. 이러한 상상도 원시 소재에 대한 가공과 증류, 승화와 발전이다. 상상을 거친 것이라야만 기발하고 역동적이며 마음으로 깨달을 수 있지만, 말로는 전할 수 없는 것이 된다. 그렇지 않으면 경직화, 노화, 고착화, 패턴화될 것이다.

창작하고 싶으면 낡은 틀의 속박을 과감하게 뚫고 나와 최대한도로 새로운 탐색을 해야 한다. 사나운 범이 산에서 내려오듯이 교룡이 바다로 들어가듯이 하고, 국경일에 한 번에 비둘기 10만 마리를 날려 보내듯이, 손오공이 철선공주鐵扇公主의 배 속에서 주먹질에 발길질하고 공중제비를 하듯이, 며칠 동안 온 하늘과 땅이 깜깜해지고, 해와 달은 빛을 잃고 모진 고초를 당해 죽다 살아나고 입에서 연꽃을 토해내고 머리가 금빛으로 뒤덮이며 손으로 악기 줄 다섯 가닥을 타고 눈으로 놀란 기러기를 보내며 구름을 뚫고 지나가 돌을 울려 깨뜨리고 강과 바다를 뒤엎을 기세로 뛰어나고 전갈 소굴에 막대기를 찔러 넣으며 소란을 피워야 한다. 그런 다음에 마음을 가라앉히고 좀 쉬면 생각은 천마가 하늘을 날 듯이 웅장해지고 구애됨이 없어진다. 하늘나라와 사람 세상, 동서고금, 무덤 속의 마른 뼈, 소나무 아래 유령, 공자왕손, 멋진 사내와 예쁜 여자, 외지고 농사를 지을 수 없는 산과 툭하면 흘러넘치는 강, 교활한 사람과 드센 여자, 시든 넝쿨과 저무는 해 속의 까마귀, 오래된 길과 야윈 말, 높은 산과 흐르는 물, 커다란 파도가 모래를 거르고, 닭 울고 개 짖으며, 느려 터진 오리걸음 등 갖가지 이미지가 겹치고, 엎치락뒤치락하고, 찌꺼기는 버리고 정수를 취하고, 가짜는 버리고 진짜를 취하며, 이것에서 저것까지, 겉에서 속까지, 수탉이 홰치면 날이 밝고 범과 토끼가 만나면 한갓 꿈으로 돌아갈 것이다.

창작 과정에서 사람마다 모두 자기 자신의 좋은 방법과 자신만의 길이 있다. 만약 통일시키지 않으면 대부분은 일부러 꾸민 티가 나고 소 대가리에 말 낯짝을 꿰맞춘 식으로 가식이 될 것이다. 많은 것이 모두 분명히 말할 수 없고 명백히 밝힐 수도 없기 때문이다. 당신을 이리 어금니 모양의 몽둥이로 따끔하게 한 대 칠까 하는데, 어디가 통각점이신지?

진정한 의미에서의 작품 한 편은 혼의 결정체이다. 창작의 과정에서는 거울삼을 수 있고 모방할 수 있지만, 작품의 중추를 지탱하는 것은 반드시 작가의 이러저러한 혼이 아닐 수 없다. 상상력을 가진 사람이어야만 글쓰기를 할 수 있고, 상상력이 풍부한 사람이어야만 우수한 작가가 될 수 있다. 작가와 예술가가 창작할 때 먼저 주제와 사상을 정하고, 그 주제와 사상을 바탕으로 인물을 확정한 다음에 생활 속에서 이야기 줄거리를 선택해야 한다는 '주제선행'이 꼭 우수한 작품을 탄생시킬 수 없는 것도 아니다. 먼저 주제가 있고 뒤에 이야기를 엮고, 게다가 코도 있고 눈도 있고 눈썹까지도 만들어 붙일 수 있으면 이것도 커다란 재주이다. 문학은 조금도 거리낄 것이 없어야(특정한 의미에서) 하고 대담하고 거침없이 내달려야 한다. 부조리 속에서 말해낸 도리가 어쩌면 부조리가 아닐지도 모른다. 예를 들면 술 마신 뒤에 참말을 내뱉은 것과 같다.

창작자는 천마가 하늘을 나는 것과 같은 광기와 위풍을 가져야 한다. 창작의 사상 면에서나 예술적 격조 면에서나 막론하고 모두 힘이 있어야 한다. 징을 치면서 엿을 파는데도 우리는 자기 나름대로 방법을 갖기 마련이다. 당신 귓가에서 신선의 음악인 듯 심금을 울리는 선율이 석 달 동안 사라지지 않으면 그것은 당신의 복이다. 내가 귀신이 곡하고 이리가 울부짖고 어중이떠중이 온갖 잡귀신이 일제히 쫓아오게 하면, 당신은 감히 나의 복이 아니라고 말할까?

시공을 초월할 수도 있다. "지극히 커서 더는 그 밖이 없고, 지극히 작아서 더더욱 그 속이 없다." 〈서상기〉처럼 "하늘에 푸른 구름, 땅에는 노란 꽃, 북쪽 갔던 기러기 남쪽으로 날아온다." 하고 그려낼 수도 있다. 〈사자방沙家浜〉 삽입곡의 "바람 소리가 짙은 비 소식을 실어 오면 하늘은 낮고 구름이 어둡다" 하고 묘사해낼 수도 있다. 서위徐渭처럼 "먹을 뿌려 멀리 있는 사물은 흐리게 가까이 있는 사물은 진하게 그려서 원근감을 나타내고" 여백을 남겨서 짧은 시를 짓거나, 밝은 천지 속 속된 세상을 그려서 남에게 보여주어도 된다.

이러한 능력이 생기면 문학이란 오두막에 들어가지 못할 걱정이 없다.

당시에 아무튼 젊은 기운이 넘쳐서 터무니없는 말을 하려면 엄청 커다란 용기가 필요하고, 그로부터 만들어진 모든 골칫거리를 감당할 준비를 해야 하였다. 오늘 이 글을 다시 읽으니 오히려 격세지감이 든다. 당시를 생각해보면 어쨌든 좀 경망하였다. 이런 선언서 같은 것을 쓴 것이 사실 문학에 도움이 된 것은 조금도 없었다. 남에게 시건방지고 우쭐거린다는 좋지 못한 인상을 남길 뿐이었다. 어쨌거나 문학은 체육 경기가 아니기 때문이다. 누가 누구한테 미안하다는 거야? 작가는 사실 운명적으로 정해진 것이다. 이거냐 저거냐 따져본들 재미란 결코 별로 없다.

이 글의 큰 결점이 바로 제멋대로 날뛴 데 있다. 극단은 극단이다. 깊은 데가 조금도 없다. 사실상 나도 이제껏 그것을 내 창작의 지침서로 삼지 않았다. 무엇을 쓰고 어떻게 쓸 것인가는 하느님이 어야만 알 것이다. 나는 여태까지 창작 이야기 같은 것이란 절대 믿을 수 없고, 누가 누구를 믿으면 자칫 옆길로 빠질 수도 있다고 여겼다. 그 뒤로 나는 꿈만 믿었다. 소설이 바로 꿈의 기록이라고 믿었을 뿐이다.

며칠 전에 『시베이군사문학西北軍事文學』을 펼쳐보았는데, 삽입된 컬러 페이지에 시베이 화가 판딩딩潘TT의 〈천마〉라는 제목의 수묵화 한 폭이 있었다. 뭉게뭉게 피어오르는 푸른 연기가 있고 백조처럼 목을 굽힌 수많은 천마가 있었다. 온 그림에서 선禪적인 운치가 뿜어져 나왔다. 아주 평온하고 아주 재치 있고 고요함과 움직임의 어울림이자 꿈과 현실의 융합이었다. 이렇게 해야 훌륭한 천마이지 않을까.

1985년에 나에게 깨달음이 좀 왔는데, 소란이 지난 뒤 뼈가 좀 상한 듯한 처량함을 절실히 느꼈다. 『청년문학靑年文學』에 소설 한 편을 썼고, 동시에 또 창작 이야기 한 편을 첨부하였다.

지금까지 소설을 쓰면서 나는 개인적으로 거의 쥐꼬리만 한 재간마저 바닥이 난 것을 느꼈다. 껑충껑충 뛰며 큰소리치지만, 재간은 실로 궁하다!

작년에 『백년의 고독』과 『음향과 분노』가 중국 독자와 만났고, 의심할 바 없이 많은 외국어를 모르는 작가들의 시야를 대대

적으로 확 트이게 해주었다. 거작을 마주하고 생긴 부끄러움과
부끄러움이 지난 뒤에 꿈틀꿈틀 일어난 안달이 나의 솔직한 느
낌이다. 다른 사람이 어떠한지에 대하여서는 내가 알 길이 없다.

꿈틀꿈틀 안달이 난 것의 자연스러운 결과는 요 두 해 사이에
문학작품 속에 매직과 매직의 변주, 숱한 문장부호의 생략과 몇
가지 다른 글자 모양의 변주 같은 것들의 등장이다. 이는 한편으
로 중국 작가의 희극이고 또 다른 한편으로 중국 작가의 비극
이기도 하다. 이 일은 한편으로 중국 작가가 뛰어난 모방 능력과
집단을 따라 하는 소중한 열정을 가졌다는 것을 설명하였지만
또 다른 한편으로 중국 작가들의 소화불량과 대추를 통째로 삼
키는 희생정신을 설명한다. 본인은 스스로 피해자의 줄에 속한
다고 생각하였다.

나는 지금 마르케스와 포크너를 벗어나 날쌔게 도망치지 못한
것이 한이다. 이 두 노인네는 이글거리는 두 용광로이다. 우리
는 얼마나 얼음덩어리 같은가. 우리가 멀리서 그들의 빛남을 바
라보니 자신은 어둠으로 꽉 차 있고, 너무 가까이 다가서면 절대
안 된다는 것을 깨달았다. 이는 사실 유행하는 진리이지만, 내가
멈추지 않고 말하는 것은 내 천박함 때문이다. 중국 사람은 남을
너그럽게 대하는 것을 미덕으로 삼아왔다. 다른 사람을 혹평하
지 않으면 남이 나를 혹평하지 않는다. 좀 높은 수준의 중국 사
람은 너그러움의 미덕말고도 또 하찮은 원한이라도 반드시 갚는
미덕을 갖고 있다. 그래서 일반적인 상황에서 말을 적게 하는 것

이 늘 어느 정도 이익을 볼 수 있다. 물론 나는 속으로 늘 작가들끼리 사나운 늑대처럼 서로 곤죽이 되도록 물어뜯고, 평론가들은 용감한 개처럼 서로 만신창이가 되도록 찢어발기며, 평론가와 작가는 개와 늑대처럼 물어뜯고 격렬하고 치열하게 물고 들어가는 국면을 형성할 수 있기를 바란다. 하지만 이는 불가능한 것이다. 이는 중국이란 나라 사정에 부합하지 않는다. 물고 들어가기를 행할 수 없을 바에야 모두 서로 너그럽게 하자. 다른 사람에게 너그러울 뿐 아니라 자기 자신에게도 너그러워야 한다. 우리가 마르케스와 포크너의 발밑에 엎드려 절한 것이 기개가 부족해 보인다 해도 위인을 숭배하는 것은 인류의 통속적인 감정이다. 그러니 너그러워야 한다. 우리가 남의 정수를 배우지 않고 남의 겉모양을 배우는 것이 우리의 천진함과 애교스러움을 충분히 드러낸다고 해도 말이다. 본떠서 만든 총포도 사람을 죽일 수 있다. 그러니 너그러워야 한다. 우리가 중국의 매직과 라틴아메리카 매직이 높낮이를 다투는 것이 준아Q정신이라 할지라도, 아무튼 외국에 있는 것은 우리에게도 있었고 또 일찍부터 있었고 그래서 위대한 민족문화를 그리워하는 고상한 정조를 불러일으켰다. 그러니 너그러움의 줄에 서서 어떤 적절한 장려를 해주어야 한다. 하지만 너그러움은 제한적이다. 다른 사람에 대하여서도 자기 자신에 대하여서도 모두 그렇다. 충분히 너그러운 뒤에 정말 소설을 어떻게 쓸 것인가를 생각해야 한다.

위대한 작품이 우리에게 준 진정한 재산에 대해, 나는 침대 시트에 앉아서 승천하는 따위의 괴상한 세부도 아니고 1천 자에 달하는 문장도 아니라고 여긴다. 이런 것들은 모두 보잘것없는 재주 부리기나 다름없다. 위대한 작품은 전혀 의심할 바 없이 위대한 영혼의 독특한 낯선 운동의 궤적에 대한 기록이다. 궤적의 기이함 때문에 작가의 영혼의 촛불은 다른 촛불이 비춘 적이 없는 어둠을 밝혔다.

마르케스의 시공의식은 우리와 같을까? 헤밍웨이의 애정관은 포크너와 같을까? 카프카의 인생관은 사르트르의 인생관과 같을까? 그들의 사상에 물론 우리가 남에게 붙이는 진보나 반동의 꼬리표가 있을 수 있다. 그러나 그들의 작품은? 나는 소설이란 아름다움을 만들어서 남에게 보여주지만, 진실한 감정을 전달하려면 아름답지 못한 요소를 충분히 갖추어야 한다고 생각한다. 소설은 갈수록 인류 정서를 담는 그릇으로 변하였고, 이야기, 언어, 인물 등이 모두 이 그릇을 만드는 재료이다. 그래서 소설을 가늠하는 궁극적인 표준은 소설 속에 담고 있는 인류의 정서여야 한다. 물론 시대 정신, 민족적 특색, 보편성과 특수성의 모순과 통일을 풍부하게 갖추어야 한다.

「짚신 움막」은 거짓 소설과 참소설의 경계에 있다. 그것은 추운 겨울에 사람이 동굴을 파고 들어가 좀 따뜻함을 얻을 수 있다는 설명 말고는, 사람에 대한 도깨비나 신의 계시 작용을 설명하는 것 말고는, 도대체 얼마나 인류의 정서를 전달하고 포용하였을까?

이런 짚신 움막은 나의 고향에서 진작 사라졌고, 그것이 존재하는 주관적 객관적 조건은 가난함과 우아함이다.

망친 글이 도리어 그럭저럭 의미를 좀 갖는다. 사실 세상의 글이란 누구랄 것 없이 흉내를 내는 것이다. 당신의 흉내 내기가 교묘한지 아닌지를 보면 된다. 어떻게 하여야 다른 사람을 흉내 내면서도 또 다른 사람이 흔적을 볼 수 없게 하나? 이는 스스로 궁리할 수 있을 뿐이다. 마르케스도 좋고 포크너도 좋다. 기교도 아주 복잡하지 않다. 어떻게 달걀을 서 있게 하나? 부딪쳐 깨뜨리면 세워졌다. 아주 간단하다. 좋은 운을 믿는 사람마다 이렇게 "부딪치자마자 서는" 기회와 만날 수 있다.

또 있다. 사람은 저마다 좀 나쁜 버릇들을 갖고 있다. 그래서 서로 추어올리는 것 말고도 서로 공격한다. 진정한 예술적 양심을 갖고 적의 작품을 평가하는 사람도 예로부터 있었다. 숫자가 아주 적었을 뿐이다. 지금 지방 작가들 사이에 섞여 있어도 괜찮다. 군대의 작가들은 모두 다 적을 대하듯이 마구 쪼아댄다. 과연 혁명군인의 투지는 높다. 되었다. 며칠이나 더 갈 수 있을까? "고금의 재상 장수 지금 어디 있느뇨? 거친 무덤은 풀 더미에 덮여 있을 뿐이다!" 하물며 몇몇 거세한 노새 같은 추한 문인이야? 가장 무능한 인재가 소설을 쓰는 것이다. 물론 무엇보다 먼저 자기 자신을 이야기하는 것이다.

눈 깜짝할 사이에 1986년이 되었다. 「붉은 수수」가 나를 좀 인기 있게 만들었다. 『중편소설선간中篇小說選刊』에서 「붉은 수수」를 옮겨 싣고 나에게 창작 이야기를 부탁하였다. 소설을 옮겨 싣는 것은 나를 즐겁게 하는 일이지만, 창작 이야기를 쓰는 것은 괴롭게 하는 일이다. 하지만 할 말도 없이 이 말 저 말 찾아서 한 편을 메꾸었다.

수수꿈, 십 년에 한 번 꾸다

어려서부터 검은 흙 속에서 구르며, 수수를 심고 김매고 수수 이파리를 치고 수숫대를 패고 수수 이삭을 자르고, 수수쌀을 먹고 수수 똥을 싸고 수수꿈을 꾸며, 머릿속 가득히 수수꽃이 피어, 붉은 수수를 썼다. 그래서 나는 붉은 수수를 매우 사랑하였고 붉은 수수가 밉기도 하다. 문화대혁명 기간에 우리 인민공사의 서기가 하이난섬에서 잡종 수수를 가져왔다. 생산량이 특히 높았지만, 맛이 쓰고 떫었다. 수탉이 먹고 홰를 치지 않았고, 암탉이 먹고 알을 낳지 않았다. 사람이 먹고 변비에 걸렸다. 마을 간부가 인민공사에 가서 괴로움을 하소연하였고, 서기가 방법 한 가지를 찾아내서 모두에게 돌아가 고깃국물에 불려서 먹으라고 말하였다. 이 방법은 너무 귀족적이어서 실행할 수 없었다. 서기가 하부기관으로 실체 업무에 참가하러 병원에 갔고, 병원의 '세 결합 난제 해결팀'과 협력하여 확실히 효과적이고 실행하기에 편리한 방법을 연구해냈다. 그것은 바로 잡종 수수 찐빵 한 개를 먹을 때마다 볶은 피마자 열매 두 알씩을 먹는 것이었다. 이 방법은 싸고도 효과적이었다. 그리하여 하룻밤 사이에 보급하였다. 하지만 따라서 온 문제가 역시 적지 않았는데, 여기서 더 길게 말하지는 않겠다.

문화대혁명 십 년 동안에 나는 농촌에서 잡종 수수 3천 근은 족히 먹었다. 그래서 입대통지서를 받자마자 나는 '젠장맞을 잡종 수수, 이제부터 내가 너를 먹나 봐라!' 하고 생각하였다. 문화대혁명 십 년 동안에 우리는 맛있고 보기도 좋은 순종 붉은 수수를 너무너무 그리워하였다.

나는 작가라면, 어찌 작가뿐이랴? 사람으로서 가장 소중한 밑바탕이 바로 끊임없이 옛날을 회상할 수 있는 데 있다고 여긴다. 옛날이 바로 역사이다. 역사는 봄을 품은 겨울이고, 가을을 품은 여름이며, 여름을 품은 봄이고, 겨울을 품은 가을이다. 가을에 나는 높디높은 강둑 위에 앉아서 강둑 아래쪽의 버드나무가 가는 눈썹같이 노란 이파리를 한 잎 한 잎 수면 위에 내던지는 것을 바라보았다. 노란 이파리는 짙푸른 수면 위에서 두둥실 물결 따라 흘러갔다. 당시에 나의 눈앞에서 가벼운 연기 같은 엷은 안개가 모락모락 피어올랐고, 엷은 안개 속에서 가로세로 교차하는 과거로 통하는 꼬불꼬불한 오솔길이 갈래갈래 나타났다. 나는 이런 오솔길을 따라 앞으로 가면서 예전에 이 땅에서 달콤하게 사랑을 나누었고 힘들게 일하였으며 용감하게 투쟁하였고 자기 편끼리 서로 죽였던 수많은 사람 한 사람 한 사람을 만났다. 그들이 바삐 서두르며 나에게 하소연하였다. 그들은 진지하게 나에게 그들의 눈물, 웃음, 근심, 공포, 욕설, 싸움 등을 말해주었고, 그들의 파종, 수확, 몰래 한 사랑, 아들을 낳고 딸을 키운 일들을 연출해 주었다. 환상이 역사를 재현시켰다. 흘러간 세월을 추억하는 것은 창조적인 사색이다.

최근에 나는 비교적 진지하게 나의 지난 몇 년 동안의 창작을 회고하였다. 작품의 예술적 수준이 어떠하든 간에 나는 개인적으로 작품을 이끈 핵심이 어린 시절의 생활에 대한 나의 추억에 있다고 생각한다. 이는 자신의 어린 시절을 매장하기 위한 우울한 장송곡 한 곡이다. 나는 이런 작품들로 나의 어린 시절을 위하여 회색의 무덤을 만들었다.

「붉은 수수」는 내가 세운 또 다른 무덤의 첫 번째 주춧돌이다. 이 무덤 안에 1921년에서 1958년 사이의 내 고향 일부 사람들의 영혼을 묻을 것이다. 나는 이 무덤이 넓고 빛나기를 희망한다. 무덤 앞의 대리석 비석 위에 붉은 수수 한 그루를 새겨 넣을 수 있기를 희망한다. 이 붉은 수수 한 그루가 우리의 조상 고향 사람들의 위대한 영혼의 상징이 될 수 있기를 희망한다.

「붉은 수수」는 의미 면에서 나의 생활 경험과 감정 경험을 비교적 뛰어넘는 작품이다. 나의 기억은 자아의 문턱을 넘어 더욱더 드넓은 천지로 들어갔다. 그곳은 바로 바다처럼 드넓고 피처럼 빛나는 수수의 세계이다.

정완룽鄭萬隆이 '제3의 생활第三種生活'이란 개념을 제기하였다. 내가 들어간 수수의 세계가 바로 '제3의 생활'이다.

나의 '세 번째 세계'는 내가 심은 수수와 내가 먹은 수수의 기초 위에 있고, 나의 할아버지 할머니 아버지 어머니가 가오량주를 마신 뒤에 말한 수수 이야기를 바탕으로, 내 수수 상상력을 보탠 뒤에 만지작거려서 나온 것이다.

나는 뿌리 찾기를 찬성한다. 사람마다 모두 자신의 뿌리가 있고, 사람마다 모두 그것을 찾는 자신의 방법이 있고, 사람마다 모두 자신의 이해가 있다. 나는 뿌리 찾기의 과정에서 뿌리를 내렸다. 나의 「붉은 수수」 시리즈가 바로 '뿌리 내리기扎根 문학'이다. 나의 뿌리는 가오미 둥베이향의 검은 흙 속에 내릴 수 있을 뿐이다. 나의 검은 흙 사랑이 조국 사랑이고, 중국 사람 사랑이다.

이 글의 앞부분에서 '잡종 수수'를 언급하였다. 이 거지 같은 잡종을 언급한 까닭은 토지, 즉 향토에 대한 뜨거운 사랑이 절대 맹목적이면 안 된다고 생각하였기 때문이다. 사랑의 첫 번째 조건이 바로 신랄한 비판에 있다. 그렇지 않으면 이성적 속임 때문에 잔인한 유희를 초래할 수 있다.

나는 십 년의 시간을 들여 수수꿈을 꿀 준비를 하였다.

십 년에 한 번 수수꿈을 꾸었다.

'사람은 천 일이 하루처럼 좋을 수 없고 꽃은 백날을 붉게 피어있을 수 없다' 하는 말은 물론 맞다. 1987년이 되자 나는 유명 인사에서 몹쓸 놈으로 바뀌었다. 처음에는 「즐거움歡樂」이 욕을 심하게 얻어먹었고, 「붉은 메뚜기紅蝗」도 심한 비난을 받았다. 원수가 나를 미워할 뿐 아니라 사이가 좋은 형님들까지도 이를 악물고 으르렁거리게 되었다. 이렇게 해야 좋은 상태로 들어가게 되는 것이다. 남에게 욕먹을 글을 써낼 수 있는 것이 남에게 허풍을 치는 글을 써낸 것보다 더욱더 큰 위안을 준다.

나는 나의 앞에도 길이 있다고 믿는다. 하느님의 인도가 있기에, 나는 내가 반은 짐승이고 반은 사람이라는 것을 알기 때문이다. 그래서 나는 또 앞으로 나아갈 수 있다. 하는 말은 모두 인의 도덕인 훌륭한 작가들이 사실은 좀 치료할 약이 없는 개자식들이라는 사실이다. 그들의 '문학'은 그런 것들에 불과할 뿐이다.

지금 무엇이 나의 문학관인가? ……그것은 변하고 발전하고 한 바퀴 한 바퀴 돌고 있다.

하느님의 금잔에 오줌을 갈기시라. 그래야 문학이다!

재작년의 '낡은 창작담'에 대해 비판한 것을 다시 읽자니 또 새로운 감동들이 생긴 것 같다. 베이징에서는 아무 데나 대소변을 보면 벌금을 물게 된다. 하지만 사람이 정말 나쁠 것 같으면 아예 막 돼먹어야 좋다. 담벼락에 오줌을 갈기는 것은 들개의 짓이지만 하느님의 금잔에 오줌을 갈기면 오히려 영웅의 장거로 바뀐다. 하느님도 형편없는 놈과 깡패를 무서워한다. 예를 들면 손오공은 막무가내 건달로 둘째가라면 서러워하였을 정도로 하늘궁전에서 제멋대로 나쁜 짓을 하였어도, 하느님은 어쩔 수 없이 그를 사면하였다. 소설가의 하느님은 대개 '소설 창작법칙' 따위의 것들이니, 오줌이 그 위쪽에 축축하게 배면, 정신적 부담을 덜어버리고 머리를 쓰는 데 도움이 되지 않을까.

비판이 지나간 뒤에 또 5년이 흘러갔다. 1987년에서 1992년까지는 대체로 신시기문학新時期文學이 빛을 잃어가는 서글픈 시기였을 것이다. 하지만 나는 아주 재빨리 길이 들었다. 빛에 길드는 것보다 어둠에 길드는 것이 훨씬 쉽다. 길든 뒤에 나는 소설의 썰렁한 처지가 몇 년 전의 떠들썩한 것보다 더욱 흥미도 있고 더욱더 정상이라고 생각하였다. 문학은 아무튼 소란을 피우고 소동을 일으키는 것에 기대야만 이름을 낼 수 있는 것이 아니다. 많은 친구가 장사판에 뛰어들어 큰돈을 건졌다고 큰소리치는 와자지껄한 소리 속에서 나는 여전히 확고부동하게 소설을 쓰는 것에 기대 밥벌이를 하니 스스로 그만하면 괜찮다고 생각하였다. 돌아보며 점검하니 성과가 크지 않지만 그래도 수확이 좀 있었다. 무엇보다 먼저 몇 차례 훈련을 거친 뒤에 어떻게 장편소설을 쓸 것인가에 대하여 나는 마음속에 구상이 섰다. 당시에 『붉은 수수 가족』 후기에서 말한 바와 같이 "장편은 기껏해야 시간을 좀더 들이고 인물을 좀더 배치하고 진실한 거짓말을 좀더 날조하는 것에 지나지 않는다." 하는 '장편소설 이론'은 거의 되지도 않은 소리라고 의식하였다. 나는 장편소설이 무엇보다 먼저 해결해야 할 점이자 가장 해결하기 어려운 점이 바로 구조라고 느꼈다. 물론 이것도 다른 사람이 한 말이다. 나는 아주 깊이 동감한 것에 불과하다. 나의 장편소설 『천당마을, 마늘종의 노래天堂蒜薹之歌』, 『열세 걸음十三步』과 『술의 나라酒國』에서 나는 저마다 다른 실험 세 차례를 하였다. 스스로 덮어놓고 베끼는 흉내내기가 없고, 새로운 것이 많지 않다고 해도 '있다'고 여겼다. 나는 안목이 있는 평론가들이 이 방면에 주목한 것을 보고 절로 내심으로 기뻐하였다.

나는 원래 1990년 전에 『붉은 수수 가족』의 이야기를 1백만 자로 완성할 생각이었지만, 즉흥적으로 떠오른 다른 생각들이 나를 붉은 수수 가족과는 무관한 1백만 자의 글을 쓰게 하였다. 이것이 복일지, 재앙일지. 복이든 재앙이든, 모두 운명이 그렇게 되게 한 것이니 숨고 싶어도 숨을 수 없다.

기교의 숙련이 늘 대작을 이루어내는 근본적인 원인은 결코 아니다. 일부 평론가들은 늘 나의 「투명한 홍당무」를 잊지 않고 나의 이후 작품이 훌륭하지 않다고 여긴다. 나는 개인적으로 이런 판단에 동의하기 어렵다. 안목이 있는 독자도 그렇게 안 볼 것이다.

『꽃을 품은 여인懷抱鮮花的女人』에 수록된 작품은 내가 요 두 해 동안에 쓴 중편 여섯 편이다. 스스로 양호하다고 생각한다. 양호하다는 생각을 한 주요 이유는 그것들이 저마다 특징을 갖고 게다가 모두 강한 이야기 성격을 가진 것에 있다.

관념의 후퇴인지 아닌지 모르겠지만, 갈수록 소설은 역시 이야기를 해야 한다고 느낀다. 물론 이야기를 하는 방법도 아주 중요하다. 당연히 아름다운 언어를 구사하는 솜씨를 연마하는 것도 아주 중요하다. 나는 풍부한 특색을 가진 언어로 미묘한 운치가 넘치는 이야기를 쓸 수 있는 사람이 그야말로 훌륭한 소설가라고 여기게 되었다.

강물은 흘러가고 있어야만 맑을 수 있고, 관념은 변하고 있어야만 활력을 가질 수 있다. 내가 자신의 문학관을 끊임없이 비판할 수 있다면 나의 소설은 늘 맑은 숨결을 유지할 수 있을 것이다. 이는 쉬운 일이 아니라는 것을 알고 있다.

적막감을 참을 수 있는지 없는지, 추세를 따라 덩달아 설칠 수 있는지 없는지에 대하여 말하면 기본은 사람됨의 원칙에 있지, 소설을 쓰는 법칙에 미치는 영향은 그리 크지 않다. 사실 소설을 쓰는데도 무슨 일정한 법칙을 갖기란 매우 어렵다.

아주 많은 분들이 말한 바와 같이 나의 다음번 소설이 가장 훌륭할 것이다. 정말 훌륭한가 아닌가를 말하기는 매우 어렵지만, 이러한 생각 역시 가져야 한다. 이것도 소설의 스승들이 부단히 훈련하는 동력이다.

창작 이야기인 이상 소설의 관점에 관한 언급을 하지 않을 수는 없을 것 같아 나의 현재 소설의 관점에 대하여 몇 마디 말해야겠다. 앞쪽에서 말한 "풍부한 특색을 가진 언어로 미묘한 운치가 넘치는 이야기를 쓰기"란 구체적이라고 해도 그다지 술수를 부리는 것도 '철학'적인 것도 아니다. 나에게 수준 같은 것이 아예 없음을 드러내면 안 된다. 자신을 마치 좀 수준이 있는 것처럼 드러내야 좋다. 그래서 재작년에 소설집 『하얀 면화白棉花』에 쓴 머리말을 오려서 뒤쪽에 붙였다.

붙잡기 어려운 유령

　나는 자주 꿈속에서 훌륭한 소설의 모습을 보았다. 그것은 불덩이처럼 요기조기 굴러다녔다. 그것은 물줄기처럼 여기저기 솟구쳤다. 그것은 온몸이 빛나는 커다란 새처럼 이리저리 날아다녔다. 나는 쉬지 않고 쫓아다니면서 여러 차례 그것을 꽉 붙잡은 걸 느꼈다. 하지만 깨어나면 즉시 또 어리둥절해졌다. 훌륭한 소설의 모습은 꿈속에서 내가 묘사할 수 있지만 깨어났을 때는 오히려 한마디도 표현하기 어려웠다.

　필요한 조건말고도 훌륭한 소설을 붙잡는 것은 크게는 운에 기대야만 될 것이다.

　나는 꿈을 꾸면서도 훌륭한 소설을 써내는 생각을 하고 있지만, 시종 내가 꿈에 본 불 같고 물 같고 날아다니는 새 같은 소설을 아직 써내지 못하였다.

　나는 내내 그것을 붙잡으려고 노력하고 있다.

　이 모음집 속에 수록된 소설은 내 노력의 산물이다. 붙잡지는 못하였지만, 그것의 깃털 몇 가닥을 잡아당겼다.

　노력하면서 좋은 운을 기다리고 있다. 훌륭한 소설은 유령이나 다름없다.

　나에게 너를 붙잡을 날이 있을 것이다. ……영원히 너를 붙잡지 못할지도 모르겠지만. ……아무튼 어느 날엔가 너를 붙잡겠지. ……좀 냉정해지자.

이것이 바로 나의 최신 소설관이다.

나는 훌륭한 소설을 붙잡을 시기가 거의 도래하였다는 것을 예감하고 있다.

얘들아, 한판 붙자!

3년 뒤에 여기에 덧붙여 쓰다.

내가 본 작가 아청

아청阿城은 확실히 그의 글 속에서, 또 다른 사람과의 대화 속에서, 나에 관한 좋은 말을 많이 해주었다. 하지만 이것이 내가 그에 대해 좋게 말하는 글을 써야 하는 주요 이유는 결코 아니다. 아청은 자기식으로 살아가는 사람이고, 좋은 말이건 나쁜 말이건 그에게서 어떤 반응도 일으키지 못한다. 나같이 어리바리한 사람이 칭찬하는 말이라면 특히 그렇다.

십몇 년 전에 아청의 「장기왕」이 유행할 때 나는 중국인민해방군 예술대학 문학과에서 공부하고 있었다. 여러 명사와 대가들의 수업을 듣고 머릿속에 터무니없는 생각을 가득 채워 글이라곤 아직 써내지 못하였지만 탐독할 수 있는 글이 별로 없다고 생각할 때였다. 이는 대체로 모든 문학과나 중문학과의 학생이면 걸리는 흔한 병일 것이다. 1학년 때 특히 심하게 걸리고 2학년 때에 증세가 좀 가벼워지며, 졸업하고 몇 년 뒤가 되면 기본적으로 깡그리 낫는다. 하지만 아청의 「장기왕」은 확실히 나를 깨끗이 압도하였다. 당시에 그는 내 마음속에서 의심할 바 없이 커다란 우상이었다. 상상 속에서 그는 긴 두루마기에 마고자를 입고 손에 주미麈尾[13] 한 개를 들고 머리카락을 풀어 헤치고 주사朱砂를 입술과 이마에 찍고 온몸으로 세속을 벗어난 기운을 내뿜으며 어렴풋이 요기를 얼마간 띠었다. 당시 문학과 학생은 무척 그에게 강의를 요청하고 싶어했다. 문학과 간사가 청하였지만 응하지 않는다고 말하였다. 나는 속으로 '대단한 사람이 한번 청한다고 냉큼 오면 그게 무슨 대단한 사람이야?' 하고 생각하였다.

나에게 아청을 만날 기회는 금방 찾아왔다. 그것은 어떤 간행물에서 개최한 소설 창작에 관한 회의 기간이었는데, 몇몇 친구들에게 이끌려 그의 집으로 갔다. 그는 허름하기 짝이 없는 어느 마당 깊은 집에 살고 있었다. 방 안도 어수선하기 짝이 없었는데 이 점이 내가 속으로 생각한 것과 딱 맞는 부분이었다. 사람이 많고 제각기 떠들어댔고 아청은 앉은 채로 담배를 피우면서 말은 몇 마디도 하지 않은 것 같았다. 그의 모습에 나는 매우 실망하였는데, 그의 몸에는 세속을 벗어나거나 도사 같은 기운 따위라곤 없었고 무슨 요기도 없었기 때문이다. 아는 사람은 그가 작가라고 말하였고, 모르는 사람은 그도 무엇인가를 이룬 모양이라고 말하였다. 그러나 나는 여전히 '된 사람은 모습을 드러내지 아니하니, 모습을 드러내는 자는 된 사람이 아니다眞人不露相, 露相不眞人'라는 말로 자신을 위로하

---

13   위진魏晉시대의 도사나 청담淸談하는 사람들이 항상 손에 들고 있던 먼지떨이를 가리킨다. 나뭇잎과 비슷한 모양으로 오늘날의 깃털 부채와 닮았는데, 고라니 꼬리로 만들었다고 한다.

였다. 나중에 나는 그와 함께 다롄의 진현에서 열린 작가 모임에 가서 일주일을 함께 지냈다. 이 기간에도 그는 말 몇 마디도 하지 않은 것 같다.

모임에 참가한 사람 중에 유명한 노부부가 있었다. 여자분은 영국 사람이고 남자분은 중국 사람이었다. 두 사람이 모두 술 마시기를 좋아하였다. 진짜로 좋아하는 것이지 가짜로 좋아한 것이 아니다. 이 두 양반은 아예 물을 마시지 않았다. 그들의 방에 들어갈 때마다 그들이 술을 마시고 있는 모습을 보았다. 조그만 술잔이 아니라 사발이었다. 각자 커다란 사발을 두 손으로 받쳐들고 내려놓는 법이 없이 단숨에 마신 다음에 고개를 들고 좀 웃었다. 하하하, 헤헤헤. 하하하는 여자분이고, 헤헤헤는 남자분이다. 술안주라는 것이 아무것도 없었고, 있다고 해도 먹지 않는다. 이 두 노인 주태백[14]의 방에서 우리는 이야기를 나누었다. 나는 가오미 둥베이향의 귀신 이야기를 하였고, 아청은 톈진, 난징, 상하이, 베이징, 동서고금의 사람 이야기를 하였다. 노인 남자 주태백이 야한 이야기 몇 가지를 하였다. 야한 이야기라고 하지만 사실 그다지 야하지 않았고 기껏해야 살짝 야한 셈이었다. 노인 여자 주태백은 말을 하지 않고 실눈을 뜬 채로 꿈인 듯 생시인 듯 입가에 한 줄기 미소를 머금고 있었다. 옛날이야기를 다 말한 다음 미처 새 이야기를 생각해내지 못한 틈에 우리는 방 안에 파리가 재주를 넘으며 날아다니는 것을 보

14　원문은 유령劉伶이다. 유령은 위진시대 죽림칠현竹林七賢 가운데서 가장 술을 즐겼다.

앉다. 우리가 묵은 곳이 해변의 작은 별장이어서 그랬는지 파리가 별나게 많았다. 파리는 술의 신선인 노인의 방에서 아주 기묘하게 날아다녔고, 날면서 날카로운 쌩쌩 소리를 냈다. 마치 나선에 빠져서 나올 수 없어 아래로 추락하는 전투기 같았다. 처음에 우리는 파리의 신종을 발견한 줄로 여겼는데, 나중에야 그것들이 술내에 절어버린 것인 줄을 알았다. 아청의 아들은 이야기를 듣지도 파리를 보지도 않고 카펫 위에서 물구나무서기를 하였다.

이번 작가 모임에서 나는 아청의 한 가지 특징을 발견하였다. 그것은 바로 밥을 먹을 때 고개도 들지 않고 말도 하지 않고 눈은 식탁 위의 요리접시만 노려보고 먹는 속도가 아주 빠르고 아들조차도 돌보지 않으며 오로지 자기만 먹는 것이다. 우리가 미처 반도 못 먹었을 때, 그는 이미 다 먹어 치웠다. 그의 이런 먹는 모습은 도시에서는 교양 있다고는 할 수 없고 심지어 남의 놀림을 받을 수도 있다. 내가 빙 둘러서 그의 먹는 모습에 대해 말을 하였더니 그가 아무렇지도 않은 듯이 씩 웃으며 자신도 알고 있지만 일단 식탁 앞에 가기만 하면 모두 잊어버리게 되고, 이것이 지식청년 시절에 생긴 습관이며 고질병이라고 말해도 할 수 없다고 하였다. 사실 나도 별나게 식탐을 가진 사람이다. 맛있는 것을 봤다 하면 무조건 돌진한다. 이 때문에 많은 지적을 받았고, 집안 어른도 주의를 여러 차례 주었다. 아청도 이런 것을 보자 나는 나 자신과 그와의 거리가 훨씬 가까워졌다는 느낌이 들어서 마음도 훨씬 편해졌다. 아청도 이러한데 하물며 나야?

아청은 그의 '3왕'[15]과 「곳곳에 널린 멋遍地風流」을 완성한 뒤 미국으로 갔다. 바다 건너 멀리 있다고는 해도 그에 관한 소식이 여전히 귓가에 들린다. 나를 가장 놀라게 한 것은 그가 미국에서 낡은 부속품으로 자동차를 조립하는 식으로 각종 예술 형식을 만들어내 기이한 것을 좋아하는 미국 사람에게 팔아서 큰돈을 벌었다는 말이었다. 나중에 그가 베이징에 왔기에 그를 보러 갔다. 그에게 예술 자동차를 만든 일을 물었다. 그가 엷게 웃으면서 어디에 그런 일이 있을 수 있냐고 하였다.

최근에 아청이 미니북 두 권을 냈다. 한 권은 『이런 소리 저런 소리閑話閑說』이고, 한 권은 『베니스 일기威尼斯日記』이다. 아청이 나에게 1994년 번체자 판본 타이완판을 보냈고, 양쿠이楊葵가 간체자 판본 작가판을 보내주었다. 나는 두 판본을 모두 진지하게 읽었고 느낌이 아주 좋았다. 물론 그가 책 속에서 나를 언급해서가 결코 아니다 (게다가 나도 그러한 이야기를 한 적이 있는지 기억하지 못한다.). 솔직히 말해서 나는 아청이 십몇 년 동안 결코 발전하지 못하였고 물론 퇴보하지도 않았다고 느낀다. 사람이 끊임없이 발전하기란 쉽지 않고, 몇십 년 동안 퇴보하지 않기란 더욱 쉽지 않다. 아청의 소설은 처음부터 당시의 높은 위치에 서 있었고, 세상일을 통찰하고 인정에 밝은 경계에 도달하였고, 십몇 년 뒤에 그가 쓴 수필은 같은 높이의 경계를 유지하고 있었다.

---

15 '3왕'은 아청의 중편소설 「장기왕」 「나무왕」 「아이들의 왕」 세 편을 가리킨다.

아청의 수필을 읽으면 높고 높은 산꼭대기에 앉아서 산 아래쪽의 풍경을 바라보는 것 같다. 도시의 하늘에는 밥 짓는 연기가 옅게 피어오르고 있고 길거리의 알록달록한 남녀가 모두 아주 조그맣게 바뀌며 개 짖는 소리와 말발굽 소리조차도 아련해지는 것 같다. 당신은 잠시 사람 세상의 어지러운 다툼을 잊고, 떠올린다 해도 매우 희미해졌음을 느낄 수 있다. 아청의 수필은 사람을 정신 차리게 하고 초탈하게 하며 화기애애하게 살아가게도 하고 또 세속적인 삶의 즐거움을 느끼게도 한다.

아청의 이런 소리 저런 소리

위진 시기 지괴志怪나 지인志人소설, 당나라의 전기傳奇에 이르기까지, 태사공의 흔적을 남기지 않는 구성 기교란 없고, 사실을 기록하고 신기한 일을 기록한 것도 있긴 한데 천진함으로 넘쳐난다.

뒷날의 『요재지이』는 여우 귀신도 쓰기는 해서 천진함이 없어졌지만, 이야기를 수집할 때, 포송령은 일반 사람에게 가르침을 청하였다.

모옌도 산동 사람이고 도깨비를 말하고 쓰는 것으로 현대 중국에서 으뜸이다. 그의 고향 가오미에서 도깨비야말로 그곳의 일반 사람이 꾸며낸 것이다. 나처럼 1949년 이후에 도시에서 자란 사람은 그저 '계급의 적'이나 알지 그를 능가해 뭘 쓸까? 내가 모옌이 도깨비를 말하는 것을 들어보니 격조와 분위기는 당나라 이전 것이되, 말은 되레 지금 것이어서 마음속으로 기뻤고 그가 큰 재주꾼인 걸 알았다.

1986년 여름에 나는 모옌과 랴오닝 다롄에서 함께 지냈다. 그가 한 번은 고향 산동 가오미로 갔을 때의 일을 말한 적이 있다. 그가 밤에 마을로 들어갔는데, 마을 앞에 갈대밭이 있어서, 그래서 바짓가랑이를 걷어 올리고 물을 건너갔다. 뜻밖에 그가 발을 담그자마자 물속에서 수많은 붉은 꼬마 도깨비가 일어나서 연거푸 '시끄러 죽겠어, 시끄러 죽겠어!' 하고 떠들었다. 모옌이 할 수 없이 기슭으로 다시 올라가니 물속이 잠잠해졌다. 하지만 물이란 건너라고 있는 것이다. 그렇지 않으면 어떻게 집에 가나? 집도 바로 코앞에 있는데. 그리하여 다시 물속에 발을 들여놓으니 붉은 꼬마 도깨비들이 또 물속에서 일어나서 연거푸 '시끄러 죽겠어, 시끄러 죽겠어!' 하고 떠들었다. 몇 차례 더 그런 다음에 모옌은 할 수 없이 기슭 위에 밤새 쭈그리고 앉아 있다가 날이 밝은 다음에야 물을 건너서 집에 갔다.

이것은 내가 어려서부터 이때까지 들은 것 중에서 가장 훌륭한 도깨비 이야기이다. 이 때문에 오랫동안 즐거웠고 어린 시절의 두려움을 말끔히 씻어내고 다시 천진해진 것 같았다.

아청의 말을 인용한 것은 아무것도 없이 있는 척, 목소리만 높이고 떠벌린 혐의가 있다. 당시에 아청이 나를 큰 재주꾼이라 말해서 속으로 우쭐해져 정말 큰 재주꾼이 된 듯이 좋아하였다. 그러나 몇 년 지난 뒤에야 이 지나친 칭찬이 해가 적지 않은 달콤한 속임수라는 걸 깨달았다. 그가 10년 가까이 나를 놀렸다. 지금에야 나는 전혀 무슨 큰 재주꾼이 아니고 중간 재주꾼조차도 못 된다는 것을 깨달았다. 만약 내가 그처럼 큰 재주꾼이라면 그러면 우리 마을의 그러한 할아버지나 할머니들은 모두 슈퍼 재주꾼이 될 것이다. 기껏해야 나는 붓대로 수다를 떠는 것일 뿐이고, 우리 마을의 가치표준으로 가늠하건대 별 볼 일 없는 인간 축에 든다. 우리 마을 사람은 항상 별 볼 일 있다고 스스로 여기는 사람을 비웃으며 말한다. 당신이 별 볼 일 있으면 중국공산당 중앙엔 왜 못 가냐? 유엔엔 왜 못 가냐? 아무리 못해도 성省에라도 가야지 하필 여기서 계속 죽치고 있냐? 고향 사람들의 말을 듣고 따끔한 경고를 받은 것 같은 깨달음이 생겼다. 맞아, 정말 큰 재주꾼이라면 하필 시간이 걸리고 힘을 들여서 무슨 소설을 쓰겠어? 소설, 하찮은 말, 하찮은 놈의 말이지. 그러한 하찮은 말을 고상하니 위대하니 하고 말하는 사람들은 직업을 높이면 자기 신분도 올라가는 줄로 여기는 것이다. 나는 몇 년 전에 우리 현 병원 입구에서 찻잎으로 삶은 달걀을 파는 어떤 할머니의 당당한 얼굴을 떠올렸고, 돼지를 교배시키는 어떤 사람이 칼로 베듯 단호히 한 말을 떠올렸다.

"내가 없으면 당신들은 고기를 먹지 못하우."

사실 삶은 달걀을 파는 할머니도 당당할 수 있고 돼지를 교배시키는 사람도 거드름을 피워도 된다. 그들은 어쨌든 쓸모 있는 사람이기 때문인데, 유독 소설을 쓰는 사람은 뻐길 만한 것이 못 된다. 소설을 쓰는 사람이 낯가죽이 두꺼워서 바깥에서 거드름을 피우는 거야 괜찮지만, 고향에 가서도 그렇게 거드름을 피워보시라. 당신 아버님에게 뺨따귀를 맞거나 당신 고향 사람들이 코웃음 치는 소리나 들을 것이다. '사기꾼이 고향 사람을 가장 무서워한다騙子最怕老鄕親'라는 말이 바로 소설을 쓰는 사람을 두고 한 말이다. 미국에서 당시 '천재'라는 명성을 얻은 소설가 토머스 울프는 생전에 감히 고향에 돌아가지 못하였고, 영국 소설가 로렌스도 그의 고향 사람들이 그를 환영할 수 없는 사람으로 선포하였다. 그들은 모두 바깥에서 너무 허풍을 떨고 앞뒤 가리지 않고 고향 사람들의 감정을 상하게 하였다. 그들이 사망하고 몇 년 뒤에 고향이 넓은 가슴으로 그들을 새로이 받아들였는데, 그것은 또 다른 일이다.

얼마 전에 타이베이시의 요청을 받아 시 거주작가를 하는 동안에 아청과 한 건물에서 살면서 여러 차례 만나면서 아청이 더욱더 신비해졌다고 느꼈다. 어디를 가건 간에 그는 그곳에 앉은 채로 담뱃대를 물고 한마디도 하지 않았지만, 당신도 그가 중심인물이라는 점을 느낄 수 있다. 모두 다 그의 재치 있는 말과 훌륭한 견해를 기다리고 있었다. 어떠한 희한하고 별난 문제이든 간에 그에게 물었다 하면 반드시 답이 생긴다. 경서나 전고를 인용하고 말하는 것이 매우 확실하여서 다른 사람은 진실을 진실하지 않은 걸로 느끼게 된다. 그의 똥글똥글한 머릿속에 어떻게 그렇게 숱한 지식을 집어넣었는지 모르겠다. 아청 앞에서는 거드름을 피우면 안 된다. 나의 고향 사람들 앞에서 거드름을 피우면 안 되는 것이나 똑같다. 이 사람은 갈수록 도사님이 된 것 같다.

풀, 나무, 벌레, 물고기

수많은 글에서 1959년에서 1961년까지 '3년 궁핍 시기'[16]를 온통 칠흑같이 어둡고, 재미라곤 손톱만큼도 없었다고 썼는데, 나는 그렇지는 않다고 여긴다. 그 특수한 시기에도 즐거움이 있었다. 물론 모든 즐거움이 대체로 죄다 음식물을 구한 것과 관련되어 있긴 하지만 말이다. 당시에 나는 여섯 일고여덟 살이었고, 마을의 아이들과 함께 먹을 것을 찾아 사방을 헤집고 다녔다. 그야말로 꼬마 도깨비 떼거리 같았다. 우리는 중국 전설 속의 신농[17]처럼 들판의 온갖 풀이란 풀, 벌레란 벌레를 거의 다 맛보았고 인류의 식단을 풍성하게 하는 데 이바지하였다. 그 시절의 아이는 모두 배가 똥똥하게 툭 튀어나왔고 종아리는 장작개비처럼 가늘었으며 머리는 이상스레 컸다. 나도 물론 예외가 아니었다.

---

16 대약진 뒤 1959부터 1961년까지의 3천만 명이 굶어 죽었다는 시기이다.

17 신농神農은 사람에게 농사법, 의술, 상법을 가르쳐주었다고 하는 중국의 전설 속의 제왕으로 몸은 사람인데 머리는 소의 형상이라고 한다.

우리 마을 바깥에 상당히 드넓은 진펄이 있었다. 그곳은 지세가 낮고 물웅덩이가 매우 많았으며 잡초가 무릎을 덮었다. 그곳은 우리의 식량창고이자 우리의 낙원이었다. 봄에 우리는 그곳에서 풀뿌리를 캐고 푸성귀를 파냈다. 캐면서 먹고 먹으면서 노래를 불렀다. 소나 양 같기도 하고 제법 가수 같기도 하였다. 우리는 그러한 세월의 소, 양, 가수였다. 우리가 가장 부르기 좋아한 노래는 우리 자신이 창작한 것이었다. 가락이 수천수만 번 바뀌었지만, 가사는 언제나 "1960년은 정말 평범하지 않아요, 띠떡을 먹고 고구마 넝쿨을 먹어요." 같은 것들이었다. 노래 속의 '띠떡'이 바로 띠의 달콤하고 새하얀 뿌리를 깨끗이 씻어서 한 자 길이로 잘라 번철 위에 놓고 불에 말린 다음에 돌절구에 넣어 가루로 찧어서 다시 물을 붓고 버무리고, 부침개를 만드는 밀가루 반죽처럼 된 것을 번철 위에 놓고 불에 구워 익힌 것이다. 띠떡은 고급 식품이라서 날마다 사람마다 모두 먹을 수 있는 것이 결코 아니었다. 내가 수천 번은 띠떡 노래를 불렀지만 딱 한 번 띠떡을 먹었을 뿐이다. 또 30년 뒤에 거창한 식사 자리에서 닭, 오리, 생선, 고기를 배불리 먹은 뒤에 황토 맛을 풍부하게 지닌 간식으로 맛보았다. 고구마 넝쿨은 당시에 귀한 것이었고, 사람마다 날마다 모두 먹을 수 있는 것이 아니었다. 우리가 이 두 가지 음식물을 노래한 것이 바로 우리가 아무리 먹고 싶다고 해도 먹을 수 없다는 것을 설명한다. 어떤 젊은이가 어떤 아가씨를 사랑하지만, 반응 없는 일방적인 짝사랑이어서 할 수 없이 그 아가씨의 이름을 천만번 노래하는 것이나 마찬가지이다. 우리는 손가는 대로 뜯은 푸성귀를 한 입 채워 먹을 수 있을 뿐이었는데, 입가에서 풀빛의 즙이 주르르 흘러내렸다. 우리의 머리통은 크나 몸이 작아서 그야말로 미처 날개가 돋지 않은 메뚜기 같았다. 흉년에는 메뚜기가 많다. 이것도 하늘이 무너져도 솟아날 구멍은 있는 법이라는 것이다. 나는 모든 것을 다 잊어버렸지만 불타는 빨간색의 몸뚱이가 반지르르한 기름메뚜기를 잊어버릴 수 없다. 이러한 메뚜기는 기름 함유량이 아주 높아서 솥에 넣으면 치직치직 소리를 내고 색깔이 불타는 듯이 새빨갛게 변하고 구수한 냄새가 코를 찌를 때 소금을 살짝 치면 참으로 최상의 맛이다. 나는 당시 메뚜기 철에 어른과 아이가 모두 조롱박을 들고나와 풀밭에서 메뚜기를 잡았다고 기억한다. 처음에는 메뚜기가 어리바리해서 잘 잡혔지만 금방 단수가 높아졌다. 처음에는 모두 다 조롱박을 가득 채워 돌아갈 수 있었지만, 뒤로 가면서 조롱박 반도 채우지 못하게 되었다. 나만이 날마다 조롱박을 다 채우는 빛나는 기록을 유지하였다. 나에게는 한 가지 비결이 있었다. 메뚜기를 잡기 전에 먼저 풀의 즙으로 손을 파랗게 물들인다. 아주 간단하다. 기름메뚜기가 단수가 높아지면 사람이 손을 내뻗자마자 팔짝 뛰어 달아난다. 그것들은 매우 발달한 뒷다리 두 짝을 갖고 있고 두 겹 날개도 갖고 있어서 한 번 팔짝 뛰어 날아가면 사람은 녀석의 근처에 가까이 가기도 어렵게 된다. 나는 속으로 그것들이 사람의 손에서 나는 냄새를 맡을 수 있게 된 것이니까 풀의 즙을 바르면 사람의 냄새를 막을 수 있을 것이라 여겼다. 나는 나의 비결을 할아버지에게도 알려주지 않았다.

우리 할머니는 소득에 따라 분배해서 메뚜기를 많이 잡은 사람이 음식물도 많이 분배받기 때문이다.

메뚜기를 다 먹으면 금방 여름을 맞이하게 된다. 여름은 음식물이 풍부해서 우리에게는 좋은 시절이다. 그 3년 동안에 강우량이 특히 많았다. 6월에 들어서자마자 하늘에 구멍이 뚫린 듯이 큰비도 내리고 자잘한 비도 내리고 끝도 없이 주룩주룩 내렸다. 농작물이 전부 익사하였다. 웅덩이마다 물이 차서 온통 넘치는 바다가 되었다. 물이 있어야 물고기가 있다. 각양각색의 물고기가 하늘에서 떨어진 것 같이 품종이 아주 많았다. 어떤 물고기는 1백 살이 된 노인조차도 본 적이 없는 것이었다. 내가 이상야릇하고 또 요염하게 생긴 물고기 한 마리를 잡은 적이 있다. 녀석은 온몸이 새파란 색이고 날개는 새빨갛고 수면에 바짝 붙어서 활공할 수 있었다. 녀석의 등에 깃털 같은 것이 돋아나 있었고, 뱃가죽에 비늘이 나 있었다. 그래서 녀석이 도대체 물고기인지 새인지 지금까지도 나는 잘 모르겠다. 앞에서 내가 녀석을 물고기라고 말한 까닭은 편리를 위해서일 뿐이다. 이 이상야릇한 생물은 어쩌면 새로운 품종이거나 잡종일지도 모르지만, 아무튼 이상한 것이었다. 지금까지 살 수 있었다면 보물이 되었을 것이지만, 그 시대에는 먹기 위해 죽일 뿐이었다. 그러나 녀석은 보기는 좋았지만, 맛이 없었고 비리고 구려서 고양이조차도 거들떠보지 않았다. 사실 가장 맛있는 것은 가장 못생긴 미꾸라지이다. 요즘 내가 베이징 시장에서 본 미꾸라지들은 죄다 연필처럼 비쩍 말랐다. 그것도 미꾸라지라고 하나? 나는 1960년대 우리 고향의 미꾸라지를 떠올렸다. 한 마리, 한 마리 황금색이고 방망이만 하다. 미꾸라지 요리를 맛있게 만들어 먹는 많은 기발한 방법이 전해지고 있다. 나는 두 가지 방법에 대해서 들었다. 한 가지는 산 미꾸라지를 깨끗한 물에 넣어 며칠 동안 키우면서 배 속에 들어있는 흙을 토하게 한 다음 달걀 몇 개를 물에 깨뜨려 넣는다. 그러면 매우 굶주린 미꾸라지가 자연히 닥치는 대로 먹을 것이다. 녀석들이 달걀을 다 먹으면 녀석들을 들어내 기름 속에 넣고 바삭바삭하도록 튀긴 다음에 후추나 소금 같은 것을 뿌리면 그 맛이 대단히 좋다고 한다. 두 번째는 두부 한 모와 산 미꾸라지 열 몇 마리를 그릇에 담아서 이 그릇 채로 솥에 넣어 찐다. 미꾸라지가 뜨거워서 차가운 두부 속으로 파고 들어가게 된다. 두부 속으로 파고 들어가도 죽음을 면하기는 어렵다. 이 요리도 독특한 맛이 있다고 하는데, 아쉽게도 나도 못 먹어보았다. 미꾸라지는 어류 중에서 가장 겸손하고 가장 신중하다. 진흙 속을 뚫고 들어가 쉽게 머리통을 드러내지 않는다. 사람들은 오히려 이 점잖은 물고기를 괴롭히길 좋아하고 단칼에 끝장내지 않고 기어이 녀석이 여러 가혹한 형벌을 당하게 한다.

가을은 수확의 계절이다. 가없는 대지에서 물고기와 새우가 다 없어지면 또 게가 옆으로 기어 나온다. 속담에 '콩잎이 누렇게 되고 가을바람이 선들선들해지면 게 발이 근질거린다'라고 한다. 가을바람이 쏴쏴 부는 밤이면 떼를 지어 무리 지은 게가 강을 따라 하류로 내려온다. 할아버지는 녀석들이 동쪽 바다로 가서 알을 낳으려는 것이라고 말하였다. 나는 녀석들이 무슨 성대한 회의에 참석하러 가는 것 같이 여겼다. 게는 굼뜨게 생겼지만 물 속에서 헤엄치면 바람처럼 그림자처럼 신출귀몰해서 녀석을 잡아먹는 것이 결코 쉬운 일이 아니다. 게를 잡으려면 밤이 가장 좋다. 몸에 도롱이를 걸치고 머리에 삿갓을 쓰고 참을성 있게 기다리면 되는데, 가장 금기시되는 일은 고함을 지르는 것이다. 나는 예전에 집안의 여섯째 작은아버지를 따라서 한 번 게를 잡으러 간 적이 있다. 신기하고 신비롭고 끝없이 재미있었다. 낮에 여섯째 작은아버지가 지형을 잘 봐두었고 소문을 내지 않았다. 밤에 사람들이 모두 흩어졌을 때, 수숫대로 개울 안에 울타리 한 줄을 쳐놓고 구멍 한 개를 남겨두었다. 구멍 위에 자루 모양의 그물을 대놓았다. 이른 밤에 사람의 발걸음이 잠잠해지지 않으면 게들이 움직이지 않는다. 참을성 있게 한밤중까지 기다리면, 밤기운이 짙어지면서 보슬비가 부슬부슬 내리고 수면 위로 모락모락 연기 같은 안개가 피어오른다. 몸을 커다란 도롱이 속에 웅크려 넣고 춥다 덥다 말하지 말고 기다려보라. 키득키득 신비하게 나는 소리를 들으면서 물 냄새, 풀 냄새, 흙냄새를 맡으면서 어렴풋한 남포등 빛발을 빌리면 녀석들이 오는 것을 보게 된다. 시간이 되었고, 녀석들이 마침내 왔다. 녀석들은 수숫대로 쳐놓은 장애물을 따라서 줄줄이 위로 기어 올라간다. 아주 특별한 영웅은 기어 올라갈 수 있지만, 절대다수는 못 올라가고, 못 올라가면 물결에 휩쓸려 재빨리 구멍 속으로 빨려 들어가는 수밖에 없고, 그러면 나와 여섯째 작은아버지의 포로가 된다. 그날 밤에 나와 여

셋째 작은아버지는 게를 마대 한 자루나 잡았다. 당시는 1963년이고, 사람들의 생활이 마침 호전될 때였다. 우리는 대부분 게를 한 마리에 5편分씩 팔아서 밀기울 열몇 근을 사 왔다. 할머니가 너무 좋아하며 우리의 공을 치사하기 위하여 당신이 직접 남겨둔 게를 칼로 반 토막을 내서 밀기울을 묻혀서 뜨거운 솥에 넣은 다음에 기름 열 몇 방울 떨어뜨려 우리에게 먹으라고 부쳐주었다. 그때의 게 껍데기 가득 노랗게 바삭바삭 부쳐진 밀기울의 맛과 느낌은 말로 어떻게 형용할 수 없다.

가을에는 게 말고도 메뚜기, 콩벌레, 철써기, 귀뚜라미 등 맛있는 벌레도 아주 많다. 깊은 가을의 귀뚜라미는 색깔이 검은색에서 빨갛게 되고 어깨가 벌어지고 허리가 굵어지며 배 속에 전부 알이 들어있다. 볶아서 먹으면 독특한 냄새를 풍기는데 어떻게든 비유할 수가 없다. 또 다른 벌레가 있는데, 지금에서 내가 녀석들의 학명이 풍뎅이라는 것을 알았다. 굼벵이의 어른벌레이고 크기는 살구씨만 하고 색깔이 검고 반짝거린다. 빛을 따라가는 성질을 갖고 등불로 달려들어서 속명이 '눈먼 돌격대장'이다. 이 벌레는 무리를 짓기 좋아해서 나뭇가지나 수풀 위에 떨어지면 송이송이 잘 익은 포도 같다. 밤에 우리는 어둠을 더듬으며 눈먼 돌격대장을 걷으러 갔다. 한밤이면 한 자루 정도를 걷을 수 있었다. 이 벌레를 볶아서 익히면 그 맛이 메뚜기나 귀뚜라미와는 아주 달랐다. 또 콩벌레가 있는데, 중추절이 지나면 겨울잠을 잔다. 이 벌레가 겨울잠을 자면 배 속에 전부 하얀색의 지방질이 들어있는데, 똥도 싸지 않기 때문에 전부

다 고단백질이다.

　겨울에 들어서면 좀 형편없이 된다. 겨울이면 풀과 나무가 시들고 얼음이 석 자는 얼고 땅에서 벌레를 파낼 수 없고 물에서 물고기를 잡을 수 없다. 하지만 사람의 지혜는 끝이 없다. 특히 먹는 방면에서 그렇다. 우리는 재빨리 물이 담겨 있었던 웅덩이 바닥에 끼어 있는 마른 이끼를 부침개를 벗기듯이 한 겹 한 겹 벗겨내서 물에 넣고 좀 불려서 다시 솥에 넣어 불에 말리면 누룽지처럼 바삭바삭해지고 맛은 생선회 같다는 것을 발견하였다. 푸른 이끼를 다 먹으면 나무껍질을 벗겼다. 칼로 찍고 도끼로 잘라내서 바위 위에 놓고 찧은 다음에 항아리에 넣어 불린다. 그것이 불어서 흐느적거리면 방망이로 두드린다. 그것을 풀처럼 될 때까지 두드린 다음에 한 국자 한 국자 떠서 번철 위에 펴놓으면 부침개처럼 된다. 먹는 각도에서 보면 느릅나무 껍질이 상품이고, 다음은 버드나무 껍질이고, 그다음은 회화나무 껍질이다. 우리가 나무껍질을 먹는 과정은 필승蔡倫이 종이를 만드는 과정과 아주 비슷하지만, 우리는 필승이 아니고 우리가 만들어낸 것도 종이가 아니다.

부엌의 구경꾼

여러 해 동안 내 머릿속에는 부엌이란 개념이 없었다. 군인이 되기 전에 농촌에서 밥을 짓는 것은 어머니의 일이었으니 아이와는 무관하였다. 설령 농촌의 다 큰 남자라고 해도 거의 부엌에 들어가서 밥을 짓지 않는다. 만약 다 큰 남자가 부엌에 내려가서 밥을 지으면 남들이 업신여길 수 있다. 엄격하게 말하면 농촌에는 부엌도 없다. 문을 들어가자마자 안채이고, 방 안에 커다란 아궁이 두 곳을 쌓고 완전히 어린아이가 들어가서 목욕을 할 수 있을 정도로 커다란 쇠솥 두 개를 얹어놓는다. 왜 이렇게 커다란 솥단지가 필요한가? 그것은 솥단지로 식구들이 먹을 밥을 지을 뿐 아니라 돼지를 먹일 먹이도 끓이기 때문이다. 게다가 농촌 사람의 먹는 양이 도시 사람보다 훨씬 많고 음식물도 거칠어 솥단지가 작으면 안 된다. 이 커다란 솥단지 두 개 이외에 안채에 또 탁자 한 개를 놓아야 하고, 탁자를 놓을 수 없으면 벽돌로 단을 쌓는다. 단의 구멍 속에 접시, 그릇, 젓가락 따위를 넣어둔다. 단의 윗면이 바로 조상의 위패를 모시는 장소이다. 이 장소를 욕보이면 조상을 욕보이는 것이나 다를 바 없다. 나의 이웃집 여자가 남과 다투었는데, 이길 수 없게 되자 안채로 달려가 이 조상의 위패를 모신 장소로 기어 올라가서 바지를 벗어버렸다. 그녀의 이 행동이 지독스러워서 마을에서 무서워하지 않는 사람이 거의 없을 정도였다. 안채의 한쪽 모퉁이는 땔나무를 쌓아두는 곳이다. 우리는 그곳을 '차오가라柴咭岄'라고 부른다. 날이 추울 때면 돼지가 그곳으로 파고 들어가 잠을 잔다. 내가 군인이 되기 전에 어머니가 솥단지에서 빵을 구울 때, 종종 나에게 불을 지피게 하였다. 연기에 그을리고 불이 붙고 먼지가 날렸다. 농촌의 부엌은 흥미로운 장소가 아니다. 나는 어머니를 도와 불을 지피기를 싫어하였지만, 어머니가 생선 요리하는 것은 매우 보고 싶었다. 생선을 먹을 기회가 아주 적었고, 한 해에 그나마 두세 차례 정도 있었다. 어머니가 생선 요리를 할 때마다 나는 옆에 쭈그리고 앉아서 구경하였다. 구경하면서 이것저것 물었고, 또 참지 못하고 손을 내밀자 어머니가 나를 나무랐다.

"비린 것을 왜 만지니?"

군인이 된 뒤에, 신병 중대에 커다란 취사장이 있었다. 안쪽에 놓인 솥단지가 아주 커서 어린아이가 들어가 목욕을 할 수 있을 뿐 아니라 어른이 들어가서 목욕을 해도 문제없었다. 나는 정말 취사원이 되고 싶었다. 취사원은 진급이 비교적 빠르고 공을 세워 표창을 받을 기회가 많았지만, 아쉽게도 지휘관이 나에게 시키지 않았다. 일요일이면 자주 취사장에 가서 주방장을 도와주면서 커다란 솥단지에서 요리를 하는 재미를 체험하였다. 그 볶음용 뒤집개는 거의 땅을 파는 삽이나 다름없어서, 싸울 때는 완전히 무기로 써도 될 정도였다. 그 커다란 뒤집개로 한 솥단지 가득 찬 배추들을 뒤집는 느낌은 정말 기막히게 좋았다. 커다란 솥단지에서 볶아낸 요리의 맛은 별나게 좋았으니, 일반 식당의 아무리 고명한 주방장이라고 해도 군대의 커다란 솥단지 요리의 맛을 만들어내기 어려울 것이다. 나는 거의 20년 동안 이런 커다란 솥단지 요리를 먹었다. 이미 질리도록 먹었다고 느끼고 있긴 하지만, 군대를 나온 지 몇 년 뒤에 또 그리움을 갖게 되었다.

내가 마흔 살이 되었을 때, 마침내 우리 집에 부엌이 생겼다. 부엌은 아내의 활동 영역이라서 나는 쉽게 들어가지 못하고, 들어갔다 하여도 방해만 하기 일쑤이다. 그러나 아내가 생선을 다듬을 때면 아무리 바쁘든지 간에 꼭 들어가서 구경해야 한다. 물론 바닷물고기를 다듬을 때이고, 민물고기를 다듬을 때는 구경하지 않는다. 민물고기는 너무 비리고 게다가 대부분은 살아있는 것이기 때문이다. 바닷속의 물고기는 나에게 어린 시절을 떠올리게 하고 많고 많은 지난 일을 떠올리게 한다. 고등어 떼가 올 때는 늦은 겨울과 이른 봄 무렵이다. 어머니가 고등어가 싱싱한가 아닌가를 알려면 녀석들의 눈을 잘 봐야 한다고 말씀하셨다. 녀석들의 눈이 피가 스며든 것처럼 붉으면 싱싱한 것이고, 만약 눈이 붉지 않으면 싱싱하지 못하다는 말이다. 앞에서 말했듯이 우리는 한 해에 생선을 몇 차례 먹을 수 없었다. 매번 어머니가 생선을 다듬는 것을 구경할 때마다 어머니가 나에게 생선에 관한 지식을 알려주었다. 어머니가 말한 것도 자신의 어린 시절의 기억이다. 당시에는 생선이 아주 많았던 듯하다. 4월에 싱싱한 갈치가 시장에 나오면, 어머니가 말씀하셨다.

"너희 외할머니 집 대문 앞 큰 길거리는 전부 은백색이었지. 전부 생선이었어. 갈치가 얼마나 넓고 두툼한지, 솥단지에 넣고 지지면 지글지글 기름을 내뿜었지."

이러했던 갈치가 지금은 수수 이파리처럼 말라서 어머니가 매우 불만스러워하며 말하였다.

"저것들도 갈치라고 부르니?"

어머니가 말씀하셨다.

"또 무슨 큰 조기, 새끼 조기, 가자미, 넙치가 있었는데, 당시에는 생선이 정말 많았지. 값도 쌌고. 지금은 그런 생선들이 모두 어디로 갔다니?"

지금 내가 부엌에 들어가 아내가 생선 다듬는 모습을 구경하는 것은 실은 이런 비슷한 광경을 빌려 어린 시절을 회상하고, 어머니의 기억을 회상하는 것이다. 이는 바로 시간의 터널을 지나 단번에 어머니의 어린 시절 심지어 더욱 이른 시절로 되돌아가는 것이나 진배없다. 당시에 가오미 둥베이향의 수산물시장은 온통 은빛이 반짝였다. 그것은 싱싱한 바닷물고기가 반짝이는 빛이다.

사진을 찍은 이야기

이것은 내가 스무 살 이전에 딱 한 번 찍은 사진이다. 때는 대략 1962년 봄쯤이다. 독자는 사진 위의 내가 위쪽에 낡은 솜저고리를 걸치고 아래쪽에 홑바지를 입고 머리에 또 모자를 쓴 것 같은 모습을 볼 수 있다. 솜저고리 위에 단추 두 개가 없는데, 가슴 앞이 반짝반짝 빛나는 것은 한겨울 내내 흘린 콧물과 때에 찌들어 그렇다. 바지의 한 짝은 길고 한 짝이 짧은 것은 바지의 문제가 아니라 허리띠를 야무지게 매지 못한 소치이다. 사진에서 내 옆의 당차 보이는 여자아이가 바로 내 작은아버지의 딸로 나보다 넉 달 먼저 태어났다. 사촌누나는 이미 십몇 년 전에 이 세상을 떠났다. 무슨 큰 병도 없는 것 같았는데, 배가 아프다고 해서 인력거에 싣고 병원으로 가는 도중에 목이 비뚤어지자마자 가버렸다. 사진을 찍은 일이 거의 40년이 흘러갔다고 하지만 당시의 광경은 아직도 눈에 선하다. 당시에 나는 초등학교 2학년이었고, 수업 사이의 쉬는 시간에 어떤 학우가 크게 "사진 찍는 사람 왔다!" 하고 외치는 소리를 들었다. 모두 벌떼처럼 교실을 뛰쳐나갔다. 거기 교실의 한쪽 벽에 풍경을 그린 천이 걸려 있고 천 앞에 사진기계 한 대를 세워놓았고, 기계 위에 검은 바탕에 붉은 표시가 있는 천이 덮여 있었다. 현縣에서 온 사진사는 파란 옷을 입고 있었고 턱이 푸르스름하며 눈은 검고 얼굴은 엄숙해 보였는데 담배를 피우면서 기계 옆에 서서 무덤덤하게 기다리고 있었다. 먼저 우리에게 노래를 가르친 젊은 여선생님이 손에 백지 한 장을 말아 쥐고 한 장을 찍었고, 다음에 교장 선생님의 부인과 딸이 함께 한 장을 찍었다. 사진을 찍을 때, 사진사는 머리를 천 덮개 안에 들이밀고 그 속에서 웅얼거리는 목소리로 한참 무언가 알 수 없는 신비한 지시를 한 다음에 한쪽 손을 높이 들었다. 이어 손에 붉은색의 고무공을 한 개 쥔 채로 크게 "이쪽을 봐요, 눈을 깜빡이지 말고, 좀 웃어요! 좋아요!" 하고 외쳤다. 고무공이 찰칵 소리를 내자 사진을 다 찍었다. 정말로 엄청 신비하였고, 정말로 엄청 멋있었다! 우리는 사진사를 에워쌌고, 모두 얼이 빠져서 구경하였다. 사진 찍는 사람이 없는 틈을 타서 우리와 같이 볼거리를 구경하고 있던 선생님들이 서로 부추기면서 장 선생님은 리 선생님에게 찍으라 하고 리 선생님은 왕 선생님에게 찍으라고 하였다. 모두 찍고는 싶은데, 보아하니 돈 때문에 걱정하는 눈치였다. 이때 나의 사촌누나가 사진사 앞으로 걸어가더니 주머니에서 돈 3마오를 꺼내 내밀면서 말하였다.

"저 사진 찍을래요."

에워싸고 구경하던 학생과 선생 모두 놀랐다. 사진사가 물었다.

"꼬마 학생, 너네 집에 어른이 아니?"

사촌누나가 말하였다(그녀는 나의 어머니를 '엄마'라고 부르고 자기 어머니를 도리어 '작은엄마'라고 불렀다.).

"우리 작은엄마가 찍으라고 했어요."

즉시 어떤 사람이 옆에서 말하였다.

"저 애 아버지는 공급판매합작사에서 일하고 매월 월급을 받잖아!"

그리하여 모두 다 긴 한숨을 내쉬었다. 그날 나의 사촌누나는 단정하게 입었다. 독자 친구들은 사진에서 볼 수 있을 것이다. 그때가 1961년이었던 것을 잊지 말자. 절대다수의 농촌 아이가 모두 이렇게 온전한 옷을 입을 수 없었다. 나의 사촌누나처럼 입을 수 있었던 경우는 아주 드물었다. 사촌누나는 아주 깔끔하고 단정한 여자아이였고, 똑같은 새 옷을 내가 이틀을 입으면 꼴이 말이 아니게 되지만, 그녀는 한 달을 입어도 더러워지지 않았다.

나의 사촌누나는 꼿꼿하게 작은 머리를 쳐들고, 단정하고 반듯하게 사진기계 앞에 서서 사진사가 명령을 내리기를 기다렸다. 이때 누군가 뒤에서 떠미는 것처럼 내가 쏜살같이 사진기계 앞으로 뛰어나가 사촌누나와 함께 나란히 섰다. 사진사의 머리가 검고 붉은 천 안쪽에서 쑥 나오며 "뭐야? 뭐?" 하고 말하였다. 선생님과 학우들이 모두 멀뚱멀뚱 나를 쳐다보면서 말을 하는 사람이 없었다. 내가 으쓱대며 사진사에게 말하였다.

"우리는 한 식구예요!"

사진사가 이 작은 괴물이 저런 여자아이와 한 식구일 수 있다는 것을 믿지 못하겠는지, 고개를 돌려서 선생님을 쳐다보았다. 나의 담임선생님이 말씀하셨다.

"맞아요, 쟤들은 한 식구예요."

나의 사촌누나도 반대를 하지 않았다. 이 일은 지금까지도 나를 감동하게 한다. 사진사가 머리를 검고 붉은 천 안쪽에 넣은 채로 "앞을 봐요, 좀 웃어요, 좋아요!" 하고 말하였다. 그의 손이 고무공을 한 번 누르며 "되었어요!" 하고 말하였다.

좀 지난 다음에 내가 사진 찍은 일을 까맣게 잊어버린 어느 날 저녁 온 가족이 탁자를 둘러싸고 후루룩후루룩 푸성귀 국을 먹고 있는데, 대문 바깥에서 어떤 사람이 내 이름을 부르는 소리를 들었다.

"관모예管謨業! 관모예!"

식구들이 모두 나를 쳐다보았는데, 그들은 어떤 사람이 내 이름을 부르는 소리를 듣고 이상하다고 생각하는 눈치였다. 나는 밥그릇을 그대로 놔둔 채 바깥으로 뛰어나갔다. 알고 보니 우리 담임선생님이었다. 선생님이 하얀 종이봉투 한 개를 나에게 건네주며 말하였다.

"너희들의 사진이 나왔어."

내가 사진을 들고 집으로 뛰어가느라 그만 선생님을 집에 들어오시라는 것도 잊고 감사하다고 말씀드리는 것도 잊어버렸다. 식탁 위에서 종이봉투를 여니 사진 세 장과 필름 한 장이 나왔다. 사진이 많은 사람의 손에서 손으로 전달되었다. 어머니가 한숨을 내쉬며 말하였다.

"너 이 지저분한 꼴 좀 봐. 무슨 사진을 찍니? 네 누나까지도 덩달아 못나졌다."

당시에 우리는 그때까지 분가하지 않았고, 마을에서 가장 큰 가족이었다. 온 식구 열세 사람이 위로 노인이 있고 아래로 어린 애들이 있었다. 가장 고달픈 사람은 어머니였다. 나는 못생긴 데다가 먹는 양은 많고 손발이 재지 못해서 할아버지와 할머니도 나를 귀여워하지 않았다. 이 때문에 어머니는 늘 한숨을 내쉬었다. 오늘에 반성해 보면 그들이 나를 귀여워하지 않은 것은 아무튼 그들에게도 이유가 있지만, 중요한 것은 역시 나 자신이 남에게 귀엽게 굴지 못한 데 있었다. 나는 못생겼고 게으르고 게걸대고 또 툭하면 나가서 못된 일을 하고 집에 적지 않은 골칫거리를 가져왔다. 이런 못된 아이가 어떻게 남에게 귀여움을 받겠나?

나의 할아버지는 아주 보수적인 사람으로 인민공사에 대해 반감을 품고 있었다. 나의 아버지는 오히려 적극적으로 앞장서서 인민공사에 참여하고 고된 일을 참고 견뎠다. 설령 중농이라고 해도 빈농보다 훨씬 적극적이었다. 아버지가 적극적으로 하자 할아버지가 화를 냈다. 할아버지는 하루도 인민공사에서 일하지 않았다. 할아버지는 마을에서 이름난 농부였다. 재치 있고 솜씨가 좋고 힘이 세서 만약 체념하고 인민공사에 가서 일하였으면 보나 마나 포상을 받았을 것이지만, 할아버지는 맹세코 인민공사에 가서 일하지 않고, 간부가 집으로 설득하러 오면 어르기도 하고 달래기도 해서 물리쳤다. 그분은 어떤 수단이나 방법도 통하지 않았고 좀 고집불통인 데가 있었다. 할아버지가 인민공사는 토끼 꼬리만큼도 못 자랄 것이라며 큰소리를 쳤다. 아버지는 깜짝 놀라 당장에 할아버지에게 무릎을 꿇고 노인네가 마구 말하지 말도록 사정하였다. 중국과 소련이 우호적이었을 때, 할아버지는 정당한 좋은 방법이 아니고 마을의 그저 그런 술친구들같이 좋을 때는 엎어져서 죽고 못 살지만 나쁠 때는 원수질 것이 뻔하다고 말하였다. 할아버지의 이런 예언 두 가지는 뒷날 모두 맞아떨어졌고, 우리는 부득이 그분의 선견지명에 감탄하지 않을 수 없었다.

할아버지는 생산대대에 가서 일하지 않았지만, 그렇다고 맹탕 논 것도 아니었다. 그곳에는 버려진 땅이 아주 많았고 할아버지는 땅을 일궈 농사를 지었다. 할아버지가 개간한 버려진 땅의 백 평당 생산량이 생산대대의 경작지보다 훨씬 많았다. 하지만 이런 일은 당시에 대역무도한 것이어서 인민공사는 결국 할아버지의 땅을 몰수하였고, 또 할아버지를 끌어내 조리돌림을 하려고 했는데, 작은아버지가 인민공사로 찾아가서 사정사정해서 간신히 그 일을 면할 수 있었다. 버려진 땅을 개간하지 못하게 막자 할아버지는 직접 나무 바퀴가 달린 수레를 만들어서 그것을 밀고 풀을 베러 다녔다. 풀을 베서 햇볕에 말린 뒤 말 목장에 팔았고, 고구마말랭이를 사 와서 식구들이 흉년에도 버틸 수 있게 해주었다. 할아버지는 사실 생활 능력이 좋은 사람으로서 그물을 짜고 새를 잡고 물고기를 낚고 또 속임수로 산토끼를 잡을 수 있었다. 그분은 기분이 좋을 때는 훌륭한 노인이지만 기분이 나쁠 때는 얼굴이 무쇠로 주조한 것처럼 바뀌어서 누구든지 무서워하였다.

다음으로 나의 어머니에 대해 좀 말하겠다. 어머니가 세상을 떠난 지 벌써 5년이 되었다. 나는 여러 차례 어머니를 기념하는 글을 쓰고 싶었지만, 붓을 들면 온갖 상념이 뒤엉켜서 어디서부터 써야 할지를 몰랐다. 어머니가 평생 너무너무 많은 고난을 감당한 것을 떠올리면 내 마음이 괴롭다. 어머니는 1922년에 태어났다. 네 살 때 외할머니가 사망해서 고모가 어른이 될 때까지 키웠다. 어머니의 고모, 즉 외고모할머니는 무쇠같이 단단하고 자그마한 분으로 매우 일을 잘하고 남에게 지기 싫어하는 성미였다. 비록 전족하였던 작은 발이지만 걸으면 바람처럼 날렵하였고 남자나 할 수 있는 일도 척척 잘 해냈다. 어머니는 고모의 교육을 받아 네 살 때부터 발을 싸매기 시작하였으니, 그로부터 당한 고통은 이루 말로 표현할 수 없을 것이다. 하지만 결국에는 깜찍하게 작은 발을 만들어 냈다. 어머니는 두고두고 고모에게 아주 감사하였다. 어머니는 열여섯 살 되었을 때 우리 집안으로 시집을 왔고, 그로부터 서서히 고달픈 시집살이를 시작하였다. 정신적으로 받은 봉건적 압박은 말할 필요도 없거니와, 더욱 깊은 고통은 당신이 깨닫지 못하였기 때문에 고통이라고 할 수 없는 것들이었다. 어머니가 앓은 병에 대해 말하자면, 어휴! 나는 기억력이 생기고부터 어머니가 이러저러한 질병에 시달리는 것을 보아왔다. 우선은 가슴앓이인데, 해마다 봄이면 도지고, 도졌다 하면 며칠 동안 내리 아프고, 보건소에 가서 진통제 두 알을 사다 먹어도 소용이 없었다. 의사를 청해 보이고 싶지만, 돈이 없으니 할 수 있는 거라고는 돈이 들지 않는 민간요법을 찾아 치료하는 수밖에 없었다. 누나가 나를 데리고 금방 아기를 낳은 집에 가서 달걀껍데기를 주워왔고, 그것을 솥단지에서 불로 말려서 다시 마늘 절구에 넣고 으깬 다음에 어머니에게 마시게 하였다. 또 다른 민간요법은 달걀 부침개 한 장인데, 안에 생강 네 쪽을 넣고 싸서 한 번에 먹는다. 내 기억에 어머니가 그 생강 달걀 부침개를 먹은 뒤 부뚜막에서 데굴데굴 구르며 아파하면서 식은땀을 흘려서 옷과 머리카락을 모두 흠뻑 적셨다. 당시에 모두 배가 아픈 것은 차고, 생강은 뜨거운 것이니 치료할 수 있을 것이라 여겼는데, 어머니의 병이 중증 위궤양 출혈인 줄 모르고 생강 네 쪽을 먹었으니 의심할 바 없이 불난 데 기름을 부은 격이었을 것이다. 어머니의 마음을 아프게 한 것은 그분의 고모가 몰래 보내온 달걀이었다. 여름이 되면 두통이 시작되는데, 얼굴이 새빨개지고 일을 하고 돌아와 급히 밥을 짓고 다른 사람이 밥을 먹을 때면 어머니는 바깥으로 뛰쳐나가 토하는데 창자를 뒤집고 위를 쥐어짜면서 토해냈다. 누나가 울면서 어머니의 등을 두드려주면 나도 옆에 서서 덩달아 울었다. 가을에는 또 가슴앓이가 도졌다. 간신히 시달리면서 보내면 겨울이 오고, 그러면 천식이 또 왔다. 폐결핵에 걸린 것이라고 말하였는데, 폐결핵에는 큰 광주리 하나 가득한 달걀 아니면 많은 참기름이 필요하였다. 우리가 어딜 가서 그걸 구하겠나? 그저 밑천이 많이 들지 않는 민간요법으로 치료할 뿐이었다. 요강 속에서 절인 삶은 무를 먹고 버드나무 가지로 끓인 물을 마셨다. 어떻게 나을 수 있으랴? 부인병에 탈항도 있다. 탈항을 치료하는 가장 좋은 방법은 돼지의 큰창자에 쌀을 넣어 푹 곤 것을 먹는 것이라고 하였다. 우리는 먹을 수 없었다. 당시에 우리는 쌀이 어떻게 생긴 것인지 본 적도 없었다. 어머니가 직접 민간요법을 발명하였다. 저녁밥을 먹은 다음에 벽돌 반쪽짜리 한 개를 찾아서 아궁이 안에 넣고 구우면서 설거지를 하고, 일을 다 한 다음에 뜨거운 벽돌을 꺼내서 엉덩이 아래쪽에 깔고 앉는 것이었다. 그리하면 아주 편하다고 말하였다. 뒷날 또 변죽만큼 큰 독창이 허리에 생겼다. 어머니는 내내 서서 일하다가 견딜 수 없게 되어서야 바닥에 누웠고 아픔을 참고 이를 악물고 앓는 소리조차 내지 못하였다. 시아버지, 시어머니나 동서에게 혹여나 귀찮다는 소리를 들을까 봐서 그랬다. 어머니는 뼈만 남을 정도로 말랐고, 나는 누나를 따라 어머니 옆에서 울기만 하였다. 어머니가 나의 아이 때 이름을 부르며 말하였다.

"내가 죽으면 너희 남매는 어떻게 사니?"

다행히 현縣 의료대가 순회 진료를 내려왔고, 의무적으로 진료를 하고 돈을 받지 않았다. 어느 날 점심때, 한 무리 의사가 모두 새하얀 가운을 입고 목에 청진기를 메고 또 칼과 가위 같은 것을 들고 어머니에게 수술해야 한다고 말하고 우리에게 들어가서 보지 못하게 막았던 것을 기억한다. 방 안에서 어머니가 울부짖었다. 틀림없이 참을 수 없을 정도가 되어서야 울부짖었을 것이다. 한참 지난 뒤에 어떤 의사가 피고름 한 대야를 내왔고, 조금 있다가 또 한 대를 내왔다. 어머니는 천천히 좋아져서 벽을 붙잡고 땅을 걸을 수 있게 되자 또 일을 시작하였고 열 몇 사람의 밥을 혼자 지었다. 당시의 밥이란 것이 절반은 겨와 푸성귀이다. 먼저 푸성귀를 돌멩이 위에 놓고 문드러지도록 두드려서 푸른 즙을 짜내고 다시 겨와 그 귀한 고구마 가루와 버무렸다. 이렇게 밥을 지으려면 노동량이 많이 들었다. 어머니는 힘들면 푸성귀 한 움큼을 집어 입에 쑤셔 넣었다.

어머니의 병이 나은 뒤에 허리에서 커다란 혹이 한 개 떨어져 나갔다. 비가 내리려고 하면 근질거려서 현의 기상예보보다 훨씬 정확하였다. 나중에 또 당나귀한테 채여서 다리를 다쳤고, 또 대상포진에 걸렸다. 어머니의 말년에 우리의 생활 형편이 호전되었지만, 그분의 병은 날로 깊어져서 결국은 치료할 수 없었다. 어머니는 한평생 단 하루도 복을 누려본 적이 없었다. 그분이 시달린 고생이란 오늘날의 사람으로서는 상상하기 어려운 것이다. 밤에 아이를 낳고 낮에 또 타작마당에 나가서 일하였다. 금방 전에 아이를 낳았을 망정 한밤중에 하늘에서 폭우가 쏟아지면 밀을 아직 타작마당에 두었으니 수건을 머리에 둘러매고 타작마당으로 달려가 일을 거들었다. 동작이 조금이라도 느리면 또 불호령이 떨어졌다. 먹는 것으로 말하면 몇십 년 동안 사람들 모두 다 배불리 먹지 못하였지만, 어머니는 더더욱 배불리 먹지 못하였다. 위로 노인이 있고 아래로는 어린 것들이 있어서 맛있는 것은 근본적으로 그분의 입에 들어갈 수 없었다. 때론 입에 넣은 것도 뱉어서 나에게 먹였다. 나는 그분의 가장 어린 아들이었다. 용모가 이상스레 못났다고 말하지 않더라도 특대의 양을 먹는 배를 갖고 있었으니 자신에게 배분된 몫을 몇 입 삼킨 다음에 다른 사람의 밥그릇을 쳐다보면서 울었고 사촌누나의 밥그릇에 달려들어 빼앗아 먹을 정도로 게걸댔다. 내가 빼앗으면 사촌누나도 울었고 그러면 난장판이 되었다. 마지막에는 반드시 어머니가 작은어머니에게 사과하는 것은 물론이고 또 자신의 밥그릇 안의 것을 덜어서 나에게 먹으라고 주었다. 어머니의 폐결핵은 사실 굶주림에서 비롯된 것이다. 굶주린 데다가 생산대대에 맷돌질도 해주어야 하였다. 맷돌을 돌렸던 나귀가 모두 굶어 죽었던 터라 할 수 없이 여자가 나귀 역할을 감당해야 하였다. 1960년대에 우리 가족 가운데서 한 사람도 굶어 죽지 않은 것은 전부 공급판매합작사에서 일한 작은아버지 덕택이다. 나의 작은어머니는 성질이 그다지 좋지 않았지만, 작은아버지는 성격이 매우 좋았다. 작은아버지는 나에게 파카 만년필 한 자루를 주었고, 신발도 사주었다. 우리의 생활이 가장 곤란하였을 때, 작은아버지가 공급판매합작사에서 구해온 목화씨 지게미는, 지금은 돼지조차도 안 먹지만 풀뿌리와 나무껍질까지도 깡그리 먹어 치운 그때 그 시절에는 의심할 바 없이 사람 사는 세상의 가장 맛 좋은 음식이었고, 음식에 그치는 것이 아니라 그야말로 목숨을 구한 만병통치약이었다. 우리는 면화씨 지게미를 먹으면서 가장 고달픈 세월을 보냈다. 이런 글은 무슨 재미라곤 없으니 여기서 그만하자.

작은어머니는 2001년 5월에 세상을 떴다. 그 세대 사람의 운명은 참으로 기구하였다. 그것을 생각하면 슬퍼진다. 작은어머니는 한평생 사실 무슨 복을 누려본 적이 없다. 특히 말년에 이르러서 사촌누나가 사망한 다음에 고아 둘이 남아 참으로 애처로웠다. 그런 뒤에 또 작은아들이 분별없이 무슨 여행용품 가공공장을 하면서 거액의 채무를 지는 바람에 일흔 살 넘은 작은어머니가 날품팔이하러 남의 집에 가야 했다. 그분과 마을의 노인들이 된추위를 무릅쓰고 남의 집에 가서 고추를 따주고 매일 2위안의 돈을 벌었던 생각을 하면 내 마음이 시큰해진다. 만약 이런 일을 만나지 않았다면 그분이 여든 살을 넘겨 사는 것은 문제도 아니었을 것이다.

사촌동생이 만든 채무를 갚고 사촌누나가 남긴 고아 둘을 키우기 위해 우리가 돈을 좀 냈다. 이 때문에 작은어머니가 우리를 만났을 때, 마음이라도 파내서 우리에게 먹이지 못하는 걸 한스러워 한 모습이 내 마음을 실로 슬프게 하였다. 오랜 세월 동안 쌓인 응어리는 진작에 깨끗이 사라져서 남은 것이 없다. 앞에서 내가 쓴 것은 사실 당시 농촌의 가정상황이고 또 특별히 비난하려는 뜻이 없다. 동서지간에 머리통이 깨지도록 싸우는 경우는 비일비재한데, 우리 어머니와 작은어머니의 사이는 그래도 좋은 편이었다. 어머니가 돌아가신 뒤 사흘째, 무덤에 흙을 북돋아 줄 때 작은어머니가 우리 형제 세 사람이 왼손에는 좁쌀을, 오른손에는 수수 한 움큼을 쥐고 어머니의 새 무덤을 에워싸고 돌도록 알려주었다. 왼쪽으로 세 번, 오른쪽으로 세 번 돌면서 묵념하였다.

"수수 한 움큼, 좁쌀 한 움큼, 조상님께 보내니 가서 복을 누리시

길 비옵니다……."

지금은 작은어머니와 어머니가 모두 그곳에서 복을 누리고 계시겠지!

3년 뒤에 여기에 덧붙여 쓰다.

홍수와 황소개구리

1960년대 이전에 우리 가오미 둥베이향은 정말 늪의 고장이었고 물로 도배할 정도로 물이 많았다. 당시에 여름이 되기만 하면 계속 흐리고 비는 쉬지 않고 주룩주룩 내렸다. 하지만 1970년대부터 지금에 이르기까지 가뭄이 갈수록 심해지고 때로는 석 달 동안 비가 한 방울도 내리지 않는다. 그때 그 시절에 큰물로 차고 넘치던 강물이 바짝 말라 바닥까지 보여 강바닥에서 무대를 놓고 공연할 수 있게 되었다. 우리는 하늘을 바라보며 비를 기다린다. 비야, 비야, 너 어디로 내려갔니? 하늘에서 비를 내리지 않으면 우리는 가뭄과 싸우고 우물을 파고 저수지를 파며 물을 져다가 밭에 물을 대고 어깨 위에 쇠 같은 굳은살이 박인다. 물 높이가 낮아질수록 물맛이 짜고 써지며 마지막에 몇십 미터 깊이 파도 물을 퍼낼 수 없게 되어 농작물까지도 말라 죽었다.

노인들이 몰래 하늘에 비를 빌며 바짝 마른 강바닥에 내려가 향을 피우고 종이를 태우다 간부에게 발각되면 또 비판 투쟁을 당해야 했다. 나의 작은아버지가 말하였다.

"정말 비를 빌려면 향을 피우고 종이를 태우는 것으로는 안 돼. 반드시 큰마음 큰 정성으로 크게 빌어야 해. 옛날에 톈치절天齊廟의 스님처럼 그렇게 하여야 해. 머리에 폭약 보따리를 이고 길이 30m 되는 도화선 한 가닥을 늘어뜨리고 하느님에게 딱 3분 주었어. 비가 내려서 도화선을 끄지 않으면 스님은 폭사할 것이었지. 하지만 해가 불처럼 뜨겁고 구름은 한 덩이도 없어 도화선이 스님의 머리통을 폭발시킬 것이 뻔한 상황에서, 눈 깜짝하는 순간 참새 한 마리가 공중으로 날아가다가 새똥을 한 무더기 싸서 도화선을 꺼버렸어. 하느님은 정말 비를 내리지 않았어."

나는 물에 잠겨 죽는 것이 가물어 죽는 것보다 낫다고 자주 말하였다. 물에 잠겨 죽는 사람은 힘을 낼 필요 없고 비교적 깨끗하지만, 가뭄에는 산 채로 시달리고 생고생을 하다 죽기 때문이다. 그래서 1960년대의 여름을 그리워한다. 빗물이 얼마나 많았던가. 큰비가 내리고 가운데 비가 내리고 마지막 비가 내리고 동쪽에서 해가 나오면 서쪽에서 비가 내렸다. 6월이나 7월에 일주일 내내 해를 못 보는 일도 흔하였다. 땅속이나 골목 안쪽에도 전부 물이고 집 안에도 물이었다. 당시에는 땅을 팔 때 흙을 한 삽만 퍼내도 물이 뿜어져 나왔다.

어느 해인가 내가 발에 종기가 난 때가 생각난다. 어머니가 나에게 발로 땅을 디디지 못하도록 막았다. 땅이 전부 진창이었기 때문이다. 나는 할 수 없이 구들장에 앉아서 뒤창 너머로 강 속의 물을 바라보았다. 출렁출렁 동쪽으로 흘러가는 강물은 지붕보다 더 높은 것 같았고, 강물이 거의 강둑으로부터 흘러넘칠 것 같았다. 내가 소설 속에 쓴 "사나운 말같이 솟구치는 강물"이 바로 이때 그렇게 관찰한 것이다. 당시 집에는 라디오가 없었고, 텔레비전은 더욱 없었으며, 현에 유선방송이 있어서 집마다 작은 나팔 한 개씩 설치해주어서 창틀에 걸려 있었다. 홍수 예방의 계절이 닥칠 때마다 작은 나팔이 연거푸 방송하였다.

"빈농과 하층민은 주의하십시오. 빈농과 하층민은 주의하십시오. 오후 3시에 600톤 유량이 내려올 것이니, 자오허膠河의 빈농과 하층민은 즉시 강둑으로 올라가 긴급구조에 대비하십시오."

마을에서 즉시 징을 쳐서 모이고 위험과 재난 시기에는 한마음으로 뭉쳐서 할머니, 아이, 삽을 들 수 있는 사람, 가마니를 둘러멜 수 있는 사람들이 모두 강둑 위로 올라갔다. 당신은 강물이 산을 밀어치우고 바다를 뒤집어엎으며 첸탕강錢塘江 물결처럼 휘몰아치면서 내려오는 것을 볼 수 있을 것이다. 강물이 내려오면 코를 찌르는 물비린내가 물결을 타고 뒤창으로 쏟아져 들어왔다. 큰형이 당시에 상하이에서 대학에 다녔고, 해마다 여름방학이면 집으로 돌아오는데, 가오미 기차역을 나오면 차가 없어서 할 수 없이 괴나리봇짐을 짊어지고 집으로 걸어왔다. 우리 집에서 10여 리 길 떨어진 곳까지 걸어오면, 온통 하늘까지 울려 퍼지는 청개구리 울어대는 소리가 들려온다. 형은 속으로 잘못됐구나, 침수돼버렸구나, 하고 생각했다. 어디서 그렇게 많은 청개구리가 왔는지 모르지만, 청개구리의 울음소리는 밤새도록 그치지 않았다. 밤 깊고 인적 없고 마을이 온통 칠흑 같을 때, 온 마을이 청개구리 위에 둥둥 떠다닌다고 느낄 것이다. 와글와글와글, 개굴개굴개굴, 우렁차고도 축축한 소리가 사람 잠들기 어렵게 떠들어댄다. 청개구리의 울음소리는 온 마을을 모두 둥둥 떠받쳐 들었다. 당시에 사람은 청개구리를 먹을 줄을 모르기도 하였고 좀 어려워하여서 감히 먹지도 못하였다. 다음날 저수지에 가거나 강둑에 올라가거나 온통 청개구리가 나와서 무슨 회의를 하는 것 같았다. 새파란 것은 전부 청개구리의 등짝이고 다닥다닥 달라붙어서 수면조차도 볼 수 없었다. 이는 대자연의 아름다운 경관인 건 확실하지만 상상하기 어려운 일이었다. 물론 앞으로 소설 속에 써넣게 된다면 더욱 신기한 장면일 것이다.

아이라면, 농촌과 같은 환경에서 신경 써주는 사람이 없어서 너무 외로울 때, 그러한 대자연을 관찰하게 된다. 모든 사람이 다 강둑으로 올라갔고 할머니까지도 올라갔다. 나는 발에 종기가 나서 혼자 구들장 위에 앉거나 아니면 나무 아래 작은 걸상에 앉아서 마당 안의 커다란 두꺼비들이 이리저리 기어가는 모습을 관찰하였다. 녀석들이 어떻게 파리를 잡는지 쳐다보았다. 내가 오래된 옥수수 한 개를 씹어 먹고 옥수수 속대를 남겨서 한쪽에 내던지면 파리떼가 달려들었다. 새파란 파리나 풀색머리파리가 옥수수 알갱이만 하였고, 어떤 놈은 옥수수 알갱이보다 더 컸고 온 몸뚱이가 보석처럼 새파랗고 눈만 붉었다. 그러한 파리들이 다리 한 짝을 들어서 눈을 비비고 날개를 문지르는 모습을 보았다. 세상에 파리처럼 그렇게 다리로 눈을 비빌 수 있는 재주를 가진 동물은 없었다. 커다란 두꺼비가 기어 오는데 살그머니 기어서 다가온다. 소리를 내지 않기 위하여 느릿느릿, 느릿느릿 조금도 소리를 내지 않고 기고 다리를 천천히 길게 내밀었다가 움츠렸다가 다시 길게 내밀어 파리에게 가까이 다가가면 파리도 전혀 느끼지 못한다. 파리와의 거리가 약 20cm 떨어진 곳에서 녀석이 멈추고, 혀가 마치 긴 창처럼 '퍽' 튀어나오면, 파리는 말려서 녀석의 입으로 들어간다. 두꺼비가 먹이를 잡을 때는 조금도 굼뜨지 않다. 녀석의 혀는 아주 날쌔고 한번 내밀기만 하면, 파리를 먹어 치운다. 나는 또 우리 집 담장 위의 푸른 풀이 후다닥 자라는 것을 보았다. 조금 전에 강물의 물을 보고 고개를 돌려서 다시 보면 담장 위의 풀이 조금 전보다 1cm는 높이 자라 있었다. 난데없이 또 굼벵이를 보았다. 매미의 유충이기도 한데 느릿느릿 기어 나와 해바라기의 줄기까지 기어 올라가서 멈추더니 등짝이 천천히 갈라지면서 누르스름한 매미가 기어 나왔다. 금방 기어 나왔을 때는 녀석의 날개가 한 덩어리로 달라붙어 있는데, 천천히 공기 속에서 펼쳐지고 펼쳐지면서 몸도 점차 색이 바뀌고 누르스름한 색에서 잠깐이면 노란색이 된다. 그 뒤에 검게 된 다음에 날개를 부르르 떨면서 '윙'하고 날아서 하늘로 뚫고 올라가서는 까만 점 한 개가 되어 볼 수 없게 되었다. 나는 그런 녀석들을 관찰하다가 싫증이 나도록 보고 나면 구들장으로 가서 벽에 붙인 낡은 신문지를 보았다. 우리 집은 이미 아주 오래되어 낡았고, 벽은 기름 연기에 온통 시커멓게 그을렸다. 설날이 될 무렵에 낡은 신문지들을 풀로 발랐고, 밤마다 등불을 쬐어서 온 벽이 번들거렸다. 어머니는 글자를 몰라서 붙일 때 어떤 것은 거꾸로 붙이고 어떤 것은 옆으로 붙였다. 나는 구들장 위에서 돌아가면서 보았다. 신문지가 만약 머리가 아래로 향하면 나는 반듯이 누워서 보았고 신문지가 위로 향하면 서서 보았으며 엎치락뒤치락 그 신문 열몇 장의 소식을 죄다 읽었다. 1958년의 대약진이네, 밀밭 백 평에서 1만 근을 생산하였네, 톈진 교외 지역의 농민이 갈대와 벼 접붙이기에 성공하였네, 스탈린 대원수가 서거하였네, 어떤 지역의 농촌 의사가 가족 계획의 새 방법을 발명하여서 가임연령의 여성에게 남편과 동침하기 전에 매번 지렁이 스무 마리씩 생으로 삼키게 하여서 피임할 수 있었네. 지금 그런 것들을 돌이켜보면 아주 재미있다. 당시에 신문 위의 글은 거의 모두 과장, 변형과 상상력이 가득 찬 매직 리얼리즘 소설이었다. 신문을 보다 지쳐서 머리를 들면 난데없이 아주 여리디여린 엷은 노랑 사마귀 한 마리가 창문 옆에서 기어 나온 것을 발견한다. 도마뱀붙이 한 마리가 사마귀를 따라서 뒤쪽에서 기어갔다. 처마와 문틀 사이에서 거미 한 마리가 마침 거미줄을 치고 있었다. 잠자리 한 마리가 거미줄에 붙자마자 거미가 달려들었다. 새끼제비 한 마리가 거미줄과 부딪쳐서 거미줄이 찢어졌다. 거미가 줄을 치면 날이 갠다는 것을 뜻한다. 과연 한 줄기 햇살이 시나브로 구름 속에서 드러났고, 홀연 대지에서 금방 가동된 보일러처럼 열기가 뿜어져 오르는 것을 느끼게 된다. 병이 난 아이를 구들장에 30일 동안 가두어둔다면 그 아이는 많은 것을 관찰할 수 있다. 나는 이따금 파리를 잡는 놀이도 하였다. 손가락에 밥풀을 좀 붙이고 손을 들고 있으면 파리가 기어오를 때 손가락을 확 오므려서 녀석을 꽉 잡았다. 놀다가 또 놀다가는 잠이 들었다.

난데없이 울리는 종소리에 깜짝 놀라 깨면 강둑에서 온통 왁자지껄하다. 둑이 터졌어, 틀림없이 둑이 터졌어. 뒤창으로 둑 위에서 사람들이 이리 뛰고 저리 뛰는 모습들이 보였다. 아버지가 집으로 달려와 수수 짚단 몇 묶음을 둘러메면서 나에게 눈길도 한 번 주지 않고 다시 달려 나갔다. 골목 안에는 전부 뭘 둘러메고 달려가는 사람들이었다. 둑의 터진 곳을 막고 마을을 보존하기 위하여 집 안의 물건을 모두 내갔다. 이불, 문짝, 시렁 위의 동과까지도 죄다 따냈다. 실로 안 되겠다 싶으면 할 수 없이 마을 바깥으로 나가 한군데를 터서 물을 흘려보냈다. 물을 흘려보낸 곳에 농작물이야 물에 잠겼지만 마을을 지킬 수 있었다. 때로는 두 마을 사이에서 이렇게 물길을 트는 일로 싸움을 벌이기도 하였다. 강 이쪽 기슭에서는 농작물, 옥수수, 수수 등이 별나게 잘 자랐지만, 일단 둑이 터지면 전부 물에 잠겨 죽게 된다. 그것은 이웃 마을을 배수지로 삼은 것이다. 힘이 아주 좋은 청개구리 한 마리를 찾았는데, 가장 좋은 것이 쿠바에서 들여온 몸집이 커다란 황소개구리이다. 황소개구리의 일은 내가 뒤에 다시 말할까 한다. 길고 긴 실로 엮은 줄 한 가닥을 황소개구리의 뒷다리에 묶어서 세게 맞은편 쪽으로 내던지면 황소개구리는 강 맞은편으로 헤엄쳐가고 이쪽에서는 줄을 잡고 있다. 황소개구리가 맞은편 기슭으로 헤엄쳐가서 기슭으로 기어 올라간다.

저쪽에서 황소개구리가 기어가고 이쪽에서 사람이 줄을 잡아당긴다. 황소개구리의 앞발 두 짝은 쉬지 않고 맞은편 기슭의 둑으로 기어간다. 우리 고장의 강둑은 모래흙으로 쌓은 것이고 물에 푹 잠긴 뒤에는 아주 말랑말랑해진다. 황소개구리의 발톱이 이리저리 기어가면서 터진 곳이 나타나게 된다. 황소개구리 한 마리와 함께 물길 트는 사건을 만들 수 있는 것이다. 맞은편 기슭이 터지면 이쪽 기슭은 안전해졌다.

이 일을 나는 해본 적도 본 적도 없지만, 노인들이 그렇게 말한 바 있다. 왜 큰물이 지는 계절이 되면 날마다 밤마다 등롱을 켜고 순찰하였는가? 맞은편 기슭의 사람이 황소개구리를 던져서 강둑을 터놓을까 봐 그런 것이다. 황소개구리에 대해 좀 이야기해보자. 1960년대 초에 우리와 쿠바는 우호적이었고, 쿠바의 어떤 노래는 당시에 굉장히 유행하였다.

아름다운 아바나, 내 집이 있는 곳, 빛나는 햇빛이 대지를 비추네, 문 앞에 붉은 꽃이 피었네…….

가사는 아주 밝지만, 곡조는 너무 슬펐다. 중국 사람의 생활을 개선하기 위하여 나라에서 일부러 쿠바에서 황소개구리를 들여왔다. 우리 가오미 둥베이향은 지대가 낮고 물이 많았다. 또 많은 습지가 있어서 특히 양서류 동물의 서식에 적합하였다. 그래서 나라에서 황소개구리를 우리 고향의 습지에 놓아 길렀다. 씨 개구리 몇백 마리를 들여왔고 또 개구리양식장을 세웠다. 하지만 큰비가 내리자마자 죄다 도망쳐버렸다. 황소개구리는 징그럽게 생겼고 청개구리처럼 예쁘지 않으며 좀 두꺼비를 닮아서 감히 그 고기를 먹으려는 사람이 없었다. 이런 놈들이 우리 가오미 둥베이향에 온 것은 그야말로 천당에 온 것이었다. 두 해 사이에 재앙이 될 정도로 번식하였다. 녀석들은 무엇이든지 다 먹었고 나뭇잎까지도 먹어 치웠다. 울어대는 소리는 낮고 무겁게 메에메에 하는데 소 울음과 같았다. 원래 황소개구리는 울음소리 때문에 그러한 이름을 갖게 된 것이다. 여름날 밤이 되면 우리 가오미 둥베이향이 들썩거리게 된다. 황소개구리와 청개구리가 대대적으로 합창하면 사람이 아예 잠들 수 없이 시끄럽다. 뒷날 또 황소개구리가 송아지처럼 크게 자라서 둔갑하였다고 한다. 오늘은 내가 우선 여기까지만 말하련다.

노래할 줄 아는 담장

　가오미 둥베이향의 남쪽 구석에 있는 조그만 마을은 내가 태어난 고장이다. 마을에 몇십 가구가 사는데, 흙으로 쌓은 담장과 짚으로 지붕을 이은 집 몇십 채가 자오허의 품 안에 드문드문 흩어져 있다. 마을이 작기는 해도 마을 안에 넓은 황톳길 한 갈래가 있고, 길의 양쪽에 회화나무, 버드나무, 측백나무, 가래나무 등이 뒤죽박죽 섞여 자라고 있다. 가을철이면 온 잎이 노랗게 물들고, 이름을 댈 수 있는 사람조차 없는 이상한 나무 몇 그루도 있다. 길가의 어떤 나무는 하늘까지 높이 치솟은 고목이고, 어떤 나무는 껍질 벗긴 삼대처럼 가는데 바로 막 새싹을 틔운 어린나무임을 알 수 있다.

　이상한 나무들이 테를 두른 황톳길을 따라 동쪽으로 3리를 가면 마을 바깥으로 나가게 된다. 그러면 동남 방향으로 끝이 없을 것 같이 펼쳐진 들판이 나타난다. 경관의 비약이 종종 사람에게 정신을 바짝 들게 한다. 황토의 큰길을 몸 뒤쪽에 두면 발아래 길은 언제 검은색의 흙길이 되었는지 모르지만 좁고 구불구불하고 동남쪽으로 기어가며 그 끄트머리를 볼 수 없다. 사람이 이곳에 이르면 언제나 절로 고개를 돌아보게 된다. 고개를 돌릴 때 당신은 마을 한복판의 완전히 중국화된 가톨릭 성당의 높고 높은 십자가 위에 웅크리고 앉아 있는 까마귀가 어렴풋한 까만 점 한 개로 바뀌어서 저무는 해의 잔 볕이나 아침의 우윳빛 밥 짓는 연기 속에 녹아드는 것을 볼 수 있다. 어쩌면 당신이 고개를 돌릴 때, 마침 종소리가 처량하게 종루에서 흘러나와 마음에 감동을 줄지 모른다. 황톳길 위에 나무 그림자가 흔들거린다. 만약 가을이라면 떨어지는 이파리가 빚어내는 기이한 경치를 볼 수 있을 것이다. 바람 한 줄기조차 불지 않지만, 황금빛 이파리들이 우수수 땅에 떨어지고 이파리들이 서로 부딪치면서 삭삭 소리를 낸다. 길거리를 가로질러 가는 개와 닭은 머리통이 으스러질까 두려운 듯 냅다 달아난다.

만약 여름에 그곳에 서 있으면, 검은 흙의 굽잇길을 따라 동남쪽으로 걸어가지 않을 수 없다. 검은 흙은 여름에는 늘 끈적거린다. 당신이 신발을 벗고 맨발로 걸어가면 느낌이 아주 야릇할 것이다. 길바닥을 흔들흔들 걸어가면 그 길 위에 발자국이 만든 무늬가 뚜렷하게 새겨져 있을 것이다. 하지만 당신은 빠질까 걱정할 필요 없다. 만약 이런 검은 흙 한 덩이를 파려면 힘들여 움켜쥐어야 하고, 그러면 당신은 이 흙이 얼마나 진귀한지를 알게 될 것이다. 나는 이 흙을 움켜쥘 때마다 상점에서 비싼 가격에 판매하는, 병아리나 강아지를 만드는 어린이용 고무 점토를 떠올리곤 한다. 그것은 콩기름을 뒤섞어 아흔아홉 번 치댄 밀반죽 덩어리 같다. 조상들이 예전에 이곳의 검은 흙을 나무망치로 수십 번 두드려 검은색의 기름처럼 만든 다음에 질그릇, 벽돌과 기와 따위를 만들었는데, 모두 가마에서 나올 때는 유약을 입힌 것이 아닌데도 유약을 입힌 것 같았다. 이러한 질그릇, 벽돌과 기와는 귀중한 것으로, 그것을 두드리면 모두 맑고 듣기 좋은 소리를 냈다.

계속 앞으로 더 가보자. 봄이라면, 늪지에 푸른 풀이 양탄자처럼 자라 있고, 이 양탄자 위의 아름다운 도안처럼 듬성듬성 온갖 빛깔의 작은 꽃들이 피어있다. 공중에 새 소리가 구성지고, 하늘은 머리가 어지럽고 눈앞이 아찔할 정도로 새파랗다. 모습이 메추라기처럼 알록달록하나 메추라기가 아닌 새들이 길 위에서 뒤뚱뒤뚱 걸어가고 뒤쪽에 금방 전에 껍데기를 까고 나온 새끼들이 따라가고 있다. 또 때 없이 짚같이 누런색의 산토끼가 당신 앞쪽에서 껑충껑충 뛰어 지나가는 것을 볼 수도 있다. 녀석을 몇 걸음 쫓아가는 것은 재미있는 놀이이긴 하지만 녀석을 앞지르려는 생각은 망상이다. 문지기 노인이 키우는 우악스러운 눈먼 개는 산토끼를 따라잡을 수 있을 테지만, 그것도 겨울의 들판이어야 하고, 눈이 들판을 완전히 뒤덮어서 산토끼를 빨리 달릴 수 없게 만들 때라야 가장 좋다.

앞쪽에 연못이 한 곳 있다. 말이 연못이지 실제로는 들판에 있는 웅덩이이다. 어떻게 웅덩이가 되었는지, 웅덩이 안의 흙이 어디로 갔는지, 이에 대하여서는 아는 사람이 없고 알려고 하는 사람도 없다. 늪지 안에는 수많은 연못이 있는데, 큰 것도 있고 작은 것도 있다. 여름에는 연못 안에 누르스름한 물이 고여 있다. 이러한 연못들은 크기와 상관없이 모두 아주 동그란 형태로 있어서 무척 신비롭다. 이는 곧장 상상의 나래를 펴게 한다. 재작년 여름에 내가 어떤 친구를 데리고 이 연못들을 보러 갔었다. 큰비가 한바탕 내린 직후라 풀잎 위에 빗물이 우리의 바지를 모두 흠뻑 적셨다. 연못의 물이 좀 혼탁하였고, 물 바닥에서 뽀글뽀글 거품을 내뿜어 수면 위로 흩어졌다. 물에 비릿한 단내가 흘러넘쳤다. 어떤 연못은 두툼하게 부평초가 자라 있어서 수면을 볼 수 없었다. 어떤 연못에서는 수련이 자라고 있어서 반들반들한 이파리가 수면에 바짝 달라붙어 있었고, 중간에 늘씬하게 한두 가지 꽃 턱잎이나 봉오리가 있어서 사람이 품을 들인 흔적을 보여주고 있었지만, 나는 그것들이 절로 나고 지는 것이고 야생의 것이지 사람의 손길이 닿은 것이 아님을 안다. 희미한 달밤에 이런 연못가에 서서 그런 기이한 빛을 뿌리며 반짝이는, 옥으로 조각한 듯한 꽃봉오리를 바라보면 상징과 암시가 절로 생긴다. 사방이 쥐 죽은 듯이 고요하고 달빛이 물처럼 흐르고 벌레가 찌르찌르 소곤거릴 때 특히나 심오하다. 일본의 하이쿠 "매미 소리 바위 속에 스며든다"라는 구절이 절로 떠오르게 된다. 소리는 힘인가 아니면 물질인가? 그것이 자기디스크에 '스며들' 수 있다면 틀림없이 바위에도 '스며들' 수 있을 것이다. 들판의 소리가 나의 머릿속에 스며들어 때때로 떠오르며 메아리쳤다.

　나는 연못가에 서서 벌레가 찌르찌르 소곤거리는 소리를 귀 기울여 듣는다. 난데없이 축축하게 젖은 개구리 울음소리가 멀지 않은 곳의 연못에서 들렸고, 달빛이 눈부시게 어지러이 휘날리며 청개구리의 냄새가 개구리들의 피부 위에 서늘하게 붙어있다. 마치 가오미 둥베이향의 온 청개구리가 이 대략 쉰 평 되는 연못 안에 죄다 모인 듯이 수면을 조금도 볼 수 없고, 달빛 속에서 꿈틀거리며 우는 청개구리와 청개구리들의 볼때기 쪽의 하얀색 공기주머니가 켜켜로 쌓인 것을 볼 수 있을 뿐이다. 달빛과 청개구리들이 함께 뒤섞여서 그대로 한 몸이다. 자연은 사람의 자연이고 사람은 자연의 한 부분이다. 사람은 톈안먼에서 집회를 열고 청개구리는 연못에서 회의를 소집하였다.

다시 돌아가는 길을 가자. 우리는 누런 모래의 큰길을 뒤로 하고 걸었다. 이 검은색의 점토 오솔길 옆에 가장귀가 흩어져 있는데, 많은 큰 뱀들이 맹목적으로 기어갈 때 남긴 흔적처럼 복잡하게 길 옆에 누워 있다. 당신은 선택할 필요가 없다. 오솔길마다 모두 또 다른 오솔길과 연결되어 있고, 오솔길마다 모두 기이한 풍경으로 통하기 때문이다. 연못이 풍경이다. 청개구리의 연못이다. 뱀의 연못이다. 게의 연못이다. 물총새의 연못이다. 부평초의 연못이다. 수련의 연못이다. 갈대의 연못이다. 말여뀌의 연못이다. 거품을 뿜는 연못과 거품을 뿜지 않는 연못이다. 전설이 없는 연못과 전설을 가진 연못이다.

명나라 가정嘉靖 연간에 어떤 지주에게 소를 키워준 아이가 있었다 한다. 마침 연못가의 띠 더미 속에 웅크리고 일을 하다가 어떤 두 사내가 말하는 소리가 연못가 위에서 나는 것을 들었다. 대화의 내용은 이러하였다. 이 연못이 풍수의 명당으로 한밤중이면 아주 큰 새하얀 연꽃 봉오리가 연못 한가운데서 떠오른다. 만약 이 연꽃이 필 때 조상의 유골단지를 던지면 후대 자손은 틀림없이 높은 벼슬에 오르고 장원급제할 것이다. 소 치는 아이가 제법 기지가 넘쳤는지라, 이들이 풍수를 볼 수 있는 남쪽 사람인 것을 알았다. 그는 마음속으로 궁리하였다. 내가 남에게 소를 쳐주고, 한 글자도 알지 못하며, 한평생 무슨 장래성이 없을 수 있지만, 만약 나에게 장원급제하는 자손이 있어 아들이 귀해져 아비에게 영광이 되는 것도 아주 좋은 일일 것이다. 내가 지금은 아직 마누라도 없지만, 마누라는 언젠가 생길 것이다. 이에 소 치기 아이는 집으로 돌아가서 아버지와 어머니, 할아버지와 할머니의 유골까지도 모두 파내 화장하였고 낡은 단지 한군데에 담았다. 어느 달이 밝은 밤을 골라 연못가의 띠 더미 속에 웅크리고 때를 기다렸다. 한밤중이 되었을 때, 과연 소 대가리보다 훨씬 큰 새하얀 연꽃 봉오리가 연못 한가운데서 튀어나왔다. 곧바로 시나브로 꽃이 피었다. 그 커다란 꽃잎들이 달빛 아래서 비치는데 무엇과 같을지 한번 상상해보시라. 꽃이 활짝 필 때까지 기다리자 맷돌 받침대처럼 커지고, 꽃내음이 짙어 연못가의 들풀까지도 모두 물들은 것 같았다. 소 치는 아이가 놀라 어질어질 일어나 두 손에 그 조상의 유골단지를 받쳐들고 정확하게 조준하여서 꽃의 한복판을 향해 내던졌고, 물론 적중하였다. 꽃향기가 한바탕 크게 풍기더니 이어서 거두어졌고, 꽃잎도 점차 죄어들어 처음 물에 나올 때의 모습으로 움츠러져 천천히 물속으로 도로 잠겼다. 소 치는 아이는 연못가에서 꿈나라에 있는 듯한 상태에서 이 모든 것을 보았다. 달이 반짝반짝 하늘 한가운데 높이 걸려 있고, 연못 속의 물이 거울처럼 잔잔하며 사방이 쥐 죽은 듯이 고요한데, 먼 곳에서 잠꼬대처럼 야생거위 울음소리가 들려왔다. 뒤에 소치는 아이는 여전히 소를 쳤고, 모든 것은 예전으로 돌아갔고, 이일마저도 기억에서 가물가물해졌다. 어느 날 그 두 남쪽 사람이 또 연못가에 나타났다. 그 가운데 한 사람이 발을 동동 구르며 길게 한숨을 내쉬었다.

"아뿔싸, 누군가 먼저 빼앗아갔구나."

소 치는 아이가 이 두 사람이 몹시 안타까워하는 모습을 보고 마음속으로 몰래 기뻐하며 할 일이 없는 사람인 체하며 다가가서 물었다.

"두 분 어른, 뭘 하러 여길 오셨습니까? 품에 뭘 품으셨습니까?"

그 두 사람이 고개를 숙이고 품속의 유골단지를 좀 쳐다보다가 고개를 들고 소 치는 아이를 쳐다보았는데, 눈에서 아주 날카로운 빛을 내뿜었다. 뒷날 이 두 사람은 남쪽에서 두 미녀를 데리고 와서 한사코 소 치는 아이에게 부인으로 삼게 하였다. 사람들이 모두 이 일을 불가사의하게 느꼈지만, 소 치는 아이만이 마음속으로 속사정을 알 뿐이었다. 하여간 집 앞까지 데려온 미녀는 공짜인데 왜 안 가져? 그리하여 모두 받아들였고 집도 그 두 남쪽 사람이 도와서 다 지어주었다. 몇 년이 지난 뒤에 두 여인이 모두 아기를 가졌다. 어느 날, 소 치는 아이가 집에 없을 때, 두 남쪽 사람이 두 여인을 모두 데려갔다. 소 치는 아이가 돌아와서 여인이 없는 것을 발견하고 마을 사람을 불러 모아 말을 타고 뒤쫓아갔고, 따라잡은 뒤에 그들을 가지 못하게 막았다. 남쪽 사람도 양보하지 않았다. 서로 버티며 양보하지 않으니 마침내 마을 어른이 나서서 협의를 이뤄냈고, 두 여인 가운데 남쪽 사람이 한 여인을 데려가고 소 치는 아이에게 한 여인을 남겨두었다. 반년이 지난 뒤에 두 여인이 각기 아들을 낳았다. 이 아이들이 자란 뒤에 모두 이상스레 총명하고 공부를 밥 먹듯 하고 선생들을 주마등처럼 바꾸었다. 십몇 년 동안에 모두 동생童生에서 수재가 되었고, 수재에서 거인이 되었다. 그런 다음에 베이징에 들어가서 진사 시험을 치게 되었다. 남쪽의 그 아우가 타고 북상하는 배에 아주 큰 깃발을 꽂았는데 깃발 위에는 이러한 글귀가 수놓여 있었다.

1등 장원 동매찬董梅贊은 가오미 형 소남전小藍田이 두렵다.

과거 시험장에 들어간 뒤에 모두 붓을 들어 줄줄 써 내려가니 비단에 수놓은 듯이 온 시험지를 채웠다. 시험관이 위아래를 구분하기 어려운지라 할 수 없이 꼼꼼히 살피지 않고 대충대충 보고 수준의 높고 낮음을 판정하였다. 이때 동매찬이 잔꾀를 부려서 천하태평天下太平의 '太'자의 점에 진흙을 발라놓아 그의 배다른 형을 천하대평天下大平하게 하였다. 그리하여 동매찬이 장원이 되었지만 소남전은 2등에 만족해야 하였다. 이 전설에 또 다른 판본이 있지만, 이야기의 틀은 기본적으로 이렇다.

아예 길을 포기한다면, 발아래 풀더미이든 소똥이든 상관하지 말고, 둥지마다 산뜻한 새알과 살아있는 어린 새를 밟을까 봐 걱정하지 말 것이다. 야들야들한 복사뼈를 고슴도치가 찌를까 염려하지 말고, 깨끗한 옷을 꽃송이가 물들일까 우려하지 말며, 괭이밥의 냄새가 눈물을 자아낼까 근심하지 말고, 우리 곧장 동남 방향의 그 아름답고 외로운 작은 산 쪽으로 걸어가자. 몇 시간 뒤에 모수이허墨水河의 향초가 높고, 길게 자라고 온갖 꽃들이 널리 피어 있는 강둑 위에 서 있으면 우리는 이미 그 행운을 거머쥔 소 치는 아이와 그의 아름다운 전설을 뒤로하게 될 터인데, 또 다른 소 치는 아이 하나 혹은 몇몇이 강둑 위에서 마침 눈을 커다랗게 뜨고 호기심을 갖고 당신을 쳐다보고 있을 것이다. 그들 가운데 만약 어떤 외다리이고 온 얼굴에 외로운 표정의 소년이 있다면, 당신은 절대로 그를 건드리면 안 된다. 그는 가오미 둥베이향의 가장 이름난 도적 '뺨 크게 치는 쉬씨許大巴掌'의 3대 독자이다. 뺨 크게 치는 쉬씨는 예전에 16년 동안 자오둥에서 주름잡은 팔로군 쉬스유許世友와 사격술과 무술을 겨뤘었다. "우리 두 사람이 모두 쉬씨이고 붓질 한 번에 쉬許 자 두 개를 쓰기 어렵다"라는 강호 냄새가 짙게 밴 말이 어느 쉬씨의 입에서 나왔는지 모르겠다. 지금까지 아직도 그들이 커다란 진펄에서 무술을 겨루던 이야기가 전해지고 있는데, 이야기가 전해지는 과정이 바로 전설이 엮어지는 과정이다. 그 외로운 외다리 소년이 강둑 위에 서서 손에 들고 있는 채찍을 휘두르며 둑 위의 들풀을 때리면, 한 번 채찍질에 쓸어버리고 키 큰 풀이 어지러이 헝클어지며 천지를 함께 개벽해낸다. 그 소년의 입술은 칼날처럼 얇고 코는 아주 높으며 뺨에는 살이 없고 두 눈은 흰자위가 거의 없다. 몇

천 년 전에 웨이허 강가에 쭈그리고 앉아서 낚시한 강자아姜子牙가 지금은 모수이허 강가에 웅크리고 앉아서 마치 검은 바위 한 덩이처럼 머리에 검은 삿갓을 쓰고 몸에 검은 도롱이를 걸친 채 몸 뒤쪽에 검은색의 물고기 바구니 한 개를 놓아두었다. 그의 앞쪽은 잔잔한 강물인데 들오리가 물가 얕은 풀 속에서 먹이를 찾고 긴 다리의 백로가 날카로운 부리를 등줄기 깃털 속에 감추며 들오리들 뒤쪽에 서 있다. 한 줄기 번개가 번쩍이고 우르릉 쾅 벼락 치는 소리가 울리면 머리 위쪽의 먹구름이 뱅글뱅글 돌아 순식간에 반쪽 하늘을 덮어버렸다. 짙은 잿빛의 커다란 빗방울이 후다닥 내려치면서 강물을 아수라장으로 만들었다. 쟁기 보습만큼 큰 붕어 한 마리가 강자아의 물고기 바구니 속에 떨어졌다. 강 속에 무슨 물고기가 있을까? 가물치, 메기, 잉어, 산천어, 두렁허리 등이 있다. 미꾸라지는 물고기로 치지 않고 오리에게 먹일 뿐이며 사람은 그것을 먹지 않는다. 빛깔 화려한 쯔과피紫瓜皮도 물고기로 치지 않지만, 그놈이 팔딱팔딱 뛰면 꼭 무늬 있는 유리 같다. 자라는 도깨비가 되고 요괴가 될 수 있는 신령한 동물이다. 특히 다섯발자라五爪子鳖는 감히 건드리는 사람이 없다. 강 속에 가장 많은 것이 게이고 또 푸른색의 쌀새우도 있다. 이 강은 자오허와 마찬가지로 우리 가오미 둥베이향의 어머니 강이다. 자오허는 마을 뒤쪽에 있고 모수이허는 마을 앞쪽에 있다. 두 강물이 동쪽으로 40리를 흘러간 뒤에 셴수이 쪽에서 함께 모인 다음에 보하이渤海의 끝없이 펼쳐지는 푸른 파도 속으로 흘러 들어간다. 강에는 반드시 다리가 있기 마련이다. 다리는 중화민국 첫해에 지은 것인데 지금 벌써 흔들흔들 떨어지려 한다. 다리 위에 예전에 핏자국이 스며들었다. 어떤 붉은 옷을 입은 소녀가 다리 위에서 매끄러운 종아리를 수면으로 늘어뜨렸다. 그녀의 눈 속에서 5백 년 전의 노래를 부르고 있었다. 그녀의 입은 꽉 다물고 있었다. 그녀는 세력 있는 쑨孫씨네 가족의 여러 아리따운 언어장애인 가운데 한 사람이다. 그녀는 철저하게 침묵하였고, 영원히 길고 긴 아름다운 입을 굳게 봉하고 있었다. 그해에 언어장애인 아홉 자매가 높디높은 9층 탑을 쌓았다. 탑 꼭대기는 그녀들의 야광주 같은 남동생이 있었다. 말솜씨가 뛰어난 사내아이였다. 그가 누나들의 몸으로 쌓은 탑 위를 밟고 큰 소리로 노래를 불렀다.

"복사꽃이 붉고 연꽃이 희네, 연꽃이 할머니처럼 희네……."

이 노랫소리도 그대로 그의 누나들의 눈 속으로 스며들었다. 내가 쑨씨 자매들의 시리도록 아름다운 봉황새 같은 눈을 주시할 때마다 친근하게 그 하얀 이와 붉은 입술의 소년이 부르는 노래를 들었다. 이 노래가 그의 누나들의 풍만한 유방 속으로 스며들어 창백한 젖이 되었고 낯빛이 해쓱한 젊은이를 키웠다.

이 오래고 약한 조그마한 돌다리 위에서 일어난 이야기는 소털같이 많다. 세상의 책은 대부분 종이 위에 쓴 것이고 죽간에 새긴 것도 있지만 가오미 둥베이향에 관한 커다란 책 한 권은 바위 속에 스며든 것이고 다리 위에 쓴 것이다.

다리를 지나서 다시 둑에 올라가면 마찬가지로 향내 나는 풀과 들꽃의 여러 색깔이 눈부신 둑이고, 올라가서 남쪽을 향해 바라보면, 땅이 갑자기 색깔을 바꾼다. 강 북쪽은 검은색의 들판이고, 강 남쪽은 누르스름한 땅이다. 가을이면 백만 평에 펼쳐진 수수가 피처럼 불처럼 또 늠름한 기백을 드러내듯이 강 남쪽에서 익어가고 있다. 수수쌀을 채집하는 비둘기들의 지저귐이 뜻밖에 여인이 서글피 훌쩍이는 소리 같다. 하지만 지금은 이미 물방울이 꽁꽁 얼어붙은 추운 겨울이다. 대지는 새하얀 눈 아래쪽에서 깊이 잠들어 있고, 갓 떠오른 해가 비추니 눈앞에서 금빛 유리가 반짝이듯 만 길 멀리 펼쳐졌다. 몹시 낯익은 듯한 많은 사람이 눈 덮인 땅에서 바삐 일하고 있다. 그들은 마치 땅속에서 뿜어져 나온 듯하다. 이는 바로 가오미 둥베이향의 '눈장터雪集'가 선 것이다. '눈장터'란 눈 덮인 땅에 선 시장을 말한다. 눈 덮인 땅에서의 교역과 축제는 마음속에 눌러둔 많은 말이 소리를 내자마자 재앙을 만나려는 의식이다. 수많은 둥베이향 사람들은 겨울에 들어서면서부터 첫눈을 기다리고, 눈이 대지를 뒤덮으면 집을 나와 모수이허 남쪽의 그 대략 삼백만 평은 족히 되는, 설명하기 어려운 오묘함을 지닌 이 높은 지대로 모인다. 이 높은 지대는 몇백 년 전에는 쑨씨네 재산이었다고 한다. 지금은 마을 공동의 밭이 되었다. 가오미 둥베이향의 책임자가 이 높은 지대를 이른바 개발구로 바꾸려고 한다는데, 이 미련한 생각은 마을 사람들의 꿋꿋한 반대에 부딪혔다. 토지를 구획하여 박은 나무 말뚝이 몇십 차례 훼손되었고, 향장鄕長네 마당 안에는 날마다 밤마다 벽돌 부스러기와 기왓조각이 자동차 한 대씩 쏟아졌다.

할아버지를 따라 처음으로 '눈장터'에 갔던 광경이 내 마음속에 미련처럼 남아 있다. 그곳에서 당신은 눈으로 볼 뿐이다. 손짓으로 말하고 온 마음을 기울여 체득해야 하지만, 절대 입을 열어서 말하면 안 된다. 입을 열어 말을 하면 어떤 결과를 낳을까? 우리는 마음과 마음으로 통한다. '눈장터'에서는 무엇이든지 다 팔고 가장 많은 것이 부들로 삼은 짚신과 갖가지 먹을거리였다. '눈장터'를 지배하는 것은 고기만두를 기름에 지지는 냄새, 꽈배기를 튀기는 냄새, 돼지고기 볶는 냄새, 산토끼 굽는 냄새 등 먹을거리의 냄새이다. 여인들은 모두 헐렁헐렁한 소맷부리로 입을 가렸고, 찬바람의 침입을 막기 위한 듯이 보이지만 사실은 말이 새어나가는 것을 막으려는 것이다. 우리 이쪽에서는 이 오래된 약속 '말하지 않기'를 지키고 있다. 이는 자신에 대한 제약이자 도전이다. 구소련의 유명한 소설 『강철은 어떻게 단련되었는가』의 주인공 빠벨 꼬르차긴이 담배를 피우지 않겠어 하고 말하자 곧 안 피우게 되었다고 하였다. 가오미 둥베이향 사람이 말을 하지 않겠다고 말하자 곧 말을 안 하게 되었다. 담배를 피울 수 있는데 안 피우는 것은 고통이지만, 말을 할 수 있는데 말을 안 하는 것은 오히려 즐거움이다. 이곳에 오는 사람마다 모두 꾹 참으며 말을 하지 말아야 하는 점은 독특한 규칙이다. 당시에 나는 말을 하지 않기 때문에 '눈장터'에서의 온갖 교역이 신기한 속도로 빨리 진행된 것을 직접 목격하였다. 말을 하지 않기 때문에 모든 것은 다 간단하고 분명해졌다. 사람 세상의 말의 99퍼센트는 모두 쓸데없는 말이다. 그러므로 죄다 생략하거나 말하지 않을 수 있다. 당신이 입을 다물고 힘과 시간을 절약해서 생각해보자.

말을 하지 않으면 당신은 색깔, 냄새, 형상에 관해 더욱더 많은 정
보를 포착하게 한다. 말을 하지 않으면 사람을 서로 이해하고 어울
리는 분위기에 처하게 한다. 말을 하지 않으면 사람에게 지나친 친
절도 투쟁도 피하게 한다. 말을 하지 않으면 사람과 사람 사이의 관
계에 속이 비치는 장막 한 겹을 치게 한다. 이 장막이 생겼기 때문
에 서로 반대로 상대방의 모습을 더욱 깊이 기억하게 한다. 말을 하
지 않으면 당신은 더욱더 아름다운 목소리를 들을 수 있다. 말을 하
지 않으면 여인의 생긋 웃는 웃음이 더욱더 눈과 마음을 즐겁게 하
고 마음으로 깨닫고 이해하게 된다. 당신이 말을 하고 싶으면 해도
되지만, 당신이 입을 열자마자 수많은 눈이 당신을 쏘아볼 것이고
당신을 쥐구멍에라도 들어가고 싶게 만들 것이다. 모두 말을 할 수
있지만, 말을 하지 않는데 당신이 왜 굳이 말을 하느냐? 중국 사람
의 침묵은 두려움의 징조라고 하는데, 사람들이 왁자지껄 논쟁하
거나 모진 욕을 할 때는 이 사회를 구제할 수 있다. 하지만 중국 사
람이 모두 언어장애인인 척 차가운 눈으로 말을 하지 않을 때, 이
사회는 갈 데까지 간 것이다. 어떤 다른 마을 사람이 '눈장터'에 왔
다가 갑갑하여서 말하였다.

"당신네 여기 사람들은 죄다 벙어리요?"

그가 어떤 징벌을 받았을까? 알아 맞춰보시길.

여기서 계속 지체하지 말자. '눈장터'에 관해서는 내가 장편소설
에서 다시금 당신에게 아주 상세하게 말해줄 것이다. 다음에 당신
은 어떤 개에 주목해 보시라. 그 눈먼 개는 눈 덮인 땅에서 산토끼

를 쫓아간다. 내가 이 글의 앞부분에서 이 개를 '우악스럽다'라는 말로 규정하였다. 그것이 우악스러운 까닭은 눈이 먼 때문이고, 바로 맹목적이기 때문에 그래서 우악스러운 데가 있다. 사실 녀석이 쫓아가는 것은 산토끼의 냄새와 목소리이다. 하지만 녀석은 최종적으로 늘 한입에 산토끼를 잡을 수 있다. 나는 독일 작가 파트리크 쥐스킨트의 소설 『향수』를 떠올린다. 그 속에 어떤 괴짜가 있고 냄새에 대한 이해를 통해서 모든 사람보다 더욱더 깊이 이 세계를 이해하게 되었다. 일본의 시각장애인 음악가 미야기 미치오는 이렇게 썼다.

"빛을 잃은 뒤에 나의 앞에는 오히려 한없이 복잡한 소리의 세계가 펼쳐졌고, 내가 색깔과 접촉할 수 없었기 때문에 일으킨 쓸쓸함을 충분히 채워주었다."

이 천재는 소리의 색깔도 들었다. 그가 소리와 색깔은 밀접하여서 분리될 수 없다고 하였다. 하얀색의 소리, 검은색의 소리, 붉은색의 소리, 노란색의 소리 등이 있다. 소리의 냄새를 들을 수 있는 천재가 있을지도 모르겠다.

서남 방향에 있는 소택지로 가보기로 하자. 동북 방향의 큰 강물이 바다로 들어가는 곳으로도 가보자. 그곳의 모래사장 위에 커다란 포도가 주렁주렁 달린 포도 과수원이 있다. 가오미 둥베이향 판도 위의 그런 크고 작은 마을을 따라 유람도 해보자. 그곳에는 예전에 술을 만드는 커다란 솥단지, 천을 염색하는 염색공장, 병아리를 까는 온실, 새매를 길들이는 노인, 실 잣는 아낙네, 가죽을 다듬는 갓바치, 귀신 이야기를 들려주던 이야기 공연마당 등이 모두 역사의 바위층 속에 쌓여 있기에 그로부터 도망칠 수가 없다. 그 우악스러운 개가 산토끼를 잡은 걸 보시라. 물어다가 녀석의 주인에게 바친다. 나이 많은 문지기 노인이다. 그는 이미 아흔아홉 살이 되었다. 그의 집은 가오미 둥베이향 가장 동남쪽의 가장자리에 외따로 떨어져 있다. 그의 집 문을 나와 앞쪽으로 두 걸음 더 가면 기이한 담장이 있다. 담장 안쪽이 바로 우리 고향이고 담장 바깥은 또 다른 사람의 땅이다.

문지기 노인은 몸집이 크고 젊은 시절에도 대단한 장정이었다. 그의 이야기는 지금까지도 가오미 둥베이향에 퍼져있다. 나는 그가 귀신을 사로잡은 이야기를 가장 잘 안다. 그가 장터에서 돌아오다가 어떤 귀신하고 마주쳤다. 여자 귀신이었는데, 그에게 업고 가도록 하였다. 그가 그녀를 등에 업고 걸어갔다. 마을 어귀에 이르렀을 때 귀신이 내려달라고 하였지만, 그는 아랑곳하지 않고 그대로 그 귀신을 집 안까지 업은 채로 들어갔다. 그 여자 귀신을 업고 집 안까지 들어가서 내려놓고 보니 글쎄…… 이 외로운 노인은 예전에 명성이 높은 인물의 마부를 하였었다. 그는 또 공산당원이라고도 하였다. 내가 일을 기억할 때부터 그는 우리 마을에서 멀리 떨어진 곳에 살고 있었다. 어렸을 때, 나는 그가 인편에 보내온 토끼 고기나 들새 고기를 자주 먹었다. 그는 붉은 줄기의 들풀로 야생 짐승을 삶았고, 그래서 그런지 고기 맛이 대단히 좋았다. 마치 감동적인 음악이 지금까지도 내 입가에서, 귓가에서 맴도는 것 같다. 하지만 다른 사람은 이런 풀을 찾을 수 없었다. 몇 년 전에 마을의 노인이 말하는 소리를 들으니 문지기 노인이 여기저기서 술병을 수집하였다고 한다. 그에게 뭐 하러 술병을 모으는 것이냐 물어도 그가 대답하지 않았다. 마침내 그가 폐품 술병으로 가오미 둥베이향과 바깥세상을 가르는 담장을 쌓은 것을 발견하였다. 하지만 이 담장을 막 20m 쌓았을 때, 노인이 담장 밑에 앉은 채로 병 없이 세상을 떴다.

이 담장은 술병 몇십만 개로 쌓은 것이고, 병 주둥이가 일률적으로 북쪽을 향하였다. 된바람이 불기만 하면 술병 몇십만 개에서 서로 다른 소리를 낸다. 이런 소리가 함께 모여 미증유의 음악이 되었다. 된바람 휘몰아치는 밤에 우리가 이불 속에 누워 동남 방향에서 불어오는 종잡을 수 없는 울긋불긋 온갖 맛이 뒤섞인 소리를 들으면 종종 눈에 눈물이 고이고 조상에 대한 숭배, 자연에 대한 경외, 미래에 대한 동경, 신에 대한 감사를 마음에 품게 된다.

당신은 무엇이든 다 잊어도 되지만, 이 담장이 연주하는 소리만큼은 잊지 마시라. 그것은 대자연의 소리이고 귀신과 신의 합창이기 때문이다.

노래할 줄 아는 담장이 어제 무너졌다. 산산이 부서진 유리병이 빗물 속에서 맑고 차가운 빛발을 반짝이며 계속 노래를 불렀다. 하지만 이전의 큰 노랫소리에 비하면 지금은 이미 빗속의 신음이 되었다. 다행히 그 높은 노랫소리와 낮은 신음이 모두 우리 가오미 둥베이향 사람의 영혼 속에 스며들었고 게다가 대대손손 전해질 것이다.

2부

삶을 질투하지 않는 문학,
문학을 질투하지 않는 삶

먹는 일 세 가지 이야기

먹는 일로 인한 치욕

남의 음식을 먹는 데 있어 입이 짧아야 한다는 말의 뜻은 아주 분명하다. 단지 이 정도 뜻만 가지고는 뭐 별로 뜻이라고 할 수도 없겠지만 내 뜻은 남의 당근 하나 얻어먹고 당한 치욕은 오래된 산삼 한 뿌리로도 깨끗이 씻어내기 어렵다는 의미이다.

어리석게도 수도 베이징에 들어와 섞여 살게 된 뒤 나는 짐승을 만나기만 하면 굽실거리며 다정한 태도를 표시하지 못해 안달하였다. 그러나 베이징 짐승들의 사나운 정도는 이 지구상에서도 유명해서 설사 온몸이 더러운 주인 잃은 들개라 할지라도 다른 성省의 개들보다 훨씬 기가 살아 있었다. 돼먹지 않게 막 짖어대는 그 소리에는 베이징 개로서의 우월감이 거리낌 없이 드러나 있었다. 개도 이러할진대 사람은 더 말할 나위 있겠는가?

어느 해인가의 일이다. 토박이 베이징 사람이 연 것으로 보이는 더럽고 오래된 냉면집에서의 일이었다. 파리가 마구 날아다니고, 주인아주머니의 얼굴에는 느끼한 기름기가 배 있었다. 눈가에 눈곱이 가득 낀 개 한 마리가 계산대 옆쪽에 엎드린 채 아주 비우호적인 태도로 나를 쳐다보고 있었다. 마치 내가 식사를 하러 온 것이 아니라 뭔가 훔치러 온 것인 양 의심하는 눈치였다. 나는 허둥지둥 아껴 먹느라 남겨둔 고기 한 조각을 개에게 던져주었는데 비록 입 밖으로 내뱉지는 않았지만 마음속에서는 이렇게 말하고 있었다.

'개님, 존경하는 개님, 그렇게 적대시하는 눈초리로 나를 보지 마시게. 나는 베이징이 그대들의 베이징이고 수도도 그대들의 수도라는 것을 잘 알고 있네. 나는 그대들이 베이징에 외지인이 들어 와 뒤섞여 일하는 것을 아주 싫어하는 줄 알지만, 기관에서 나를 이리로 보내서 내가 온 것뿐이라네. 그대에게 내 경의와 미안함의 표시로 먹을 고기를 한 조각 드리네. 그러니 그대가 좀 너그럽게 봐주길 바라네. 나는 임시로 이곳에 머물 뿐이니, 언제든지 돌아갈 거라네.'

개는 마치 내가 자기 앞에 던진 것이 고기 조각이 아니라 폭탄이라도 되는 듯 으르렁거렸다. 주인아주머니가 노발대발하며 말하였다.

"뭐 하는 거예요? 뭐? 배때기가 너무 불러 제정신이 아닌가 봐. 바보같이 이런 짓거리를 하다니……."

나는 가슴 가득 억울하였고, 마음속으로도 물론 많은 생각이 오갔다.

'베이징 사람들은 왜 이렇게 난폭하지? 나라에서 으뜸가는 도시

요 표준말의 발상지인 베이징인데, 사람들이 욕을 했다 하면 어찌 저렇게 고약해질까? 베이징 사람들이 설령 여덟 나라 연합군의 만행을 당하였다고는 하지만 왜 여덟 나라 연합군처럼 저렇게 막무가내지?'

내가 그들의 개에게 고기를 던져준 것은 내 우호적인 마음을 표시하기 위해서였다. 이때 집 안채에서 전형적인 베이징 사내 하나가 걸어 나와 거친 입으로 콩을 튀기듯이 말하였다. 이 개는 프랑스로부터 들여온 혈통이 순수한 명견으로 적어도 값이 십만 위안元은 나간다구. 이런 개는 되는대로 함부로 막 먹여서는 안 되지. 비타민, 단백질 등으로 배합한 사료를 먹여야만 하네. 정해진 비율대로 조금 많아도 안 되고 조금 적어도 안 되고. 그런데 당신이 함부로 이 개한테 고기를 먹여서 내분비를 교란케 하였으니까 어떤 죄에 해당하는지 알아?!

나는 이것도 개인가 하는 생각이 들었다. 봉건 제왕도 이렇게까지 모시지는 않을 터인데! 나는 기가 막혔다. 그 개를 쳐다보면서 마음속으로는 '저처럼 혐오감을 자아내는 표정도 프랑스에서 수입해 들어왔나?' 하고 생각했다. 우리 고향마을의 짚 더미 구석에서 뛰어노는 똥개도 이 녀석보다는 30배나 나을 텐데. 그리하여 나는 담을 돋구어 말하였다.

"타향 사람이라고 겁주지 마시오. 다른 것들은 몰라도 개는 우리도 확실히 보았네요. 당신들의 이 개는 토종개에 불과해요. 더구나 몸뚱이도 비루먹었으니 비루먹은 개일 뿐이오!"

아이쿠! 나는 이 말을 내뱉자마자, 그 남자가 호랑이 엉덩이를 붉게 달아오른 부지깽이로 지질 듯이 눈에서 흉악한 빛을 내뿜으며 내게 다가오는 것을 보았다. 그 여자는 개의 두둑한 엉덩이를 두드리며 크게 소리쳤다.

"대두야, 대두야, 저 새끼 물어 뜯어버려라!"

나는 아주 무서웠다. 짐승을 잡는 일반적인 순서에 따르면, 피를 뽑은 후 끓인 물을 뿌려 털을 벗겨낸 뒤 대가리와 다리를 떼어내고, 가슴과 배를 갈라 내장을 꺼낸 뒤 매달아 놓고는 조금씩 베어내서 판다. 어쩌면 내일 아침이나 대낮에는 내 몸통의 일부분이 장조림 그릇 안이나, 기름으로 튀긴 완자 속에 들어 있거나, 고기를 꿰는 쇠꼬챙이에 꿰어져 있을지도 모른다. 생각이 여기에 미치자 등골이 얼음처럼 차가워졌다. 어디에 또 무슨 냉면 먹을 마음이 들겠는가. 나는 후다닥 일어나 벽 쪽에 달라붙어서 "죄송합니다"를 연발하며 쏜살같이 빠져나왔다.

숙소에 돌아오니 생각할수록 분하고 억울하였다. 눈에서 개새끼 오줌 같은 두 줄기의 눈물이 흘러나왔다.

'누굴 원망해? 저 자신을 원망할밖에. 누가 너에게 무슨 냉면을 먹으러 가랬어? 방구석에 틀어박혀 라면을 끓여 먹었으면 좀 좋지 않았겠어? 라면 파는 베이징의 종업원 아가씨가 귀찮아하지 않도록 라면 50봉지를 한 번에 살 수도 있잖아.'

막 이렇게 생각하고 있는데 한 친구가 들어와서 말하였다.

"자네 무슨 눈물을 흘리나 그래? 모스크바는 눈물을 믿지 않지.

베이징은 더욱 눈물을 믿지 않네. 베이징은 물이 부족한 도시야. 눈물의 양이 적지만 수돗물이 변한 것이기도 해, 자네가 마음대로 눈물을 흘리는 것은 바로 각성이 높지 않은 태도가 드러난 걸세."

나는 일리가 있다는 생각이 들었다. 우리 같이 외지에서 베이징에 온 사람들은 매사에 조심해야 한다. 울고 싶으면 산둥山東에 돌아가서 울어야 한다. 베이징 수돗물을 마시지 않는다면 베이징에서 울고 싶을 때 울어도 될 것이다.

친구가 나를 식사에 초대했다. 당근채 한 접시와 당면 한 접시를 먹고 또 고무처럼 잘 씹히지 않는 고기 한 접시를 먹었다. 그걸 다 먹고 나니 마음에 감동이 일어 속으로 남의 밥을 한 그릇 얻어먹으면 한 양푼으로 보답하고, 물 한 방울의 은혜는 솟구치는 샘물로 갚아야 한다고 생각했다.

며칠 뒤에 친구들이 모였다. 내가 말 한마디 잘못하여 일전에 나에게 밥을 사준 적이 있는 친구의 심기를 건드리게 되었다. 그는 어금니를 갈며 말했다.

"자네 양심을 개새끼한테 팔아먹었나? 며칠 전에 내가 샹그릴라 레스토랑에 가서 미국 캘리포니아주의 송아지 고기 사주고, 창청長城호텔에 가서 스페인산 당근 사주었는데. 또 우의友誼상점에 가서 외환권으로 외국 사람에게만 주는 파인애플로 절인 바다생선알 젓갈을 사고, 고급 식용 버터까지 사서 자네 온 입에 기름 줄줄 흘리도록 대접했는데, 그래 자네 눈 깜짝할 사이에 잊어버렸구먼. 그 송아지 고기 아직 소화도 다 되지 않았을 텐데?"

나는 온몸이 서늘해지는 것을 느꼈다. 후회막급이었다. 주책바가지인 이 입술을 반창고로 봉하지 못한 것이 한스러웠다.

너는 옛날에 석탄 덩어리를 먹고도 그대로 살지 않았니? 남이 사 주는 당근채와 당면을 뭐 한다고 먹으러 갔니? 정말 먹고 싶어 못 견디겠으면 너 스스로가 당근 한 포대를 사서 토끼처럼 먹어도 몇 푼 안 들 텐데. 그렇지만 남이 사는 음식을 먹게 되면 그 사람의 말을 따라야 하고 그 사람이 주는 모독도 받아들여야만 하는 게 세상 이치 아닌가.

나의 가장 큰 약점은 기억력이 없다는 것이다. 개처럼 먹는 것만 기억하고 맞은 것은 기억하지 못하는 것이다. 당시에는 화가 나서 어금니를 깨물며 한스럽게 생각하다가도 며칠만 지나면 잊어버리는 것이다. 또 어떤 친구가 나를 식사에 초대했다. 알탄 난로가 하나 있었는데, 난로 위에는 냄비가 놓여 있었고, 냄비 속에는 새우 알갱이 십여 개와 배춧잎 한 더미, 그리고 무슨 고기가 들어 있었다. 한참 먹다 보니 나의 탐욕스러운 모습이 본래대로 드러나고 말았다. 친구가 말했다.

"모옌 좀 보게! 음식이 나오는 족족 목숨 내놓고 달려들어!"

이 한마디 말이 나의 흥을 완전히 깨뜨렸다. 남이 사주는 음식을 먹으면서 당했던 치욕스러웠던 일들이 하나씩 하나씩 마음속에 떠올랐기 때문이다.

'나는 어찌 그리 점잖지 못하지? 나는 어찌 이리 주책이 없지? 네가 정말 먹고 싶으면 혼자 음식점에 가서 먹고 싶은 대로 먹으면 되지 않은가! 네가 먹고 싶은 대로 한껏 게걸스럽게 먹어도 되지 않은 가? 네가 고기를 다 먹고 쟁반까지 핥아도 너를 비웃을 사람이 없 지. 너 자신은 늘 자신의 신분을 잊고 있어. 자신이 촌놈 출신으로 남들이 근본적으로 안중에 두지도 않고 있고, 근본적으로 사람으 로 보고 있지도 않다는 것을 잊고 있어. 남들이 어떤 때 너를 찾아 와 같이 놀자고 하는 건 심심해서이고 백조가 물오리에게 친근함 을 표시하는 격이지. 그런데 물오리가 이로 인해 허황된 생각을 한 다면 그 물오리는 비참해질걸.'

이런 도리를 깨닫게 된 뒤, 나는 주쯔칭朱自淸이 굶어 죽더라도 미 국 밀가루는 안 먹겠다고 다짐했듯이 차라리 굶어 죽을지언정 남 이 사주는 것은 먹지 않겠다고 맹세했다. 나는 또 만부득이 남들과 같이 식사하게 되면 반드시 앞뒤 안 살피고 먼저 가서 계산하기로 맹세하였다. 내가 돈을 낸 것이니 내가 좀 많이 먹는다고 나를 비웃 을 수는 없겠지.

또 한 번은 오리구이를 먹으러 갔는데, 반쯤 먹었을 때 내가 나가 계산을 하였다. 몇몇 귀하신 분들이 고상한 위장 속을 다 채운 뒤에 도 식탁 위에는 아직 많은 음식이 남아 있었다. 이때 또 농민의 상 스럽고 못난 심리가 나의 마음속에서 발작하였다.

'너무 아깝구나. 저 양파, 저 춘장, 저 새하얀 밀가루 전병, 저 바 삭바삭한 오리껍질 조각, 죄다 훌륭한 것이다. 이를 낭비하는 것은 아까운 일일 뿐 아니라 하늘의 노여움을 면치 못할 것이다.'

그래서 나는 먹기 시작했다. 이때 누군가가 말했다.

"모옌을 좀 봐, 먹어서라도 본전을 뽑겠다는 것 봐."

나는 호되게 따귀 한 대를 맞은 것처럼 얼굴이 화끈거렸다. 누군가가 한 수 더 떴다.

"먹는 양이 어쩌면 저렇게 많을 수가 있지? 어떻게 저렇게 많이 먹을 수 있지? 중국 사람이 모두 모옌처럼 먹어치울 수 있으면 중국은 아마 다 먹혀 버린 채 도탄에 허덕이는 구사회가 되지 않았을까."

나는 그제야 서글프게도 세상의 일이란 일찍이 다 배치되어 있다는 것을 깨닫게 되었다. 굴욕을 당해야 할 운명이라면 그 머리에 황제의 관을 씌워준대도 벗어날 길이 없는 것이다.

재작년 설날에 고향집에 갔을 때, 나는 요 몇 년 동안 베이징에서 당한 억울한 일들을 어머니에게 하나하나 고했다. 어머니가 말씀하셨다.

"나는 믿지 않아. 사람이 먹는 힘으로 사는 건데. 또 연회에 가게 되거든 가기 전에 먼저 죽 두 사발을 큰 사발로 먹고 다시 큰 찐빵 두 개를 더 먹고 가거라. 그리고 모임에 가면 굶어 죽은 그런 아귀상을 또 할 수 있겠니?"

베이징에 돌아온 뒤에 어머니의 가르침대로 하고 모임에 갔더니 과연 음식을 가지고 안달하지 않게 되었다. 영국 황실의 요리사처럼 온화하고 선량하고 공손하며, 절약하고 양보하는 태도로 먹게 되었다. 이제는 모두의 칭찬을 기다리고 있을 때 어떤 사람이 이렇게 말했다.

"모옌이 점잔 빼느라 애쓰는 거 좀 보게나. 앞니로만 밥을 먹으면 가보옥賈寶玉처럼 먹을 수 있다고 생각하나 보네."

모두 웃음을 터뜨렸고, 식욕이 더해진 것 같았다. 어떤 사람이 말했다.

"사람은 본디 생긴 대로 노는 게 좋다고. 임대옥林黛玉도 일 볼 때는 똥통에 쭈그리고 앉아서 볼일 보지 않겠어."

"아이구 어머니, 더는 살길이 없네요……."

어머니가 말씀하셨다.

"아들아, 운명이니 단념해라. 팔자라면 받아들여야지 어쩌겠니."

내가 물었다.

"어머니, 우리 대가족 중에 왜 오직 저 혼자만 먹는 것 때문에 이토록 많은 치욕을 당해야 하나요?"

어머니가 말씀하셨다.

"아들아, 너 그게 무슨 대수냐? 어미는 1960년대에 생산대대의 말먹이를 훔쳐 먹었다가 남에게 붙잡혀 거꾸로 매달려서 두들겨 맞았다. 그때 생각으로는 놓아주면 머리를 부딪쳐 죽으면 그뿐이지 하고 생각했다. 그렇지만, 놓아주자 기어서 집으로 돌아가지 않았더냐. 너의 큰어머니가 밥 구걸하러 서쪽 마을로 갔는데 문둥병자 집에 들르게 되었단다. 그 집 안채로 통하는 곳에 네모 탁자에 먹다 남은 국수 반 그릇이 눈에 띄자 사람이 있나 없나를 살피고는 달려들어 손으로 퍼먹었단다. 문둥병 걸린 사람이 먹다 남긴 국수이니 더럽지 않겠니? 네가 받은 이 정도의 치욕은 뭐 별 게 아니다.

어미가 볼 때, 네가 하루하루가 다르게 몸이 불어나는 것이 분명한데, 편안하지 않으면 어떻게 살이 찔 수 있겠니? 아들아, 너는 지금 복을 누리고 있다. 몸이 복 속에 있으면서 복을 몰라서는 안 되겠지."

나는 어머니의 말을 꼼꼼히 생각해보면서 차츰 마음이 가라앉았다. 어머니의 말씀을 자세히 음미해보니, 점점 마음이 평안해졌다.

'그래, 이른바 자존심이니 체면이니 하는 것들은 모두 배가 부르고 난 뒤의 일이야. 배곯아 곧 죽게 된 사람에게는 문둥병 걸린 사람이 먹다 남긴 국수조차도 세상에서 가장 소중한 거야. 물론 굶어 죽는 한이 있어도 미국의 구제 식량을 먹지 않겠다는 주쯔칭 선생 같은 분도 있긴 하지만, 그분은 위인이고, 나처럼 개돼지 같은 존재는 결코 자존심이나 명예 따위의 개똥 같은 것으로 자신을 괴롭힐 필요가 없는 거야.'

게걸스럽게 먹는 모습

내 두뇌가 영양을 가장 필요로 하던 성장 시기는 바로 대다수 중국 사람이 반죽음이 될 정도로 배를 곯고 있을 때였다. 나는 친구들에게 항상 내가 굶주리지만 않았더라면 지금보다 확실히 더 똑똑했을 것이지만, 그렇다고 아쉬울 건 없다고 말하였다. 태어나자마자 배불리 먹지 못했기 때문에 생애 처음의 기억은 먹는 것과 관계가 있었다. 당시 우리 집에 열몇 식구가 한데서 살았고 밥을 먹을 때마다 나는 한바탕 울며 소란을 피워야 했다. 나의 작은아버지의 딸은 나보다 넉 달 먼저 태어났는데, 그때 우리는 모두 너덧 살쯤 되었고, 끼니때마다 할머니가 나와 그 누나에게 곰팡이가 핀 고구마말랭이 한 조각씩을 나누어주었다. 나는 늘 할머니가 편파적으로 좀 큰 것을 누나에게 준다고 여겼다. 그래서 누나의 손에 들고 있는 것을 빼앗고는 내 것을 누나에게 주었다. 빼앗아온 뒤에는 또 본래 내 것이 더 큰 것을 발견하고 도루 빼앗아왔다. 이러기를 서너 차례 해서 누나를 울렸다. 작은어머니의 얼굴도 뾰로통해졌다. 나는 밥상을 차릴 때부터 눈물을 줄줄 흘리기 일쑤였다. 어머니는 어찌할 수 없이 한숨을 내쉬었다. 할머니는 자연스레 누나 옆에 서서 나의 잘못을 꾸짖었다. 작은어머니가 하는 말은 더욱 듣기 거북하였다. 어머니는 작은어머니와 할머니에게 연신 잘못을 빌면서 말했다.

"저렇게 큰 배를 가진 아들을 절대 절대로 낳아서는 안 되었어요."

그 고구마말랭이를 먹고 나면 야채 경단이 나왔다. 주둥이에 들어간 그런 거무튀튀한 음식은 목에 넘어가지 않았지만, 반드시 먹어야 하였다. 그리하여 먹으면서 울고 울면서 먹으니 야채 경단은 눈물과 함께 목으로 넘어갔다. 우리 같은 사람들이 도대체 어떤 영양분으로 성장할 수 있었는지 모를 노릇이다. 그때는 정말이지 고구마말랭이라도 한번 실컷 먹어봤으면 마음이 뿌듯할 것이라고만 생각했으니까.

1960년 봄은 인류 역사상 아마 가장 어두운 봄이었을 것이다. 먹을 수 있는 것은 모두 먹어치웠다. 풀뿌리, 나무껍질, 처마 위에 난 풀까지도 먹었다. 마을에는 거의 매일 사람이 죽었다. 모두 굶어 죽은 것이다. 사람이 죽으면 처음에는 그래도 파묻기라도 했고 가족들이 울고불고하면서 마을 앞의 토지신 사당에 가서 사망보고를 해서 토지신 할아버지가 죽은 자의 호적을 말소할 수 있도록 했다. 그러나 나중에 죽은 사람을 파묻을 사람도 없었으니 울면서 토지신 사당에 사망보고하러 갈 사람은 더더욱 없었다. 그렇지만 그래도 어떤 사람은 마을 속의 시신을 마을 밖으로 억지로 끌어다 내버렸다.

　거기에는 이미 죽은 사람을 먹는 데 이골이 나 눈깔이 벌겋게 된 많은 미친개가 기다리고 있었다. 녀석들은 시신을 버리자마자 달려들어 시체를 먹어치웠다. 과거에 나는 전통극에서 나오는 가난한 사람들이 사용한다는 '사람가죽관'이라는 말을 잘 이해하지 못했는데, 이제 '사람가죽관'이 무엇을 가리키는지 분명히 알게 되었다. 나중에 어떤 책에서 그때 사람이 사람을 먹은 일을 기록한 바가 있지만 내가 볼 때는 단지 국부적인 현상일 수 있을 뿐이라고 생각한다. 소문에 의하면 우리 마을의 마 넷째馬四가 죽은 자기 부인 허벅지를 잘라 구워 먹었다고 하였지만, 확실한 증거가 없다. 마 넷째 본인도 머잖아 죽었기 때문이다. 양식아, 양식아, 양식은 다 어디로 가버렸나? 양식은 모두 누가 먹어치웠나? 시골 마을 사람들은 착하고 무능하기만 해서 감히 집을 떠나 세상에 뛰쳐나가 먹고 살 궁리를 하지 못하고 아무리 고생스러워도 죽어라 하고 집에서만 참고 견뎠다.

나중에 남쪽 웅덩이의 하얀 흙을 먹을 수 있다는 소문이 퍼진 후 죄다 가서 파먹었다. 그런데 똥이 나오지를 않아 몇 사람이 내장 폐색증으로 죽은 뒤 다시는 흙을 먹지 않게 되었다. 그때 당시에 나는 이미 학교에 다니고 있었다. 겨울날 학교에서 석탄 한 차를 실어 왔는데, 번들번들 빛나는 질 좋은 석탄이었다. 어떤 폐결핵에 걸린 학우가 우리에게 그 석탄이 아주 맛이 좋은데 씹을수록 더 좋아진다고 하였다. 그래서 우리는 모두 가서 한 덩어리씩 가져와서 먹었다. 정말 씹을수록 맛있었다. 수업이 시작되자 선생님이 칠판에 글씨를 쓰고 우리는 아래쪽에서 석탄을 먹었다. 온통 우드득우드득 소리가 울렸다. 선생님이 우리에게 무엇을 먹느냐고 물었고, 모두 일제히 석탄을 먹는다고 대답했다. 선생님이 석탄을 어떻게 먹을 수 있는가를 물었다. 우리는 새까매진 입을 벌리고 대답했다.

"선생님, 석탄이 맛있어요. 석탄이 세상에서 제일 맛있는 것 같아요. 아주 고소해요, 선생님도 한 조각 맛 좀 보세요."

선생님은 위魏씨 성의 여성분이었는데, 역시 적지 않게 배를 곯았는지 얼굴이 누렇게 떠서 곧 수염이 자라나 남자가 될 것 같은 얼굴이었다. 선생님이 의심스러운 듯이 말하였다.

"석탄을 어떻게 먹지? 석탄을 어떻게 먹을 수 있어?"

어떤 남학생이 알랑거리며 반짝반짝 빛나는 석탄 한 덩어리를 선생님에게 건네주면서 선생님이 맛보고 만약 맛없으면 뱉으라고 말하였다. 위 선생님이 시험하듯이 한 입 깨물어 먹어보았고 우드득 우드득 씹으면서 눈살을 찌푸렸는데 마치 맛을 음미하는 것 같았다. 그리고는 큰 입으로 석탄을 먹기 시작하였다. 그녀는 놀라운 듯 말하였다.

"어머, 정말 아주 맛있네!"

이 일은 좀 엽기적인 면이 있는데, 지금 돌이켜보면 진짜 어떻게 그런 일이 있었나 싶지만, 의심의 여지가 없는 사실이다. 작년, 고향에 다니러 갔을 때 당시 학교에서 수위를 했던 왕씨 할아버지를 우연히 만났는데 석탄 먹은 일을 이야기했더니 왕씨 할아버지가 말했다.

"이는 내 눈으로 똑똑히 본 일인데 어떻게 가짜일 수 있겠어? 너희들이 똥을 쌀 때마다 뚝뚝 토막져 나와 석탄 떡 같았지, 난로 속에 넣으면 활활 타올랐잖아."

기아가 한계점에 다다랐을 때가 되어서야 국가가 구제식량을 나눠 주었다. 한 사람당 콩깻묵 반 근씩이었다. 할머니가 나에게 살구씨 정도 크기의 한 덩어리를 나누어주었고, 입에 넣고 씹으니 맛이 아주 달았다. 아까워서 삼키지 못해 입안에서 소화될 지경이었다. 우리 집 서쪽에 사는 이웃 쑨孫씨네 할아버지는 자기 집에 분배된 콩깻묵 두 근을 집으로 가져가는 도중에 다 먹어 버렸다. 집에 돌아간 뒤부터 목이 마르기 시작해 찬물을 마셨더니 콩깻묵이 배 속에서 불어서 위장이 터지는 바람에 죽고 말았다. 십여 년이 흘러 고통이 가라앉은 뒤 이전의 고통을 회상해 보았는데 어머니는 그때 사람들은 위가 종이처럼 얇아서 기름기가 조금도 없었다고 하였다. 어른들은 부종이 생겼고, 우리 보통 아이들은 모두 물항아리같이 커다란 배가 툭 튀어나왔고, 뱃가죽이 투명해서 푸른색의 창자가 그 안에서 꿈틀꿈틀 움직였다고 한다. 모두 별나게 먹는데 능해서 대여섯 살의 아이라도 한 번에 야채죽 여덟 그릇은 먹어 치울 수 있었다. 그릇은 보통 그릇이 아닌 혁명 선열인 자오이만趙一曼 여사가 사용한 것과 비슷한 크기의 왕 사발이었다.

나중에 생활이 점점 좋아졌고, 기본적으로 입에 풀칠할 수 있는 상황이 되었다. 공급판매합작회사에서 근무하는 작은아버지가 뒷거래로 목화씨 깻묵을 마대로 한 자루 사 와서 항아리 속에 넣어 두었다. 밤에 일어나 소변을 볼 때면 나도 가서 한 움큼 집어내 와 이불 속에서 머리를 뒤집어쓰고 먹었는데 아주 구수했던 그 맛을 절대 잊을 수 없다.

마을 안의 가축들이 모두 굶어 죽자 생산대대의 사육실에는 큰 솥을 걸어놓고 그것을 삶았다. 개구쟁이 아이들이 냄새를 맡고 떼거리로 몰려와서 부뚜막을 에워싸고 뱅글뱅글 돌았다. 원수運輪라고 하는 큰 아이가 우리를 데리고 목청을 높여 노래를 불렀다.

류뱌오劉彪 네 이놈 큰 대가리야.
네 아빠 열다섯 살, 네 엄마 열여섯 살,
평생토록 한번 배불리 먹지 못해
우드득우드득 소뼈 양뼈 갉아먹었어

손에 커다란 몽둥이를 쥔 대대장이 우리를 몰아내면 우리는 눈 깜짝할 사이에 냄새를 맡고 다시 우르르 몰려왔다. 대대장의 눈에는 우리가 파리들보다도 더욱 밉살스러운 모양이었다.

대대장이 변소에 간 틈을 타서 우리는 굶주린 이리처럼 달려들었다. 둘째형은 말굽을 하나 낚아채서 두 손으로 보배처럼 받쳐들고 집으로 돌아왔다. 불로 말굽에 난 털을 그슬린 후 몇 조각으로 잘라서 솥에 넣고 삶았다. 다 익자 국물을 마셨다. 그 국물의 맛은 실지로 너무 훌륭해 수십 년이 지난 지금도 잊기 어렵다.

문화대혁명 기간에도 배불리 먹지 못한 것은 마찬가지였다. 나는 옥수수밭에 가서 줄기 위에 핀 버섯을 찾았다. 그것을 힘껏 따내어 집에 가져와서 익힌 후 소금을 좀 뿌리고 마늘즙과 버무려서 먹으면 맛이 너무 좋아 세상에서 으뜸가는 맛으로 느껴질 지경이었다.

뒷날 두꺼비의 고기 맛이 양고기 맛보다 훨씬 좋다는 말을 들었지만, 어머니는 이를 더럽다고 여기고 우리를 말려 그것을 잡으러 가지 못하였다. 생활이 갈수록 좋아져 고구마말랭이쯤은 배불리 먹을 수 있었다. 이때는 이미 문화대혁명 후반기였다. 어느 해인가 추수가 다 끝나고 결산한 결과 우리 집은 290여 위안을 분배받았다. 이는 당시로서는 깜짝 놀랄만한 액수였다. 내 기억에 여섯째 작은어머니가 자기 딸의 머리를 때려서 상처 나게 하였다. 그 아이가 장에 갈 때 1마오를 잃어버렸기 때문이었다. 그렇게 많은 돈을 분배받고 마을의 도살장에서 고기를 싸게 팔자, 아버지는 다섯 근이

나 그보다 좀더 사서 우리를 먹이기로 마음먹었다. 고기를 커다란 덩어리로 썰어서 삶았고, 사람마다 한 그릇씩 주었다. 나는 단숨에 살찐 고기 한 사발을 마시고도 아직 부족한 느낌이었다. 어머니가 한숨을 내쉬며 어머니의 사발 안의 것을 나에게 주었다. 다 먹고 나자 입에서는 아직 더 당겼지만 배가 더 받아들일 수가 없었다. 고기 기름이 한 가닥씩 잘게 씹지 않은 고기 조각들과 함께 넘어 올라와서 목구멍이 칼로 베이는 것 같았다. 이것이 바로 고기를 먹는 느낌이었다.

나의 식탐은 마을에서 이름났고, 집에 좀 맛있는 것이 있으면 어디에 감춰두든지 늘 방법을 바꿔가며 몰래 찾아 먹었다. 때로는 먹고 또 먹으면서 자신을 억누르지 못해서 될 대로 되라는 마음으로 결과가 어찌 되건 말건 고려하지 않고 전부 먹어치웠다. 두들겨 맞거나 욕을 먹기도 했다. 우리 할아버지와 할머니는 숙모 집에 살았는데, 나에게 밥을 갖다드리라고 하였다. 나는 밥 갖다드리는 기회를 이용하여 도시락을 열어젖히고 슬쩍 좀 먹곤 했는데, 이 때문에 어머니가 적지 않게 원망을 들어야 했다. 이 일은 지금까지도 내 마음에 부끄러움으로 남아 있다. 나는 왜 그렇게 식탐이 많았을까? 이는 완전히 배고픔 때문만은 아니었을 것이고 나의 품성과 관계가 있을 것이다. 식탐이 많은 아이는 왕왕 의지가 박약하고 자제력이 부족한데 내가 바로 그런 아이였다.

20세기 1970년대 중기에 나는 수리 공사 현장으로 노동하러 갔다. 생산대대는 수리 공사 현장의 양식으로 커다란 찐빵을 쪘다. 밀가루 반 근으로 한 개를 만들었다. 나는 한 번에 네 개를 먹을 수 있었고 어떤 사람은 여섯 개를 먹기도 했다.

1976년에 나는 군에 입대했다. 이로부터 굶주림과는 작별을 고했다. 신병 중대에서 새로운 부서로 배치될 때까지 첫 끼 식사에 새하얀 작은 찐빵 한 시루가 나왔다. 나는 단숨에 여덟 개를 먹었다. 배 속에 여전히 공간이 느껴졌지만, 쑥스러워서 더 먹지 못하였다. 취사반장이 사무장에게 고했다.

"큰일 났습니다. 대식가가 왔습니다."

사무장이 말했다.

"괜찮네. 한 달만 먹으면 더는 못 먹을걸세."

과연 한 달이 지나자 같은 찐빵인데도 처음으로 두 개밖에 먹지 못했다. 지금은 하나면 충분하다.

이제는 굶지 않게 되었고 배 속에도 기름기가 끼었지만, 연회에만 가면 항상 얼마간은 참지 못하고 배불리 먹지 못할까 두려운 듯 허겁지겁 먹어댔다. 다른 사람들이 나를 어찌 볼까는 전혀 상관하지 않았다. 다 먹은 다음에는 또 후회했다. 왜 나는 천천히 느릿느릿 먹지를 못하지? 왜 나는 좀 적게 먹지 못하지? 사람들에게 내가 귀한 집 출신으로 먹는 태도가 품위 있다고 느끼게 할 수는 없는 것일까? 문명사회에서 많이 먹는 것은 교양이 없는 행동이기 때문이다. 많은 사람이 나의 밥통이 크다거나, 먹는 데 정신이 팔려 먹는 모습이 어떤지 알지 못한다거나, 머리를 묻고 억척스레 먹는다든가 하는 말로 공격해대면 나는 자존심에 큰 타격을 입고 다음번 식사 시에는 좀 더 품위 있게 먹어야지 하고 느꼈다.

그러나 다음번에도 신분이 있는 그들은 나에게 너무 많이 먹고, 너무 빨리 먹는 것이 마치 이리와 같다고 공격한다. 나의 자존심은 더욱더 큰 상처를 입는다. 나는 단단히 다짐한 대로 조금 먹고 천천히 먹고 다른 사람의 앞으로 가서 먹을 것을 집어다 먹지 않고 먹을 때 입에서 소리를 내지 않고 눈빛을 게걸스럽지 않게 하고 젓가락을 아주 단정하게 들고 음식을 집을 때 나물 한 가닥이나 콩나물 한 뿌리만 집어 병아리처럼 나비처럼 먹는다. 그런데도 사람들은 아직도 내가 많이 먹고 빨리 먹는다고 공격해댄다. 그러면 나는 몹시 화가 난다. 내가 품위 있게 먹기 위해 노력하면서, 동시에 그들을 관찰하였다. 나를 공격하는 아가씨와 부인들도 먹을 때는 하마처럼 먹다가 다 먹고 나서야 품위를 갖춘다는 것을 알게 되었다. 그리하여 화가 머리끝까지 치솟아 올랐다. 다음번에는 돈이 들지 않는 연회에서 해삼이 한 접시 나오자 내가 해삼 접시를 들어다가 내 접시에 반쯤 덜어 놓고 이리나 호랑이가 먹는 것처럼 먹자, 그들은 또 나의 먹는 모습이 게걸스럽다고 했다. 나는 화를 내고 그 접시의 남은 반을 내 접시에 따라 붓고는 도전하듯이 들고 먹었다. 이번에는 그들이 오히려 다정하게 웃으며 말했다.

"모옌은 정말 귀여워요."

지난 30여 년 동안의 식사 경험을 돌이켜보니 돼지나 개와 큰 차이가 없는 것 같았다. 내내 킁킁대며 우리 안을 돌면서 먹을 만한 것을 찾아서는 이 밑 빠진 독을 채운다. 먹기 위해서 나는 너무 큰 지혜를 낭비하였다. 이제 먹는 문제가 해결되었는데, 머리는 도리어 점점 아둔해지는 것 같다.

먹는 것을 잊을 수 없다

몇 년 전에 먹는 것과 관련된 짧은 글 두 편을 썼었다. 한 편은 제목이 「게걸스럽게 먹는 모습」이고, 한 편은 제목이 「먹는 일로 인한 치욕」이다. 원래는 청탁받은 원고를 처리하기 위해 붓 가는 대로 썼기 때문에 발표할 생각이 없었는데, 뒤에 장난江南의 인텔리 몇 사람이 나를 앞에 놓고 한바탕 추켜 올리는 바람에 붕 뜨는 기분이 되어 진위를 분간하지 못하게 되었다. 집에 돌아와서 '누가 뭐래도 무슨 상관이냐' 정신을 발휘해 계속 먹다가 위에서 받아들일 수 없을 때 그치기로 하였다. 나도 이런 잡다하고 너절한 것들이 쓸 가치가 없고 정말 좀 고상한 것을 써서 내 글에서 귀티 나는 모습이나 진보적인 티를 좀 드러나게 하고 싶지만, 까마귀가 어찌 봉황의 소리를 낼 수 있으랴? 대머리독수리가 신선 학의 춤사위를 어찌 따라 가리오? 정인군자들께는 양해를 청하고 나와 뜻을 같이하는 분들께는 웃으면서 읽어 주시기를 부탁드린다. 그럼 이제부터 먹기 시작하기로 하자.

먹다는 의미의 '흘吃' 글자를 쪼개면 바로 입 '구口'와 빌다는 의미의 '걸乞'이다. 이 글자는 정말 기발하게 만들어졌다. 나는 원래 '흘吃'은 '계契'를 간략화한 글자인 줄 알았는데, 『사해辭海』를 찾아보고 나서 '겟契'가 '흘吃'의 이체자라는 것을 알았다. 입의 구걸, 입은 구걸하는 데 있으니, '흘吃'자에 걸신의 뜻이 생긴 것이다. 걸신의 뜻이 생기자 비천하다는 의미가 파생되었다. 이 '흘吃'자를 만든 사람은 필시 가난하고 배고픈 사람이었을 것이다. 임대옥이나 문화대혁명 당시 악질 지주 류원차이劉文彩에게 이 글자를 만들게 하였으면 지금의 이런 모양이 절대로 안 나왔을 것이다. 그들은 아침부터 밤까지 모두 견딜 수 없을 정도로 배가 불러서 오히려 음식물이 그들의 입에 구걸하며, "아씨, 나리, 우리를 먹어 치워주세요" 하였을 것이기 때문이다. 이로부터 보건대 언어와 문자란 확실히 계급성을 지닌 것이지 단순히 추상 부호만은 아니다.

다시 본론으로 돌아가자. 문화대혁명이 금방 막을 내렸을 적에 나는 기관으로부터 지도자가 중앙문건을 전달하였다는 말을 들었다. 문건의 내용은 어떤 중앙 장관의 연설이었다. 연설의 주요 내용은 국민의 밥 먹는 문제였다. 장관이 말하였다.

"사람마다 모두 입이 있고, 입은 구멍입니다. 십억 인구가 일제히 입을 벌리면 얼마나 큰 구멍이 되겠는지 상상해보면, 아마 톈안먼 광장보다도 훨씬 더 클 겁니다, 겁나지 않나요?"

우리 기관 지도자가 이 기회를 타서 의견을 표시하였다. 이런 입이 모두 앵두처럼 작은 입이라면 찻잔 하나 정도의 쌀죽이 들어가도 가득 채울 수 있고 심각한 문제라 할 수 없겠지만, 이런 입이 하필이면 노지심과 저팔계 같은 입이 다수를 차지해 큰 사발로 쌀죽 세 사발이 들어가도 배 속을 반만 채울 수 있을 뿐이라고 하였다.

우리 지도자가 이어서 말하였다.

"앞으로 한참 동안은 절대다수의 중국 사람이 배불리 먹을 수 있을지 아니면 배를 곯을지가 문제가 될 것입니다."

현재 이것이 문제일까 아닐까?

앞으로 문제가 될까, 안 될까?

앞에서와 같이 이것저것 끌어다 쓴 것이 바로 글의 '첫머리'인 셈이다. 본문으로 들어가면 역시 나의 '먹기'에 관련한 역사를 써야 한다. 자꾸 내 이야기를 하면 남을 싫증 나게 하겠지만, 싫증이 나면 나는 것이고 나도 그에 대해서는 별도리가 없다.

당신은 밀가루 전을 먹고 나는 "산에서 나는 약 알갱이山藥蛋" 즉 감자를 먹는다. 감자는 정말 잘사는 사람이나 못사는 사람 모두 좋아할 수 있는 맛 좋은 음식물로 황제도 즐겨 먹고 백성도 즐겨 먹고 구워도 맛있고 쪄도 맛있으며 전을 부쳐도 맛있고 삶아도 맛있다. 감자야, 너를 "좋은 것"이라고 이름 붙여야겠다! 오, 감자, 몇몇 다른 것들이 그대의 이름을 빌렸던가, 만약 그대가 바로 "땅에서 나는 콩土豆"이라는 이름의 감자라면 말이다. 말이 두 갈래로 나누어진 것 같은데, 여기서 감자에 대한 말을 잠시 접어두고 다시 내 이야기로 돌아가자. 지금까지 마흔두 해 살았다는 말을 바꾸어 마흔두 살 먹었다고도 한다. 내가 세밀하게 붓대를 놀려서 글을 쓴다고 할지라도 나더러 이 마흔두 해 동안 배 속에 밀어 넣은 것을 전부 늘어놓으라면 극약이라도 먹어 토해내도록 해야 할 것이다. 그러므로 중요한 것들만 골라 서술하도록 한다.

공자님이 "식욕과 성욕은 본성이다."[1] 하고 말한 것은 어른을 두고 한 말이다. 아이에 대해 말하면 '성욕'은 문제도 되지 않는다(서양 사람이 프로이트 때문에 조숙해진 것은 별도로 하자.). 나 같은 사람의 시각에서 말하면 스무 살 이전에는 성욕도 중요한 문제가 아니었다. 나에게는 기억력이 생기고부터 내내 굶주린 창자에서 연신 꼬르륵 소리가 났기 때문이다. 이렇게 말하면 어떤 호걸들이 나에게 호된 꾸지람을 하며 '사회주의를 먹칠한다' 하는 큰 모자를 씌울 가능성이 많이 있다. 하지만 사실이 그랬고, 굶주린 배는 영광스럽지도 않고 아름답지도 않으니 구태여 날조할 필요가 있겠는가. 그렇지만 '고난'을 과시하는 의미는 있을까, 없을까? 있다. 확실히 있다. 이는 내가 그대들에게서 배운 것이다.

나는 1955년에 태어났다. 그때는 그야말로 중국의 첫 번째 황금시대였다. 노인들의 말에 의하면 당시에는 아직 배불리 먹을 수 있었다. 하지만 좋은 시절은 길지 못하였고 재빨리 대약진 시대가 왔고, 대약진에 들어가자마자 굶주림이 시작되었다. 내 기억에 최초의 사건은 어머니를 따라 공동식당에 가서 밥을 먹은 것이다. 많은 마을 사람이 그릇을 받쳐들거나 단지를 들고 한군데 모여 줄을 서서 푸성귀가 많은 묽은 쌀죽을 분배받았다. 마른 음식은 드물었다. 나는 내 이웃의 어떤 사내아이가 죽 그릇을 땅바닥에 엎질러서 그

---

1   『맹자·고자장구상·4孟子·告子章句上·第四』에서 나온 말이다. '고자가 말하기를 식과 색은 본성이니, 어짊은 안에 있지 밖에 있지 아니하다. 바름이란 밖에 있지 안에 있지 아니하다.'(告子曰: "食色, 性也. 仁, 內也, 非外也; 義, 外也, 非內也.")

릇이 깨지고 죽이 흘러나온 것을 기억한다. 사내아이의 어머니가 애를 때리면서 자기도 울었다. 사내아이가 큰소리로 외쳤다.

"엄마야, 때리지 마. 얼른 죽 먹을게!"

그 아이는 그대로 땅바닥에 엎드려서 혀를 내밀고 땅바닥에 엎질러진 죽을 핥아먹었다. 그 아이의 어머니도 아이의 말을 듣고 땅바닥에 엎드려서 아들의 모양을 배워 죽을 핥아먹었다. 현장에서 사내아이의 똘똘함을 칭찬하지 않는 사람이 없었고 모두 그 아이의 앞날의 무한한 가능성을 예견하였다. 사람의 눈이 저울이라고 했던가. 당시의 사내아이는 지금 이미 우리 마을의 최고 갑부가 되었다. 그는 벌레를 키워 돈을 벌었다. 전갈을 키우고 매미를 키우고 콩벌레를 키워 높은 가격에 큰 음식점과 기관에서 운영하는 숙박시설인 초대소招待所에 팔았다. 그는 돈 있는 사람과 권력 있는 사람의 입이 갈수록 예민해지고 입맛이 갈수록 까다로워진다는 것을 정확히 꿰뚫어 보았다. 그들은 흔한 생선과 고기를 거부하고 조그맣고 귀여운 조류같은 이상야릇한 것을 즐겨 먹었다. 안목이 바로 돈이다. 그는 다음에는 귀하신 분들에게 담배벌레를 먹도록 길들일 것이라고 말하였다.

공동식당이 파산한 뒤에 가장 어두운 세월이 강림하였다. 그때는 먹지도 못하였을 뿐 아니라 밥을 지을 솥도 없었다. 수많은 집에서 옹기로 푸성귀를 삶았다. 우리 집은 그런대로 괜찮았다. 강철 제련을 외치던 기간에 나는 고철 더미에서 일본군의 깨진 철모를 주워서 머리에 쓰고 놀았다. 담 모퉁이에 내팽개칠 때까지 실컷 놀았다.

할머니가 철모를 솥으로 썼다. 옹기는 불에 약해서 며칠이면 깨지는 데다가 재가 날아다녀서 제구실을 못하였다. 우리 집의 철모는 좋은 쇠로 주조해서 열을 빨리 전달하였고 아주 단단하여 깨질 염려 없고 타버릴 염려도 없었다. 정말 훌륭한 보배였다. 할머니는 그것으로 푸성귀를 삶고 풀뿌리를 삶고 나무껍질을 삶고 한 철모 또한 철모 삶아서 새끼돼지를 먹이듯이 우리 형제자매를 먹이면서 끔찍한 굶주림의 세월을 견디도록 했다.

수많은 글에서 1959년에서 1961년까지 '3년 궁핍 시기'를 온통 칠흑같이 어둡고, 재미라곤 손톱만큼도 없는 시기로 묘사했는데, 나는 꼭 그렇지는 않았다고 생각한다. 적어도 아이의 시각에서 말하면 약간의 즐거움이 있었다. 굶주린 사람의 시각에서 말하면 모든 즐거움이 죄다 음식물과 관련되어 있긴 하지만 말이다. 당시에 아이들은 모두 먹이를 찾아 헤매는 도깨비였고, 우리는 중국 전설 속의 신농처럼 들판의 온갖 풀이란 풀, 벌레란 벌레를 거의 다 맛보아 인류의 식단을 풍성하게 하는 데 이바지하였다. 그 시절의 아이는 모두 배가 똥똥하게 툭 튀어나왔고 종아리는 장작개비처럼 가늘었으며 머리는 이상스레 컸다. 나도 물론 예외가 아니었다. 우리는 무리를 지어 마을 안팎에서 먹을 것을 찾아다녔다. 우리 마을 바깥은 끝을 볼 수 없는 진펄이었다. 진펄 안에 헤아릴 수 없이 많은 물웅덩이가 있고, 군데군데 잡초 덤불이 있었다. 그곳은 우리의 식량창고이자 우리의 낙원이었다. 우리는 그곳에서 풀뿌리를 캐고 푸성귀를 파냈다. 캐면서 먹고 먹으면서 노래를 불렀다. 반쯤은 소나 양 같기도 하고 빈쯤은 가수 같기도 하였다. 말하자면 우리는 그러한 세월 속의 소양같은 가수였다. 나는 그때의 풀밭의 몸뚱이가 반지르르한 기름메뚜기를 잊기 어렵다. 볶은 뒤에는 새빨갛게 되는데 소금을 살짝 치면 참으로 최상의 맛이고 영양도 아주 좋다. 당시에 메뚜기가 정말 많았다. 하늘이 하사한 맛있는 음식이었다. 마을의 어른과 아이가 모두 조롱박을 들고 풀밭에서 메뚜기를 잡았다. 나는 메뚜기를 잡는 1등 선수였고, 오전 반나절이면 조롱박 한 가득 잡을 수 있었다. 나에게는 한 가지 비결이 있었다. 메뚜기를 잡기 전에 먼저 풀의 즙으로 손을 파랗게 물들인다. 아주 간단하다. 기름메뚜기는 단수가 높아지면 사람이 손을 내뻗자마자 팔짝 뛰어 달아난다. 나는 그것들이 대체로 사람의 손에서 나는 냄새를 맡을 수 있게 된 것이니까 풀의 즙을 바르면 그 냄새를 막을 수 있을 것으로 생각하였다. 녀석들의 도약력이 너무나 좋아서 한 번 뛰어오르면 몇 장은 멀리 뛰어 나갔다. 하지만 나의 풀즙으로 물든 손을 내밀면 녀석들은 뛰어 달아나지 않았다. 할머니의 포상을 얻기 위해 나는 나의 비결을 할아버지에게도 알려주지 않았다. 할머니는 당시에 물질적 자극을 동원하였고, 내가 많이 잡으면 나에게 분배되는 먹을 것도 많아졌다. 메뚜기가 훌륭한 음식이라고 하더라도 밥 먹듯이 먹을 수도 없는 노릇이다. 지금 나는 메뚜기를 떠올리면 좀 구역질이 난다.

메뚜기를 먹고 좀 지나면 여름이다. 여름은 음식물이 가장 풍부한 계절이자 우리에게 좋은 시절이다. 1960년대에 강우량이 특히 많아서 농작물이 전부 익사하였다. 웅덩이마다 물이 차서 온통 넘치는 바다가 되었다. 온갖 물고기들이 하늘에서 떨어진 것 같이 품종이 아주 많았다. 어떤 물고기는 1백 살이 된 노인조차도 본 적이 없는 것이었다. 내가 이상야릇하게 생긴 물고기 한 마리를 잡았다. 녀석은 온몸이 새파란 색이고 날개는 새빨갛고 별나게 아름다웠다. 이 물고기를 지금의 어항 속에서 키우면 반드시 상등품일 것이겠지만 먹으려니까 비리고 구려서 삼키기 어려웠다. 웅덩이 속의 물고기가 많기는 해도 굶주린 사람이 그보다 훨씬 많았다. 당시에는 또 지금과 같이 발달한 고기잡이 도구가 없었다. 그래서 나중에 물고기를 몇 마리 잡는 일조차도 쉽지 않게 되었다. 물고기를 못 잡아도 굶어 죽지는 않았다. 우리는 수면 위에 떠다니는 부평초를 건지고 물 바닥에서 물풀을 건져내서 국을 끓여 먹었다. 그래서 노인들은 물가에서는 사람이 굶어 죽지 않는다고 말하였다.

가을은 수확의 계절이다. 물고기와 새우는 많지 않아도 여전히 남아 있었고, 또 게가 옆으로 기어왔다. 가을바람이 선들선들해지고 콩잎이 누렇게 되면 게 발이 근질거린다. 게들이 떼를 지어 강을 따라 하류로 내려온다. 할아버지가 녀석들이 바다로 가서 알을 낳으려는 것이라고 알려 주었다. 나는 녀석들이 무슨 성대한 회의에 참석하러 가는 것 같이 여겼다. 게는 굼뜨게 생겼지만 물 속에서 헤엄치면 바람처럼 또 그림자처럼 신출귀몰해서 녀석을 잡는 것이 결코 쉬운 일이 아니었다. 게를 잡으려면 밤이 가장 좋다. 몸에 도롱이를 걸치고 머리에 삿갓을 쓰고 손에 남포등을 들고 살그머니 다가가야 하고 무엇보다도 소리를 내지 않아야 한다. 나는 예전에 여섯째 작은아버지를 따라서 한 번 게를 잡으러 간 적이 있었다. 신기하고 신비롭고 끝없이 재미있었다. 낮에 여섯째 작은아버지가 지형을 잘 봐두었고 수숫대로 개울 안에 울타리 한 줄을 쳐놓고 구멍 한 개를 남겨두었다. 구멍 위에 자루 모양의 그물을 대놓았다. 밤기운이 짙어지고 보슬비가 부슬부슬 내리면 수면 위에서 모락모락 연기 같은 안개가 피어오른다. 몸을 커다란 도롱이 속에 웅크려 넣고 귀로는 키득키득 나는 소리를 들으면서 어렴풋한 남포등 빛발을 빌리면 게 대대가 울타리를 따라 기어오르는 것을 보게 된다. 이런 경험은 평생 잊기 어렵다. 게는 아주 맛있지만 먹기엔 아깝다. 녀석들을 가는 끈으로 꿰미로 묶어서 거품을 토해내게 하면 키득키득 가느다란 소리를 낸다. 녀석들을 시장에 내다가 인민공사 간부에게 한 마리에 3펀分씩 팔았다. 그렇게 번 돈으로 곰팡이 핀 수수쌀이나 밀기울 따위를 사다 맷돌로 간 가루를 푸성귀와 섞어 먹으며 그 시절을 보낼 수 있었다. 고달픈 나날을 지내노라면 절대 배터지게 먹을 욕심을 부리면 안 된다. 의식적으로 입에 뭔가 장애물을 설치하여 불편하게 해 놓아야 한다.

가을엔 풀씨가 익는다. 가장 맛있는 풀씨는 물속에 있는 풀의 씨앗이다. 이것은 좁쌀처럼 생겼고, 껍질째로 맷돌에 갈아서 찐빵처럼 만들어 먹으면 먹을 때 오도독오도독 소리가 나며 맛있다.

가을에는 맛있는 벌레도 아주 많다. 형형색색의 메뚜기가 있고 귀뚜라미도 있다. 깊은 가을의 귀뚜라미는 색깔이 검은색에서 빨갈게 되고 전부 배 속에 알이 들어있다. 볶아서 먹으면 기이한 냄새가 난다. 귀뚜라미를 잡는 것은 메뚜기를 잡는 것보다 난이도가 좀 높다. 이 벌레는 잘 뛸 뿐 아니라 구멍을 잘 파고 들어갈 수도 있다. 또 다른 벌레가 있는데, 내가 녀석들의 이름이 풍뎅이라는 것을 지금에서야 알았다. 풍뎅이는 굼벵이의 어른벌레로 살구씨만큼 크며 온몸이 검고 반짝거린다. 빛을 따라가는 성질을 갖고 있어 밤에 등불로 달려들어서 속명이 '눈먼 돌격대장'이다. 이 벌레는 무리를 짓기 좋아해서 나뭇가지나 수풀 위에 떨어지면 송이송이 잘 익은 포도 같다. 밤에 우리는 어둠을 더듬으며 눈먼 돌격대장을 걷으러 갔다. 한 밤이면 한 자루 정도를 걷을 수 있었다. 이 벌레를 볶아서 익히면 그 맛이 메뚜기나 귀뚜라미와는 아주 달랐다. 또 콩벌레가 있는데, 중추절이 지나면 겨울잠을 잔다. 이 벌레가 겨울잠을 자면 배 속에 전부 하얀색의 지방질이 들어있는데, 똥도 싸지 않기 때문에 전부 다 고단백질이다.

겨울에 들어서면 좀 형편없이 된다. 봄, 여름, 가을 세 계절 동안에 우리는 풀, 나무, 벌레, 물고기도 좀 먹을 수 있었지만, 겨울이면 풀과 나무가 시들고 얼음이 석 자는 얼며 땅에서 벌레를 파낼 수 없고 물에서도 물고기를 잡아낼 수 없다. 하지만 사람의 지혜는 끝이 없는 것이다. 특히 먹는 방면에서 그렇다. 우리는 재빨리 물이 담겨 있었던 웅덩이 바닥에 끼어 있는 마른 이끼를 부침개를 벗기듯이 한 겹 한 겹 벗겨내서 물에 넣고 좀 불려서 다시 솥에 넣어 불에 말리면 누룽지 같이 바삭바삭하다는 것을 발견하였다. 푸른 이끼를 다 먹으면 나무껍질을 벗겼다. 칼로 찍고 도끼로 잘라내서 바위 위에 놓고 찧은 다음에 항아리에 넣어 불린다. 그런 다음에 방망이로 두드린다. 그것을 풀처럼 될 때까지 두드린 다음에 익혀서 먹는다. 우리가 나무껍질을 먹는 앞부분은 필승이 종이를 만드는 과정과 아주 비슷하지만, 우리가 만들어낸 것은 종이가 아니다. 먹는 각도에서 보면 느릅나무 껍질이 상품이고, 다음은 버드나무 껍질이며, 그다음은 회화나무 껍질이다. 재빨리 마을 안팎의 나무마다 다 벗겨져 벌거숭이로 변하여 아주 가련한 모습으로 찬바람 속에서 부들부들 떨게 되었다. 이 위험한 고비에서 정부는 어디선지 모르지만, 구제 식량을 조달해왔다. 이른바 구제 식량이란 근본적으로 식량이 아니고 곰팡이 핀 시래기 같은 것들이고 짜내서 만든 것들이다. 지금은 그런 것으로 돼지를 먹이는데, 돼지도 잘 먹지 않는다. 하지만 당시에는 확실히 진짜 보배였다. 분배할 때 사람마다 죄다 눈에 불을 켜고 저울대를 노려보았고, 아주 조금이라도 높게 재는지 낮게 재는지 엄청나게 따졌다. 이런 것도 늘 있는 것이 아니었고, 사람들이 곧 숨을 멈출 듯이 굶주렸을 때가 되어서야 겨우 한 차례 방출하였으니, 나라도 상당히 곤란하였던 것을 알 수 있다. 구제 식량을 방출하는 종소리가 울릴 때면 관에 들어간 사람까지도 벌떡 일어나는 듯했다. 이는 물론 과장이다. 당시에 사람이 너무 많이 죽었는데, 어디에 또 무슨 시신 넣는 관이 있으랴. 죽으면 대충대충 끌어냈고 개에게 먹히도록 내버려 두었다. 당시는 개의 황금 세월이었다. 죽은 사람을 먹은 놈마다 미쳐서 산 사람을 봐도 달려

들었다. 어떤 사람은 말할 것이다. "당신들 왜 개를 잡아먹지 않았소? 개고기는 영양이 풍부하고 맛도 기똥찬데."

"당신 잘 물어봤소. 당신이 한 생각은 우리도 이미 하였소. 그러나 우리가 물항아리처럼 다리가 부어서 두 발짝 걸으면 계속 숨을 헐떡거리게 되어 아예 개의 적수가 아니었소. 개를 잡는 것보다 개에게 먹을 것을 보태주는 편이 나았소."

만약 총이 있었다면 방아쇠를 당길 힘은 아직 있었을 것이다. 그러나 당시의 상황에서 백성의 손에 총이 있었으면 무슨 나쁜 일이든 하지 못하였으랴? 인민공사 서기와 공안원의 손에는 총이 있었지만, 그들에게는 먹을 양식이 있고 개를 잡아먹을 필요가 없었다. 그들은 죽은 사람을 먹은 개가 너무 혐오스러워서 싫었고, 총을 들고 가서 산토끼, 기러기나 물오리 따위를 잡아 식사에 곁들였다.

아마 1961년 봄이었을 것이다. 정부에서 우리에게 설을 쇠라고 사람마다 콩깻묵 반 근씩을 배급하였다. 콩깻묵을 받는 광경은 정말 기뻐 날뛰는 장면이었다. 어떤 사람이 옷자락에다 콩깻묵을 받아서 집으로 걸어가면서 입에 쑤셔 넣었다. 우리 이웃집의 쑨孫 할아버지는 집에 도착하기도 전에 그의 집에 배급받은 콩깻묵을 전부 다 먹어 치웠다. 그가 집에 도착하자마자 마누라와 아이들에게 포위당하였다. 욕을 하며 울며불며 그의 뱃가죽을 갈라 콩깻묵을 꺼내지 못하는 것이 한이었다. 보건대 굶주린 사람들에게 인륜이 무슨 대수가 될 리 없다. 쑨 할아버지는 땅바닥에 드러누워 안색이 누렇게 변해서 눈물을 펑펑 흘리며 아무 소리 하지 않고 마누라와 아이들이 때리고 걷어차는 대로 내버려 두었다. 쑨 할아버지는 그날 밤에 사망하였다. 그는 콩깻묵을 너무 많이 먹어서 목이 말라 족히 물 한 통을 마셨고 산 채로 몸이 불어서 죽었다. 당시에 우리의 위벽이 종이처럼 얇아져서 조금만 불어나면 터졌다. 쑨 할아버지가 사망하자 그의 마누라와 아이들은 눈물 한 방울도 흘리지 않았다. 여러 해가 지난 뒤에 그때 일을 꺼내게 되면, 쑨 할머니는 여전히 치를 떨면서 늙은이가 먹을 것을 혼자 먹고 인정미라고 눈곱만큼도 없으니 죽어도 싸다며 욕하였다. 그해 세밑의 콩깻묵이 우리 마을의 열일곱 사람을 퉁퉁 불어 죽도록 만들었으니 교훈이 아주 깊다. 뒷날 나는 생산대대 사육실에서 소를 키웠고 몰래 사료 콩깻묵을 먹을 때, 쑨 할아버지의 전철을 밟을까 봐 언제나 매우 절제하며 적당히 먹었다.

그 몇 해 동안에 어머니는 늘 우리 형제에게 꿈 한 가지를 말해주었다. 그녀는 꿈에 외할아버지의 무덤 바깥에서 외할아버지를 보았다고 한다. 외할아버지가 그는 아예 죽지 않았고 그저 무덤 안에서 살 뿐이라고 말하였다. 어머니가 그에게 무엇을 먹느냐고 물었다. 그가 솜옷과 솜이불 속의 솜을 먹는다고 말하였다. 먹으면 싸고, 좀 씻어서 다시 먹고, 싸면 다시 좀 씻는다는 것이다. 어머니가 우리에게 의심스러운 듯이 "솜을 정말 먹을 수도 있을까?" 하고 물었다.

1960년대 초기를 지난 뒤의 세월이 여전히 고달프기는 해도 비교적 많이 좋아졌다. 문화대혁명 기간에 마을에서 늘 '쓰라린 과거를 회상하고 오늘의 행복을 생각하는' 운동을 하였는데, 모두 쓰라 린 과거를 떠올리자마자 얼떨결에 1960년을 회상하였다. 1960년 을 회상하자마자 간부들이 벌떡 일어나서 구호를 외쳤고, 하나는 소련 수정주의를 쓰러뜨리자는 것이고, 둘째는 류사오치와 덩샤오 핑 등을 쓰러뜨리자는 것이었다. 간부들은 1960년의 기근은 류사 오치, 덩샤오핑이 소련 공산주의와 내통하여 중국 사람의 목을 조 르도록 해서 된 일이라고 하였다. 우리는 이것이 허튼소리인 줄 분 명히 알지만, 아무도 아는 척을 하지 않았다.

1970년대 중기에 이를 때까지도 허리띠를 풀 정도로 먹을 수는 없었지만, 1960년에 비하면 많이 좋아졌다. 나는 어려서부터 먹는 양이 많아서 입이 밑 빠진 독 같았고 그야말로 우리 집의 화근덩어 리였다. 나는 먹는 양이 많을 뿐 아니라 품성도 좋지 않았다. 매번 밥을 먹을 때마다 내 몫을 후다닥 다 먹은 다음에 다른 사람의 밥그 릇을 노려보면서 소리소리 지르며 울었다. 어머니가 자기 몫을 나 에게 덜어주었는데도 그래도 울었다. 울면서 공공연히 나의 작은 아버지의 딸이 먹을 것을 빼앗았다. 당시에 우리는 분가하지 않았 었고, 한 집안의 어른과 아이가 모두 열세 식구쯤 되었다. 이런 대 가족에서 어머니는 큰며느리로서 내내 아주 큰 고생을 참아냈는 데, 사실 사는 것 자체가 원래부터 아주 고달팠다. 나의 생떼는 어 머니의 처지를 더욱더 어렵게 만들었다. 내 사촌누나의 밥을 빼앗 아 먹는 것은 확실히 몹쓸 짓이다. 내 작은어머니의 낯빛이 흉해지 면서, 하는 말이 독약처럼 구절구절 모두 어머니를 겨냥한 것이었다. 어머니는 할 수 없이 나를 꾸짖으면서 작은어머니에게 사과하였다. 이는 내 일생에서 가장 잘못된 행동이었다. 지금까지 나도 자신을 용서할 수 없다. 어른이 된 다음에 내가 사촌누나에게 이 일을 말한 적이 있다. 그녀가 엷게 웃으며 기억하지 못한다고 말하였다.

어머니는 늘 나를 나무라며 나에게 패기가 없다고 말하였다. 나도 여러 차례 몰래 패기를 가져야 한다고 결심하였지만, 음식물을 보기만 하면 모든 것의 모든 것을 깡그리 잊어버린다. 도덕, 양심, 염치없이 정말 개만도 못하다. 길거리에 삶은 돼지고기를 파는 데가 있었는데 나는 나도 모르게 손을 뻗어서 삶은 고기를 집었다가 고기를 파는 사람의 칼에 하마터면 손가락이 잘릴 뻔하였다. 마을 간부가 참외 한 개를 들고 있기에 내가 다가가서 덥석 만졌다가 간부의 발길질에 넘어졌고 참외에 머리를 찧어서 온 머리가 참외즙으로 범벅이 되기도 했다. 그런 내 입 때문에 나를 보는 사람마다 나를 싫어하여 구린 개똥만도 못한 처지가 되었다. 배불리 먹게 되었을 때, 나도 지난날의 잘못을 철저히 고치고 싶었지만 맛있는 것을 보기만 하면 즉시 원래의 모습으로 되돌아갔다. 어른이 된 뒤에 텔레비전에서 악어가 뭘 먹으면서 눈물을 흘리는 징그러운 모습을 보자마자 나 자신을 연상하였다. 나는 악어와 비슷하게 눈물을 흘리면서도 먹었다. 집에서도 그랬고 나가서도 그랬다. 나는 생산대대의 말 사료를 몰래 먹으러 갔다가 보관원에게 붙잡혀 머리통을 썩힌 사료 항아리 속에 처박혀 하마터면 사레들려 죽을 뻔하였다. 나는 남의 집에서 심은 무를 몰래 뽑았다가 붙잡혀서 일꾼 수백 명이 보는 앞에서 마오 주석의 초상화를 향해 용서를 빌었다. 게다가 생산대대의 땅콩밭에 가서 몰래 금방 심은 땅콩을 파먹다가 농약에 중독되어 하마터면 어린 목숨을 잃을 뻔하기도 하였다. 땅콩 알맹이는 맹독 농약에 푹 담근 것이었다. 오이를 훔치고 대추를 서리하는 것은 더욱 흔한 일이었다. 때로는 잡혔고 때로는 잡히지 않았다. 잡히면 실컷 두들겨 맞고 안 잡히면 전쟁에서 크게 이긴 것이나 다름없었다. 한번은 내가 인근 마을의 수박을 훔치러 갔다가 수박을 지키는 사람에게 들켰다. 그 선머슴이 흙 대포를 받쳐 놓고 발포하였다. 쾅 하는 커다란 소리가 울리면서 하늘과 땅이 뒤흔들리고 옥수수가 죄다 쓰러져 나를 놀라 혼비백산하도록 만들었다. 도망가고 싶었지만, 내 다리가 꼼짝도 하지 않아서 현장에서 산 채로 붙잡혔다. 그 흙 대포를 학교로 압송해 가서 학교를 뒤흔드는 뉴스가 되었다. 먹을 것과 관련된 못된 마음, 경험, 칠칠치 못한 일을 글로 쓰자니 정말 필설로 다 표현할 수 없다. 이 몇 년 동안 고향에서 멀리 떨어진 곳에 있어 가끔 감히 점잖지 못한 짓도 하긴 하지만, 고향으로 가자마자 즉시 흠씬 두들겨 맞은 개처럼 꼬리를 바짝 내린다. 행여 꼬리를 올려서 고향 사람들의 반감을 일으켜서 내 어렸을 때의 추한 일들을 들춰내지 않을까 걱정되는 것이다.

어떤 사람은 나에게 군대에 대해 정이 없다고 강변하는데, 나는 이를 받아들일 수 없다. 입에 달고 사는 정이란 대부분은 위선적이고 마음속에 감추어진 정이야말로 무게를 갖는다. 나는 군인이 된 뒤에 비로소 진정으로 배를 부르도록 채웠고, 사람으로서의 존엄

이 생겼다. 이 점을 봐도 감히 군대에 정을 갖지 않으면 안 된다. 군대에 가기 전에, 마을의 몇몇 제대군인이 와서 그들의 부대에서 축적한 소중한 경험을 전수해 주었다. 그들이 말하였다.

"국수를 먹을 때는 첫 번째 그릇은 반 그릇만 받고 불면서 휘저어주어야 빨리 식고 빨리 먹어야 하네. 반 그릇을 다 먹은 다음에 다시 가서 톡톡히 한 그릇을 수북하게 담아 와서 천천히 먹도록 하게. 만약 첫 번째 그릇에 가득 담아 오면 다 먹은 뒤 한 번 더 가지러 가면 솥에는 국물만 남아 있게 되지. 밥을 먹게 되면 절대로 씹으면 안 된다고. 한 번 씹기만 해도 죽 먹는 습관을 지닌 남방에서 온 병사에게 비웃음을 당한다고."

내가 부대에 입대해서야 비로소 그런 제대군인들이 순전히 허튼소리를 하였다는 걸 알았다. 신병 중대의 생활은 좀 안 좋았지만, 새 부서로 배치된 다음에는 그야말로 천당에 올라간 것 같았다. 우리 그 부서에 열몇 명만 있을 뿐이었지만 밭 5천 평에 농사를 지었다. 해마다 이모작을 하였고, 한 번은 밀을 심고 한 번은 옥수수를 심었다. 밀은 빻아서 밀가루로 만들었고(우리는 하얀 고급 밀가루만 먹었다.), 옥수수는 돼지를 먹이는 데 썼다. 우리 부대의 생활을 한번 생각해보시길. 전우의 아버지가 부대에 와서 며칠 동안 먹고 지내면서 한없이 감탄하며 말한 바 있다.

"무엇이 공산주의인가? 이거였구면."

내가 신병 중대에서 새 부서로 간 뒤에 첫 끼에 찐빵 여덟 개를 먹으면서 쑥스러운 생각이 들었다. 지휘관에게 좋지 않은 인상을 주어 장래에 나쁜 영향을 끼칠까 걱정되어 간신히 양을 채우지는 않고 먹는 것을 멈췄다. 이렇게 했는데도 취사반장이 깜짝 놀라며 관리원에게 달려가 상황을 보고하였다.

"관리원, 큰일 났소!"

관리원이 말하였다.

"무슨 큰일이 나, 설마 일본 귀신이 또 마을에 들어왔나?"

취사반장이 말하였다.

"일본 귀신이 마을에 들어오지는 않았지만, 신병이 몇몇 왔는데, 하나하나 모두 밥통이고, 가장 적게 먹은 신병이 한 끼에 찐빵 여덟 개를 먹는 정도니."

관리원이 말하였다.

"나는 그들이 먹지 못할까 봐 걱정일세. 먹을 수 있는 병사가 실력 있는 법이지, 먹을 수 없으면 실력도 안 나오지. 우리의 양식은 얼마든지 있네. 내일 돼지를 잡게, 저 몇몇 꼬마 창자에 기름칠 좀 해주게."

이튿날 과연 커다란 돼지 한 마리를 잡았고, 주먹만 한 덩어리로 잘라서 홍사오러우紅燒肉를 반 솥 만들었다. 찐빵은 새로 쪄서 콜드크림처럼 새하얗고, 돼지고기는 흐물흐물 고아서 입에 들어오자마자 살살 녹았다. 무엇을 행복이라 하는지? 무엇을 감격해 눈물을 흘린다고 하는지? 무엇을 미친 것처럼 기뻐한다고 하는지? 바로 이런 것을 두고 하는 말일 것이다. 식사를 마친 다음 우리 신병 몇몇은 길을 걸어가면서 모두 좀 흔들흔들하였는데, 돼지고기를 먹고 취해서 그런 것이다. 나 개인적인 느낌은 바로 배가 묵중해서 꼭 새끼돼지를 밴 것 같았다. 이 한 끼는 진정으로 대만족이었다. 20년 동안 처음으로 죽어도 억울하지 않다는 생각이 들 정도였다. 하지만 후유증이 아주 컸다. 나는 밤새도록 운동장에서 어슬렁거렸다. 몽글몽글 돼지기름이 새끼 뱀처럼 목을 타고 기어 올라오는 것 같았고, 목구멍은 작은 칼에 베이는 것 같았다. 이튿날도 역시 커다랗고 하얀 찐빵이었고 홍사오러우였다. 우리는 수줍은 듯이 작은 고기를 골라 먹었고 먹으면서도 좀 교양 있고 점잖아졌다. 관리원이 욕을 하며 말하였다.

"양산박梁山泊 사내대장부 몇이 온줄 알았더니, 알고 보니 겁쟁이 약골들이었구먼."

또 몇십 년이 지나갔고, 내가 이른바 '작가'가 된 뒤에 여러 식사 자리에서 모처럼 메뚜기, 귀뚜라미, 콩벌레, 또 예전에 속을 버리도록 먹었던 들풀과 들나물이 나와 모두 잘 먹었지만, 온 식탁의 닭 오리와 생선, 고기에는 관심을 보이는 사람이 없었다. 마을의 최고 갑부는 의외로 벌레를 키우는 특정 업종 경영 농가였다. 나는 그러기에 철학자들이 '극과 극은 통한다.' 하고 말한 것이고, 본래 아주 배고프거나 아주 배부르거나 간에 모두 풀, 나무, 벌레, 물고기 등을 먹는다고 생각한다. 마치 북극과 남극이 모두 얼음과 눈으로 뒤덮인 곳인 것처럼.

초 패왕과 전쟁

사마천의 『사기』의 가장 위대한 점은 그가 '성공하면 임금, 패하면 역적'이라는 사유 패턴과 철칙을 철저하게 깬 데 있다. 당시의 상황에서 이분은 무엇보다 먼저 뭇사람과 다른 뛰어난 안목을 지녔다. 물론 참수를 두려워하지 않는 용기도 필요하였다. 이 안목과 용기의 유래는 실제로 그가 직접 받은 궁형宮刑에서 비롯되었다. 그 시대에 궁형과 참수는 동급이었다. 치욕을 당하고 싶지 않은 많은 사람은 기꺼이 목이 잘리기를 원하였지, 거세를 원하지 않았다. 사마천은 가슴속에 『사기』를 품고 있었기에 치욕을 참고 형벌을 받았다. 그가 치욕을 참고 궁형을 받았기에 비로소 『사기』도 오늘날과 같은 모습을 가질 수 있었다. 한나라 무제가 한마디 명령을 내려 사마천의 개인적인 사심이나 잡념을 잘라버렸고, 그에게 진정으로 영웅의 일대기를 지을 용기를 갖게 하였다. 무릇 사람이 뜻을 얻을 때, 종종 정면에서 나라가 인가한 관점으로 세상을 보게 되지만, 역경에 처할 때, 비로소 각도를 바꾸어 볼 수 있고 심지어 다른 방면에서 세계를 볼 수 있게 된다. 이는 물질적인 원인도 있고 정신적인 원인도 있지만, 양자가 동등하게 중요하다. 문학의 관점에서 『사기』를 보든 역사학적인 관점에서 『사기』를 보든 간에 모두 이 시각이 전환되는 중대한 의미를 볼 수 있다. 각도를 바꾸어 세상을 본 결과가 바로 극단과 집착을 타파하고 비교적 쉽게 인간성의 본질을 꿰뚫어 본 것이다. 다른 면에 서서 깨달은 사람은 종종 슬프고도 적막한 정서에 빠지기도 하지만, 사리사욕 없이 세속에 초연한 상태로 있게 된다. 나는 죽음보다 더욱 두려운 혹형도 받아보았고 사선에서 몸부림치기도 했었다. 더 무슨 거리낄 것이 있겠는가? 이런 '거리낄 것이 없는' 정신을 전제로 삼아야만 이른바 정통적인 관점을, 황실의 관점을 피할 수 있고, 전혀 새로운 각도에서 '도적'의 다른 면을 그려낼 수 있는 것이다. 실패한 영웅의 참모습 말이다. 태사공의 실천은 오늘날의 작가에게 여전히 풍부한 깨우침을 갖게 한다.

나는 선생님이 사마천이 처한 시대는 낭만 정신이 풍부한 큰 시대였다고 말하는 소리를 들었다. 낭만의 시대라야 낭만의 큰 성격을 만들 수 있다. 초나라와 한나라의 싸움을 돌이켜볼 때, 시대정신을 대표하고 낭만적 기질을 갖고 심지어 위대한 영웅으로 칭해질 인물은 항우 말고는 없다. 항우의 정신이 사마천에게서 강렬한 공명을 일으켰다. 그리하여 「항우본기」한 편에 구절구절 깊은 정이 담긴 것이다. 우리는 그 가운데서 항우라는 세상에 둘도 없는 젊은 영웅이 세상을 주름잡는 자질을 읽을 수 있다. 그는 어렸을 때 책을 배우다가 그만두고 칼을 배웠는데, 칼 배우기를 마치지도 못 하고 전쟁 배우기로 바꾸었다. 전쟁 배우기도 철저하게 한 것이 아니라 건성건성 대충하다가 그만두었다. 이는 응당 좋은 일이다. 모든 지나치게 구체적인 지식이란 이 천마天馬를 구속하는 고삐가 될 수 있었다. 그는 키가 8척이고 힘이 세어 세 발 솥단지를 들어 올릴 수 있는 천부적인 영웅이었다. 그는 위험에 직면해서 두려워하지 않고 지혜와 과단성을 발휘한 천부적인 전사였다. 어렸을 때 나는 가오미에서 많은 전설을 들었고, 그 가운데 초 패왕 항우와 관련된 것이 많았다.

우리 할아버지는 초 패왕은 용이 낳고 호랑이가 키웠다고 말했다. 진시황이 동쪽 지역을 순시할 때, 꿈에서 동해 용왕의 딸과 교합이 이루어졌는데 교합 뒤에 진시황은 미련 없이 가버렸다. 그 용왕의 딸은 아기를 가졌다. 뒤에 자연스레 검고 통통한 아들을 낳았다. 용왕의 딸은 이 아들이 사생아이고, '명분이 바르지 않으면 말이 이치에 맞지 않는 법'으로 생각되어 소문이 나면 용궁의 명성에 누가 될 것이라는 점을 고려하였고, 그래서 아기를 깊은 산속에 버리고 가버렸다. 이는 진짜 제왕의 자손이니 그를 이렇게 죽게 할 수 없는 것이 당연하다. 그리하여 어미 호랑이 한 마리가 다가와 이 아기에게 젖을 먹였다. 이 사내아이가 바로 항우이다. 이 전설은 항우의 혈통이 고귀함을 설명하는 것 말고도 그의 초인적인 힘에 주석을 단 것이다. 또 다른 더욱 깊은 뜻을 갖게 한 셈이다. 이 뜻은 바로 항우가 만약 진秦나라 강산을 빼앗아 황제가 되었다면 아들이 아버지의 사업을 물려받는 것과 같으니 '명분이 바르고 말이 이치에 맞는' 셈이다. 이로부터 추측하건대 이 전설의 최초의 발원지는 항우 수하의 책사들이고, 이들이 계획적으로 만들어낸 헛소문일 가능성이 많이 있다. 진승과 오광이 '초나라가 일어나 진승이 왕이 된다' 하고 적힌 비단을 물고기의 배 속에 넣은 것과 마찬가지이다. 이런 속임수는 아마 역대 왕조의 개국 황제라면 모두 꾸며냈을 터이다. 나의 할아버지가 초 패왕은 입김으로 처마의 기와를 날려버릴 수 있다고 말하였다. 어떻게 입김으로 처마의 기와를 날려버리지? 바로 항우가 처마 아래쪽에 서서 내뿜은 입김이 처마 위의 기와를 날려버릴 수 있었다는 것이다. 이것으로도 아주 신비해진 것이지만, 더욱 신비한 것은 뒤쪽에 있다. 할아버지가 초 패왕은 입김으로 처마의 기와를 날릴 수 있는 것 말고도 또 초월적인 힘을 갖고 있었다고 말하였다. 무엇을 초월적인 힘이라고 하는가? 바로 자신의 머리카락을 잡고 자신을 땅바닥에서 분리하는 것이다. 초 패왕은 인류 역사상 최초로 자신을 땅바닥에서 분리한 사람이다. 이러한 신비한 힘은 확실히 일반 사람은 생각해낼 수 없다. 내가 『사기·항우본기』를 읽은 뒤에야 할아버지가 말한 '힘이 초월적이었다'란 '힘이 세 발 솥단지를 들 수 있었다'에서 와전된 것일 가능성이 크다고 추측하게 되었다. 백성은 그다지 쉽게 '세 발 솥단지를 든다'를 잘 이해하지 못한다. 그리하여 '힘이 세 발 솥단지를 들 수 있었다'가 '힘이 초월적이었다'로 되었고, '힘이 초월적이었다'가 자신의 머리카락을 잡고 자신을 땅바닥에서 분리하는 것으로 되었다.

나는 항우가 민간에서 나라를 어지럽힌 불충한 자가 아니라 기개가 세상을 덮을 영웅 형상이 된 까닭은 실은 문단의 영웅 사마천의 세상에 드문 걸작 『사기·영웅본기』에 힘입은 바가 크다고 생각한다. 결과적으로 한나라 무제가 단칼에 사마천을 안목 높은 대 문필가로 튀겨 냈기에 전혀 의도치 않게 인류 문명에 커다란 공헌을 하게 된 것이다. 오늘날의 숱한 지식인들은 조금만 억울한 일을 당하면 계속 투덜대는데, 사마천과 비교해보면 설익어서 그렇다. 물론 남에게 걸작을 쓰기 위해 자원해서 궁형에 처할 죄인을 가두는 누에 치는 방 잠실蠶室로 들어가라고 하는 것은 절대 아니다. 많은 일이 모두 운명의 장난이고 정말 자원해 잠실에 가도 리롄잉李蓮英이나 샤오더장小德張 같은 태감이나 될 뿐이지 사마천이 될 수는 없을 것이다.

항우의 본기를 읽고 나는 이 젊은이가 전쟁에 모든 것을 다 건 것이 아니라고 느꼈다. 그에게 전쟁이란 놀이를 하는 것과 같다. 이 사람은 동심이 살아있고 어린이 같은 정취가 흘러넘치는 영웅이다. 그가 결사의 각오로 출전하고 집을 불사르고 병사를 생매장한 것은 전형적인 어린이의 파괴 욕망을 드러낸 것이다. 전쟁 때마다 그는 반드시 스스로 병사의 선두에 섰으니 대원수 같지 않은 선봉장이었다. 돌진하지 않고 죽지 않고 외치지 않으면 그는 통쾌하지 않았다. 그는 용맹함을 겨루며 힘을 겨루지, 지혜를 겨루지 않았다. 그는 무슨 음모를 꾸미려면 머리가 아프고 마음은 짜증스러웠다. 그는 또 미인과 준마를 노래하였다. 그가 참패하여 기병 스물여

덟만 남았을 때도 여전히 부하와 내기를 해 자신의 신비한 힘을 증명하였다. 마지막에 홀로 남아 우장烏江에 이르러 준마를 남에게 건네주고 머리를 옛날 벗에게 바쳤다. 그가 강동으로 건너가지 않은 것은 감히 강동의 부모 형제를 볼 면목이 없어서가 아니라, 이 젊은이는 실컷 싸웠고 질리도록 싸웠고 그래서 더는 싸우고 싶지 않았기 때문이다. 싸우고 싶지 않으면 목을 칼에 맡기는 것이 차라리 간단하고 깨끗하다. 그는 사실 이제껏 강산을 빼앗고 황제가 되는 일을 진지하게 고려해본 적이 없다. 그것은 모두 범증范增 같은 사람들이 그를 다그쳐서 한 일이다. 그의 관심은 여기에 있지 않았다. 만약 정말 그가 황제가 되고 싶었다면, 그러면 말 그대로 원숭이가 관을 쓰는 꼴일 것이다. 그가 제후들에게 봉지를 나누어주고 서초 패왕을 자처하였을 때 실은 황제가 된 것이지만, 그는 제대로 감당할 수 없었다. 그가 자신에게 붙인 호 서초 패왕에는 주먹으로 위풍을 드러내는 싸움 잘하는 소년의 심리상태가 배어 있다. 그는 전쟁을 위해 태어난 사람이다. 용감하게 전쟁하는 것이 그의 최고의 경지이자 최대의 즐거움이다. 중국에서 만약 전쟁의 신을 꼽으라면 그 말고 다른 사람은 없다. 그로 인해 안타까워할 필요 없는 것이, 황제는 몇백 명이 나왔지만, 항우는 딱 한 명밖에 안 나온 것이다. 물론 우리도 유방에게 감사해야 한다. 초나라와 한나라의 싸움이라는 드넓은 역사적인 무대에서 그는 항우의 위풍과 힘찬 연기를 돋보이고자 우수한 배역을 감당하였고, 그로부터 이 연극이 더욱 풍부하고 다채롭고 신나는 볼거리가 있게 만들었다. 만약 두 유방이

나 두 항우가 싸운다면 이 연극은 무슨 볼만한 것이 없었을 것이다.

정치적 각도에서 보면, 유방이 승리하였고 항우는 실패하였다. 인생의 각도에서 보면 이 형님 두 분은 모두 성공한 사람이다. 그들은 모두 자신이 하고 싶은 일을 하였고, 게다가 모두 아주아주 잘하였다. 유방의 성공은 결과에 있고, 항우의 성공은 과정에 있다. 태사공의 이 글은 무엇보다 먼저 걸출한 문학이고 그런 다음에 비로소 역사이다. 객관 정신으로 가득 찬 문학이자 주관적 색채가 넘쳐흐르는 역사이다.

돌이켜 생각해보면 전쟁이란 인류 역사의 전부는 아닐지라도 인류 역사 가운데서 가장 빛나고 가장 장려한 구성 성분이다. 전쟁이 가장 우수한 인재들을 집합시켰고, 역사 시기마다 가장 높은 지혜를 집중시켰다. 전쟁은 인류의 현명한 지혜와 재능이 공연되는 무대이다. 그러기에 어떤 의미에서 말하면 역사는 바로 전쟁의 역사이고, 문학도 전쟁의 문학인 것이다. 소설가가 전쟁을 관찰하는 각도, 전쟁을 연구하는 방법은 반드시 끊임없이 변해야 좋다. 태사공은 전쟁을 묘사한 대가로서 당연히 전쟁문학의 원조이다. 그는 전쟁의 과정도 썼지만, 그가 묘사한 전쟁의 과정은 모두 분명한 캐릭터들이 그 가운데서 활동하는 과정이었다. 우리는 모두 무엇이 훌륭한 전쟁문학인지 알지만, 쓰기 시작하면 곧 문학을 잊어버리게 되는데, 문학을 잊어버리는 것은 우리가 정치를 잊지 못하기 때문이다. 전쟁의 재난을 묘사하고 전쟁 속에서의 인간성의 변이를 밝히는 것 등이야 예전에는 독창적인 각도이긴 하지만, 청나라 시인

조익趙翼처럼 "이백과 두보의 시는 입에서 입으로 전해지나 지금은 이미 새롭다고 느껴지지 않네"이다. 어떻게 전쟁을 쓸 것인가, 나는 내내 써보고 싶어 안달하긴 하지만, 많은 문제에 대해 생각이 분명하지 못하여서 감히 쉽게 손대지 못했다. 나의 마음속에 몇몇 근사한 전쟁 이야기가 감추어져 있으니, 어느 날엔가 나도 무턱대고 손을 댈지 모르겠다.

어떤 진정한 의미에서의 영웅이든 대담하게 싸워 전쟁에서 승리하거나 혹은 무시하는 것이 전부가 아니라는 점은 이미 대부분 정해진 법칙이다. 그런데 철저한 멸시와 승리란 불가능한 것이어서 기실 철저한 영웅도 존재하지 않는 것이다. 항우에게는 항우의 철저하지 못한 면이 있고, 사마천에게는 사마천의 철저하지 못한 점이 있다. 일반 사람은 온몸이 쇠사슬에 묶여 있을 때 기존 법률을 대담하게 무시하는 법이 바로 영웅의 길로 통하는 첫걸음이다. 항우의 성격 속에 가장 귀중한 점은 아마 동심이 넘쳐흐른 데 있을 것이다. 이 점이 분명 사마천과 공통되는 부분이다. 「항우본기」 속의 항우에 대한 사마천의 깊은 동정이 한 왕조의 개국 황제에 대해 많은 풍자를 만들어내었으니, 이는 틀림없이 직접 혹형을 당한 것과 관련이 있을 것이다. 이렇게 하니까 문제가 생겼다. 사마천이 묘사한 항우는 역사상 존재하였던 진정한 항우인가, 아닌가? 마찬가지로 역사상 살았던 유방은 사마천이 쓴 것과 같은가, 다른가? 이렇게 생각하니, 후스胡適가 말한 "역사는 남에게 화장을 맡긴 소녀"라는 말에도 다소 일리가 있는 것 같다.

기이한 봉우리를 죄 찾아 밑그림으로 삼다

역사란 어떤 의미에서 바로 전기傳奇 같은 소설이다. 이는 내가 역사를 읽을 때의 감상이자 나의 개인적인 경험 속에서 얻어낸 결론이기도 하다. 옛날 내가 고향에서 농민이었을 때, 일하다가 쉴 때마다 늘 나이 많은 어른들과 밭두렁에서 쉬었다. 그때 우리 옆에 있던 무덤에는 어쩌면 광야를 호령했던 영웅이 묻혀 있었을 것이다. 저 흔들리는 작은 다리 위에서는 어쩌면 예전에 심금을 울리는 낭만적인 이야기가 생겨났을 것이다. 저 높고 높은 강둑 뒤쪽에서 어쩌면 예전에 천군만마가 매복해 있었을지도 모른다. 나와 함께 앉아서 잎담배를 피우는 노인도 어쩌면 바로 그런 이야기들의 목격자이고 아니면 어떤 사건의 당사자였을지 모른다. 그들은 늘 나에게 감동적으로 그들의 이야기를 해주거나 아니면 그들이 듣거나 본 이야기를 해주었다. 나는 같은 일인데도 사람마다 다르게 말하고, 같은 사람이 같은 일을 말할 때도 매번 말하는 내용이 달라진다는 것을 발견하였다. 설령 그런 일들이 지나가 몇십 년 전의 광경이라고 해도 그것들은 이미 제각각 자기 멋대로 구술되어 있다. 기본 줄기가 되는 사건에 그런 그림자가 어른거리는 것 말고도, 세부적인 내용도 풍부하고 다채롭게 바뀌어서 진위를 분간하기 어려웠다. 나는 이런 이야기들이 구술되는 과정에서 끊임없이 가공되고 윤색되며 승화되고 성숙해진다는 점을 발견하였다. 영웅은 전해질수록 더욱 영웅이 되고, 괴짜는 전해질수록 더욱 별나진다. 어떤 이야기를 전하는 사람마다 자신이 말하는 이야기에 더 보태지 않는 사람이 없으니, 어떤 역사학자라도 완전히 객관적으로 역사를 기술하는 사람은 아마 없을 것이다. 사람이란 결국 감정을 갖기 마련이고 선악을 구별하기 마련이기에 객관적이고자 해도 객관적일 수가 없다. 사마천의 『사기』를 보면 그가 유劉씨 왕조에 대한 원한으로 가득 찬 사람임을 알 수 있다. 그는 유씨네의 박해를 받거나 유씨네에게 억울한 죽임을 당한 사람에 대해 모두 깊은 동정을 보냈고, 그들의 공적을 묘사할 때면 언제나 살아 숨 쉬는 듯 미화시켰으며, 한껏 과장하는 데도 이미 도가 텄다. 예를 들면 대장군 한신, 비飛장군 이광, 초 패왕 항우 등에 대해 그러하다. 그는 항우를 '본기'에 집어넣어 그에게 제왕과 동급의 대우를 누리게 하였다. 그는 한신과 이광의 열전을 쓸 때 그 이름을 직접 부르지 않고, '회음후'니 '이 장군'이라 칭하였으니, 표제 사이에서 무한한 동경과 존경을 볼 수 있다. 그 근본 원인은 역시 잘려서는 안 되는 남자의 상징을 단칼에 잘렸기 때문에 그 크나큰 치욕을 참으면서 한나라의 역사를 쓴 데 있는 것이다. 어떻게 객관적일 수 있겠는가. 이로부터 우리가 오늘날 읽는 역사는 모두 역사학자, 문학가와 백성이 대대적으로 미화시킨 것이고, 모두 사랑의 마음을 갖거나 미운 마음을 담거나 아니면 애증이 분명한 산물임을 추측할 수 있다. 우리는 역사를 읽는다고 말하기보다 전기 소설을 읽는다고 말하는 편이 나을지도 모른다. 우리가 『사기』를 읽을 때 사마천의 혼이 담긴 역사를 읽지 않은 적이 있었는가?

사마천 일생의 가장 큰 특징은 호기심에 있다. 호기심은 사람의 천성이다. 사람의 천성은 어린 시절에 가장 자연스럽게 드러난다. 그래서 어린이가 가장 호기심이 많다. 사마천은 늙어서도 호기심이 많았다. 그는 동심이 살아있는 대작가이다. 사마천의 동심은 글 속에서 표현되었고, 항우의 동심은 전투 속에서 표현되었다.

사마천의 호기심을 최초로 제기한 사람은 한나라의 양웅이다. 송나라의 소철도 말하였다.

> "태사공은 천하를 여행하며 온 세상의 유명한 산과 큰 강들을 두루 구경하였고 연나라와 조나라 지역의 이름난 사람들과 사귀었으니 그 글이 막힘이 없고 아주 기발한 데가 있었다."

호기심은 사마천의 낭만적 정신의 핵심이다.

그는 스무 살쯤에, 이곳저곳을 두루 돌아다녔다.

> "남으로 양쯔강과 화이수이淮水를 돌아다녔고, 콰이지산會稽山

에 오르고 우임금의 동굴을 탐사하고 주이산九疑山을 조사하고 배로 위안수이沅水와 샹수이湘水를 건넜다. 북으로 원수이汶水와 쓰수이泗水를 건너 제나라와 노나라 도읍지에서 학업을 닦고 공자의 유풍을 살피고 쩌우현鄒縣과 이현嶧縣에서 활쏘기를 겨루었다. 포鄱, 쉐薛, 펑청彭城에서 곤욕을 치른 뒤에 양梁나라와 초나라 지역을 거쳐 창안長安으로 되돌아왔다."

호기심이 그에게 유명한 산과 큰 강을 두루 다니고 근원을 캐게 하며 시야를 넓히고 체험을 늘려준 것이다. 또 그의 글에 묘사를 들쑥날쑥 다양하게 만들고 기발하게 톡톡 튀게 하여 변화무쌍하게 한 것이다.

사마천은 호기심이 많았으니, 별나게 호기심이 많은 가운데서도 특별한 경우이다. 우리는 사람 가운데서 별나게 기이한 사람을 기재奇才라고 부른다.

그가 묘사한 성공한 인물마다 모두 특별한 면을 지니고, 모두 별난 행동을 하며 일반 사람을 뛰어넘는 점을 갖고 있다. 게다가 모든 기인과 기재들은 모두 걸출한 수탉이자 하늘을 나는 천마이다. 항우가 남과 다른 점은, 책을 배우다가 말고 칼을 배웠는데 그것도 중도에 그치고, 병법을 배웠지만 그것도 철저히 배우지 않아, 학문은 없는데 술수를 익혔으니, 그가 바로 타고난 전쟁의 신이라는 데 있다. 한신이 남과 다른 점은, 걸출한 몸임에도 기꺼이 무릎을 꿇는 치욕을 당할 줄 알았고, 장군이 된 뒤에 계속 뛰어난 계책을 내놓았지만, 마지막에 얼떨결에 잡혀 처형당했으니, 그를 죽일 꾀를 낸 사람이 결국 애초에 그를 적극적으로 천거한 인물이라는 데 있다. 그래서 『사기·회음후열전』에서 "성공도 소하蕭何에게 달려 있었고, 실패도 소하에게 달려 있었다"라고 말하였다. 이광이 남과 다른 점은, 힘이 남보다 뛰어났으므로 화살로 바위를 뚫는 뛰어난 공훈을 세웠음에도 억울함을 당한 데 있다. 하나하나 예를 들지 않겠다. 그리하여 『사기』는 바로 태사공이 가슴 가득 남다른 학문과 억울함을 품고 한 시대의 남다른 기풍을 짊어진 채, 한 시대의 남다른 인물들의 뛰어난 업적을 그려내어 길이길이 전해지는 기발한 글로 남긴 책이다.

기인과 기재의 기이한 일을 듣기 좋아하는 것은 사람의 호기심이란 천성이 발동해서 그런 것이다. 오늘날의 도덕적인 사회에서 저렇게 많은 비석을 세우고 많은 벽을 쌓으며 많은 초소를 만들어 보초를 세우는 목적은 실제로 아주 단순하다. 바로 사람의 호기심을 막는 데 있는 것이다. 그러므로 어떤 의미에서 말하면 모든 사회는 사람의 호기심이란 천성에 있어서 모두 차꼬이자 수갑이다. 물론 이는 어쩔 수 없는 일이다.

호기심이 있어야만 기발한 생각을 하는 재능이 생긴다. 기발한 생각을 해야만 기상천외한 것이 생길 수 있다. 기상천외한 것이 있어야만 예술적 창조가 생길 수 있다. 어떤 의미에서 말하면 예술적 창조 역시 사회의 진보를 가져왔다고 하겠다.

호기심이 많은 사람은 종종 남의 사랑을 받지 못한다. 사람마다 모두 호기심을 가졌음에도 불구하고 말이다.

호기심과 보수성은 이제껏 늘 한 쌍의 창과 방패였다.

호기심이 많은 사람은 종종 별난 결말을 맞는다.

일생 내내 호기심이 많았던 김성탄도 호기심 때문에 화를 당하였고, 처형당하기 직전에 지인에게 편지로 이렇게 말하였다.

"머리가 잘리면 아플 것이요, 집안이 망하면 비참할 것이런만, 그러나 성탄이 뜻하지 않게 그렇게 되었으니 참으로 별나구나!"

호기심이란 대가를 치르게 되어 있는 것이다.

소설가에 대해 말하자면 호기심이 학습보다 더욱 중요하다. 학습도 호기심의 표현인 것이다.

별난 사람과 기발한 일이 없다면 이 세상은 바로 고인 물이 가득 담긴 연못일 것이다.

호기심이여, 그렇다고 다짜고짜 별난 사람이 되지는 마시길!

달빛은 물처럼 검은 옷을 비추누나

　루쉰 선생이 「칼을 벼린 이야기」에서 영웅주의 기질을 가진 두 인물을 창조하였으니, 검은 옷을 입은 연지오자宴之敖者와 미간척眉間尺이다. 미간척은 아버지의 복수를 위해 의연히 자신의 목을 베어 한마디 말로 친구가 된 검은 옷을 입은 사람에게 내준다. 검은 옷을 입은 사람이 자기를 대신해 복수하려면 결정적인 고비에서 사전에 구상한 대로 칼을 휘둘러 자신의 목을 잘라야 한다. 이런 한마디 말로 승낙하고, 머리를 걸어 약속하는 행위는 바로 옛날 협객의 모습인지라 읽자마자 사람을 확 빠져들게 하였다.

　미간척은 어린애티에서 미처 벗어나지 못하였고 뜨뜻미지근하고 마음씨가 고운 아이이다. 그는 '물 속에 빠져서 뾰족하고 새빨간 코만 드러낸' 쥐에 대해서도 불쌍하다는 마음을 품고 있다. 놈을 구하자니 또 놈이 미운 생각이 들고 놈을 밟아 죽이자니 또 놈이 불쌍하였다. 이런 심리는 전형적인 예술가의 심리이다. 뼛속에서는 생명을 뜨겁게 사랑하지만, 또 민감하고 변덕스럽고 흔들린다. 이러한 심리상태는 소설을 쓰는 데만 적합하지, 복수하는 데는 적합하지 않다.

하지만 돌변이 발생하였다. 그는 아버지가 초나라 왕에게 벼린 칼을 바치다가 도리어 목이 잘린 것을 알았을 때, 자신의 소년 시절이 그 새파랗고 투명한 날카로운 칼에 잘려 나간 듯이 단걸음에 어른의 대열에 성큼 들어섰다.

> 온몸이 거센 불길에 휩싸이는 것 같고 자신의 터럭 가닥마다 죄다 불꽃이 번뜩이는 것 같았다. 그는 어둠 속에서 뿌드득 소리가 날 정도로 두 주먹을 불끈 쥐었다.

어머니의 말이 그에게 사내대장부로서 삶의 유일한 목적이 바로 복수라는 것을 일깨워주었다. 그는 복수의 거센 불길에 휩싸인 채로 "창밖의 별과 달, 방 안의 관솔불마저도 삽시간에 그 빛을 잃어 버린 듯"한 웅검雄劍을 잡았을 때, "그는 자기 자신의 뜨뜻미지근한 성미가 이젠 변화되었다고 느꼈다. 그는 아무 일도 없었던 듯이 누워서 잠을 자고 아침에 일어나면 여느 때와 조금도 다름없이 차분하게 불구대천의 원수를 찾아가리라 결심하였다." 하지만 이러한 성숙은 아주 유치한 것이었고, 몰래 한 결심은 어린아이가 다툴 때 이를 악물고 미워하는 것과 비슷하였다. 그가 복수의 계획을 실행하려 할 때, 결심이 흔들리기 시작하였다. 도중에 "난데없이 달려온 어떤 아이가 그의 등에 있는 칼의 끝을 건드릴 뻔하였다. 미간척은 놀라 온몸에 식은땀을 흘렸다." 초왕의 수레로 달려들려 할 때, "겨우 대여섯 걸음 가서 그만 거꾸로 넘어지고 말았다." 게다가 또 어떤 말라깽이 소년이 붙잡고 놓아주지 않았다. 보아하니 아버지의 복수를 하고 싶으면 위험에 직면해서도 두려워하지 않는 배짱과 남과 다른 수완 없이 오직 결심만 있어서는 안 되는 것이었다. 말라깽이 소년이 미간척을 붙잡고 놓아주지 않는 순간에 "새까만 수염, 새까만 눈, 쇠꼬챙이처럼 깡마른" 검은 옷을 입은 사람이 나타났다. 그는 미간척을 향해 "차갑게 한 번 웃더니" "손으로 말라깽이 소년의 턱을 천천히 받쳐서 들고 또 그의 얼굴을 똑바로 들여다보았다." 그 소년은 "저도 모르게 손을 슬그머니 놓고는 꽁무니를 빼서 가버렸다." 그의 눈은 마치 "두 덩이 도깨비불" 같았고, 목소리는 마치 "올빼미 소리" 같았다. 이는 쇠처럼 무자비한 복수자의 형상이다. 그는 미간척이 그를 "의사義士"라고 부르기를 원하지 않지만, "과부와 고아를 동정한다." 하고 말하였다. 그는 귀찮은 듯이 대답하며 말하였다.

"아, 얘야, 그런 수치스러운 호칭을 끄집어내지 마라."

그는 매섭게 말하였다.

"의협심, 동정심, 그런 것들, 이전에는 순수했었지. 그러나 지금은 모두 너절한 적선의 밑천이 되었지. 네가 말하는 그런 것들이 내 마음엔 조금도 없다. 난 그저 너의 원수를 갚아주려는 것뿐이다!"

이러한 "그저 너의 원수를 갚아주려는 것뿐"이라는 사상은 그의 내심 깊은 곳의 울분을 드러낸 것이었는데, 허무와 절망에 가까운 울분이었다. 그의 격정이 칼을 벼리는 것과 같은 단련을 거쳐서 "아무것도 가진 게 없어 보이는" 정도에 이르렀다. 이는 바로 오랜 단련을 거친 정신이 깃들어 내공을 축적한 전사의 형상이었다. 그의 몸에서는 더는 미간척과 같은 결심이나 용기처럼 가벼운 것들을 찾을 수가 없었다. 바로 그 자신이 "나의 영혼은 다른 사람과 나 자신 때문에 이렇게 숱한 상처를 입었단다. 나는 이미 나 자신을 증오하게 되었단다." 하고 말한 바와 같다.

자신을 증오할 수 있는 사람은 물론 뜨거운 피 끓는 소년처럼 결심과 용기를 더는 입에 달 필요가 없다. 그가 힘을 다해 추구하는 것은 바로 어떻게 적을 사지로 몰아넣을 것인가 하는 전투의 책략과 방법이다. 소설 속의 그 신기한 사람 머리의 마술이 바로 그의 복수가 예술적으로 구체화한 표현이다.

모든 폭군은 다 살육을 좋아한다. 검은 옷을 입은 사람은 미간척의 머리를 갖고 그를 유인하였다. 그는 과연 속임수에 걸렸다. 사람 머리를 가장 보길 좋아하는 사람의 머리가 오히려 복수 놀이 전체의 구성 부분으로 되었다. 여기에 많은 의미가 있었다.

나는 열 몇 살 때, 중학교의 국어 교과서에서 이 소설을 보았다. 몇십 년 뒤에도 이 별난 소설이 나의 영혼에 준 충격을 잊기 어려웠다. 당시에 이 소설을 완전히 이해할 수는 없었다고 하여도 여전히 이 소설의 깊은 내용, 풍부한 상징과 아름다운 예술적 매력을 느낄 수 있었다.

몸뚱이에서 분리된 머리는 큰소리로 노래를 부를 수 있었고, 원수와 계속 격투를 벌일 수 있었다. 이는 확실히 매력적인 묘사이다. 모두 이곳에 상징이 있다고 말하지만, 머리가 무엇을 상징하고 새파란 칼이 무엇을 상징하며 검은 옷을 입은 사람은 또 무엇을 상징하는지 누구도 분명하게 말할 수 없다. 그것들은 머리이면서 또 머리가 아니고 칼이면서 또 칼이 아니며 사람이면서 또 사람이 아니다. 이는 어둡게 빛을 발하는 정신으로 『고요한 돈강』의 그레고리 멜레호프가 본 검은 태양과 같다. 이는 데일 듯이 차갑고 얼음처럼 뜨거운 정신이다. 이것이 바로 루쉰의 일관된 정신이다.

「칼을 벼린 이야기」를 읽을 때마다 그 검은 옷을 입은 사람이 바로 루쉰의 화신인 것을 느낀다. 루쉰의 격조와 검은 옷을 입은 사람은 그렇게 서로 닮았다. 말년에 이르러 그의 손에 들고 있는 붓이 확실히 새파란 빛을 발하는 웅검과 같이 형체가 있는 듯이 보이지만 형체가 없고, 둥근 듯이 보이지만 날카로우며, 사람을 죽이나 피를 내지 않고, 머리를 자르나 흔적을 남기지 않았다. 검은 옷을 입은 사람이 복수하는 행위 과정은 루쉰이 적과 전투하는 방법을 구체화한 것이다.

요사이 나는 무협소설을 많이 읽었다. 제법 얻은 것이 있다. 하지만 무협소설은 과장이 지나치고 분별력이 없고, 또 소설 자체가 가져야 하는 교훈성과 상징성을 파괴한다고 깊이 느꼈다. 글과 말이 과장 때문에 긴장감을 잃고 미적 가치를 잃어버렸으며, 이야기의 박진감에 의존해 독자를 끌어들일 뿐이었다. 「칼을 벼린 이야기」는 고대 전기 소설에서 소재를 취하였지만, 옹골진 감정을 투입하였기 때문에, 전혀 새로운 창조이지 무슨 '새로 쓴 옛날이야기'가 아니라고 여겨진다. 나는 이른바 엄숙소설이 무협소설에서 배워오는 문제를 내내 고민하였다. 어떻게 무협소설의 매력적인 요소를 흡수하여 그로부터 독자가 책을 다 읽도록 할 것인가. 이것이 어쩌면 지금 소설의 출로일지 모르겠다.

미간척은 검은 옷을 입은 사람의 연설을 한 번 듣고 과감하게 칼을 뽑아 자신의 머리를 잘랐다. 그의 행위가 나를 깜짝 놀라게 하였다. 이 아이가 어떻게 이처럼 쉽게 낯선 사람을 믿을 수 있는가? 사실 미간척의 칼은 용감한 정도에서 결코 자신이 직접 적을 찔러 죽이는 것만 못하지 않으니 어쩌면 그보다 몇 배나 더 용기가 필요할지 모른다. 이런 대담하게 타인을 믿는 그의 정신이 마찬가지로 하늘을 울리고 땅을 뒤흔들었다. 보통을 뛰어넘는 영혼은 종종 어리석음이란 외투를 걸쳤다.

영원한 머리에 대해 말하면, 개인의 삶 속 고통과 몸부림이나 성공과 실패란 모두 부질없는 것이다. 검은 옷을 입은 사람은 이러한 영웅이다. 루쉰은 언제 어느 때라도 그러한 영웅이었다. 오직 그와 같아야만 삶과 죽음에 구애됨이 없고 격변에 처하여도 놀라지 않을 수 있다. 검은 옷을 입은 사람은 자신조차도 증오하게 되었다. 루쉰은?

「칼을 벼린 이야기」가 이처럼 사람을 뒤흔드는 힘을 가진 까닭은 그것이 현실과 거리를 유지할 수 있었던 데에 있다. 소설은 결코 농민을 도와 식량 판매난을 해결하는 문제를 책임지지 않고 더욱이 노동자 실업을 해결할 수도 없다. 소설이 말하려는 것은 그러한 보통을 뛰어넘는 정신이다. 물론 이것은 내가 좋아하는 소설에 한정된 이야기이긴 하지만.

『새로 쓴 옛날이야기』의 다른 작품은 루쉰의 또 다른 면을 드러냈다. 그는 늘 자기 자신의 원한을 간판만 바꾸어서 소설 속에 집어넣었다. 예를 들면 「물을 다스린 이야기」 속의 구세강顧頡剛에 대한 암시야말로 결점이다. 하지만 어쨌든 『새로 쓴 옛날이야기』는 별난 책이다. 이 책에 현대 소설의 거의 모든 갈래란 갈래가 다 내포되어 있다. 그 가운데 결점까지도 오늘날의 사람들에 의해 더욱더 빛나게 되었다. 교활함과 유머는 얇은 종이 한 장 차이일 뿐이다.

나는 지금까지도 여전히 「칼을 벼린 이야기」가 루쉰의 가장 훌륭한 작품이자 중국에서 가장 뛰어난 소설이라고 생각한다.

개 이야기 세 편

개를 애도하며

사람과 개가 관계를 맺은 역사는 매우 오래되었다. 사람이 동굴 속에서 불을 피워 추위를 덜고 따뜻함을 구하고 들짐승이 침습하지 못하게 위협을 가할 때, 개는 아마도 불더미를 에워싸고 크게 짖어대면서 사람을 잡아먹을 기회를 노리는 산짐승이었겠지? 반포半 坡유적지로 상징되는 문명의 정도까지 사람이 진화하였을 때 개는 길들여진 나머지 불더미 앞에 엎드려서 불더미를 에워싼 산짐승에게 미친 듯이 짖어대는 집짐승이 되었다. 그리하여 사람의 적에서 사람의 조수로 바뀌었다. 곰곰이 생각해보면, 이것이 개의 진화인지 퇴화인지, 개의 희극인지 비극인지는 모르겠다. 어쨌거나 대개 숲속에서도 호랑이, 표범, 곰, 사자같이 위풍을 부리던 들짐승들이 없어진 것처럼 퇴화한 것인지 아니면 문명적으로 된 것인지? 개가 아무튼 인류와 함께 숲에서 멀리 벗어나서 점차 격 있는 자리로 발을 들여놓았다.

예로부터 지금까지 개에 관한 이야기는 새록새록 생겨서 수를 헤아리기 어렵다. 주인을 구한 개, 졸개인 개, 복수하는 개, 집을 보고 마당을 지키는 개, 사냥꾼을 도와 들짐승을 모는 개, 녀석들과 사촌형제지간인 늑대와 격전을 벌이는 개, 또 야성이 되살아 숲으로 복귀하는 개, 여러 차례 여러 대에 걸쳐 우량 선택하여 순수해진 기본적으로 개 같지도 않게 된 발바리 개, 페키니즈, 샤페이, 빠삐용, 꿀벌개, 귀비개, 시추 등이 있다. 아가씨와 부인네들의 애완용이 된 개는 몸값이 높고 고귀하여 한 마리에 수십만 위안에 이른다. 적어도 벽돌보다 더 두툼한 견학대사전犬學大辭典 한 권을 엮어도 된다. 이러한 개새끼들이 때로는 확실히 아주 귀여운데, 내가 배불리 먹었을 때가 그렇다. 나는 개를 키우는 것에 절대 반대하지 않고 때로는 심지어 개를 추어올리는 말 몇 마디도 할 수 있다. 개 주인의 비위를 맞추기 위하여, "요런 귀염둥이, 너무 귀엽군!" 하고. 하지만 나에게 이러한 애완용 개를 직접 키우라고 하는 것은 절대로 불가능하다. 그런 혈통 좋은 개들의 식사는 이름난 요리사가 만든 것이고, 세계적으로 널리 이름난 개들에게는 전문적으로 시중을 드는 하인이 있으며 유모도 있다. 유모를 고르는 표준이 대지주 류원차이劉文彩가 유모를 고르는 것보다 훨씬 더 엄격하다. 아무리 류원차이라고 하여도 젊고 병이 없고 젖이 잘 나오는 사람이면 그만이었다. 이런 개들의 유모들은 앞에서 말한 조건을 갖추어야 하는 것 이외에 또 반드시 예쁜 용모와 우아한 기품을 지녀야 한다. 이는 이름이 거

우싼창荀三槍이라는 친구가 나에게 알려준 것인데 참인지 거짓인지는 모르지만, 이러한 개새끼들 시중을 들기가 매우 어렵다는 점은 확실히 사실이다. 우리 책임자의 부인이 빠삐용 한 마리를 키웠는데, 공무원에게 매주 세 차례씩 녀석을 따뜻한 물에 수입 개털 샴푸로 목욕시키고, 목욕 뒤에는 전기 드라이기로 말리고, 그런 다음에 또 프랑스 향수 몇십 방울을 떨어뜨려 주게 하였다. 이 개를 대하는 대우가 정말 나를 부럽게 하였다. 녀석은 얼마나 행복한 날을 보내는가! 커다란 수도 베이징에서 수입 목욕샴푸로 매주 세 차례씩 따뜻한 물에 목욕하는 사람도 절반을 넘지 못할 것이고, 목욕을 다 한 뒤에 또 파리 향수를 몇십 방울 떨어뜨릴 수 있는 사람은 더더욱 적을 것이다. 중국 도시의 개의 생활 수준이 중국 사람의 생활 수준을 대대적으로 뛰어넘은 것을 보건대, 언제 백성이 도시 개를 능가하는 날을 살아갈 수 있을지. 그러면 중국이 고급 생활 수준의 다캉大康 사회로 들어선 것이다. 중급 생활 수준의 중캉中康 사회가 아니라 그럭저럭 먹고살 만한 생활 수준인 샤오캉小康 사회는 더더욱 아닐 것이다. 이런 말을 들으면 마치 좀 괴상야릇하고 내가 무엇을 비꼬는 투 같지만, 사실 절대 비꼬려는 뜻은 없고, 실은 말을 잘하려다가 말이 좀 듣기 거북하게 꼬인 것이다.

반고가 『한서·고금인표』에서 사람을 3, 6, 9등급으로 나누었듯이 개도 여러 등급으로 나뉘었다. 앞쪽에서 말한 고급 애완용 개가 물론 제1등급의 으뜸이고, 제2등급의 녀석은 대체로 공안국경수비대 같은 데서 길들인 경찰견을 꼽아야 할 것이다. 이러한 개들의 늠름

하고 튼튼한 외모를 볼 것 같으면 사람을 오싹하게 하고 실제로도 아주 사납다. 내가 전에 어떤 경찰견 훈련사를 취재한 적이 있는데, 경찰견은 혈통을 아주 중시한다는 것을 알게 되었다. 혈통이 좋은 순종 개의 가격은 사람을 놀래 뒤로 나자빠지게 할 정도이다. 값이 비싸고 훈련은 더욱 쉽지 않다. 예전에 어떤 사람이 국민당의 공군 비행사는 황금 덩어리라고 말하였는데, 우리 경찰견은 중국 돈 런민비 덩어리이다. 경찰견이 전공을 세우고 희생된 뒤에는 성대한 추도대회를 개최하는 일이 구소련의 문학작품 속에서 흔히 보이는데, 중국에도 아마 이런 비슷한 일이 있겠지?

예전에 『숲의 바다, 눈 덮인 벌판』을 보았다. 리융치李勇奇의 사촌 동생 장칭산姜靑山의 '싸이후賽虎'라고 하는 이름을 가진 맹견이 완전 무장을 갖춘 도적 두 명을 가볍게 제압하는 것을 보았다. 나는 이것이 소설가의 과장이고, 풍부한 산속 생활 경험을 지니고 있고 스키 실력이 뛰어나며 사격술이 신의 경지에 이르고 행적이 협객 같은 장칭산을 돋보이게 하기 위한 설정이라고 여겼다. 현실 생활에서 개 한 마리가 어떻게 사람 둘을 제압할 수 있을까? 더군다나 완전 무장을 갖춘 도적을 둘씩이나. 뒷날 미국 작가 잭 런던의 『야성의 절규』를 보았다. 벅Buck이라는 이름의 그 개는 더욱 사납고 순식간에 총을 가진 많은 사람을 물어 죽일 수 있었다. 이것이 더욱 나를 믿기 어렵게 하였다. 나는 지구상에 이런 개가 존재하지 않고, 벅은 소설 속의 개일 뿐이며, 양전楊戩의 효천견哮天犬과 같다고 여겼다.

하지만 지금 나는 이미 여러 작가의 묘사를 믿게 되었다. 개는 확실히 사람보다 사납다. 개에 관한 나의 인식에 왜 변화가 생겼는가? 그저께 내가 우리 집에서 키우는 뼈만 앙상하게 남도록 굶은 그 개에게 몇 군데 톡톡히 물렸기 때문이다. 면바지, 털내복 바지, 속바지, 스웨터 두 겹 너머로 녀석의 날카로운 이빨이 뜻밖에도 내 몸에 세 군데서 피가 나고, 한 군데는 시퍼렇게 멍이 들도록 만들었다. 여름이었다면 나는 진작 개의 이빨에 목숨을 잃었을 것이고, 죽지 않았다고 해도 창자가 흘러나왔을 것이라고 여겼다. 개는 사실 너무 무섭다. 개가 정말 미치면 사람이 당해내기 어렵다. 이번에 나는 평생 처음으로 개에게 물린 것이다. 흡사 심금을 울리는 계급 교육 수업을 한 차례 깊이 받은 것 같았다. 그래서 이 뒤죽박죽인 글을 썼다.

내가 개한테 물렸다고 하니까 아버지가 고향에서 나를 보러 부랴부랴 왔다. 내가 말하였다.

"조그맣고 말라깽이인 개가 글쎄 이렇게 사나운지 몰랐습니다!"

아버지가 말하였다.

"저 개는 사나운 것도 아니야. 일본 귀신의 개들이라야 사납지! 죄다 순종 셰퍼드들인데, 이빨이 새하얗고 눈은 파랗고 까만 귀를 세우고 빨간 혀를 내밀며 사람고기를 먹어 온 몸뚱이에서 기름이 질질 흐를 정도이지. 몸집이 송아지처럼 커서 짖으면 컹컹컹…… 왜 중국에 그렇게 많은 반역자와 고분고분한 백성이 나왔게? 절반은 일본 귀신에게 두들겨 맞은 거고, 절반은 셰퍼드한테 놀랜 거야!"

세상에나, 그게 그런 거였네!

농촌 사람도 개를 키운다. 문화대혁명 기간에 식량이 부족하였다. 농민 집에는 사방 벽뿐이 없었다. 무슨 훔칠 것도 없었다. 관건은 역시 양식이 너무 적은 데 있었고, 그래서 개를 키우는 사람도 아주 적었다. 문화대혁명 기간에 쓰라린 과거를 회상하고 오늘의 행복을 생각할 때, 또 '개 키우기 줄이기'를 '새 사회가 구사회보다 좋다' 운동의 표지로 삼았다. 지난 몇 년 동안 식량이 많아졌고 재산도 늘어났다. 그래서 개를 키우는 사람도 많아졌다. 농촌에 도적이 너무 많아졌기 때문에 개가 없으면 정말 안 되게 되었다. 내 생각에 지금 농촌에 개가 역사상 가장 많은 시절일지 모르겠다. 이 개들을 키우는 것은 결코 감상을 위해서가 아니라 도적을 방지하기 위해서이다. 하지만 죄다 불량종인 토종개들이기 때문에, 겁이 많고 멍청하다. 좀도둑이 오면 녀석들은 괜히 멍멍 몇 번 짖어댈 뿐이다. 그래서 개를 키운다고 하여도 도적을 막을 수 없다. 더군다나 오늘날의 좀도둑들은 죄다 지능지수가 높고 개 학문에 정통하고 개를 다루는 방법 십몇 가지를 연구해냈다. 가장 효과적인 방법은 푹 삶은 무를 개에게 던져주면, 개가 양고기 만두를 준 줄 알고 주둥이로 냅다 물어 이빨을 데어버려, 외침에 대한 격전의 능력을 잃어버리게 된다. 그리하여 좀도둑이 당당하게 들어올 수 있는 것이다. 삶은 무를 던져주지 않으면 기름진 고깃덩이를 던져서 개의 주둥이를 막는다. 녀석들도 보고도 못 본 척 좀도둑들과 공모자가 된다. 그렇지만 좀도둑들은 일반적으로 기름진 고깃덩이가 아까워서 뜨거운 무를 던질 것이다. 농촌의 개는 일반적으로 죄다 그다지 배 불리 먹지 못하고 지질히 고생하기 때문에 쉽게 매수당하는 것도 일리가 있다. 도시의 개는 공자님처럼 "밥은 정미한 것을 싫어하지 아니하고 고기와 생선은 가늘게 썬 것을 싫어하지 아니한다." 닭튀 김을 봐도 대가리도 안 쳐들고 녀석들을 매수하고 싶어도 그렇게 만만하지 않다.

　5년 전에 나의 아내와 딸이 현 소재지에 들어가서 살 때, 안전을 위하여 또 좀 북적대는 분위기를 만들기 위하여 내가 친구 집에서 금방 태어난 지 얼마 안 되는 강아지 한 마리를 데려왔다. 녀석의 어미는 잡종 늑대개였고, 늑대의 모습을 약간 지니고 있을 뿐이지, 절대 늑대와 짝짓기하여 낳은 놈이 아니다. 내가 요 조그만 녀석을 안고 왔을 때, 녀석은 엄청 귀여웠다. 온 몸뚱이에 여리고 부드러운 털이었고 아장아장 걸었다. 녀석의 앞이마가 제법 튀어나와 아주 똘똘하게 보였다. 내 딸이 어쩔 줄을 몰라 하며 좋아했고, 뜻밖에 분유를 덜어내서 녀석을 먹였다. 내가 베이징으로 간 다음에 딸이 편지를 보내 강아지가 점차 자라서 갈수록 귀여움이 사라진다고 말하였다. 녀석은 성질이 사나운데다 식성은 고귀하였다. 내 아내 가 기르는 병아리를 적지 아니 먹어 치웠다. 병아리들의 안전을 위 하여 할 수 없이 녀석의 목에 쇠사슬을 걸었고, 그로부터 녀석은 자 유를 잃어버렸다. 이 개도 역시 사나운 팔자를 타고난 개다. 녀석을 내가 안고 온 것이 아니고 어떤 간부나 농민 기업가가 안고 갔더라 면 녀석은 틀림없이 송아지만큼 자랐을 것이지만, 녀석이 불행히 우리 집에 와서 처음에 몇 끼 배불리 먹어본 것 말고는 더는 배불리 먹어보지를 못하였다. 녀석은 갈비뼈마다 툭툭 튀어나올 정도로 말랐고 몸집도 충분히 자라지 못하고 거기서 멈추었다. 우리는 녀석에게 집을 지어주는 것도 어려웠다. 1년 네 계절, 바람 서리 비눈 속에서 녀석을 집 밖 담장 밑에서 웅크리고 있게 하였다. 몇 차례 온종일 폭우가 내렸을 때, 녀석이 빗속에서 미친 듯이 뱅글뱅글 돌며 자신의 꼬리를 쫓아 물고 눈동자가 새빨개졌다. 나는 저 녀석이 미쳤나 의심하였다. 나중에 돌 수 없게 되고 짖을 수도 없게 되어 온 몸뚱이를 옹송그렸다. 온 몸뚱이가 빗물에 흠뻑 젖은 채로 늙은 비렁뱅이처럼 킁킁거리면서 우리를 쳐다보았고, 울음 같은 소리를 내며 눈에 눈물이 그렁그렁하였다. 정말 너무 불쌍하였다. 하지만 확실히 녀석을 집 안에 들여놓을 수가 없었다. 녀석은 온 몸뚱이가 흙탕물이고 비린내를 물씬 풍겼고 또 온 몸뚱이에 벼룩이 득실거렸다. 나와 아내가 비를 무릅쓰고 녀석에게 작은 움막을 지어주었지만, 녀석은 한사코 들어가 비를 피할 줄을 몰랐다. 그날 밤에 녀석의 신음 속에서 나는 편안히 잠을 잘 수 없었다. 녀석의 생명력은 실로 굳세었다. 해가 나오자 몸뚱이의 물기를 싹 털어내고 즉시 또 펄쩍펄쩍 뛰어다녔다. 녀석은 책임감이 좀 두려울 정도로 강하였다. 빗속에서 그토록 고생하였지만, 길거리에서 조금이라도 기척이 있으면 녀석은 즉시 자신의 고통을 잊어버리고 쇠사슬을 끌면서 팔짝팔짝 뛰면서 마구 짖어대며 주인에게 경보를 발하였다.

녀석이 우리 집에서 많이 고생한 것에 대해 나는 속으로 아주 미안하였다. 그래서 집을 다시 지을 때, 일부러 녀석에게 작은 집을 지어주었다. 그로부터 녀석이 바람에 시달리고 비를 맞는 생활을 끝냈다. 녀석은 더욱 직무를 다해 우리를 위하여 집을 지켰다. 길거리에 차가 지나가면 녀석도 뛰어올라 짖는다. 길거리에 초등학생이 지나가면 녀석도 뛰어올라 짖는다. 이웃집에서 부부싸움을 하면 녀석도 뛰어올라 짖는다. 만약 누군가 우리 집의 문고리를 두드려 울리면 녀석은 한 번에 석 자 높이는 튀어 오를 수 있다. 누군가 우리 집 문을 열고 마당에 걸어 들어오면 녀석은 목에 쇠사슬을 매단 것을 잊고 미친 듯이 앞으로 달려들어 허공에서 쇠사슬에 걸려 몇 번이고 곤두박질치고도 일어나서 녀석은 계속 앞으로 달려들고 넘어졌다 일어났다 하다가 손님이 집 안으로 들어가야만 녀석이 그제야 멈춘다. 녀석은 쇠사슬에 졸라 매여서 캑캑 기침하고 하얀 거품을 토해냈다.

우리 집에 와본 사람은 모두 말라깽이 개의 사나움에 놀라고 감탄하며, 이제껏 저렇게 신경질적인 개는 본 적이 없다고 말하였다. 모두 개가 말랐으니까 망정이지, 만약 기름진 고기로 살찌게 하면 얼마나 무서워질지 상상할 수 없겠다고 말하였다. 나의 아버지가 도리어 이렇게 말하였다.

"살찐 매는 토끼를 못 잡고, 뚱뚱한 개는 집을 못 지켜."

우리 집에 오는 사람마다 모두 담장 밑에 붙어 무서워서 벌벌 떨면서 꽁무니를 뺀다. 내가 매번 큰소리로 꾸짖으면서도 손님을 마중하고 전송하면서 혹시 녀석이 굵은 사슬을 끊을지 몰라 걱정스러웠다. 녀석이 몸부림을 쳐 쇠사슬 세 줄을 연거푸 끊었고, 녀석이 끊지 못할 쇠사슬을 찾기 위하여 나와 아내가 시장에 가서 한참 동안 돌아다닌 끝에 간신히 고철을 파는 곳에서 줄 한 개를 발견하였다. 크레인 도르래에서 사용한 것이고, 〈홍등기紅燈記〉 속의 리위화李玉和가 형장에 갈 때 발에 찼던 쇠사슬만큼 굵고 3m 넘는 길이이고 무게도 열몇 근이 나갔다. 나는 진귀한 보물을 얻은 듯이 돈을 치르고 사 왔다. 고철을 파는 주인이 내가 개 줄을 사려고 한다는 말을 듣고 물었다.

"맙소사, 집에 무슨 개를 키우는데요?"

나는 물론 그에게 우리 집에서 무슨 개를 키운다고 알려줄 필요가 없었다. 집으로 돌아와 나와 아내가 함께 그 굵고 큰 쇠사슬을 녀석에게 걸어주었다. 녀석이 고개를 숙인 채로 영 거북한 것 같았다. 하지만 후다닥 익숙해졌다. 녀석이 묵중한 쇠사슬을 끌면서 지난날과 다름없이 손님에게 달려들면, 쇠사슬이 시멘트 바닥에서 드르륵드르륵 소리를 내며 좀 용맹하고 비장한 뜻을 담아내니, 사람에게 상상의 나래를 펴게 하였다. 녀석은 목덜미의 털을 세우고 새하얀 이빨을 드러내며, 손님에게 가슴을 깊은 원한으로 꽉 채워 특별히 전투할 수 있고 별나게 전투를 갈망하는 정신을 표현해냈다. 나와 아내는 며칠에 한 번씩 녀석을 비끄러맨 쇠사슬과 녀석을 묶은 목걸이를 검사하였고 녀석이 자유의 몸을 얻어 우리 군중을 잘못 다치게 하지 않을까 걱정하였다. 3년 전에 녀석이 미처 채 자라지 않았을 때, 애써서 쇠사슬을 풀고 나에게 원고를 주려고 온 현

위원회 선전부의 젊은이를 물어서 다치게 한 일이 있었다. 그 젊은이와 내가 말을 하면서 밖으로 걸어 나가는데, 순식간에 별빛 아래서 녀석이 달려들었다. 아마 번개보다도 빨랐을 것이다. 눈 깜짝할 사이에 그 젊은이의 발목을 단번에 물었다. 그 젊은이는 '훌쩍' 하고 단번에 우리 집의 3m 높이에 이르는 옥상으로 튀어 올라갔다. 나의 아내가 개를 잘 비끄러맨 다음에 사다리를 옮겨와서야 그는 넋이 나간 상태에서 간신히 기어서 내려왔다. 그가 말하였다.

"세상에, 제가 어떻게 옥상에 올라갔지요?"

그 뒤부터 이 젊은이가 나에게 원고를 주러 오면, 모두 우리 집의 담장 바깥쪽에 선 채로 원고를 안으로 내던지면서 크게 외쳤다.

"저 안 들어가요, 모 선생님!"

지금 녀석은 다 자랐다. 말랐다고 해도 전투 정신이 아주 강하고 쇠사슬을 풀었다 하면 결과는 상상조차 할 수 없다. 특히 내 딸이 늘 제 학우를 데리고 집에 와서 함께 숙제하고 동화책을 본다. 그런 여자아이들은 하나하나 모두 자기 집의 귀염둥이이다. 만일 사나운 개에게 물렸다가는 그 사고를 수습하려면 의료비를 배상하고 수없이 사과해야 하는 일은 작은 것이고, 남의 아이를 다치게 한 것은 아무리 해도 벌충할 수 없다. 그래서 나는 멀리 베이징에 있으면서도 마음이 늘 편안치 못하였다. 편지를 쓰거나 전화를 걸 때마다 매번 신신당부하였다.

"아무쪼록 우리 개를 단단히 묶어둬!"

딸의 말에 의하면, 여러 차례 개가 풀려서 아이와 할아버지가 집

안에 숨어서 감히 나오지도 못하고 아이 엄마가 돌아올 때까지 기다렸다고 하였다. 말하자면 희한하게도, 이 개가 거의 누구에게나 다 이빨을 드러내는데 유독 나의 아내에 대하여는 오히려 이상스레 고분고분하다. 그녀를 보자마자 꼬리를 흔들고 몸뚱이를 기대고 그렇게 공경할 수가 없어서 흡사 태감이 황후를 본 것 같았다. 그녀가 녀석을 욕하고 때리고 발로 차도 녀석은 이빨을 드러내지 않고 눈을 크게 뜨지 않고 솔직히 그야말로 아양을 떤다. 그녀가 대문을 여는 소리가 나기만 하면 녀석은 모두 알아챌 수 있고, 절대 틀릴 리 없다. 나의 아버지가 녀석은 소리를 듣는 것이 아니라 냄새를 맡는 것이라고 말하였다. 나도 어떤 책에서 개의 코는 사람의 코보다 몇십만 배나 뛰어나다고 하는 것을 보았다. 내가 해마다 집에 몇 개월 있을 뿐이지만 녀석은 여전히 나를 안다. 때로는 내가 용기를 내서 녀석에게 밥을 주면 녀석도 나에게 꼬리를 흔들면서 감사를 표시한다. 때로는 심지어 달려들어 나의 다리를 껴안는다. 하지만 나는 속으로 여전히 무섭고 절대 감히 녀석에게 너무 가까이 다가가지 못한다. 나는 이 개와 나 사이에 거리가 있다는 것을 알기 때문이다. 하지만 나는 녀석이 나를 물고 게다가 그토록 무자비하리라고는 전혀 생각지 못하였다.

그날 내가 전기계량기를 검침하러 온 전기기술자를 전송하러 문을 나갔을 때, 녀석이 별안간 목걸이를 풀고, 그 묵중한 쇠사슬을 구불구불 땅바닥에 내팽개쳤다. 내 딸이 놀라 소리쳤다.

"아빠, 개!"

개가 이미 훌쩍 뛰어 올라왔다. 녀석이 몸뚱이를 바닥에 바짝 붙이고 쇠사슬에 묶여 있는 모습이 익숙하여서, 갑자기 쇠사슬을 묶지 않은 녀석을 보니 몹시 낯설어 우리 집 개가 아니라 전혀 다른 들짐승 같았다. 운동선수가 모래주머니를 달고 훈련하다가 일단 모래주머니를 벗으면 시위를 벗어난 화살 같아진다. 우리 집의 개는 내내 쇠사슬을 달고 살았고, 일단 쇠사슬에서 벗어나자 그 속도가 시위를 벗어난 화살보다 훨씬 빨랐다. 내가 용감히 나서서 전기 기술자를 몸 뒤쪽으로 막고 또 한쪽 손을 들어 녀석에게 휘두르며 입으로 크게 외쳤다.

"개!"

개가 나의 왼쪽 다리를 한입에 물었다. 내가 다행히 몸에 면바지를 입고 면바지 속에 또 털내복 바지를 입었으니 녀석이 나를 물기는 하였어도 물어서 아예 뚫지는 못하였다. 나는 녀석이 나를 한입 물고 멈출 것이라고 여겼지만, 녀석이 의외로 연속작전을 펴서 나의 왼쪽 다리를 놓고 다시 오른쪽 다리를 물었다. 그런 다음에 몸뚱이를 훌쩍 날려 나의 뱃가죽을 다시 한입 물었다. 이때야 나는 이 녀석의 끔찍함을 알았고, 이때야 나는 선전부의 그 젊은이가 왜 3m 높이의 옥상까지 뛰어 올라갈 수 있었는지를 알았다. 상처가 심하게 아프기 시작하였고, 내가 손을 휘두르다 때마침 녀석의 아가리 속으로 집어넣어서 녀석이 내친김에 또 나를 한입 더 물었다. 다행히 문이 멀리 떨어져 있지 않았고, 내가 녀석에게서 벗어나 전기기술자와 딸과 함께 집으로 달려 들어가 문을 단단히 걸어 잠갔다. 세 사람이 거의 혼이 다 달아날 정도로 놀랐다. 옷을 풀어서 보니 세 군데서 피가 나왔고, 한 군데에 시퍼렇게 멍이 들었다. 복부의 상처가 가장 심하였는데, 원인은 털옷이 면바지처럼 두툼하지 않은 데 있었다. '만약 내가 홑옷을 입었을 뿐이고, ……만약 전기 기술자를 물었다면…….' 나는 정말 불행 중 다행이라고 생각하였다!

이때, 대문을 미처 닫지 못하였다. 만일 녀석이 길거리로 뛰쳐나가 사람을 보는 대로 물면 어떻게 하지? 이 개는 우리 집 대문에 들어온 이래로 또 이제껏 바깥으로 나가본 적이 없다. 녀석은 이웃집 개가 짖는 소리를 들을 수 있었지만, 이제껏 만나본 적이 없었다. 녀석은 자신의 동료를 알 수 있을까?

아내가 마침내 퇴근하여 돌아왔다. 개가 기뻐 날뛰며 그녀를 환영하였다. 게다가 아주 고분고분하게 그녀에게 쇠사슬을 다시금 목에 걸게 하였다.

오후에 나는 현 방역소에 가서 광견병백신을 구매하였고, 외래 진료소로 가서 주사를 맞았다. 의사가 주사를 연속 다섯 대를 맞아야 하고 한 달 동안 술과 차를 마시지 말아야 한다고 말하였다.

오직 일시적인 충동으로 인해 주인을 물었기 때문에 녀석의 말일이 다가오고 있었다.

내가 아내에게 이 개를 원하는 사람이 있는지 알아보게 하였다. 아내가 돌아와서 사람들이 모두 자기 주인까지도 물었는데 누가 감히 원하겠냐고 말한다고 하였다. 하지만 그녀 공장의 몇몇 걸귀가 녀석을 때려죽여 잡아먹으려고 하였다.

나의 마음이 즉시 약해졌다. 나는 나의 아내에 대한 이 개의 더할 나위 없는 충성을 떠올렸다. 나는 이 개가 사회 치안이 나쁜 상황에서 내 아내와 딸에게 가져다준 안전감을 떠올렸다. 내 딸이 학교에서 사람을 놀라자빠지게 하는 소식들을 듣고 밤에 잠을 못 이룰 때, 나의 아내가 아이를 안심시키며 말하였다.

"걱정하지 마, 우리에게는 개가 있어."

녀석이 나를 문 것은 잠깐 얼떨결에 그랬겠지? 나는 또 녀석을 데리고 살기로 다짐하고 녀석에게 다시 목걸이를 채웠고, 한 개를 벗어나면 또 한 개를 채웠다. 하지만 개를 잡아갈 두 사람이 이미 왔다. 나의 아내가 좀 생각하더니 확고하게 말하였다.

"데려가요!"

그들은 까만 가죽점퍼를 입은 중년 사나이였고, 사람마다 새끼줄을 한 가닥씩 들고 있었다. 마당에 들어서자마자 개가 미친 듯이 그들에게 발악하며 짖어댔다. 나는 그들이 당장에 손을 댈까 봐 걱정하였는데, 그들이 아니라고 말하였다. 그들이 나의 아내에게 그 새끼줄을 개의 목에 묶게 하였고, 그들이 공장으로 끌고 가서 때려잡을 것이라고 말하였다.

내 딸이 아주 슬퍼하였고, 책상 앞에 앉아서 라디오를 틀었다. 나는 행여 개의 죽는소리가 아이를 자극할까 봐 라디오 소리를 크게 올렸다. 아이가 책상 앞에 앉아 나지막한 퉁소 소리 속에서 얼굴을 감싸고 울었다.

이상하게도 녀석이 의외로 소리 없이 나의 아내에게 대문 밖으로 끌려갔고, 그 두 사나이가 뒤쪽에서 따라갔다. 이때는 녀석이 처음으로 문을 나간 것이지만 영원히 돌아올 수 없게 되었다.

나도 속으로 아주 슬펐지만, 딸을 위로하며 다른 사람이 개를 끌고 가서 식당에 놓고 키울 것이고 날마다 생선과 고기를 먹고 녀석이 복을 누리러 간 것이라고 말하였다. 아이가 여전히 울었다. 나는 속으로 짜증이 나서 말하였다.

"아빠가 중요하니, 개가 중요하니?!"

아이가 침대에 누워 이불을 푹 뒤집어쓰고 밥도 먹지 않았다. 내가 소리를 질러도 아이는 듣지 않았다.

나의 아내가 살그머니 나에게 개가 대문을 나갈 때 두 무릎을 꿇고 그녀를 바라보았는데 그 눈빛이 정말 마음 아프게 했다고 말하였다.

이튿날, 그녀가 돌아와서 그 두 사람이 녀석을 끌고 가는데 녀석이 한사코 가지 않아서 그래서 길거리에서 녀석을 때려죽였다고 말하였다. 나는 녀석이 반항하지 않았느냐고 물었다. 나의 아내가 하지 않았고, 조금도 하지 않았다고 말하였다.

나는 딸에게 또 착하고 예쁜 개 한 마리를 찾아주겠다고 약속하였지만, 나는 확실히 매우 망설였다. 사람이 개를 키우면 어쨌든 녀석의 마지막 날까지 봐야 한다. 녀석이 당신을 물었다고 하더라도 녀석을 때려죽일 때 당신도 녀석 때문에 슬퍼해야 한다. 이것이 바로 정이겠지!

지금 녀석은 일찍이 논밭을 기름지게 하는 거름으로 변했고, 녀석을 구성한 물질은 새로이 대자연으로 되돌아갔다. 게다가 이러한 물질들이 새로이 조합해 개로 될 기회는 더는 있을 수 없을 것이다. 하지만 녀석의 짧은 일생이 우리 가정의 역사의 일부분과 함께 얽혀있다. 녀석이 나를 몇 입 문 것은 나의 딸이 그녀의 아이에게 말해줄 재미있는 일 한 토막이 되지 않을지? 아마도.

개의 억울함

사실 어찌 개만 억울함을 갖겠는가? 대체로 사람에게 길들어진 동물마다 모두 다 하소연할 수 없는 억울함을 갖고 있다. 그 가운데서 특히 개의 억울함이 으뜸이다. 예를 들면 소는 사람을 위하여 쟁기를 끌고 밭을 갈고 사람을 위하여 풀을 먹어 젖을 분비하고 가죽, 고기, 뼈를 제공한다. 똥조차도 사람은 논밭을 기름지게 하는 데 쓰고 태워서 불을 쬔다. 아주 억울하지만 사심 없이 봉사하고 헌신하며 또 수고를 마다하지 않고 원망을 두려워하지 않는다. 이런 소에 대해 사람은 칭찬하고 또 소의 성품을 미덕으로 삼아서 부지런히 일하고 고된 일을 참고 이겨내고도 입도 벙긋 안 하는 사람을 표창한다. 내가 처음 입대하였을 때, 부대에서 가장 쉽게 입당하고 가장 먼저 간부로 발탁되거나 승진할 희망이 있고 지휘관에게 가장 많은 귀여움을 받는 사람은 바로 교육 수준이 높지 않지만, 야채를 잘 키우고 망치질을 잘하며, 특히 돼지우리를 잘 짓고 변소

청소를 잘하며 우직하게 일만 하는 '늙은 황소', '혁명적인 늙은 황소'였다. 혁명적이지 않은 늙은 황소가 있을까? 누가 알겠는가! 만약 당신이 고등학교 졸업생이고 말솜씨가 좋고 붓대를 놀릴 수 있으며, 일하기만 하면 그런 '늙은 황소'보다 훨씬 열성적으로 일한다고 해도 좋은 소리를 별로 들을 수 없다. 연말에 결산할 때 '거만하고 자만하며, 착실하게 일하는 정신이 부족하다' 따위의 모자가 여전히 당신 머리 위에 씌워질 것이다. 이에 대하여 나에게는 직접 겪은 경험과 깊은 깨달음과 뱃속에 가득한 불평이 있었다. 여러 해 동안 우리 기관에서 도대체 얼마나 '늙은 황소'를 장교로 발탁하였는가 하면, 누구도 통계를 낸 적이 없지만, 숫자가 틀림없이 매우 높을 것이다. 일단 그런 '늙은 황소'가 말단 장교로 발탁되면 대부분은 '소'의 성품을 즉시 잃고 부르주아보다 더 빨리 부패하고 타락한다. 그들의 행위에는 '소'가 된 역사를 벌충하려는 듯한 점이 제법 많다. 몇십 년 동안의 도태를 거쳐서 이러한 '소'들이 대부분은 제대하여 고향으로 돌아갔지만, 어느 정도 높이로 기어 올라가서 억지로 배운 한자 몇백 자에 기대고 부대 '정치사상 관계자'들이 입에 달고 있는 속 빈 관용어 몇십 마디에 기대서 그가 담당하는 부문을 통치하고 있다. 이러한 '소'가 둔갑한 호랑이들이 입을 열면 '각오', '당성黨性', '조직원칙', '작품 기율', '배려 양성' 따위이지만, 사실 그 자신도 이러한 말의 진정한 뜻을 잘 모른 채로 앵무새처럼 되뇌고 소리나 지를 뿐이다. 사실 그의 머릿속 가득 찬 것은 죄다 『관장현형기』 속의 마누라에게 순무 어른께 훈툰餛飩을 끓여주게 한 말단 관리 같은 사고방식이다. 그는 아랫사람을 마구 마음대로 부리면서 동급에 대하여서는 얼굴에 웃음을 띠고 발아래에는 올가미를 놓는다. 상사에 대하여는? 그때는 즉시 야들야들한 발바리가 된다. 봐, 억울함이 드러났지!

　사람들은 소를 갖고 사람을 칭찬하지만, 개를 갖고는 사람을 욕하기를 좋아한다. 설마 인류에 대한 공헌이 개가 소만 못하단 말인가? 아니다. 조금도 작지 않다. 어떤 동물학자의 말에 의하면, 개는 인류가 최초에 길들인 들짐승이라고 하였다. 요컨대 개가 사람을 위하여 목숨 바쳐 일한 역사는 소나 말 등 집짐승보다 훨씬 이르다. 과거의 수많은 세월 속에서 얼마나 많은 개가 주인을 도와 얼마나 많은 들짐승을 잡았는가? 얼마나 많은 개가 주인이 활이나 총을 쏘았으나 미처 깔끔하게 죽지 않은 많은 날짐승과 들짐승을 물어 죽여서 주인 앞에 대령해 새 대가리 한 개 혹은 짐승 뼈다귀 한 개를 얻어 가졌는가? 얼마나 많은 개가 주인을 위하여 많은 소와 양을 방목하였는가? 얼마나 많이 무리를 벗어난 소와 양들을 몰아서 주인의 가축 떼 속으로 돌려보냈는가? 얼마나 많은 개가 주인의 많은 오리와 거위 집을 지키기 위하여 다가와서 몰래 훔쳐 먹으려는 흉악한 이리나 교활한 여우와 생사를 건 격전을 벌였던가? 얼마나 많은 충직한 개가 이리의 날카로운 이빨 아래 쓰러졌고 주인의 이익을 위하여 자신의 귀중한 목숨을 희생하였던가? 얼마나 많은 개가 주인을 위하여 몸뚱이에 중상을 입고 살이 터지고 뼈가 부서지며 근육이 찢어지고 피투성이가 되어 눈에서 푸른 불을 내뿜고 주둥이가 킁킁거리도록 아파도, 주인은 녀석을 치료할 약이 없고 녀석은 그저 혀를 내밀어 자신의 상처를 핥고 또 핥을 뿐이었던가? 주인은 또 언제나 개 다리와 혓바닥에 삼♣이 있고 개의 침이 소염할 수 있다는 말로 개의 상처를 치료해주지 않은 자기 책임을 벗었는가? 얼마나 많은 개가 수없이 많은 사람을 위하여 소리 없이 닥친 위험과 재난 중에서 그들의 목숨을 구하였던가? 얼마나 많은 개가 사람을 따라가서 수많은 신대륙을 개척하였던가? 얼마나 많은 개가 많은 눈썰매를 끌고 지독히 추운 남극과 북극을 내달리고, 밤에는 눈구덩이 속에서 자고 날마다 겨우 물고기 한 마리만 얻어먹었는가? 얼마나 많은 개가 수없이 예민한 코에 기대어 주인을 위하여 살인사건을 해결하였는가? 얼마나 많은 개가 날카로운 이빨과 날카로운 발톱과 온 몸뚱이의 날쌔고 튼튼한 근육에 기대어 범죄자를 제압하고 그들의 사악함을 징벌하고 정의를 신장시켰던가? 얼마나 많은 개가 한평생 충직하게 주인을 위하여 집을 보고 마당을 지켜 주인의 재산과 안전을 수호하고 겁쟁이의 마음을 안정시키고 고아와 홀어머니의 근심을 덜었던가? 얼마나 많은 개가 자신의 귀엽거나 우스꽝스럽거나 혹은 이상야릇한 생김새와 체형으로 수많은 소녀, 외로운 노인, 거물 장사꾼, 고관 권세가들의 외로움이나 텅 빈 마음을 위로하였던가? 얼마나 많은 개가 자신의 풍만한 털로 많은 부랑자의 몸을 따뜻하게 해주고 그들과 짝해 수많은 긴긴밤을 보내주었던가? 얼마나 많은 개가 자신의 시신을 바쳐 많은 불법적인 패거리나 선량한 일반 사람의 배를 채우게 하였던가? 얼마나 많은 개고기의 분자가 수많은 사람의 수많은 세포로 바뀌었을까? 얼마나 많은 개의 가죽과 털이 화려한 모자가 되어 많은 사람의 머리 위에서 그들을 위하여 얼마나 많은 눈보라를 막아 주었던가? 얼마나 많은 개가죽이 개가죽 요로 만들어져서 수많은 사람의 침대 위에 깔렸는가? 얼마나 많은 개뼈다귀가 죽이 되도록 삶아지고 또 불법 상인에 의해 호랑이 뼈로 둔갑하여 그 많은 술병 속에 담가졌던가? 아, 개야! 사람에 대한 너의 봉사와 헌신이 소와 비교하여 조금도 모자라지 않고, 말보다는 더욱더 모자라지 않지만 거의 찬미의 말 한마디조차도 너의 머리 위에 떨어지지 못했구나. 사람들이 욕을 할 때, 입을 벌렸다 하면, 개! 주구! 발바리! 개놈! 개새끼! 개자식! 개X새끼! 사람에 대한 고양이의 공헌은 개에 훨씬 못 미친다. 고양이가 주인에게 아양을 떠는 수완은 결코 개보다 떨어지지 않고 심지어 개를 훨씬 앞지른다. 하지만 누가 욕할 때 고양이 X새끼라고 하나? 이러한 공평하지 못한 현상은 언제 어떻게 형성된 것인가? 누가 나에게 알려줄 수 있고 또 알려주려 할까?

개는 이런 생각을 한다.

사람이여, 너희같이 무서운 개놈들, 너희는 실제 시중들기 너무 어렵다. 우리는 너희가 우리를 때려죽일까 봐 무섭다. 우리가 너희에게 순종하는 것은 너희들이 우리가 변변치 못한 것을 싫어하고 또 우리를 때려죽일까 봐 그렇다. 너희는 날마다 사람 된 어려움에 한숨을 내쉬지만, 너희는 개 된 어려움이 더욱 쉽지 않다는 걸 알기나 하는가? 하느님이 만물을 창조하였을 초기에 개와 사람 모두 온몸에 털이 났고 꼬리를 늘어뜨렸었는데, 어찌하여 너희가 우리를 통치하고 우리가 너희를 통치하면 안 되었던 것이냐? 우리가 반항하지 않는 것은 우리가 너희를 이길 수 없기 때문이지. 너희가 화살, 사냥총과 이름도 많은 무기를 발명하였으니 우리는 신하가 되어 복종할 뿐이었지. 우리 가운데서 철저하게 깨달은 자가 바로 너희가 생각하는 '미친개'이지. 사실 녀석들은 아주 정상이지. 녀석들은 우리 개들의 오래된 영광을 회복하기 위하여 아낌없이 사람을 물어 죽이고 그런 다음에 살신성인하니 우리 개 가운데 열사이지. 그런 미친개가 사람을 보자마자 물어뜯는 까닭은 이미 인류는 우리의 적이라는 것을 인식하였기 때문이지. 너희가 미친개 한 마리를 때려죽일 때마다 우리 개들의 마음속에 우람한 금자탑을 세우는 것이지. 사람이여, 너희들 미리부터 샴페인을 터뜨리지 마라. 물론 우리는 개 가운데서 확실히 도덕을 훼손한 개 쓰레기가 있다는 걸 부인하지 않아. 예를 들면 그 가운데서 어떤 놈은 조물주의 원칙을 위반하고 거리낌 없이 녀석의 여주인과 관계를 맺었다. 이런 예는 산둥 쯔내 사람 포송령이 지은 『요재지이』에 보인다. 하지만 알고 보면 역시 녀석의 여주인이 녀석을 유혹한 것이다. 밖에서 또 무슨 소리가 나지? 좀도둑이 주인의 문을 비틀어 열고 있는 건 아닌가? 고슴도치가 주인의 참외를 갉아 먹고 있는 건 아닌가? 멍멍멍멍. 내가 제멋대로 생각하고 있기는 하지만 결코 개 된 본

분을 잊을 수는 없지. 멍멍멍멍, 멍멍멍멍멍멍멍……

개의 마음속으로 깊이 들어가보지 않았다면, 나는 개가 이렇게 깊은 고뇌와 이렇게 고통스러운 사상을 갖고 있고, 녀석들이 무엇이든지 다 알지만, 쉽게 마음의 소리를 토해내지 않는 줄은 꿈에서조차 생각지 못하였다. 녀석들이 무엇이든지 다 알지만, 녀석들은 아는 것을 감추고 멍청한 척하였다. 이어지는 멍멍멍 속에 너무 많은 모순을 포함하고 있고, 결코 간단하게 주인에게 위급상황을 알리는 것이 아니라는 점이다.

원점으로 돌아가 말하면, 역시 루쉰이 심오하고 역시 루쉰이 더욱더 좀 논증하였다. 선생은 어떤 사람을 '상갓집 부르주아의 무기력한 주구'라고 욕하였고, 또 '물에 빠진 개는 두들겨 패라' 하는 기치를 높이 들었다고 해도, 그러나 선생은 또 개는 상처를 입은 뒤에 소리 없이 가시덤불 속에 숨어서 자신의 상처를 핥을 것이라고 말하였다. 동물 가운데 대체로 개만이 상처를 핥을 수 있다. 이로부터 보건대 개에 대해 선생은 결코 일방적으로 논하지 않았다. 그는 개의 양면성이나 두 종류 개에 대해 구별하여 다루었던 것이고, 전자에 대해서는 그가 증오하고 후자에 대해서는 그가 본받은 것이다. 그래서 나는 사람을 개로 부르는 것에 대하여 이전에는 긍정적인 뜻도 없고 부정적인 뜻도 없었는데 뒤로 가면서 이러한 호칭에 변화가 생겨서 사람을 욕하는 전용 명사가 되었을 것이라고 여긴다.

하지만 스승이 우리를 가르치는 것은 이른바 순수하게 상대적으로 말한 것일 뿐이고, 금에 순금이 없고 사람에 완벽한 사람이 없듯이 개에도 완전한 개가 없다. 사람을 개로 부르는 것은 일반적인 상황에서 악의이지만, 부모가 자신의 아이를 '강아지', 요'놈'하고 부를 때는 악의가 없을 뿐 아니라 예뻐 죽겠다는 표현이 된다. 어떤 아내가 남편을 '멍멍'이라고 부른다고 하던데, 장셴량張賢亮의 「자귀나무綠化樹」에서 마잉화馬纓花가 장융린章永麟을 '멍멍'이라고 불렀다. 이는 스스럼없이 간지러운 호칭이고, 정이 깊고 두터운 표현이다. 이런 상황은 일반적으로 모성이 강한 여성에게서 생긴다. 사실이 증명하듯이 무쇠 같은 사내가 가장 필요한 것은 바로 이러한 어머니와 연인의 역을 맡은 여인일지 모른다. 내가 어떤 이름난 감독을 위하여 초나라와 한나라 사이에 벌인 전쟁에 관한 극본을 쓸 적에 일찍이 힘이 산을 뽑고 기운이 세상을 덮을 항우에게서 이러한 심리를 발견하였다. 그가 우희와 차마 헤어지기 어려워한 까닭은 그는 다 큰 개구쟁이이고 우희는 어머니+연인형의 여인이었을 가능성이 매우 많은 데에 있었다.

모든 것이 전과 완전히 같을 것이다. 개는 여전히 개이고 사람은 여전히 사람이며, 개는 여전히 사람에게 부려져야 하고, 여전히 어떤 나쁜 사람들의 기호품이 되어야 할 것이다. 글 따위가 오랜 습관을 고칠 수 없다. 더군다나 이런 개소리 같은 글임에야.

내가 너를 안고 와서 내가 너를 키웠는데, 네가 나를 세 군데 물었고, 내가 사람을 찾아 너를 잡아 죽이게 했다. 우리 집에 공이 허물보다 큰 개야, 내가 이런 글로 너의 어리둥절한 두 눈을 가려주니

편히 잠들렴!

개에 관한 농담

올해가 닭띠 해인 것이 확실하지만, 나는 굳이 개를 물고 늘어져서 개에 관한 글까지 몇 편을 썼으니 오히려 개띠 해를 즐겁게 보내는 것 같다. 다행히 시간이 잡을 수 없는 하얀 망아지처럼 빨리 흘러가서 눈 깜짝할 사이에 개띠 해가 멀지 않은 시점에서 우리에게 미친 듯이 짖어대고 있다. 닭띠 해 초에 내가 우리 집의 개한테 물려서 다쳤고, 광견병백신을 맞은 지도 이미 백일이 지났다. 몸에 시퍼런 흉터 몇 군데가 남았는데 비가 내리고 흐린 날에 가려운 것 말고는 다른 느낌은 없었다. 광견병에 잠복기가 있고 백일이 지난 뒤까지 이상이 없어야 한다고 하지만 발병할 확률은 이미 아주아주 작은 듯 보였다. 광견병에 걸려 죽으면 오히려 별난 죽음의 방법이라 칠 수 있고 친구들에게 얘깃거리들을 더 제공할 수 있다.

나를 문 늑대개가 처리된 뒤에 나는 아버지에게 부탁해 내 딸에게 강아지를 찾아주게 하였다. 아버지가 당신의 가장 어린 손녀의 요구에 대하여 여태까지 원하는 대로 다 들어주었고, 그래서 유달리 진지하게 나섰다. 노인이 명령을 내리자 친척과 친구들이 즉시 일을 나누어 맡았고, 후다닥 몇 집에서 실행하겠다는 답장이 왔다. 몇몇 집에서 모두 어미 개가 새끼를 뱄고 강아지를 낳으면 우리에게 먼저 고르도록 해주겠다고 말하였다. 나의 큰누나가 내 딸에게 강아지를 얻어주기 위하여 심지어 그녀의 집과 사이가 좋지 못한 집의 대문까지도 아낌없이 들어갔다. 그 집의 개가 예전에 나의 큰누나의 막내딸을 물었었다. 그 집의 여주인은 내 딸이 강아지를 갖고 싶어한다는 말을 듣고 아주 시원하게 대답하며 별문제 없고 일단 강아지를 낳으면 틀림없이 가장 좋은 놈을 남겨놓겠다고 말하였다.

이럴 때 나의 딸이 어디서인지 모르지만, 강아지 한 마리를 직접 얻어왔다. 잿빛 털이 복슬복슬한 조그만 놈인데 아주 귀여웠다. 내 딸이 수컷 강아지라고 말하였다. 하지만 나는 녀석이 쭈그리고 오줌 싸는 모습을 보았다. 내 인상 속에 수캐는 모두 다리 세 개로 서고, 한쪽 다리를 들고 오줌을 싸는 것이다. 내 딸이 굳이 수컷 강아지라고 말하면 수컷 강아지인 거지. 그 아이가 좋아하기만 하면 어미 개를 아비 개로 말해도 무방하다.

강아지가 집에 오자마자 분위기가 잠시 활발해졌다. 딸이 녀석을 데리고 마당에서 이리 뛰고 저리 뛰며 웃고 떠드는 소리가 끊이지 않았다. 날마다 학교에 갈 때 아이는 강아지와 악'수'를 하며 헤어졌다. 학교가 파하여 집에 돌아오면 제일 먼저 하는 일이 강아지와 악'수'를 하며 인사말을 주고받았다. 이런 것들을 보면서 나는 속으로 아주 기쁨과 위안을 느꼈다. 나는 어린 시절에 실컷 고생하였지만, 당시에는 고통을 특별히 느끼지 못하였다. 돌이켜보아도 물처럼 담담하지만 나는 딸이 고통을 받을까 걱정하고 아이가 신나면 나도 즐거웠다. 이 세상이 앞으로 어떻게 될지는 누구도 정확하게 말할 수 없다. 딸 세대의 사람이 우리 세대의 사람들처럼 고통을 겪을지? 앞으로의 일은 어떻게 할 수 없다. 눈앞의 일을 잘하는 데도 좀 일이 많은가. 개가 아이들에게 즐거움을 갖다주었다. 개 만세! 여기까지 쓰자 도시 개에 대한 나의 불만도 확 줄어들었다. 남이 샴푸로 개를 목욕시키고 향수를 개털에 뿌려주는데, 남이야 부자이고 개의 복인 것이지 나와 무슨 관계가 있나?

며칠 전에 어떤 회의에서 어떤 둥베이東北 작가를 만났다. 그는 1년여 동안 러시아로 가서 임시 파견 근무하면서 시야가 확 트였다고 말하였다. 그가 러시아의 재미있는 일을 한 다발 우리에게 말해주었고, 그 가운데서 러시아의 개에 대해 말하였다. 그가 러시아의 개는 품종이 많고 어떤 개는 아무리 봐도 양인데, 녀석은 확실히 개라고 말하였다. 그가 베이징과 모스크바를 오가는 많은 개 투기꾼이 있는데 개로 큰돈을 벌었고, 재산을 모을 뿐 아니라 개 전문가도 되었고, 개의 모든 것에 대하여 손금 보듯 환히 꿰뚫게 되었다고 말하였다. 그가 모스크바에 있을 때 이름이 '복싱선수'라는 개 한 마리를 키웠다고 하였다. 이 개의 생김새가 복싱선수에게 정면으로 한 대 맞은 것 같은 사람 얼굴이었다고 하였다. 어떤 생김새일지 직접 상상해보시길! 그가 러시아의 개 투기꾼 여자들은 기교가 뛰어날 뿐 아니라 개에 대한 사랑이 가득하다고 말하였다. 러시아 여자는 유방이 크고 가슴골에 강아지 몇 마리를 숨길 수 있다고 한다. 강아지마다 모직물 모자를 쓰고 어린아이처럼 우유를 먹는다. 물론 러시아 여인의 젖을 먹는 건 아니다. 러시아 여인들은 허리춤에 우유병 한 개씩 달고 있고, 체온으로 우유병에 담긴 우유를 따뜻하게 한다. 모스크바-베이징 국제열차에서 러시아의 개 투기꾼 여자들이 허리춤에서 우유병을 꺼내 대가리에 모직물 모자를 쓰고 가슴골에 숨어있는 어린애 같은 강아지의 주둥이에 꽂으면 강아지들이 즐겁게 우유를 빨아 먹는다. 이런 생생한 광경이 눈앞에 선해져서 내 마음을 한없이 푸근하게 하였다. 세상은 이처럼 아름답고 러시아 여인은 정말 사랑스럽다. 나는 『고요한 돈강』 속의 악시냐를 떠올렸다. 가슴골에 개를 숨길 수 있는 여인 가운데서라야 악시냐가 나올 수 있고, 악시냐의 후손들이 있어야만 가슴골에 개를 숨길 수 있으리라!

전에 머물던 곳을 다시 돌아보니

1999년 9월 15일 오전 9시에 나는 차에서 튀어나와 한시도 지체하지 않고, 딩T씨네 큰 마당으로 돌진하였다.

딩씨네 집은 원래 황현 소재지, 즉 지금의 룽커우시 황청구 서북쪽 모퉁이에 위치하고, 자오둥반도膠東半島에서 명성 높은 호화저택이다. 딩씨네 자녀의 친척인 머우핑현의 대지주 머우얼헤이쯔牟二黑子의 호화저택과 겨룰 만하다고 한다. 1976년 2월 16일 오후에 나는 배낭을 메고 신병 부대를 따라 얼떨결에 이 저택의 큰 마당으로 들어갔다. 큰 마당에 들어가자마자 커다랗고 높은 가림벽이 있고, 가림벽 위에 '상서로운 기운은 동쪽에서 온다'라는 글귀가 새겨져 있었다고 기억한다. 우리 몇십 명의 신병이 가림벽 앞에 서서 어떤 간부의 점호를 받은 뒤에 반을 편성하고 그런 다음에 각반의 반장이 신병을 데리고 갔고, 그런 다음에 반장을 따라 화려하게 장식한 큰방으로 들어갔다. 반장이 우리에게 배낭을 볏짚 이부자리 위에 놓도록 명령하였다. 나의 군인 생애는 이렇게 시작되었다.

나는 딩씨네 큰 마당으로 뛰어 들어가자마자 '상서로운 기운은 동쪽에서 온다'라는 글귀가 새겨져 있는 가림벽이 사라진 것을 발견하였다. 그 가림벽을 대신한 것은 새로 쌓은 가림벽 같기도 하고 장식문 같기도 한 것인데, 이것의 앞뒤 양쪽에 어떤 글자들이 새겨져 있었다. 글자를 읽어보고 나는 이곳이 이미 룽커우시의 박물관이 된 것을 알았다. 후다닥 23년 8개월 전에 내가 이부자리를 두었던 그 장소를 찾아갔다. 볏짚은 물론 없어졌고, 내가 당시에 글자를 새기고 물을 부어 갈았던 네모난 벽돌도 없어졌다. 나는 어떤 관리원에게 이곳의 바닥이 바뀐 것인지 아닌지 물었다. 그 사람이 대답하기를 바뀌었고, 34단 박격포대대가 포를 집 안까지 끌어들여서 옛날 네모난 벽돌을 모두 으스러뜨렸다고 말하였다. 나는 박격포대대의 형제들이 호화저택을 포 창고로 삼은 것이 아니라면, 전에 내가 베개 아래쪽에 스무날 동안 깔고 있었던 네모난 벽돌 위에 새긴 글자도 아직 남아 있을 가능성이 많다고 생각하였다. 그 옛날 어느 날 오전에 내가 열이 나자 반장이 나에게 집에서 내무를 보게 하였는데, 나는 베개를 열어젖히고 볏짚을 벌려서 녹슨 쇠못으로 네모난 벽돌 위에 좀 허세를 부린 말을 새겨둔 바 있었다.

　당시 신병 훈련 기간은 한 달뿐이 없었고, 나는 신병 훈련을 스무날만 받고 간부 전사를 합쳐도 스무 명이 채 되지 않는 어떤 소단위로 배치되어 갔다. 이 소단위 안에서 나는 거의 4년 동안을 지냈다.

　딩씨네 큰 마당을 나와서 차를 몰아 내가 20년 1개월 동안 떠났었던 장소로 내달렸다. 우리의 그 소단위는 내가 떠난 뒤 얼마 되지 않아서 해체되었고, 그래서 나는 그 이름을 말할 수 있고 비밀 누설 문제도 없다. 그곳을 '탕자보唐家泊'라고 불렀다. 원래는 황현 베이마공사에 소속되어 있었는데, 지금은 어디 소속인지 모른다. 길이 넓고 길 양쪽에 꽃들이 활짝 피었다. 20년 전에 현 소재지에서 탕자보까지 자동차를 타고 가면 오전 한나절이 걸렸다고 기억하는데, 지금은 차를 타고 가는 데 십몇 분이 걸렸을 뿐이다. 마을 안의 주택은 거의 다 붉은 벽돌로 쌓고 기와를 올린 새로운 집으로 바뀌었지만, 마을의 전체 배치에는 변화가 그다지 크지 않았다. 나는 기사에게 정확한 위치를 알려주어 차를 버려진 병영 앞에서 세우도록 하였다. 그런 다음에 차에서 뛰어내려 온종일 밭을 갈아서 얼른 집에 돌아가 물을 마시고 싶은 소처럼 같이 간 사람을 버려둔 채로 곧장 내가 살았던 그 방으로 내달렸다. 방 안에 임시 침상을 만들어 놓았고, 침상 위에 어떤 남자가 누워서 몸에 빨간 꽃 이불을 덮고 있고 파리떼가 방 안에서 춤추며 날고 있는 광경을 보았다. 그 남자가 난데없이 뛰어든 나 때문에, 깜짝 놀라 자리에서 박차고 일어나며 나에게 뭘 하는 것이냐고 물었다. 나는 당당하게 20년 전에 내가 예전에 이곳에서 근무하였고, 이 방이 내가 살았던 방이라고 말하였다. 그 남자의 얼굴색이 즉시 누그러졌다. 그리고 당시에 내가 수업을 복습하고 사관학교 시험 준비를 했던 안쪽의 저장실로 들어갔다. 그 안쪽에 어떤 여자와 옹알옹알 말을 배우는 어린아이가 살고 있고, 벽 한쪽 구석에 가스레인지 한 개가 있었다. 여자가 마침 음식을 만들고 있어서 기름 연기를 풍겼다. 나는 기름 연기로 검게 그을린 벽 위에서 20여 년 전에 내가 칼로 새겨놓은 수학 공식이 아직 뚜렷하게 남아있는 것을 보았다.

탕자보를 나와서 우리는 이름이 높이 난 '남산집단'으로 갔다. 그곳에 가서야 나는 이 집단이 바로 20년 전의 쌍자마을秦寨村인 것을 알았다. 당시에 이 마을은 탕자보보다 훨씬 더 가난하였고 저녁이면 마을 안의 젊은이들이 수십 리 길을 마다하지 않고 우리 병영으로 텔레비전을 보러 왔다. 당시 우리 소단위에 이름난 14인치 흑백 텔레비전 한 대가 있었다. 마오쩌둥이 사망한 뒤 한동안 우리 군중에게 마오쩌둥의 사후 모습을 보여주기 위하여 날마다 저녁이면 운동장에 책상을 내놓고 책상 위에 의자를 쌓아놓고 그 위에 네모난 의자를 놓아 텔레비전을 올려놓고 마을 사람들에게 시청하도록 하였다. 그야말로 인산인해였고, 많은 사람이 모여 붐비는 재미가 있었다. 그러나 지금은 이곳이 도시보다 훨씬 도시 같아서 집마다 모두 작은 개인주택이 되었고 집마다 전화는 이미 흔한 일이 되었다. 그들의 뜰로 들어가면 푸른 산 맑은 물과 푸른 나무 노란 꽃이 온 눈을 가득 채우며 환경의 우아함이 유럽과 아메리카에 전혀 뒤지지 않는다. 그들은 세계에서 가장 앞선 시설인 행복 궁전을 갖고 있다. 건축한 양식이 아주 시원시원하고 내부에 무슨 재미있는 것은 모두 다 있다고 하였다. 이러한 친구들이 또 산언덕 위에 고급 골프장을 지었고, 세계에서 어마어마한 부자들이 모두 이곳으로 몰려와서 골프를 치고 휴가를 보낸다. 우리가 그곳에서 눈요기를 실컷 할 때, 마침 중국 주재 영국대사와 그의 수행원이 그곳을 둘러보는 모습을 보았다. 검은 머리를 노랑머리로 물들인 미스 남산이 그들을 인솔하고 있는데 유치원 보모가 귀염둥이 꼬마 한 무리를 데리고 있는 것 같았다. 남산의 친구들이 마침 아시아에서 가장 크다고 하는 구리 좌불상 한 기를 세우고 있었고, 불상 뒤쪽의 산꼭대기에 옛것을 본뜬 건축물을 벌써 많이 지어놓았다. 그 가운데에 물론 절이 빠질 수 없었다. 다음 세기가 되었을 때 이곳은 틀림없이 향불로 흥성한 땅이 될 것이다. 옛것을 흉내 내어 지은 건축물도 점차 진정한 옛 유물이 될 것이다.

20년이 흘렀지만 내가 벽 위에 새긴 수학 공식을 의외로 아직도 뚜렷하게 알아볼 수 있었다. 20년 전에 꿈에서조차 생각지 못한 많은 것들이 오늘날에 현실이 되었다. 20년 전에 나는 젊은이였지만 지금 나는 두 귀밑머리 희끗희끗한 중년이 되었다. 더 20년이 지나서 내가 건재하다면 머리에 머리카락마저 없는 노인이 될 줄을 안다. 하지만 사회는 어떤 모습으로 변할까. 20년 전에 꿈에서조차 생각지 못한 오늘날의 현실처럼 지금은 꿈에서조차 생각지 못하겠지. 굳이 나에게 20년 뒤를 상상해보라거나 21세기가 어떤 모습일지 '전망'해보라고 하면, 그러면 나는 구소련 작가 빅토르 아스타프예프의 『물고기 왕』의 마지막 부분을 인용해 이 글의 결말로 삼고자 한다. 그렇지만 이 가운데서 '이때는'을 '그때는'으로 바꾸어 읽어보시라.

이때는 탄생의 시대이자 사망의 시대이다

이때는 파종의 시대이자 파종한 것을 파내는 시대이다

이때는 살상의 시대이자 치료의 시대이다

이때는 파괴의 시대이자 건설의 시대이다

이때는 눈물의 시대이자 웃음의 시대이다

이때는 신음의 시대이자 분발의 시대이다

이때는 마구 내던지는 시대이자 정성껏 수집하는 시대이다

이때는 포옹의 시대이자 포옹을 회피하는 시대이다

이때는 획득의 시대이자 상실의 시대이다

이때는 간직하는 시대이자 헤픈 시대이다

이때는 찢어발기는 시대이자 꿰매어 붙이는 시대이다

이때는 침묵의 시대이자 외침의 시대이다

이때는 사랑의 시대이자 미움의 시대이다

이때는 전쟁의 시대이자 평화의 시대이다.

'국가 애도일'에 일어난 조그만 일 두 가지

국가 애도일에 중국 대지는 깊은 슬픔 속에 깊이 잠겼다. 후베이湖北의 어떤 매체에서 나에게 감상을 발표하라고 해서 내가 말하였다.

"제가 오성홍기가 깃대 위에서 천천히 아래로 내려오는 것을 보거나 기적과 경보가 사방에서 울리는 소리를 듣거나 혹 텔레비전에서 수많은 사람이 많은 장소에 모여 고개를 숙이고 재난 희생자를 위하여 묵념하는 모습을 볼 때, 제 마음이 부들부들 떨렸고 제 눈에 눈물이 가득 고였습니다. 하지만 저는 동시에 마음속에서 우러나오는 위안도 느꼈습니다. 이는 중국의 역사상 최초로 일반 재난 희생자를 위하여 가장 장엄하고 가장 성대한 방식으로 가장 슬픔을 표시하는 애도이기 때문입니다. 이는 커다란 발전이고 집권당의 발전이자 우리의 발전입니다. 재난은 이미 지나갔고 죽은 사람도 다시 살아날 수 없습니다. 하지만 슬픔의 대가로 한 나라의 민주와 인본 의식의 각성을 불러왔고, 세계의 존중과 공감을 가져왔습니다."

국가 애도일을 세운 의의와 이 기간의 사람들의 심정에 관하여 각종 매체에서 길고 지루하게 말하였으니 중복할 필요가 없겠다. 내가 이 짧은 글에서 말하고 싶은 것은 이 기간에 일어난 자그마한 일 두 가지이다.

5월 21일, 베이징 핑안리平安里 근처에서 어떤 영감님이 취하여서 길거리에 누워있었다. 어떤 중년 여사님이 "국가 애도일에 많은 사람이 슬픔에 잠긴 때에 당신은 그래 술에 취해 있소." 하고 성난 목소리로 꾸짖었다. 취한 사람이 태도를 고치지 않았고, 여전히 누워 있었다. 여사님이 핸드폰으로 경찰에 신고하였다. 순식간에 경찰차가 와서 술에 취한 사람을 강제로 연행해갔다.

같은 날 5월 21일, 오후 3시, 어떤 대학의 2학년 학생 몇몇이 피아노실에서 피아노를 쳤다. 역사를 기억하고 오늘의 행복을 소중히 하자는 '붉은 5월'에 공연할 레퍼토리 연습이었다. 그 학교 학생처의 한 젊은 여사님이 난데없이 들이닥쳐서 노발대발하며, 학생들이 국가 애도일에 거리낌 없이 오락하는 행위에 대하여 호되게 야단쳤다. 학생들이 자신들의 활동은 '오락'이 아니라고 설명하자 여사님은 더욱 분노하여 한층 더 신랄한 말로 나무랐다. 학과 지도교사가 소식을 듣고 급히 달려가 자아비판을 하고 학생들에게도 반성하고 그 여사님에게 사과하게도 하였다. 하지만 여사님은 용서하지 않고 원칙적인 입장에서 굳이 학생들에게 이름을 쓰게 하고 상부에 보고하려 하였다. 지도교사가 학생들을 돌려보내고 여사님에게 학과에서 이 연습 활동에 참여한 학생에 대하여 엄숙하게 비판하겠노라고 하였다. 여사님이 지도교사의 사무실까지 따라가서 학생의 명단을 댈 것을 엄하게 명령하였지만, 지도교사가 끝까지 밝히지 않았다.

경찰서에 끌려간 술에 취한 사람과 지도교사와 그녀의 학생들이 어떠한 처분을 받을 것인지에 대해 우리가 관여할 건 없다. 그러나 이 두 가지 일이 나의 마음을 착잡하게 하였다. 국가 애도일에 술에 취하는 것은 물론 타당하지 않다. 하지만 필요 없을 듯한데도 경찰차를 불러 경찰서까지 연행해갔다면? 학생들이 국가 애도일에 공연 연습을 하는 것에도 물론 타당하지 못한 점이 있지만, 쓸데없이 죄명을 만들어내고 원칙적인 입장을 고집하고, 학생이 잘못을 인정하고 사과한 뒤에도 여전히 붙잡고 늘어져서 놓아주지 않았다. 대학 안에서 처리하면 안 되었나? 남자는 어쩌면 마음속의 슬픔으로 인해서 지나치게 마시고 취하지 않았을지? 학생들은 젊고 무지하여서 공연 연습도 '오락 활동'인 줄 의식하지 못하였을 수도 있다. 하지만 옳음이나 그름에도 적극적인 면이 있지 않을까? 나는 그 학생들도 재난지역을 위하여 성금을 내고 희생자를 위하여 눈물을 흘릴 것이라고 믿는다. 학생들의 행위는 기껏해야 생각이 짧았던 것이고 에두르는 말로 제지하였어도 되었다. 몇 마디 비난도 정상이다. 하필 이처럼 거친 태도를 보여야만 할까? 나는 두 여사님이 모두 역대 정치운동 속에서 그런 도덕의 고지를 앞다투어 점령한 후 남을 사지로 몰아넣으려는 무서운 '열성분자'는 아닐 것이라고 믿는다. 나는 그녀들의 본뜻도 선량한 것이라고 믿는다. 하지만 이유를 알고 난 뒤에 조금만 남을 더 용서할 수 없나? 다른 사람을 그렇게 나쁘다고 생각하지 않을 수 없나? 입장을 서로 바꾸어 생각할 수는 없나? 만약 그 술 취한 사람이 당신의 아버지이고 만약 그 몇몇 학생이 당신의 딸이라면 당신은 그래도 그렇게 할까?

예전의 설날

몇십 년 전 우리 시골에서는 양력설을 설로 치지 않았다. 당시에 우리의 마음속에서 음력으로 쇠는 설이어야만 설이었다. 이는 물질생활의 빈곤과 관계가 있다. 명절이 하루 더 있으면 호사의 기회가 한 번 더 있기 때문이다. 물론 더욱 중요한 것은 역시 관념의 문제다.

설날은 농업생산과 관계가 밀접한 명절이고, 설날이 지나가는 것은 한겨울이 곧 끝나고 봄이 다가올 것을 의미한다. 봄의 도래는 새로운 농업생산이 시작되는 것이기도 하다. 농업생산은 기본적으로 어른의 일이고, 어린아이의 시각에서 말하면 설날은 잘 먹고 새 옷을 입고 신나게 며칠 동안 놀 수 있는 명절이다. 물론 많은 볼거리와 신비함도 있다.

내가 어렸을 때는 특히 설날을 간절히 기다렸다. 종종 음력 섣달이 되자마자 손가락을 꼽으며 날짜를 세었는데, 마치 설날이 아득히 먼 도착하기 어려운 목적지 같았다. 우리의 이러한 애타는 심정에 대하여 어른들은 언제나 무거운 한숨을 내쉬었다. 어른들은 설날을 좋아하지 않을 뿐만 아니라 설날을 무서워하는 것도 같았다. 당시에 나는 어른들의 태도에 실망하였고 또 어리둥절하기도 했는데, 지금 나는 완전히 이해할 수 있게 되었다. 내 생각에, 나의 손윗사람들이 설 쇠는 것에 대하여 걱정이 많았던 까닭은 첫째는 설 쇠는 것이 한 뭉텅이 지출을 의미하는 것이고 빠듯한 살림에서 종종 그 몫으로 지출할 돈이 없었기 때문이며, 둘째는 재빨리 흘러가는 시간이 그들에게 가한 커다란 스트레스에 있었다. 어린아이는 신나서 "설 쇠면 나는 또 한 살 더 먹어" 하고 말하지만, 노인들은 "휴, 한 살 더 늙었네" 하고 한숨을 내쉬게 된다. 설날은 어린아이가 마침 자기 생명 과정의 빛나는 시기를 향해 걸음을 내딛는 것을 의미한다면, 어른에게는 몰락해가는 말년을 향하여 내리막길을 가는 의미다.

음력 섣달 초파일은 설로 가는 길에 있는 첫 번째 역이다. 이날 아침에 죽을 한 솥단지 끓이는데 여덟 가지 곡물로 끓여야 한다. 사실은 일곱 가지만 필요하다. 빠져서는 안 되는 대추도 곡물로 친 셈이기 때문이다. 1949년 전에는 음력 섣달 초파일 새벽이면 절이나 동정심이 많은 부잣집마다 모두 길거리에서 커다란 솥단지를 걸어 놓고 죽을 끓여서 비렁뱅이나 가난한 사람들을 불러 모두 공짜로 먹게 하였다고 한다. 나는 예전에 이런 죽 보시의 성대한 의식을 매우 동경하였고, 그런 비할 바 없이 커다란 솥단지를 길거리에 걸어 놓고 마대에 가득 채운 곡물을 쏟아붓고 걸쭉한 죽이 솥단지에서 보글보글 끓고 수많은 거품이 솟구치고 찐하고 구수한 냄새가 새벽의 맑고 차가운 공기 속에서 널리 퍼지는 광경을 상상하였다. 손에 사발을 든 아이들이 줄을 선 채로 목이 빠지게 기다리고 그들의 얼굴은 새빨갛게 얼고 코끝에는 맑은 콧물이 대롱대롱 매달렸다. 추위를 이기기 위하여 그들은 쉬지 않고 발을 동동 구르며 소리쳤다. 나는 내가 죽을 받기 위하여 기다리는 줄에 섞여서 배가 고프고 춥다고 해도 마음속은 즐거움으로 가득 찼다고 자주 상상하곤 하였다. 뒷날 나는 작품 속에서 여러 차례 내 상상 속의 죽 보시 장면을 묘사해 썼지만, 써낸 것은 상상 속의 빛남에 훨씬 못 미쳤다.

음력 섣달 초파일이 지난 뒤에 보름을 더 기다리면 부뚜막신에게 제사를 지내는 츠짜오날祭竈日이 된다. 우리 그곳에서도 츠짜오날을 '작은 설'이라 부르고 비교적 정성껏 쇤다. 아침밥과 점심밥은 여전히 평소에 먹는 밥이지만, 저녁밥 한 끼는 만두이다. 이 만두 한 끼를 먹기 위하여 나는 아침밥과 점심밥을 아주 조금 먹었다. 그때 나는 실로 남들이 깜짝 놀랄 정도로 먹는 양이 아주 많았다. 만두 몇 개를 먹을 수 있는지는 사람들을 놀라게 할까 봐 말하지 않겠다. 부뚜막신에게 제사를 지내는 데는 일정한 의식을 갖추어야 한다. 요컨대 만두를 솥단지에서 꺼낼 때 먼저 그릇 두 개에 만두를 가득 담아 부뚜막 위에 놓아 바치고 그런 다음에 제사용 누런 종이 반묶음을 태우고, 그 종이 위에 인쇄한 부뚜막신인 짜오마竈馬도 함께 태워 버린다. 짜오마를 다 태운 다음에 만두 국물을 종이 잿더미 위에 좀 뿌린 다음에 이마를 땅에 조아려 절을 한 번 한다. 그러면 부뚜막신 제사 의식이 끝난다. 이는 가장 간단한 것이다. 비교적 넉넉한 집에서는 관둥關東 지역에서 나는 찹쌀로 만든 엿을 사다가 부뚜막 앞에 놓아 바친다. 그 뜻은 대체로 곧 하늘에 올라가 보고업무를 해야 할 부뚜막신이 단맛을 좀 봐야 하느님 앞에서 좋은 말을 많이 해줄 것이라는 데 있다. 어떤 사람은 관둥 찹쌀엿으로 부뚜막신의 입을 막는 것이라고도 말하였다. 이러한 표현법은 사리에 맞지 않는다. 당신이 그의 입을 막아버리면 나쁜 말이야 물론 할 수 없지만 좋은 말도 할 수 없게 되는 거 아닌가!

　부뚜막신 제사를 마치면 짜오마에서 떼어낸 짜오마 머리를 부뚜막 위에 붙인다. 이른바 짜오마 머리는 사실 바로 음력 달력이고 일반적으로 모두 질이 좋지 않은 목판인쇄로 가장 싼 흰 종이 위에 인쇄한 것이다. 가장 위쪽에 작은 네모 얼굴에 수염 세 가닥이 난 사람이 인쇄되어 있고, 그의 양쪽에는 둥근 얼굴을 한 여인 두 사람이 있었다. 척 보면 그의 두 부인인 줄 알 수 있다. 당시에 나는 부뚜막신의 신령함에 모순되는 점이 많다는 것을 느꼈다. 그 하나가 바로 그가 일 년 내내 부뚜막 위에 엎어져 있어서 연기로 그을리고 불로 태워졌을 터이니 틀림없이 새까만 얼굴의 사내여야 한다는 데 있다. 시골 사람들은 어떤 사람이 새까만 얼굴이면 부뚜막신 같다고 말하였다. 하지만 짜오마 머리 위에 있는 부뚜막신의 얼굴은 새하얗다. 짜오마 머리 위에는 모두 새해에 물을 다스릴 용이 몇 마리라는 글씨가 인쇄되어 있다. 용 한 마리가 물을 다스리는 해는 주로 물난리가 나고, 용 여러 마리가 물을 다스리는 해는 주로 가뭄이 든다. '사람이 많으면 일이 어지럽고 용이 많으면 날이 가물다' 하는 속담이 바로 여기에서 나온 것이다. 그 원인은 '중이 셋이면 마실 물이 없다'와 같은 데 있다.

츠짜오날을 쇠면 설날이 바로 코앞에 닥친다. 하지만 아이의 느낌 속에서 이 시간은 역시 아주 길다. 긴 기다림 끝에 마침내 섣달 그믐날이 된다. 이날 오후에 여자들은 여자아이를 데리고 집에서 만두를 빚고 남자들은 사내아이를 데리고 조상께 성묘하러 간다. 성묘라는 것이 실은 조상을 집으로 오셔서 설을 쇠시라고 초대하는 의식이다. 성묘에서 돌아오면 집 안채의 벽에 조상의 신위 족자를 걸어놓는다. 족자 위에 위풍당당한 옛사람이 그려져 있다. 또 우리처럼 '쓰라린 과거를 회상하는 연극'에서 본 적이 있는 그런 부잣집의 수박 껍질 모양의 모자를 쓴 꼬마 몇 명이 마침 그곳에서 폭죽을 터뜨린다. 족자 위에 또 먹줄로 네모 칸을 쳐놓았고, 안쪽에 조상의 이름을 써넣었다. 족자 앞에 향로와 초를 늘어놓고 제물 몇 가지도 있는데, 모두 사탕 몇 알과 과자 몇 개이다. 격식을 따지는 사람은 몇 그릇 더 마련한다. 그릇 바닥에는 배추를 놓고 배추 위에 기름으로 누르스름하게 부친 두부 같은 것을 벌려놓는다. 빠질 수 없는 것으로 도끼斧頭 한 자루를 바쳐야 한다. 그것은 '복福'자와 발음이 같기 때문이다. 이때 도끼를 빌리러 오는 사람이 있으면 큰 미움을 받을 것이다. 마당 안에 이미 마른 풀을 가득 흩뿌려놓고 대문 입구에 막대기 한 개를 놓아둔다. '문 막이 막대기'인데, 조상의 노새와 말이 달아나지 않도록 막는 것이라고 한다.

당시에는 텔레비전이 없었을 뿐 아니라 전기조차도 없었다. 저녁밥을 먹은 뒤에는 먼저 잠을 잤다. 삼형제별이 나올 때까지 자면 어머니가 살그머니 일어나라고 깨운다. 일어나서 새 옷을 입으면 유달리 신비롭고 별나게 추워서 이를 덜덜 떤다. 신위 족자 앞에 놓인 초는 벌써 켜져 있어 불꽃이 쉬지 않고 흔들거리며 족자 위의 옛사람 얼굴이 번쩍번쩍 빛나게 비춘다. 마치 살아 있는 것 같다. 마당 안쪽은 손을 내밀어도 다섯 손가락이 보이지 않을 정도로 깜깜하여서 많은 우람한 말들이 어둠 속에서 볏짚을 씹고 있는 것 같다. 이처럼 깜깜한 밤도 더는 볼 수 없게 되었다. 이제부터 진정한 설쇠기가 시작된다. 이때 절대 말을 크게 하면 안 된다. 평소에 성질이 좋지 못한 가장이라고 해도 이때는 부드러운 목소리로 가만가만 말한다. 아이들로 말하면 전날 저녁에 어머니가 진작 신신당부해놓았다. 설을 쇨 때 말을 하지 않는 것이 가장 좋고, 말을 하지 않을 수 없을 때도 말을 가려가면서 하고 절대 흉한 말을 하여서는 안 된다. 설을 쇠는 시각은 한 집안의 새해 운세와 관련되기 때문이다. 음력 섣달그믐날 저녁에 온 식구가 함께 둘러앉아 먹을 밥을 지을 때도 풀무질을 하면 안 된다. 드륵드륵 하는 풀무 소리가 신비감을 깰 수 있다. 그래서 가장 좋은 풀을 땔감으로 써야 하고 면화 가지나 콩대로 불을 때야 한다. 어머니가 섣달 그믐밤에 꽃나무 땔감을 쓰면 칼 재주꾼을 내고 콩대로 불을 때면 수재를 낸다고 말하였다. 수재야 지식인이고 학문이 있는 사람이지만, 칼 재주꾼이 뭐지? 어머니도 딱히 뭐라 설명할 수 없었다. 아마도 아주 훌륭한 직업일 것이다. 예를 들면 무장 뭐 그런 것이겠지. 아무튼지 백정이나 망나니는 아닐 것이다. 풀이 좋으면 아궁이 안에서 불꽃이 이글거리고 마당 반쪽까지도 훤히 밝힌다. 솥단지 안의 김이 문 안쪽에서 펑펑 뿜어져 나온다. 솥단지에 만두를 안쳤다. 새하얗고 통통한 만두가 솥단지에 안쳐졌다. 이때마다 나는 별로 적절하지 않은 '남쪽에서 거위 떼가 와서 강물에 풍덩풍덩 빠졌다' 따위의 수수께끼를 떠올렸다. 만두가 익으면 아버지가 쟁반을 받쳐들고 쟁반 위에 만두 두 그릇을 가득 담아서 대문 바깥으로 나갔다. 사내아이는 벌써 잘 묶어놓은 폭죽 막대기를 들고 뒤따라갔다. 아버지가 대문 밖의 빈터에 쟁반을 내려놓고 종이에 불을 붙여 태운 다음에 무릎을 꿇고 사방팔방에 대고 머리를 땅에 조아려 절을 하였다. 사내아이는 폭죽에 불을 붙여서 높이 들었다. 귀먹을 정도로 큰 폭죽 소리 속에서 아버지가 그의 천지 신령께 지내는 제사 업무를 완성하였다. 집 안으로 돌아오면 어머니와 할머니들이 즐겁게 이야기하고 웃는 소리가 들린다. 신비한 의식이 이미 끝났고, 뒤이어서 산 사람들의 축하 의식이 펼쳐진다. 만두를 먹기 전에 손아랫사람들이 손윗사람들에게 이마를 땅에 조아려 절을 하게 되는데, 손윗사람들은 일찍부터 아랫목에 앉아서 기다리고 있다. 우리는 신위 족자 앞에서 이마를 땅에 조아려 절을 하면서 절을 하는 사람이 누구누구라고 큰 소리로 알린다. 할아버지께 절합니다, 할머니께 절합니다, 아버지께 절합니다, 어머니께 절합니다. 손윗사람들이 아랫목에서 우렁차게 말하였다.

"절할 필요 없다. 앉아서 만두 먹자!"

손아랫사람들이 이마를 땅에 조아려 절을 하면, 손윗사람들이 풍습에 따라서 세뱃돈을 주어야 하는데, 1마오나 2마오를 준다. 이것만으로도 이미 우리를 깡충깡충 뛸 정도로 신나게 하였다. 섣달 그믐밤에 먹는 만두에는 돈을 넣고 빚었다. 우리 집에서는 원래 내내 청 왕조 시기의 구리 돈을 넣고 빚었지만, 구리 돈이 들어있는 만두는 짙은 구리 녹 냄새가 났고 삼킬 수 없어서 귀한 만두 한 개를 낭비하는 셈이었다. 그래서 나중에는 동전으로 바꾸었다. 지금 생각하면 동전도 어지간히 더러운 것이었지만 당시에 우리는 이런 사치스러운 문제는 전혀 생각지 못하였다. 우리는 만두에서 동전 한 닢이 나올 수 있기를 기대하였을 뿐이다. 이건 자신이 갖게 되는 재산이잖아! 동전을 품은 만두를 먹는 행운에 대해서 아이들은 결코 염두에 두지 않았다. 어떤 효성 지극한 며느리들은 만두를 빚을 때 만두피 위에 표시해두고 밤에 만두를 담을 때, 시아버지와 시어머니의 그릇 안에 돈을 품은 것을 담았고, 이를 빌려 어른들의 귀여움을 받았다. 어느 해인가 내가 동전을 품은 만두를 먹기 위하여 한 번에 세 그릇을 먹었지만, 돈을 찾지 못하였고 결과적으로 위에 탈이 나서 하마터면 어린 목숨을 잃을 뻔하였다.

설을 쇨 때 또 한 가지 재미있는 일을 말하지 않으면 안 된다. 그것은 바로 '재물신 꾸미기'와 '재물신 맞이'이다. 온 식구가 식탁에 둘러앉아 만두를 먹을 때, 대문 밖에서 종종 우렁찬 노랫소리가 들려왔다.

"재물신이 왔어요, 재물신이 왔어요, 새해를 맞이해요, 폭죽을 터 뜨립니다. 얼른 대답하세요, 얼른 대답하세요, 당신 집이 해마다 기와집을 짓네요. 얼른 가져가세요, 얼른 가져가세요, 금덩이, 은덩이가 집으로 기어가네요⋯⋯."

문밖에서 재물신의 노랫소리가 들리면 어머니가 만두 반 그릇을 담아서 사내아이에게 갖고 나가게 한다. 재물신을 꾸미는 사람은 모두 비렁뱅이이다. 그들은 오지동이를 들고 있고, 어떤 사람은 대나무 바구니를 들고 있는데, 된바람 속에 서서 사람들의 보시를 기다린다. 이때는 비렁뱅이들의 황금시간이다. 아무리 구두쇠인 사람이라도 이때만큼은 만두 반 그릇을 아껴서 안 내놓지 않는다. 당시에 나는 재물신 역을 너무나 해보고 싶었지만, 가장이 허락하지 않았다. 나의 어머니가 재물신 역을 맡은 어떤 비렁뱅이의 이야기를 해주었다.

"어떤 비렁뱅이가 섣달 그믐밤에 오지동이 한 개를 들고 집마다 돌며 구걸하였는데 만두를 얻는 대로 오지동이 안에 넣었지. 이미 많이 얻었다는 느낌이 들어, 집으로 돌아가 여러 집안의 만두를 덥혀서 자신도 훌륭한 설을 쇠고 싶었거든. 집에 돌아가 보니 조그마한 오지동이 바닥은 언제 얼어서 깨졌는지 모르지만 겨우 만두 한 개가 오지동이 가장자리에 얼어붙어 있었던 거야. 비렁뱅이는 저도 모르게 긴 한숨을 내쉬며 자기 팔자가 참으로 기구해 만두 한 오지동이조차도 제대로 건사할 수 없느냐고 한탄하였대."

지금은 원하기만 하면 만두를 날마다 먹을 수 있고, 그래서 먹을 거리의 매력도 없어졌고 설을 쇠는 재미도 대부분 사라졌다. 중년이 되자 세월을 붙잡아둘 수 없음을 더욱 느끼게 되었다. 설을 한 번씩 쇨 때마다 마치 경종이 한 번씩 울리는 것 같다. 맛 좋은 음식의 유혹도 없고 신비한 기분도 없으며 순진하고 깨끗한 동심도 없어지자 설을 쇠는 즐거움도 없어졌지만, 어린아이를 위하여 설날은 계속 쇠어야 한다. 우리가 그리워하는 설날에 대하여 요즘 아이들은 흥미를 갖지 않는다. 그들에게는 그들 나름의 즐거운 설날이 있다.

　세월이 참으로 무섭다는 느낌이 든다. 날짜가 흐르는 물처럼 날마다 흘러가고 있다.

말발굽

문예이론: 나는 갖가지 문체가 모두 쇠로 만든 새장 같다고 여겼다. '작가' 혹은 '시인'이라 칭해지는 멍청이 새들을 떼거리 떼거리로 가두고 있는 새장이다. 모두 다 새장 안에서 날아다니면서 누가 화려하게 나는지를 겨룬다. 이따금 주의하지 않아 새장에 부딪히는 녀석이 있으면 웃음을 사고 욕설도 먹게 된다. 어느 날, 머리 아홉 달린 새 한 마리가 새장에 힘껏 부딪혀서 새장 안의 공간을 넓혀놓았더니 모두 훨씬 넓어진 공간에서 날아다녔다. 또 어느 날, 머리 아홉 달린 새 한 떼거리가 새장에 부딪혀서 새장을 뚫어버렸다. 하지만 녀석들은 여전히 파란 하늘로 날아갈 수 없었고, 더 큰 새장 속으로 날아 들어갔을 뿐이다. 사언시, 오언시, 칠언시, 자유시, 당나라 전기, 송나라 화본, 원나라 잡극, 명나라 소설 등 말이다. 새로운 문체의 형성은 하루아침의 성과가 아니나 일단 형성되면 늘긴 시기 동안 변동이 없어야 하니 그것대로의 규범을 갖기 마련이다. 그것이야말로 새장이다. 머리 아홉 달린 새들이 끊임없이 그것

에 부딪혀서 그것을 넓혀놓았지만, 새장을 미처 뚫지 못하였을 때는 언제나 새장 안에서 날아다녀야 하였다. 이 속에도 어쩌면 마르크스의 변증법이 있었던 게지.

우리같이 머리 한 개인 새들은 머리 아홉 개인 거장들이 부딪혀서 넓힌, 기형적으로 왜곡된 에세이란 새장 속에서 여윈 날개를 몇 번 푸드덕거리는 것으로 족하다.

새로 문을 연 관광명승지 장자제 쒀시위索溪峪 산자락에 있는 '허풍 치지 않는다不吹牛皮'라는 음식점을 나온 때가 바로 정오였다. 산속에 하얀 안개 연기가 피어올랐고, 돌길 위쪽에 노란빛이 눈부셨지만 해는 어디에 있는지 알 수 없었다. 그저 드러낸 살갗이 바늘에 찔리는 것 같고, 땀이 끈적끈적한데 흘러내리지는 않아서 온몸에 거의 걸쭉한 고무풀 한 겹을 처바른 것 같았다. 예전에 형을 만났을 때, 그가 늘 후난이 너무 덥다고 큰소리치기에, 내가 입으로 '네네' 하고 말하였다고 해도 속으로는 사실 그렇다고는 생각하지 않았다. 일기예보에서 창사의 온도가 베이징보다도 그리 높지 않았고, 내가 베이징에서 여러 해 있으면서 베이징의 여름이 못 견딜 정도라고 결코 느끼지 못하였기 때문이다. 이제야 절로 알게 되었다. 처음으로 창사에 도착한 날, 낮에 즉각 알게 되었다. 내가 창사 거리의 노점상을 보았는데 하나하나 맥이 풀려서 얼굴은 술에 담근 게 같았고, 길을 가는 사람도 고개를 숙이고 질주하느라 주위를 돌아볼 여력이 없었다. 창사에서 창더로 가는 장거리 버스를 탔고, 차가 샹장대교를 지날 때 본 강물은 혼탁한 것이 마치 솥단지에서 끓고 있는 녹두죽 같았다. 하얀 선박과 검은 배 몇십 척이 물 위에 죽은 채로 둥둥 떠 있었다. 수면 위에서 걸쭉한 누르스름한 색깔의 빛이 솟아올라, 당시에 마오 주석의 시사 가운데 이름난 「심원춘·창사沁園春·長沙」를 읽었을 때와 같이 맑고 깨끗해 헤엄치는 물고기를 보고, 사삭사삭 나무 흔들리는 소리를 듣고, 가뿐히 세상에 나와 천하가 작다고 거만 떠는 느낌이라곤 전혀 없었다. 어쩌면 계절이 다른 이유였겠지. 그쪽의 유명한 쥐쯔저우橘子洲는 더위를 견딜 수 없어서 비단옷을 벗어 던지고 강가에 누워 있는 여인 같았다. 하지만 시원한 가을이 올 때, 그곳은 타는 듯 붉은 비단 수로 자신을 치장할 수 있기를 바랄 테지. 나는 어느 가을에 후난에 갈 기회를 찾아봐야 할 것이다.

'허풍 치지 않는다' 하는 음식점의 여주인이 한 그릇에 두 냥인 국수 속에 고추 한 냥은 족히 넣어주는 바람에 사나운 불덩이를 삼키는 듯이 쉬지 않고 훌쩍거렸다. 음식점을 나와서도 여전히 오장이 화로 같고 흘러나오는 땀이 거의 모두 새빨간 색이고 털구멍마다 모두 열이 나는 것 같았다. 새로 닦은 땅에 길이 울퉁불퉁하여서 우리는 십 리 밖으로 가서 차를 타려고 하였다. 다행히 십 리 길에서 산골짜기를 가로질렀다. 산골짜기 안은 풍광이 수려해 천당의 풍경 같았다. "걷자." 하는 외침과 함께 모두 발걸음을 내디뎠다. 산골짜기를 몇백 걸음 걸어 들어간 뒤에 고개를 돌려 그 '허풍 치지 않는다'는 음식점을 바라보니 낭하의 처마 아래 타는 듯 붉은 커다란 현수막이 소가죽처럼 걸려 있었다. 음식점 내벽 위에 걸린 '빼어난 솜씨로 젊음을 되찾다', '화타華佗가 다시 세상에 나다' 따위가 적힌 페넌트들이 떠올라 속으로 무서워졌다.

후난의 강 세 줄기를 넘어 후난의 도시 세 군데를 지나고 후난의 산 다섯 곳을 오른 뒤에 누런 먼지를 뒤집어쓴 장거리 버스를 탔다. 도로 양쪽에 산봉우리가 굽이치고 나무가 울창한 것을 보니 대자연이 마치 깊은 잠에 빠져있는 사나운 짐승 같았다. 나는 후난, 특히 샹시의 대자연이 독특함을 지녔다고 생각하였다. 사람의 피로 물든, 매우 오래된 질그릇처럼 소박하고 묵직하며 거칠고 빛나는 것이 바로 그 독특함이었다. 여러 해 전을 떠올리니, 당시에 많은 후난 쌴샹三湘의 걸출한 젊은이가 이곳에서 걸어 나와 세계적인 커다란 무대로 들어가, 위풍당당하게 비바람을 부르고 하늘과 땅을 뒤흔들었다. 두 발을 한 번 터니 지구까지도 부들부들 떨고 힘이 소힘이라 정말 사람을 황홀하게 하였다.

십리화랑十里畫廊으로 걸어 들어갔다. 산들산들 바람이 좀 불었고, 땀에 젖은 털이 시원한 바람을 만나 가닥가닥 곤추섰다. 이 화랑의 안쪽에 실개천이 있지만, 멀어서 거기까지 갈 수 없다고 하였다. 길의 오른쪽에 개천이 있고, 개천 속에 군데군데 크고 작은 자갈 더미가 있었다. 자갈 위에 하얀색의 소금 결정이 피어 있었는데, 간수 속에 푹 담갔던 커다란 달걀과 아주 비슷하였다. 나는 이 개천이 어쩌면 강일 것이라고 여겼다. 왼쪽의 절벽 위에서 눈물방울같이 똑똑 떨어지는 가느다란 물줄기들이 보였다. 동행자 가운데 어떤 사람이 혀를 내밀어 물을 받아 마시기에 나 역시 따라서 마셔보았다.

물이 약간 짜서 큰 산의 슬픔이 배어 있었다. 발조차도 디딜 수 없을 정도로 비좁은 산길에서 내려와 평탄한 길로 접어들었다. 두 발이 과분한 총애를 받으니 한편으로 불안한 듯 무의식적으로 높이 들어 내려놓았다. 다른 사람의 걷는 모습에서 자기 자신을 보고 저절로 너도나도 웃음을 터뜨렸다. 피로에 무더위가 겹쳐서 힘들게 웃었다. 그렇지만 산골짜기 안의 경치는 확실히 아름다워서 하나하나 이루 다 헤아릴 수 없었다. 산봉우리마다 우뚝우뚝 솟았고 기기묘묘하여서 말로 다 묘사하기 어려웠다. 동행자 가운데 비유를 잘하는 사람이 있었는데, 동쪽을 가리키고 서쪽을 가리키며 이쪽 산을 푸른 개라 부르고 저쪽 산을 미인이라 명명하였다. 내가 그것을 눈여겨보니 모두 그럴 듯은 하지만 아니라고 생각하였다. 사실 산은 그냥 산이다. 명명이란 대부분 기호의 의미만 가질 뿐이니 억지로 '이름에 비추어 실제를 따르려' 하고 게다가 몇몇 대동소이한 이야기를 그럴싸하게 만들어내려 하는데, 어느 정도는 대자연에 대한 모독과 같다.

걸어갈수록 숲이 우거지면서 깊어졌다. 나무가 양쪽의 절벽 위에서 아래로 늘어져 아래쪽을 울창하게 덮었다. 나는 소나무만 알 뿐이고 나머지 나무는 모두 이름을 알지 못해 실제로 보고들은 바가 적었다. 많은 나무들 가운데 우뚝 서 있는 소나무가 불쌍하게 나를 바라보는 듯했고, 이름을 알 수 없는 나무들이 마치 눈을 감고 수양을 하며 나에게 멸시를 보내는 듯했다. 나는 이 멸시에 눌려 허리와 등을 굽혀 숨을 헐떡거렸다. 나무 위에서는 수시로 매미 울음소리가 들렸다. 매미 울음소리는 북쪽 지역의 연못에 있는 두꺼비가 부르짖는 소리같이 매끄럽고 축축하고 탄력적이었다. 매미가 우는 소리로 치면, 그런저런 매미 울음소리 속에도 침울하고 거만한 성격이 담겨 있다. 침울하고 거만한 후난의 산, 물, 나무 등이 길러낸 매미는 별나게² 부르짖었다. 이렇게 울며 부르짖는 두꺼비 같은 매미는 사마귀를 먹어 치우면 먹어 치웠지, 절대 사마귀한테 먹히지는 않을 것이라고 나는 생각하였다. 이곳의 매미가 이처럼 별나다면 이곳의 사마귀가 기꺼이 평범하게 다른 지역의 사마귀와 뒤섞이기를 바라기나 할까? 이곳의 사마귀는 어쩌면 녀석을 먹으려고 함부로 덤비는 꾀꼬리의 머리통을 단칼에 요절내버릴 수 있을지 모른다. 문제는 이곳의 꾀꼬리가 그래 일반적인 꾀꼬리일 수 있냐 말이다. 정말 감히 상상할 수 없다. 만약 사람의 피를 바른, 오래된 질그릇 같은 대자연의 성격이 없다면 눈부시게 아름다운 초楚문화를 가졌을 것이다. 후난 작가 한사오궁韓少功이 「문학의 뿌리」에서 눈부시게 아름다운 초문화의 행방을 찾으려고 시도하였다. 그는 어떤 시인이 초문화가 샹시로 흘러갔다고 하는 말을 들었다. 나는 이러한 생각이 들었다. 샹시가 이처럼 막힌 것이 아니라면, 샹시에 높은 건물이 빽빽이 늘어서고 길이 거미줄같이 쳐졌고 농민이 집마다 승용차를 갖고 피아노가 있고 문화가 대대적으로 보급되고

2　원어는 '거루格路(gélù)'인데 둥베이 지역의 일상생활에 흔히 사용되는 사투리이다. 주로 부정적인 뜻을 가지며 잘 아는 사람 사이에서 농담할 때 사용하고, '유별나다', '남과 다르다', '특별하다' 등의 의미가 있다.

생활이 대대적으로 향상되었으면, 초문화가 이곳에 고여 있을 수 있을까? 나는 이렇게 생각하자 의외로 좀 두려워졌다. 전통문화를 보존하려면 막히고 뒤떨어진 것을 전제로 해야 하니 말이다. 갖가지 오래된 풍습과 전통이 오래도록 전해지면, 특히 그것이 생긴 정치 경제적 조건과 지리적 면모에 변화가 일어난 뒤에 대부분은 원래의 장엄함과 눈부신 빛발을 잃게 되고 빈껍데기로 변해버린다. 바로 5월의 용 모양 배들의 경주 같다. 전자시계를 찬 뱃사공들이 체험한 것은 도대체 무엇일까? 샹시가 어쨌든 이런 식으로 쭉 막히고 뒤떨어지지는 않을 것인데, 어느 날엔가 발전하고 발달한 뒤에 눈부시게 아름다운 초문화는 그만 끊어지는 것이 아닐까? 다행히 나도 초문화는 내용이 깊고도 넓다는 것을 안다. 그것의 일부분은 확실히 샹시의 어떤 '깊은 연못' 속에 고여 있고, 오래된 풍속 습관과 토템 숭배들로 표현된다. 또 다른 일부는 굴원의 작품과 같이 진작부터 한문화의 출렁이는 큰 강 속으로 흘러 들어가 얼마나 많은 세대인지 모르는 중국 사람을 키웠고, 심지어 유전자처럼 되어서 피하고 싶어도 피할 수 없게 되었다!

이때 뒤쪽에서 마구 울리는 말굽 소리를 들었다. 고개를 후다닥 돌려보았을 때, 갖가지로 치장한 말 일고여덟 마리가 사람을 태운 채로 걸어 들어왔다. 많은 사람이 길가로 뛰어갔고, 잠시 더운 것도 잊어버리고 놀랍고 어리둥절하여서 이 기마대를 구경하였다. 어떤 말은 검은색, 어떤 말은 노란색이고, 어떤 대추색 한 마리에는 하얀색이라곤 없었다. 난데없이 '하얀 말은 말이 아니다白馬非馬'라는 말이 떠올랐다. 철학 교과서에서 공손용자公孫龍子는 궤변론자이고, '하얀 말은 말이 아니다'라는 말도 가치 없다고 하였다. 나는 오히려 교과서들의 배후에서 공손용자의 두 눈이 푸른 하늘을 바라보며 오만하게 앉아 있고 하늘에서 커다란 바위가 앞에 떨어지는데 눈도 깜빡이지 않는 걸 보았다. '하얀 말은 말이 아니다'가 그냥 '하얀 말은 말이 아니다'인데, 무슨 논리적 잘못을 저질렀으면 저지른 거고, 아주 별난 명제일 뿐인데, 위대해도 괜찮지 않겠는가? 지난 몇십 년 동안 우리가 단순해진 변증법으로 세계를 해석하는 데 습관이 되어서 얻어낸 결론이 공평하고 타당해 보이지만, 실은 아주 많은 궤변적인 요소를 담고 있다. 문학 방면의 공식화와 단순화는 아마 이것과 관계가 없지 않을 것이다. 나는 작가로서 '하얀 말은 말이 아니다'라는 정신을 지녀야 하고, 대담하게 '논지를 세워야' 좋다고 생각하였다. 우선 공평·타당성 여부는 접어두자. 한사오궁은 초문화가 샹시로 흘러 들어갔는데, 그러면 그것을 잘 흘러가게 한 것이라고 말하였다. 그에게 나름대로 그의 글자 뒤쪽에 숨긴 도리를 갖고 있는데, 다른 사람은 모두 이해하기 어렵고, 자연스레 붓 가는 대로 몇 마디 이러쿵저러쿵하는 것을 사색 훈련으로 삼는 것도 안 된다고 말할 순 없다. 작가의 '논지를 세우는' 집행 형식 논리에 대해 비판하려고 하는 사람은 좀 고지식한 것이다. 사실 생각을 마음껏 마음속에 감출 수 있다. 각자 나름의 권법을 논한 '권경拳經'을 생각한다.

나는 나 자신의 '권경'을 떠올리며 두 눈이 오히려 그 몇몇 사람을 태운 말을 뚫어지게 쳐다보았다. 말이 걸어갈수록 커졌고 모두 입에서 하얀 거품을 토하고 몸뚱이에서 땀이 반짝거렸고 편자가 자갈을 두드리고 치면서 짧고 급한 소리를 냈다. 말은 날렵하게 걸어가는 것 같지만 뼛속에는 오히려 우울하고 편안치 않다. 녀석들은 마비되고 꾀가 없고 이미 몸뚱이의 자유를 잃어버렸는지라, 사람을 태운 말은 말이 아니다. 『장자·말굽편莊子·馬蹄篇』에서 말하였다.

　　말은 발굽이 서리와 눈을 밟을 수 있고 털이 바람과 추위를 막을 수 있으며 풀을 뜯고 물을 마시며 발을 치켜들어 뭍을 밟으니, 이것이 말의 본디 성질이다. 의식을 행하던 높은 지대나 제왕의 정전이 있다 해도 녀석에게는 쓸모가 없다. 백락伯樂에 이르러서 그가 "나는 말을 잘 다룬다." 하고 말하였다. 털을 태우고 고르며 발톱을 깎고 낙인을 찍으며 굴레와 고삐를 채우고 여러 마리를 묶어 마구간에 매어두니, 말 중에 죽는 녀석이 열에 두셋 되었다. 배를 주리게 하고 목마르게 하며 뛰게 하고 달리게 하며 정돈시키고 늘어세우며, 앞에서는 재갈과 끈의 근심이 있고, 뒤에는 채찍과 회초리의 위협이 있어 말 중에 죽는 녀석이 이미 반이 넘었다.

말은 애당초 하늘과 땅 사이에서 자유로이 어슬렁거렸다. 배가 고프면 향긋한 풀을 먹고 목이 마르면 단 샘물을 마시며 바람을 맞고 이슬을 맞으며 자고 저 홀로 즐거움을 얻었다. 얽매인 게 없고 묶인 게 없는 가운데에 있어야 참말駿이 되고, 그래야 말의 본성을 잃지 않고, 그래야 거침없는 기질을 갖게 된다. 쉬베이훙徐悲鴻이 그린 말에 고삐 매고 재갈 물린 녀석은 거의 없는 것도 틀림없이 이 때문일 것이다. 하지만 사람이 말 주둥이에 재갈을 물리고 등에 안장을 올려 누르며 녀석을 화나게 해놓고 거기다가 채찍질까지 하고는 녀석이 좋아하는 땅콩을 먹인다. 위로와 위협을 같이 쓰고 유화책과 강경책을 함께 쓴다. 말이 살찌고 튼튼하긴 하지만, 어찌 애초에는 여위어 피골상접하였을까. 사람은 너무 잔인하고 지나치게 횡포를 부린다. 나는 마음속에 난데없이 말에 탄 기수들에 대한 원한으로 가득 찼다. 하지만 나는 금방 또 자기 자신을 부정하기 시작하였다. 약육강식이란 대자연의 법칙이니 어떤 조건에서는 인류도 예외가 아니다. 늘 이렇게 "온갖 죄악의 구사회에서…… 사람이 아닌 삶을 살았다……." 하는 말을 들었다. 사람이 일단 남에게 지배를 받게 되면 바로 '사람이 아닌' 것이다. 사람을 태운 말은 말이 아니라는 말도 성립해야 하지 않을까? 논리 면에서는 큰 잘못이 없는 것 같다. 말을 사람과 비교하는 것이 어쩌면 잘못된 유비일지 모르지만, 어쩌면 우리는 날마다 이렇게 유추하지 않을까? 공자님이 자로子路가 몸에 숱한 상처를 입고 죽임을 당하였다는 소식을 듣고, 부엌에 있는 젓갈을 쏟아버리라고 분부하였다(문화대혁명 기간에 린뱌오가 공자를 비판할 때는 그가 위선적이라고 말하였다.). 요즘은 문학작품에서 작가들이 위대한 인도주의 정신을 내세울 때도, 작은 동물을 많이 등장시키지 않는가?

278

입으로 말하기는 쉬워도 실행하기는 어려운 법이다. 내가 말을 탄 사람을 미워하는 것은 아마 나에게 탈 말이 없기 때문일지 모른다. 공자님이 젓갈을 쏟아버려서 나는 아까운 생각이 들었다. 불쌍한 어린 백성인 작가들에게 먹을거리가 몇 가지나 있는가? 말과 행동이 정반대로 가는 것이라야 인류의 습성이다.

기마대가 우리 앞으로 걸어온 것은 첫째가 길을 묻기 위해서였고, 둘째는 강물과 가깝기 때문이었다. 영웅들이 줄줄이 안장에서 구르며 말에서 뛰어내렸다. 그들은 모두 빡빡 깎은 머리에 검은 얼굴이고, 가슴을 드러내놓거나 땀자국이 알록달록한 조끼를 입었다. 발에 어떤 사람은 짚신을 신고, 어떤 사람은 목이 긴 검은색 승마용 장화를 신었다. 그들의 옷 뒤쪽에 모두 보름달만 한 크기의 하얀 천 한 폭씩 달려 있었고, 천에 먹물로 쓴 주먹만 한 크기로 날래다 '용勇'자나 병졸 '병兵'자가 있었다. 어떤 두 사람은 등에 활과 화살을 멨고, 어떤 두 사람은 허리에 칼을 찼다. 말은 안장을 얹고 안장 아래로 붉은 술을 단 장총이나 쇠자루가 달린 커다란 칼과 짐 꾸러미들이 매달려 있었다. 말씨가 후난 사람과 아주 달랐는데, 어느 지방에서 온 민초인지 모르겠다.

대추색 말을 끄는 젊은이는 말단 두목 같았는데, 호리호리하고 잘생겼다. 대추색 말은 온 몸뚱이에 술을 달았고, 목덜미 아래 구리 방울 한 꿰미를 달아서 딸랑딸랑 소리를 냈다. 그가 왼손으로 말을 끌고 오른손으로 칼집을 누른 채로 씩씩하게 내 앞으로 다가왔다. 나는 놀라 어찌해야 할지 몰랐다. 하지만 젊은이가 씽긋 웃으면서 온 입 안에 튼튼하고 누런 치아를 드러내며 나에게 물었다.

"동지, 초대소로 가려면 이 길로 가야 합니까?"

나는 후다닥 '맞다' 하고 대답하였다. 어떤 검은 말을 끄는, 얼굴에 흉터가 있는 젊은이가 말하였다.

"다원大文, 담배 더 있어요? 빌리는 데 인이 박여서요."

"뭐가 빌려? 빌리기만 하고 돌려주지 않으면서."

대추색 말의 젊은이가 말은 그렇게 하였지만, 호주머니에서 담배 두 개비를 꺼내서 자기 입에 한 개비 물고 담배를 구걸한 사람에게 한 개비를 건네주었다. 파란색의 담배 연기가 그들의 코와 입에서 내뿜어졌다. 말이 그들 옆에서 초조하게 코로 투레질하였고 힘껏 발굽을 들었다 놓았다 하며 꼬리로 날아가는 눈에놀이를 후려치면서 대가리를 강물 쪽으로 기울였다. 큰 산의 틈새에서 흘러나온 강물은 비취처럼 새파랗고 얼음처럼 차가웠다. 대추색 말의 젊은이가 말하였다.

"형제들, 군마에게 물을 먹이려고 서둘지 말고, 좀 더 가서 땀을 흘린 다음에 녀석들에게 다시 먹입시다."

젊은이가 나에게 담배를 권하였는데, 나는 못 피운다고 말하였다. 그가 내 앞쪽의 학교 배지를 보았고, 그래서 말을 주거니 받거니 하다 보니 제법 의기투합하게 되었다. 모두 함께 산 바깥쪽으로 걸어갔고, 마침 십리화랑 속으로 가게 되었다. 강물이 있어서 풍경에 신비한 기운이 생겼기 때문이다. 모두 다 기마대를 따라 걸어갔다. 이런저런 이야기를 주고받는 가운데 샤오샹영화사가 이곳에서 사극영화 〈천국의 영광과 복수〉를 촬영 중이라는 것을 알게 되었다. 그들은 허난에서 고용되어 오게 된 엑스트라 배우였고, 증국번曾國藩의 샹군을 맡았다. 금방 전에 시하이西海에서 태평천국의 '태평군太平軍'과 한바탕 격전을 벌였으며, 샹군은 사상자가 한 명도 없었는데, 반면에 태평군의 어떤 대장이 말 위에서 영웅적인 자태를 과시하다 그만 말에서 떨어져서 한쪽 팔이 부러졌다고 하였다. 그래서 모두 웃음보를 터뜨렸다. 이야기가 무르익자 젊은이가 말하였다.

"우리는 받는 돈이 보잘것없어서 허난에서 후난까지 오면서 자기 집에서 수레를 끌고 밭을 가는 말을 타고 왔습니다. 말이 설사하고 사람 꼴이 말이 아니게 되었습니다. 돈을 벌기 위해서라면 귀신이 오게요. 신나게 구경하고, 기분전환을 위하여 말 타고 여행한 셈 치는 거죠."

그가 말하였다.

"한 번 군마를 타고 갑옷을 걸치니까 세상에 무서운 게 없고 단번에 영웅의 기백이 가슴속에서 들끓어서 '딱정벌레'를 탄 높은 벼슬아치들을 봐도 무서운 생각도 없어요. 고향에 있을 때는 촌장님이 한마디로 호통치면 장딴지까지도 부들부들 떨었거든요. 지금 생각해보니까 그가 X도 무서워? 사람의 신분이 지금 갑옷을 입은 것과 같습니다. 엉덩이 까고 대중탕에 들어가면 더 큰 벼슬아치라고 해도 콧대 세울 수 없잖아요. 믿으세요, 안 믿으세요? 선생은 믿지 못해도 저는 믿습니다."

그가 말하였다.

"저는 군인이었습니다. 내무수칙은 대중탕에서 사병은 상관에게 경례하지 않아도 된다고 규정하였습니다. 우리의 어떤 반장이 아첨쟁이였거든요. 대중탕 안에서 중대장을 보자마자 차렷하고 경례를 하였어요. 중대장이 화가 나서 우리 반장을 욕탕 속으로 걷어차 버렸습니다."

그가 또 말하였다.

"제가 맡은 역은 샹군의 말단 두목이고 늘 두들겨 맞아요. 극본에 그렇게 규정되어 있어서 할 수 없습니다. 태평군을 맡아서 인이 박여 이렇게 외치지요. 얘들아, 타라! 그러면 벌떼처럼 우르르 올라타고 달려가서 성을 공격하고 땅을 빼앗고 부자를 죽이고 가난한 사람을 구하고 큰 사발로 먹고 마시며 커다란 고깃덩어리를 먹습니다, 통쾌하죠!"

그와 젊은이들이 강가에서 말에게 물을 먹였다. 강물이 말의 주둥이를 위로 말리게 할 정도로 차가웠다. 물을 다 먹인 다음에 그가 몸을 날려 말에 올라타서 고개를 쳐들고 가슴을 쑥 내밀었다. 갑옷이 산뜻하였다. 그가 옛날 말투를 흉내 내며 두 손을 맞잡고 인사하면서 우리와 작별하였다. 한마디 외치는 소리를 내고 두 발을 끼우자 대추색의 말이 즐겁게 달려갔다. 산길 위로 돌멩이들이 툭툭 튀어나왔고, 말이 요리조리 피하면서 삐뚤삐뚤 아주 조심스럽게 걸어갔다. 하지만 절룩거리는 말이 튼튼한 당나귀보다 나은 법이니, 우리는 그들이 일으키는 먼지를 밟고 갈 뿐이었다.

기마대가 화살의 사정거리 정도 갔을 때, 그 선봉을 맡은 대추색의 말이 땅에 넘어졌고, 말 위의 기수가 길가의 덤불 속으로 곤두박질쳤다. 기수들이 모두 줄줄이 말에서 내렸고, 대추색 말을 탄 기수도 덤불 속에서 헤쳐 나왔다. 무척 낭패한 모습이 패잔병 같았다. 우리가 급히 다가갔다. 기수들 가운데 어떤 사람은 쭈그리고 앉은 채로, 어떤 사람은 선 채로, 그 대추색 말을 에워싸고 쳐다보는데 낯빛이 모두 무거웠다. 대추색 말을 탄 기수가 두 손에 말굽 한쪽을 움켜쥐고 있는데, 입을 반쯤 벌리고 낯빛이 흙색 같았다. 그 말은 일어나려고 몸부림을 쳤지만, 녀석은 이미 일어설 수가 없게 되었다. 녀석의 뒷다리 한쪽이 바위틈에서 비틀려 부러졌고, 피가 분수처럼 콸콸 솟구쳤다. 나는 퍼뜩 1976년에 내가 황현에서 근무할 때, 우리 반장을 따라 뤄산탄광으로 가서 석탄을 싣고 왔던 일이 생각났다. 그때도 대추색 말이 긴 대열을 이끌었다. 아주 젊은 암말로 새끼를 가졌고 튼튼하고 예쁘게 생겼다. 어떤 버려진 철로를 가로지를 때, 그만 뒷발굽 한쪽을 내뻗다가 철도의 레일 틈새로 들어가는 바람에 우두둑 부러졌다. 하지만 대추색 말이 굳세게 서 있었고, 그 부러진 다리가 지팡이처럼 땅을 딛고 있었다. 당시에 우리 반장이 손에 말굽을 움켜쥐고 대성통곡하였다. 이 말굽의 인상이 나의 뇌리에서 몇십 년 동안을 맴돌았다. 나는 적당한 시기에 그것을 「말발굽」이라는 제목의 소설로 쓰고 싶었다.

말馬의 말

　굵은 갈기 솔이 얼굴 위를 스치며 이리저리 왔다 갔다 하는 것 같아서 나는 꿈에서 깼다. 눈앞에서 묵중한 검은 벽같이 우람하고 커다란 그림자가 흔들리고 있었다. 낯익은 냄새에 나는 가슴이 두근거렸다. 나는 후다닥 놀라 깼다. 몸 뒤쪽의 현대생활 배경이 어두워지면서 사라졌다. 햇빛이 반짝이며 30여 년 전의 그 누렇게 말라버린 흙담을 비추고 있었다. 담벼락 위에 시든 풀이 요리조리 흔들리고, 깃털이 눈부신 수탉 한 마리가 위쪽에 서서 목을 빼고 크게 노래하였다. 담장 앞쪽에 기울어져 무너진 보리 짚가리 한 개가 놓여 있고, 암탉 한 떼가 흩어진 짚 더미 속에서 먹이를 쪼아 먹고 있다. 또 소 떼가 담장 앞쪽의 기둥에 매어져 있고, 모두 고개를 숙이고 되새김질하고 있다. 모습을 보니 마치 깊은 생각에 잠긴 듯하였다. 구불구불한 나무 기둥 위에 소털이 가득 붙었고, 흙담 위에 소똥이 잔뜩 달라붙었다. 내가 짚가리 앞에 앉아서 손을 내밀면 닭들을 만질 수 있었다. 살짝 몸을 내밀면 소들을 건드릴 수도 있었다. 나는 닭도 만지지 않고 소도 건드리지 않았다. 나는 고개를 쳐들고 녀석을 바라보았다. 친밀한 벗이자 검은색 말이다. 말이 없고 걱정거리가 겹겹인 듯한데 엉덩이에 'Z99'라는 글자로 낙인이 찍혔다. 눈이 멀었고 야전군에서 퇴역한 뒤에 왔다. 지금은 생산대대에서 끌채를 차고 수레를 끈다. 힘이 무진장이고 수고를 마다하지 않고 원망을 두려워하지 않는 늙은 암말이다.

"말아, 알고 보니 너였구나!"

나는 짚가리 쪽에서 팔짝 뛰어 일어나 두 팔로 녀석의 굵은 목을 껴안았다. 녀석의 목덜미에서 내뿜는 후끈후끈한 온기와 짙은 비릿한 냄새가 내 가슴을 설레게 하고 뜨거운 눈물이 솟구치게 하여서 나의 눈물이 녀석의 반질반질한 가죽에 떨어져 데굴데굴 굴렀다. 녀석이 깎인 대나무 같은 귀를 쫑긋 세우고 세상사의 온갖 변천을 다 겪은 말투로 말하였다.

"이러지 말게, 젊은이. 이러지 마, 나는 이런 모습을 싫어해. 이럴 필요 없네. 제대로 잘 앉아서 내가 자네한테 하는 말을 들어보게."

녀석이 목덜미를 한 번 흔들자 나의 몸이 기러기 털같이 땅바닥을 벗어난 다음에 보리 짚가리 위에 털썩 주저앉게 되었다. 손을 뻗치면 닭들을 만질 수 있었고 살짝 몸을 내밀면 소들을 건드릴 수 있었다.

나는 이 30여 년 동안 만난 적이 없는 옛 벗을 자세히 살펴보았다. 녀석은 여전히 당시의 모습이었다. 커다란 대가리, 우람한 체구, 호리호리한 네 다리, 새파란 네 발굽, 더부룩하고 화려한 꼬리,

무슨 까닭으로 멀게 되었는지 모를 꼭 감은 두 눈이었다. 그리하여 약간의 정경이 문득 눈앞에 펼쳐졌다.

　내가 예전에 여러 차례 녀석의 꼬리털을 악기 삼아 구부리면 녀석은 담벼락처럼 잠자코 서 있었다. 나는 얼마나 여러 차례 녀석의 넓고 평편한 등 위에 앉아서 동화책을 보았던가. 녀석은 좌초된 배한 척처럼 꼼짝도 하지 않았다. 나는 얼마나 여러 차례 녀석을 위하여 녀석의 피를 빠는 파리와 등에를 쫓아버렸던가. 녀석은 얼음처럼 차갑고 무정하게 돌 조각상 한 기처럼 감사의 뜻을 조금도 표시하지 않았다. 나는 얼마나 여러 차례 이웃의 어린아이에게 녀석을 자랑하고 녀석의 영광스러운 역사를 날조해 녀석이 예전에 병단 사령관을 태우고 적진으로 돌진하여 두드러진 전공을 세웠다고 말하였던가. 녀석은 온도가 없는 쇠처럼 한마디도 하지 않았다. 나는 얼마나 여러 차례 녀석의 역사를 이해하고, 특히 녀석의 눈이 어떻게 멀게 된 것인지를 알고 싶어서 마을의 노인에게 가르침을 청하였던가. 나에게 알려주는 사람이 없었다. 나는 얼마나 여러 차례 녀석의 눈이 멀게 된 이유를 추측하고, 얼마나 여러 차례 녀석의 목덜미를 어루만지며 녀석에게 물어보았던가.

　"말아, 말아, 사랑하는 말아, 나에게 말해줘, 너의 눈은 어떻게 멀게 된 것인지. 포탄 껍질에 맞아서 눈이 멀게 된 거야? 결막염에 걸려서 멀게 된 거야? 새매가 너를 쪼아서 멀게 된 거야? 내가 천만 번을 물었는데 너는 대답하지 않았어."

　"제가 이제 당신에게 대답해드리죠."

말이 말하였다. 말은 말을 할 때, 부드러운 입술을 굼뜨게 움직여서 볏짚에 닳아버린, 눈처럼 새하얀 앞니를 이따금 드러냈다. 녀석의 주둥이에서 뿜어내는 썩은 지푸라기 냄새가 나를 가물가물 졸리게 하였다. 녀석의 목소리는 구불구불 길고 긴 파이프를 통하여서 전달되는 것처럼 착 가라앉았다. 이러한 목소리가 나를 사로잡고 나를 도취시키고 나를 놀라 무섭게 하고 하늘의 소리를 듣는 듯이 감히 기울여 듣지 않을 수 없게 하였다. 말이 말하였다.

"당신도 알겠지만, 일본 나라에 이름난 눈에 관한 이야기가 있어요. 사미센을 타는 여인 슌킨春琴이 남에 의해 미모가 훼손되고 눈이 멀게 된 뒤에, 그녀의 견습생이자 연인인 사스케佐助도 스스로 자기 눈을 찔러 멀게 하였죠. 또 다른 오래된 이야기가 있는데, 오이디푸스가 자기 아버지를 살해하고 어머니를 아내로 맞이한 뒤에 뼈저리게 뉘우치면서 스스로 두 눈을 찔렀지요. 당신네 마을에서 마원차이馬文才가 신혼의 아내와 헤어지기 싫어서 병역에서 벗어나려고 석회로 두 눈을 멀게 하였지요. 이것은 세상에서 어떤 눈이 먼 사람들이 도피를 위하여, 소유를 위하여, 완벽함을 위하여, 징벌을 위하여, 스스로 기꺼이 원해서 자기 자신이 눈을 멀게 하였다는 것을 설명하지요. 물론 저는 당신이 그들에게 관심을 두지 않는 것을 알아요. 당신이 가장 알고 싶은 것은 제가 왜 눈이 멀게 되었는가 하는 점이지요……."

말은 읊조리면서 분명히 이런 말로 녀석의 한없이 쓰라린 옛일의 윤곽을 그려낸 것이다. 나는 이런 시점에서 뭘 말하든지 모두 다 군

더더기라는 것을 알기에, 그냥 기다리고 있었다. 말이 말하였다.

"몇십 년 전에 저는 확실히 군마였어요. 제 엉덩이 위의 낙인이 바로 증거지요. 빨갛게 달아오른 인두로 낙인을 찍을 때의 고통은 지금까지도 기억에 생생해요. 저의 주인은 용감한 장교였죠. 그는 용모가 출중한 데다가 또 군사적인 책략이 뱃속에 가득하였지요. 저는 그에 대해 연인처럼 정이 깊었지요. 어느 날, 그가 뜻밖에 코를 찌르는 연지분 냄새를 풍기는 어떤 여인을 제 등에 태우게 하였지요. 저는 속으로 화가 나서 정신이 흩어졌지요. 숲을 지나갈 때, 나무에 쾅 부딪혀서 그 여인을 요절내버렸어요. 장교가 저를 가죽 채찍으로 때리며 저를 '이런 눈먼 말!'하고 욕하였어요. ……그로부터 저는 더는 눈을 뜨지 않기로 작정했지요……."

"알고 보니, 너는 눈먼 체했구나!"

내가 짚가리 더미 앞에서 벌떡 일어났다.

"아니요, 저는 눈이 멀었어요……."

말이 말하면서 몸을 돌려 끝없이 펼쳐진 어두운 길을 향해 뒤돌아보지 않고 당당하게 달려나갔다.

그림 밖의 목소리

'그림 속에 말을 담다話中有畵' 전시기획자인 리잉李穎이 나에게 이번 전람회에서 몇 마디 말을 하게 하였다. 오랜 우정과 중국과 외국의 문화교류에 그녀가 이바지한 점에 대한 경의 때문에 더 생각하지 않고 수락하였다. 소설을 쓸 때는 하루에 수많은 말을 할 수 있는 내가 예술가 15인의 작품 앞에서 생각이야 많았지만, 오히려 적당한 말을 찾지 못하여 말문이 막혔다. 무엇을 말하고, 어떻게 말해야 할지, 회화와 조형예술에 관해 문외한으로서 확실히 문제였다. 사실 많은 것들에 있어 그저 이해할 뿐이고 말로 딱히 전할 수 없다. 하지만 말로 전하지 않으면 또 교류할 수 없고 음악과 같이 추상적인 것도 언어를 빌려 해석하지 않으면 안 된다. 이는 예술창작 영역의 보편적인 곤경이다. 그래서 내가 비전문가의 시각에서 초보적인 느낌을 말하는 걸 양해하시길 바란다.

나는 예술가 15인이 그들의 붓대를 들 때, 붓대일 뿐이지만, 그들의 구상을 화폭이나 다른 매개체로 옮길 때, 그 작품이 그의 마음속에서 이미 살아있듯이 물결쳤을 것이라고 여긴다. 물론 창작 과정 속의 돌발적인 영감과 신들린 듯한 터치를 배제하지 않지만, 왜 이런 작품을 창작하였는지 하는 의도에는 대체로 큰 변화가 없지 않을까?

전문적인 예술 감상자가 작품을 대할 때, 어쩌면 무엇보다 먼저 기술적 혹은 기교적인 각도에서 분석할 수 있다. 아니면 나처럼 문외한이 예술작품을 대할 때는 대체로 창작자의 의도와 견해를 알아보려고 시도할 수 있다. 그는 무엇을 표현하고 싶었을까? 그는 우리에게 무엇을 알리고자 할까? 그런 다음에 우리는 느끼고 생각하고 하나의 또렷한 혹은 어렴풋한 결론을 얻어낸다. 우리는 스스로 그것이 바로 창작자의 주관 의도라고 생각한다. 사실 우리의 결론은 자신의 경험이란 기초 위에서 세워진 것이다. 그 작품에서 생긴 우리의 연상과 우리 자신의 생활 경험은 밀접한 관계를 갖는다. 우리의 결론과 창작자의 의도는 어쩌면 일치할 수 있고 전혀 딴판일 수도 있다. 사실 예술작품의 창작자는 결코 자신의 의도를 조목조목 가려서 자세히 분석해 말로 할 필요까지는 없다. 감상자도 저자의 의도를 지나치게 고려할 필요가 없고, 자신의 느낌이라야 가장 중요한 것이다.

감상자가 작품에서 읽어낸 말과 창작자가 표현하려는 말이 일치한다면, 이는 창작자에게 다행히 마음의 소리를 알아주는 벗을 만난 기쁨을 느끼게 할 수 있지만, 이는 창작자가 기대하는 경지는 결코 아닐 것이다. 감상자가 작품에서 창작자가 전혀 생각하지 못한 말을 읽어내고 게다가 이런 말들이 창작자도 이해시킬 수 있다면, 그렇다면 이것이야말로 진정 훌륭한 경지이다.

나는 훌륭한 예술작품은 훌륭한 문학작품과 마찬가지로 풍부한 내용을 담아야 하고 여러 다른 독자와 관람자에게 폭넓은 해석공간을 제공해야 한다고 생각한다. 『홍루몽』을 읽는 것과 마찬가지로, "경학자는 『역경』의 원리를, 도학자는 음란함을, 젊은이는 애절한 사랑을, 혁명가는 '청 왕조를 무너뜨리자'를, 헛소리꾼은 궁중의 이면사를 본다……"와 같이, 심지어 한 가지 예술품을 대하면서 관람자마다 완전히 다른 느낌을 받을 수 있다. 같은 관람자라고 해도 시기에 따라 같은 작품에 대한 느낌상의 차이가 생길 수도 있다.

어떻게 풍부한 해석의 가능성을 갖고 시대를 뛰어넘는 작품을 창조해낼 것인가는 각종 예술 작업에 종사하는 예술가가 직면한 공통의 문제이다. 나는 이런 전람회에 입선한 창작자 15인이 모두 이러한 자각적인 추구를 하는 예술가라고 생각한다. 그들은 모두 자신의 경험과 사회생활을 결합하고자 시도하고 자신의 작품에 더욱 많은 상징 의미를 담고자 마음을 쓰며 그림 속의 말과 그림 밖의 목소리를 더욱 많이 담고자 노력하였다. 그들은 모두 이 시대에 대한 견해와 느낌을 드러내고자 하였다. 곤혹스러움, 우려함, 어리둥절함, 괴로움, 외로움, 무심함, 가엾음, 연민, 그리고 물론 더욱 중요한 것으로는 사랑이 있다. 그들은 갖가지 느낌을 환상의 방식이나 변형의 방식으로, 과장의 수법이나 괴팍한 수법으로, 그리고 밀착의 수단이나 교배의 수단으로, 요컨대 기술적 예술이나 예술적 기술을 사용하여 표현해냄으로써 작품 하나하나 그 앞에 사람의 발걸음을 멈추게 하고 상상의 나래를 펴게 하며 하염없이 감동하게 하는 작품을 만들어냈다.

풍부한 개성의 전시가 시대적 예술의 다양성을 구성하였고, 이러한 풍부한 개성의 전시 과정에 또 시대적 공동의 코드를 포함하고 있다. 이것도 대체로 예술품이 대중에게로 나아가는 철학의 바탕일 것이다. 나는 이번 전람에 참여한 작품에 대해 하나하나 이러쿵저러쿵 비평할 자격도 없고 능력도 없다. 하지만 나는 이 예술가 15인이 저마다 개성이 뚜렷하고, 그들의 작품이 우리에게 다른 사유 방향과 공간을 제공하였다고 생각한다. 또 나는 그들이 사회생활의 부조리와 병든 모습을 발견하였을 때, 동시에 사람의 가치를 발견하였고, 아울러 그들이 이 사회에 대한 차가운 조소와 신랄한 비판을 가할 때, 동시에 그들의 사람에 대한 존중과 자유에 대한 뜨거운 사랑을 표현하였다고 생각한다.

전쟁문학에 대한 이런 생각 저런 생각

나는 현재 단계에서 사람이란 아직 완전한 의미에서의 사람이 아니라고 여긴다. 사람은 소외된 사회에 있으면 필연적으로 소외된 사람이 된다. 인간성이 고도로 발전하는 동시에 야만성도 묵묵히 성장하고 있고 적당한 기회를 만나면 홍수나 맹수처럼 강둑을 넘고 우리를 뚫으며 세차게 튀어나올 것이다.

전쟁의 발발은 정치와 경제적 원인 말고도 인간성 자체의 결함과 또 다른 것들에서도 비롯된다.

전쟁의 아름다움에 대해, 그리고 피와 불에 대해 노래하고 찬미하는 도덕 문제를 보자. 아름다움에는 층위가 있는 것이다. 인도적인 아름다움과 인간적인 아름다움이 있고 비인도적이고 비인간적인 아름다움도 있다. 전쟁은 인간성을 거칠게 왜곡하고 야만성을 불러일으킨다. 전쟁의 아름다움에 대한 노래와 찬미는 부도덕한 것이다. 전쟁문학이 불러일으키는 미적 즐거움은 비인도적이고 비인간적이다.

의심할 바 없이 역사상 발생한 전쟁은 모든 전쟁문학의 모체이자 원천이다. 중국 역사상 발생한 전쟁은 중국 전쟁문학의 모체이자 원천이며, 전쟁문학의 노다지이다. 이 노다지는 선배 작가가 이미 채굴하였고 게다가 어느 정도의 성과를 획득하였다. 하지만 우리의 전쟁이 지속한 시간과 독소전쟁이 지속한 기간의 길이를 비교하고, 독소전쟁 문학의 뛰어난 작품과 우리 전쟁문학의 낮은 수준의 작품을 비교하면 모두 다 아쉬움을 느낄 것이다.

나는 짧은 기간의, 중국과 베트남의 국지적인 국경분쟁 같은 중월전쟁이 중국 당대 작가를 매료시킨 것은 아니었지만, 그들의 사유 방향을 바꾸었다고 생각하였다. 비록 '사인방'이 몰락한 뒤에 전쟁을 반영한 전쟁문학이 크게 발전하지 못했다 하더라도 말이다.

이러한 변화에는 깊은 이중성을 담고 있다.

중월전쟁은 일정 정도 우리 군대의 마음가짐을 다지게 하였다. 그래서 이 전쟁을 반영한 문학작품에도 비교적 강렬한 시대 의식이 주입되었다. 문학은 이 전쟁에 직면하여 깊고 오랜 지속적인 탐색을 하고 넓은 범위에서 굉장히 깊은 사색을 하였다. 이러한 것들이 우리의 전쟁문학이 어제와 그저께로 진군하는 데 빛나는 거울을 삼도록 하였다. 이는 일의 일부분이다.

일의 또 다른 한 부분은 현재 중국 군인의 심리와 문화적 소양에 대하여 우리의 자위-반격문학이 지나치게 높이 평가해주는 데 있다. 그래서 자위-반격문학 속에서 강렬한 맛이 넘쳐흘렀다. 어떤 작품들은 구절구절 받아들이기 어렵게 하는 위선적인 기사도를 드러냈다. 이것이 우리의 전쟁문학의 오늘과 내일에 거대한 함정도 도사리게 하였다.

나는 지금 중국 전쟁문학의 출로는 중월전쟁이 일어난 비좁은 땅에 달린 것이 아니라 가로세로 교차하는 울림이 강렬한 과거의 전쟁터에 있다고 생각한다. 나는 항일전쟁에 대하여 아주 흥미를 느낀다. 긴긴 중국의 전쟁사에서 항일전쟁은 비교적 완전한 의미에서의 전쟁이라고 생각하고 있다. 강대한 이민족이 침입한 상황에서 민족 전체의 영혼이 모두 번뜩이는 쇠 말굽 아래서 전율하였고, 고인 물이 가득 담긴 연못 같은 오래된 나라가 세차게 뒤흔들렸다. 민족정신의 정화와 찌꺼기가 전부 뒤섞였다. 이때 전쟁은 인력과 물자의 대결일 뿐 아니라 정의와 불의의 대결이었고 두 민족과 두 문화의 교전이 되었다. 두 종류의 정신이 맞선 것이다. 이러한 전쟁이 끌어낸 결과는 물질적 파괴와 육체적 살육과 정신적 고통이었다.

항일전쟁 과정에서 온 민족이 상당히 각성하게 되었다. 10년 토지혁명 전쟁과 3년 해방전쟁의 과정에서는 어떤 의미에서 온 민족의 각성 정도가 항일전쟁 시기보다 높지 못하였다. 상당수의 사람이 여기 기웃거리고 저기 기웃거리는 얼떨떨한 상태에 처하였다. 결론을 내려면 반문할 것도 못 될 듯하지만, 현실 생활에서 예증을 찾으려면 오히려 전혀 곤란하지 않다.

8년 항일전쟁에서 중국 사람은 빛나는 승리를 획득하였다. 이는 정치적이자 문화적인 승리이다. 항일전쟁은 중국 민족문화와 민족성에 대한 시험이자 단련이었고, 민족의식이 드세게 분출되어 채문토기처럼 빛났다. 물론 매복전투를 벌이고 포루를 나르고 철로를 파버리고 전선을 끊는 구체적인 행동 과정에서 빛나게 표현된 것이지만, 이것은 지나치게 외적이고 표면화된 것이다. 이전의 항일 전쟁문학은 전쟁 과정과 사건에 대한 묘사는 중시했지만 사람의 영혼에 대한 해부는 경시하였다. 작품들 속에 용감한 이야기를 담고 분명한 기치를 담고 또 위대한 전쟁 이론을 담았지만, 영웅의 비겁함이 모자라고 빛 뒤쪽의 그림자가 부족하고 뚜렷함 속의 희미함이 결핍되었다. 우리는 예로부터 깊이 사색할 수 있는 작가가 없지 않았고 독특한 견해를 지닌 작가가 모자라지 않았지만, 깊은 사색의 격조를 갖추고 독특한 견해를 갖춘 작품이 부족하였다.

지금 나는 전쟁문학의 공리성과 비공리성을 떠올렸다. 물론 지금까지 공리성을 완전히 뛰어넘은 작가와 작품은 여전히 없다. 특히 전쟁 생활을 반영한 군사 문학작품이 그렇고 특히 중국 작가가 창작한 군사 문학작품이 그렇다. 하지만 나는 전쟁문학이 강렬한 공리성의 굴레를 되도록 빨리 벗어날 수 없다면, 초월성을 획득하기란 매우 어렵다고 여겼다.

우리의 과거 전쟁문학을 검토해보면 대부분 공리성이 강렬하였던 것들을 발견한다. 그것들은 종종 다음과 같은 뚜렷한 특징을 드러냈다.

위대한 사상의 승리를 노래하고, 위대한 사상에 주석을 달고 설명하였다.

불의한 전쟁에 대한 정의로운 전쟁의 승리를 노래하고, 뒤떨어진 세력을 소멸시킨 진보 세력을 노래하였다.

　영웅주의를 노래하고 희생정신을 노래하고, 특히 성공한 영웅과 어떤 전쟁에 직접적인 영향을 미친 희생정신을 노래하였다.

　나는 이 세 방면을 노래하는 중요성과 필요성을 절대 부인하지 않는다. 위대한 사상의 숭고함을 절대 부인하지 않는다. 정의가 불의와 싸워 이기고, 역사의 진보에 대한 낙후와 싸워 이긴 진보의 적극적인 의미와 그것 자체가 구체화 시킨 어떤 필연성을 절대 부인하지 않는다. 영웅주의와 희생정신의 신성함과 장엄함을 더욱 감히 부인하지 않는다.

　우리가 역사의 무한한 발전과 점차 완벽해질 가능성을 끊고 우리에게 단세포에서 사람까지의 앞뒤를 살피고, 꼼꼼히 따져 묻고, 나를 뛰어넘고 나를 잊는 사색이 부족하다면, 작가마다 반드시 한 계급의 대변인이라면, 그러면 위에서 말한 노래해야 하는 것들로도 충분하다. 하지만 사실 인류 사회는 차츰차츰 계급 없고 전쟁 없는 과도기로 나아가고 있다. 이는 마르크스가 말한 것이다. 어떠한 계급의 문학이든 다 필연적으로 계급적 한계성을 갖기 마련이다. 문학은 철학이나 정치경제학과 다르다. 그것은 본질이 인류 영혼 깊은 곳에서 나와서 또 인류의 영혼을 장엄하게 힘써 감화시키려는 기도이다. 그것은 사람들을 도와 역사 깊은 곳의 아득히 먼 울림에 귀 기울이게 할 수 있다. 그것은 모두와 함께 비할 바 없이 아름다운 미래를 동경하고 있다. 그렇다면 공리적인 문학과 비교했을 때,

분명히 문학의 근본적인 의미에 부합하지 않는다.

　계급사회에서 물론 계급을 뛰어넘은 작가의 육체가 있기란 불가능하다. 하지만 계급을 뛰어넘지 못한 작가의 영혼도 있는가? 갖가지 사상이 계급의 낙인을 찍었단 말은 아니지 않은가? 우리가 의식의 상대적 독립성을 인정한 이상, 문학을 좀더 초탈하게 해주면 안 되는가? 문학이 더욱 폭넓게 깊이 인류의 드넓고 다채로운 영혼을 투시하도록 말이다.

　그래서 나는 높은 층위의 전쟁문학은 비교적 공리적이지 않은 것이어야 한다고 말하고 싶다.

　비교적 공리적이지 않은 전쟁문학은 노래할 뿐 아니라 필연적으로 폭로를 해야 한다.

　그것은 전쟁의 정의와 불의, 진보와 낙후 등을 언급하지 않을 수 없지만, 전쟁의 본질에 대하여 더욱 깊이 사고해야 한다. 전쟁은 인류 문명에 상당한 발전을 가져왔지만, 인류 문명이 충분히 발전하지 못해 생긴 것이기도 하다. 그것은 과학의 발명품과 같이 한편으로 문명의 서광을 드러냈고, 한편으로 극도의 잔인함을 감추고 있다. 전쟁이 궁극적으로 해결하는 것에는 필연적으로 수많은 생기가 약동하는 생명 하나하나의 궤멸을 수반한다. 물론 전쟁은 전쟁을 없애기 위한 것이고, 살인은 더욱 많은 피살되는 사람을 구하기 위한 것이라고 말할 수도 있다. 하지만 현상이 본질보다 훨씬 풍부한 것이다. 때로 추상적 개념을 생활의 사실로 구체화하면 진리가 즉각 그것의 불완전한 면을 드러내게 된다. 위대한 인도 정신의 악장 속에는 필연적으로 비인도적인 음표가 섞이게 된다. 전쟁은 문명적이자 또 야만적인 것이다. 문명으로써 야만을 정복한 전쟁이라 할지라도, 정의로써 불의를 싸워 이긴 전쟁이라 할지라도 필연적으로 피와 불들을 수반하기 마련이다.

비교적 공리적이지 않은 전쟁문학은 영웅주의와 희생정신에 대한 표면적인 노래 속에 머물러서는 안 된다. 전사의 희생과 과학자의 희생에는 사실상 커다란 차이가 존재한다. 물론 전자는 고상하지 않지만, 후자도 고상하다고 말할 수 없다. 물론 전자는 가치가 없지만, 후자는 가치가 있다고 말하여서도 안 된다. 우리가 전쟁이 인류의 비극임을 용감하게 인정한다면, 전사의 희생은 한편으로 위대하고 고상하며 노래이자 눈물이다. 또 다른 한편으로 반드시 깊은 비극성도 띠어야 한다. 전쟁의 불의한 면에서 전사의 희생은 철두철미한 비극이다. 정의의 이름으로 벌어지는 전쟁에서 비극성은 전사가 목숨을 잃고 희생되는 데서 구체화된다.

전쟁문학은 생명에 대한 노래로 가득 채워야 한다. 날로 메말라 가는 사람들의 동정과 연민을 불러일으켜야 할 것이다.

비교적 공리적이지 않은 전쟁문학이라도 전쟁에 처한 사람의 지위를 고려해야 한다. 전쟁이 도대체 사람을 무엇으로 변화시켰는지를 생각해야 한다. 사람의 기질, 이성, 정감, 소망과 창조력 등에 전쟁이 도대체 무슨 영향을 끼쳤는가? 전쟁은 삶의 세계를 죽음의 세계로 바꾸었고, 전쟁은 인류의 보금자리를 파괴하였고, 인류의 아름다운 감정을 짓밟았다. 전쟁이란 세찬 파도 속에서 인류의 정상적인 감정은 모두 대대적으로 왜곡되었다. 왜곡을 표현하는 것이 비교적 공리적이지 않은 전쟁문학의 중요한 임무이다. 전쟁은 인간성과 야만성의 유린이다. 전쟁은 인류의 영혼 깊은 곳에 감추어진 야만성을 날뛰도록 만들었다. 전쟁은 인류 발전사에서 최대의 잘못된 길이다. 전쟁문학이 이런 것들을 쓰지 않으면 또 무엇을 쓸 수 있겠는가? 전쟁문학은 인류의 영혼이 어떻게 궤도를 이탈하였는지를 써내서 바로잡도록 애써야 한다. 그것은 훈계가 되고 경고가 되어야 한다. 완벽한 인류는 자기 편끼리 서로 죽인 그들 조상에 대해 깊이 못마땅함을 느낄 수 있다. 그때가 되면 영웅과 반영웅이 모두 비극 속의 배역이 되고, 영웅과 반영웅이 모두 우수한 자손의 이해와 동정을 얻을 수 있다.

당대문학 자유 토크

열 살 되던 해에 나는 4학년이 되었다. 학교가 지옥 같고 선생님이 노예의 주인 같고 학급의 간부는 선생님의 앞잡이 같다고 몰래 욕을 하였기 때문에 어떤 학우가 고발하였다. 선생님이 크게 화가 나서 학급에서 엄숙한 비판대회를 열고 모든 학우에게 나를 비판하는 발언을 하게 하였다. 특히 예쁘고 평소에 내가 또 그녀에 대해 헛된 생각을 하였던 어떤 여자 학우가 발언하지 않고 온 얼굴이 새빨개져서 앞으로 나서더니 나에게 귀싸대기를 올려붙이며 나의 반동적인 발언에 대한 자신의 분개를 표시하였다. 나는 당시에 겁이 많고 울기를 잘하였다. 비판대회가 시작되자마자 나는 울었다. 처음에는 소리를 내지 않고 울었다. 하지만 그 예쁜 여자 학우가 내 따귀를 때린 뒤부터는 큰 소리로 엉엉 울었다. 선생님이 말하였다.

"너 이런 방식으로 대항할 것 없어. 울어도 어림없어!"

그가 이렇게 으르자 나는 더욱더 울었다. 사실 대회를 더 계속해 나갈 수 없자 선생님이 학생들을 하교시켰다. 선생님이 나의 허리끈을 풀어서 나를 교실 뒤쪽에 있는 그의 침대 다리에 묶어놓고, 그 자신은 강단에 서서 우리 마을의 사내아이들이 한없이 부러워하는, 그의 고급 새총으로 나를 표적으로 삼아 맞혔다. 나는 속으로 그가 나를 한바탕 때려주고 그런 다음에 이 일을 끝내주기를 희망하였다. 하지만 이 인간이 나라는 표적을 맞히고도 아직 끝난 게 아니라, 의외로 이 일을 정치적인 사건으로 삼아 학교에 보고하였다. 학교 책임자가 매우 중시하였고, 또 상부의 어느 선까지 보고하였는지 모르지만, 마지막에 전교대회를 개최하여서 나에게 엄중한 경고 처분을 내린다고 선포하였다.

처분을 받은 뒤에 마음이 아주 무거워서 사람을 보기만 하면 고개도 들 수 없었다. 공을 세워 속죄하기 위하여 나는 날마다 새벽에 들판으로 달려가 보리싹을 주워와서 선생님의 토끼를 먹였다(그 보리 싹의 싱싱하고 떫은 냄새와 토끼 우리 안의 후끈후끈한 더러운 냄새가 지금까지도 여전히 나의 코 주변에서 맴돌고 있다.). 선생님은 꺽다리에다 눈이 아주 크고 목이 매우 길었으며 얼굴은 여드름투성이였다. 그는 여학생을 별나게 좋아하고, 남학생을 좋아하지 않았다. 못생긴 남학생, 특히 나를 별나게 좋아하지 않았다. 내 입에서 반동적인 언론이 나온 까닭은 선생님이 여자를 중시하고 남자를 경시한 것, 용모를 보고 사람을 골라 쓴 것 등과 직접적인 관계가 있다. 또 금방 전에 티베트 생활을 반영한 영화 〈농노農奴〉를 본 것도 관계가 있다. 그렇지 않았다면 나같이 어리바리한 촌구석 아이가 제멋대로 날뛰는 시골 간부를 본 것 말고 어디 무슨 노예의 주인을 알겠어!

선생님이 교실의 뒤쪽에 토끼 우리 한 개를 짓고 커피색 토끼 두 마리를 키웠다. 그의 침대는 바로 토끼 우리 옆에 놓여 있었다. 선생님의 토끼는 모두 나를 알고 나를 보자마자 일어나서 발로 쇠문을 긁었다. 나중에 토끼 두 마리 가운데서 한 마리가 새끼토끼 한 무더기를 낳았다. 어미 토끼의 산후조리를 시중들기 위하여 나는 집에서 몰래 콩과 무를 가져와 영양을 더 섭취시켜주었다. 새끼토끼가 독립적으로 살 수 있게 되었을 때, 나는 녀석들을 등에 업고 장터에 나가서 10위안에 팔아서 선생님에게 주었다. 선생님이 돈을 받았을 때, 눈에서 빛을 내뿜으며 연거푸 말하였다.

"너무 좋다, 너무 좋아!"

토끼 때문에 나에 대한 선생님의 인상이 좋아지기 시작하였다. 이전에 그가 나를 볼 때의 눈초리는 얼음처럼 차가웠다. 그런데 새끼토끼를 판 뒤부터 그가 나를 볼 때의 눈에 뜨거운 정을 다소 담게 되었다. 이 선생님으로 말하자면, 지독하다면 확실히 지독하였지만, 당시의 농촌 초등학교에서 그는 얻기 어려운 훌륭한 교사였다. 그의 체구와 생김새는 괜찮았고, 몸에서 늘 비누 냄새를 내뿜었고, 옷도 단정하게 입었다. 이런 것들은 역시 부차적인 거고, 중요한 것은 우리의 선생님이 배움을 아주 좋아하고 머릿속에 학문이 들었고 배 속에 먹물이 담긴 데 있었다. 내가 토끼를 먹이러 갈 때마다 언제든지 선생님이 그곳에 있기만 하면 어김없이 책을 읽고 있었다. 때론 침대에 누워서 읽고, 때론 책상 앞에 앉아서 읽었다. 어느 날 그가 없었을 때, 내가 용기를 내서 베개 위에 엎어놓은 책을 들어서 한 번 보고는 즉시 눈을 떼지 못하게 되었다. 나는 좀도둑처럼 급히 책장을 넘겨 가며 읽었다. 그 책은 장회체『뤼량영웅전^{呂梁英雄傳}』이었다. 선생님이 언제 돌아왔는지 모르지만, 큰 눈을 부라리며 나를 쳐다보고 있었다. 그의 눈은 원래 커서 별명이 왕눈이였다. 나는 그의 앞에 엉거주춤 선 채로 온몸을 부들부들 떨었다. 그가 또 어떤 방법으로 나에게 고초를 당하게 할지 몰랐기 때문이다. 하지만 나의 선생님이 나에게 말하였다.

"관모예^{管謨業}, 너의 요 석 달 동안의 태도에 따라 학교 위원회가 토론을 거쳐서 너에 대한 경고 처분을 취소한다고 결정하였다. 오늘부터 너는 문제없는 학생이 되었어."

나는 코가 시큰거렸고 눈물이 줄줄 흘러내렸다. 선생님이 내가 그의 책을 뒤적거린 것을 보고 나에게 물었다.

"너 책을 더 읽고 싶니?"

나는 말하였다.

"네, 저는 책을 너무 읽고 싶어요."

선생님이 말하였다.

"이 책은 좋지 않아. 이 책 안에 좀 건전하지 못한 묘사들이 많이 있어. 어린아이가 읽기에는 그다지 적합하지 못해. 며칠 뒤에 내가 너에게 건전하고 좋은 책을 몇 권 빌려줄게."

선생님은 한 말에 책임을 졌다. 며칠 뒤에 그가 나에게『동해의 만 겹 파도를 잠재우다』를 빌려주었다. 이 책을 다 읽은 다음에 그가 또 나에게『붉은 깃발을 다면섬^{大門島}에 꽂다』를 빌려주었다. 이후에 반년도 못 되는 시간 동안에 그의 장서 몇십 권을 내가 다 읽게 되었다. 이때 나는 선생님과 특별히 친한 친구가 되었다. 나는 선생님이 나의 아버지나 어머니보다 훨씬 친하다고 느꼈다. 선생님이 나에게 무슨 일을 시키건 간에 나는 모두 주저하지 않았고, 선생님을 도와 일을 하면서 별다른 행복을 느꼈다. 선생님도 나에 대해서 아주 친절해졌다. 내가 그의 장서를 다 읽은 뒤에, 그가 나를 도와 책을 빌려다 주었다. 그래서 그때 거의 2년에 가까운 시간 동안에 '문화대혁명' 전에 출판된 이름난 장편소설 몇십 권을 모두 읽었다. 안타깝게도 이 선생님은 뒷날 자진하였다.

그날 아침에 내가 토끼를 먹이러 가서 문을 열고 들어가자마자 선생님의 우람한 몸이 교실의 들보 위에 매달려있는 것을 보았다. 나를 놀라 넋이 나가 그 자리에서 엉엉 울기 시작하였다. 선생님이 왜 죽었는지 모른다. 그가 칠판에 '괴롭다!'하고 큰 글자 세 개를 써 놓았다.

선생님의 죽음에 대해 사람들이 오랫동안 이러쿵저러쿵 왈가왈부하였다. 마지막에 한 가지 결론을 얻어냈다. 선생님은 소설이 잡은 것이고, 사람은 그렇게 많은 책을 읽으면 안 된다고 말하였다. 몇 년 전에 내가 고향에 다니러 갔을 때, 당시에 나의 귀싸대기를 때린 예쁜 여자 학우를 우연히 만났다. 그녀는 선생님의 죽음에 대해 말하였다. 선생님과 우리 반의 어떤어떤 학우가 연애하였고, 그 여학생이 아기를 가져서 우리의 선생님을 놀라 죽게 하였다는 것이다.

그 시절에 나는 그렇게 많은 혁명적인 서적을 읽었고, 당시에 확실히 아주 큰 영향을 받았다. 당시의 독서는 몹시 굶주린 사람같이 무조건 받아들일 뿐이었고, 자세히 읽을 여유가 없었다. 1년 남짓 동안에 읽은 책 속의 줄거리는 대부분 다 잊어버렸지만, 책 속에 남녀의 사랑과 관련된 줄거리는 오히려 하나도 잊어버리지 않았다. 예를 들면 『뤼량영웅전』의 지주 집안의 며느리가 그 젊은이를 유혹하는 묘사, 그리고 지주와 며느리가 간통한 줄거리이다. 『숲의 바다, 눈 덮인 벌판』의 해방군 소부대의 위생원 바이루白茹가 젊고 멋진 참모장 사오젠보少劍波에게 잣을 보내고, 사오젠보가 눈 덮인 웨이후산에서 헛소리를 한 대목이 있다. 『불타는 금강』 속에 곰보 딩상우丁尙武와 위생원 린리林麗가 달빛 아래 입맞춤하면서 딩상우의 "머리가 버드나무 물통같이 부풀었다." 하는 대목이 있다. 『홍기보』의 윈타오運濤와 늙은 당나귀네 집의 딸 춘란春蘭이 원두막에서 손가락을 걸었고, 『삼가항』의 취타오區桃와 저우빙周炳이 작은 다락방에서 초상화를 그렸다. 『청춘의 노래』의 린다오징林道靜이 눈 내리는 밤에 장화江華의 숙소에서 묵었다. 『들불이 봄바람 타고 옛 도시에서 타오르다』에서 양샤오둥楊曉冬과 인환銀環이 위기에서 벗어나 함께 다정하게 포옹한 뒤에 인환이 양샤오둥의 짧은 턱수염을 어루만지며 감탄하였고, 『산골의 격변』의 성수쥔盛淑君과 어떤 젊은이가 달빛 아래서 입맞춤을 하였다. 『동해의 만 겹 파도를 잠재우다』에는 레이전린雷震林과 그 남장한 가오산高山의 슬픈 사랑이 담겨 있다. 『씀바귀꽃』에서 싱리杏莉와 더창德强이 일본 귀신으로부터 도망치기 위하여 부부로 가장하였다. 또 왕창쒀王長鎖와 싱리 어머니의 이해하기 어려운 간통, 싱리 어머니에 대한 첩자 궁사오니宮少尼의 능욕, 하나코花子와 라오치老起의 '들꽃처럼 핀 사통' 대목이 있다. 또 팔로군의 영웅인 소대장 왕둥하이王東海가 위생대대 대장 바이윈白芸의 구애를 거절하고 배추 한 포기와 아이 하나를 안고 있는 과부 하나코를 사랑하게 되었다.

이러한 소설들은 모두 거의 20년 전에 읽은 것이다. 이후에는 더 읽지 않았지만, 성애와 관련된 묘사들이 도리어 지금까지도 기억에 생생하다. 이는 사랑의 커다란 힘을 설명하는 것 말고도 또 문화대혁명 전의 17년 동안에 장편소설이 얻은 빛나는 성취가 남녀의 사랑에 관한 묘사에 힘입은 바 크다는 것을 설명하였다.

17년 시기의 장편소설 속에서 나는 가장 참되게 써진 부분이 바로 사랑에 관한 대목이라고 생각한다. 작가가 이런 부분들을 쓸 때, 활용한 것이 자기 자신의 사상이었지, 사회적인 사상이 아니었기 때문이다. 일반적으로 작가들이 사랑을 묘사할 때면 그들은 부분적으로 일시적으로 자기 자신의 계급성을 잊어버리고 정치를 잊고 자기 자신의 아름다운 감정을 투영시키기 마련이다. 그래서 자연스레 사람의 아름다운 감정을 묘사하게 되었다.

17년 시기의 장편소설 속의 이야기는 저마다 다르지만, 사상은 오직 한 가지였다. 작가는 무엇인가 해석하려고 애썼을 뿐이다. 하지만 그들은 아주 짧은 분량을 차지한 사랑을 묘사하는 과정에서 지도자의 사상을 해설할 것을 잊어버렸다. 실제로 이런 대목들이 작가들에게 남아 있는 개성을 대표하는 것이다. 그래서 우리가 앞쪽에서 늘어놓은 그 토막토막 사랑마다 평범하지 않은 이채를 띨 수 있었다.

예컨대 딩상우와 린리의 사랑은 시원하고 멋들어지며 독특하게 쓴 것이다. 이는 미녀가 영웅을 사랑하는 전형이다. 딩상우는 온 얼굴이 곰보이고, 사람을 찌르는 뱁새눈이지만, 린리는 타고난 미모에 다정도 병인 여성이다. 두 집안은 또 피맺힌 깊은 원한을 갖고 있다. 딩상우는 내내 바른 눈으로 그녀 린리를 본 것이 아니며, 늘 그녀 앞에서도 그의 커다란 칼날을 갈았다. 당시에 내가 이 책을 읽을 때, 나를 죽인다고 해도 나는 린리가 딩상우를 사랑하게 될 줄 생각지 못하였지만, 그 사람이 사랑하게 된 것이다. 나는 린리가 달빛 아래서 딩상우같이 우락부락하고 못생긴 작자에게 마음을 드러내는 부분을 읽었을 때, 나의 마음은 정말 너무 슬펐다. 나는 린리 때문에 안타까웠다. 대협객 스경신史更新을 사랑해야 하잖아! 하지만 그녀는 굳이 스 대협을 사랑하지 않고 그녀는 딩 곰보를 사랑하였다. 지금 돌이켜 생각하니 이 작가가 정말 사랑을 쓸 줄 알았던 것이지. 만약 린리와 스 대협이 연애하고 사랑을 나누게 하였다면, 그야말로 맥이 빠졌을 것이다.

사오젠보에 대한 바이루의 사랑도 여자가 남자를 쫓아다닌 것이다. 다정한 소녀의 야릇하고 섬세한 심리에 대해 꼬박 한 장章 분량을 들여서 썼고 제목을 '바이루의 마음白茹的心'이라 붙였다. 사오젠보는 처음에 점잖은 척도 하였지만, 무거운 짐을 자기 어깨에 짊어졌고, 일을 망치지 않을까 염려하였다. 하지만 웨이후산을 함락시킨 다음에 이 노형도 자제력을 잃고 눈 덮인 땅에 서서 적지 않은 잠꼬대 같은 소리를 하였다. 당시에 나는 소년이었고, 나의 누나는 큰 처녀였다. 누나는 교육 수준이 낮아서 책을 보는 데 좀 어려움이 있었다. 그래서 나에게 이 두 부분을 읽어달라고 하였다. 나의 어머니가 기름 등잔 아래서 바느질을 하고 있었다. 나는 부끄러워서 누나에게 읽어주지 않았다. 누나가 화를 내며 자신이 희생하여서 학교에 가지 않고 일을 해 돈을 벌어다 우리를 먹여 살리는 데 큰 힘을 보탰으며 글자를 알도록 공부시켰는데, 내가 그녀에게 소설을 읽어주는 것조차도 싫어하면 정말 배은망덕한 짓이라고 말하였다. 나의 어머니도 누나 편을 들어서 나를 나무랐다. 나는 말하였다.

"엄마는 누나가 나한테 읽어달라는 것이 뭔지도 모르면서!"

어머니가 말하였다.

"뭔데? 너도 읽잖아? 네 누나가 너보다 훨씬 큰데 들으면 안 될 게 있어? 읽어!"

그래서 내가 말하였다.

"읽으면 읽는 거지. 하지만 나쁜 물이 들었다고 나를 원망하진 마."

내가 나의 누나에게 '바이루의 마음'을 읽어주었다. 나의 누나는 눈물을 철철 흘리면서 들었고, 나의 어머니도 손에 들고 하던 바느질 일도 잊어버리고 들었다. 나의 어머니가 당시에 우리 집에 주둔한 적이 있는 유격대에서 있었던 장교와 여군들에 관한 이야기를 해주었다. 남자는 얼마나 재간이 있었는지, 악기를 불고 두드리고 노래하는 것이며 쓰는 것이든 그리는 것이든 모두 다 잘하였다. 여자들은 저마다 다 예뻤고, 단발머리를 하고 허리에는 쇠가죽 혁대에 권총을 차고 있었고, 걸어가면 새끼사슴 같았다고 말하였다. 나는 어머니가 말한 것이 팔로군이라고 여겼지만, 어른이 된 다음에 문학과 역사 관련 자료를 찾아본 다음에야 당시에 우리 마을에 주둔한 그 군대가 국민당이 이끈 부대인 것을 알았다. 뒷날의 일이 증명하였는데, 나의 누나도 나쁜 물이 들었다. 그녀가 '바이루의 마음'을 들은 뒤에 마을의 어떤 젊은이와 연애를 하게 되었다. "부모의 명령과 중매인의 말"이란 혼인 패턴을 타파한 데다 마을에서 열띤 토론을 불러와서 나의 아버지를 반죽음 상태에 빠질 정도로 화나게 하였다. 나는 이불 속에 누워서 이불을 푹 뒤집어쓰고 자는 척하면서 아버지와 어머니가 나의 누나를 혼내는 소리를 들었다. 나는 '바이루의 마음'이 누나에게 해를 입힌 것을 알았다.

『삼가항』 속의 저우빙과 취타오의 사랑도 심금을 울리게 써서 나를 거의 혼이 빠지도록 만들었다. 내가 방앗간 안에 숨어서 취타오 아가씨가 죽는 장면을 읽었을 때는 울음을 터뜨렸다. 지금 돌이켜 생각해보니 저우빙이란 인물이 가보옥의 그림자와 좀 겹쳤지만, 첫사랑의 연인을 다시 만났을 때 실망도 많이 하지만 역시 그 감정은 잊기 어려운 것과 같았다.

나는 문화대혁명 전 17년 시기의 장편소설 속에서 사랑에 대한 묘사가 가장 성공적이고 가장 상투에서 벗어난 것은 역시 『씀바귀꽃』이라고 생각하였다.

　중국 사람은 여태까지 멋진 남자와 예쁜 여자라는 상투를 좋아한 나머지 작가가 영웅과 미녀를 화목한 원앙과 한 줄기에 가지런히 핀 연꽃 한 쌍이 되도록 하는 데 영향을 끼쳤다. 『씀바귀꽃』에서 싱리와 더창은 확실히 하늘과 땅이 맺어준 한 쌍이고 소꿉동무로 둘 사이의 정이 깊다. 하지만 작가는 그들의 사랑을 한껏 써서 독자에게 속으로 염복을 실컷 누리게 한 뒤에 난데없이 붓끝을 확 바꾸어 싱리의 죽음을 썼다. 싱리의 죽음이 하여간 손에 땀을 쥐게 한다. 이 죽음은 참혹한 전쟁에 대해서, 또 참혹한 계급투쟁에 대해서 모두 강력한 고발을 담고 있어서 사람에게 비극의 카타르시스와 아름다운 사물이 파괴된 뒤의 비극적인 아름다움을 충분히 체험하게 하였다. 중국은 봉건 역사가 질리도록 긴긴 나라였고, 몇천 년 동안 쌓이고 쌓인 봉건의 독소가 온 사람의 핏속에 흘러넘치고 있다. 사람의 엉덩이마다 죄다 봉건의 낙인이 찍혀있다. 작가가 묘사한 사랑에는 일반적으로 말하면 찬미를 원치 않으며 심지어 동정의 태도로 남녀 사이의 몰래 한 사랑을 묘사하길 원치 않는다. 『씀바귀꽃』은 이 방면에서 오히려 중대한 파격을 보였다. 작가는 절대적인 동정의 태도로 머슴 왕창쒀와 싱리 어머니의 사랑을 묘사하였다. 이러한 사랑이라야 강렬하고 사람 마음을 뒤흔드는 병적인 아름다움을 띠면서 매우 큰 설득력을 얻게 된다. 나는 펑더잉馮德英이란 그의 동시대를 훌쩍 뛰어넘은 작가가 이 박복한 원앙 한 쌍의 이야기를 통하여 우리의 많은 심오한, 사회에 의해 금기시된 도리를 말하였다고 생각한다. 펑더잉은 또 하나코와 라오치의 사랑을 썼다. 왕창쒀와 싱리 어머니의 사랑에 대해서는 그가 동정적인 태도를 더욱 많이 지녔다면, 하나코와 라오치의 야성의 힘으로 가득 찬 사랑에 대하여서는 완전히 찬미의 태도를 보여주었다. 나는 인생을 바로 보는 작가의 용기를 매우 존경한다. 사랑의 작은 삽입곡일지라도 작가는 독특하게 썼다. 예컨대 쥐안쯔絹子와 장융취안姜永泉의 사랑 대목을 읽을 때, 나는 장융취안과 쥐안쯔의 나이 차이가 너무 큰 것이 아닐까 하고 느꼈다. 게다가 아름답고 다정하고, 재능과 미모를 모두 겸비한 위생대대 대장 바이윈이 자발적으로 영웅적인 전투를 하는 왕둥하이에게 구애하였다. 이 얼마나 아름다운 한 쌍이던가. 하지만 작가는 의외로 왕둥하이가 바이윈의 구애를 거절하고, 뜻밖에 전쟁의 영웅에게 과부 하나코를 선택하게 하였다. 그녀는 한 손에 아이를 안고 또 다른 손에는 배추 한 포기를 안고 있었다. 그녀는 유방이 크고 행동이 거칠다. 어떻게 바이윈에게 비할 수 있으리? 당시에 소설을 볼 때 이 부분까지 보고 나는 정말 매우 못마땅하였다. 이러한 아쉬움을 느끼는 것이 내가 사랑을 아예 몰랐다면, 펑더잉은 사랑을 정말로 잘 알았다는 것을 설명한다. 또 내가 조그만 어린아이임에도 불구하고 마음속에도 강한 봉건 의식을 품고 있었다는 것을 설명한다. 하나코는 덤받이를 키우는 과부로서 농촌 사람들 말로 하면 바로 '반 고물'이지만, 바이윈은 처녀였다. 두 사람은 그야말로 비교가 될 수 없었다. 펑더잉은 오히려 몸에 군복을 입고 허리에 혁대를 묶고, 가녀리고 늘씬한 바이윈이 하나코를 끌어안고 연거푸 '착한 언니'라고 외치게 해서 왕둥하이가 하나 코와 라오치가 낳은 아이를 안고 한쪽 옆에 서서 바라보게 하였다. 이 장면이 그야말로 커다란 감동을 주지만, 문화대혁명 전 17년 시기의 장편소설 속에도 없고 문화대혁명 뒤에서 지금까지의 소설 속에도 없는 대목이다. 그 밖에도 쥐안쯔와 장융취안의 사랑이나 치쯔七子와 병든 며느리의 사랑도 아주 감각적으로 썼다. 『씀바귀꽃』은 참혹한 전쟁이란 환경에 놓인 남녀 관계에 대한 묘사에 탁월한 공을 세웠고, 그 성과는 같은 시대 작가를 훨씬 뛰어넘었다. 그는 확실히 시치미를 떼는 비단 장막에 구멍 한 개를 뚫어놓았다. 이러한 독특한 사랑의 묘사 등을 담았기 때문에 『씀바귀꽃』이야말로 항일전쟁을 반영한 가장 우수한 장편소설이 된 것이다.

17년 시기의 사랑의 묘사에 성취가 있긴 하지만, 정치적인 원인과 역사적인 원인으로 말미암아 작가의 사상과 재능을 제한하였다. 그래서 원래 크게 이채를 띠어야 할 것들이 답답한 구석까지 몰리게 되었다. 끊어진 담벼락 위에 몰래 핀 자그마한 씀바귀꽃처럼 그렇게.

지나치게 정치성과 계급성을 강조하였고, 세찬 정치적 비바람이 또 작가들에게 머리를 숙이고 어깨를 움츠리도록 후려쳤기 때문에, 그들은 붓을 움직이기 전에 붓에 '계급투쟁표' 먹물을 흠뻑 묻혔다. 그들이 주관적으로 어떠한 태도였든 간에 이러한 먹물이 남긴 흔적에서 역겨운 계급투쟁의 냄새를 풍기지 않을 수 없었다. 그래서 17년 시기의 대다수 장편소설 속의 사랑 묘사에는, 프롤레타리아 이외의 또 다른 계급의 사랑을 묘사한 사람이 극히 드물고, 설령 있다고 해도 그들의 문란함과 욕정을 쓴 것이다. 프롤레타리아라야만 사랑을 알고 또 다른 계급은 모두 짐승들인 것 같았다. 프롤레타리아의 사랑이 있어야만 사랑의 가장 완벽한 형태인 것 같았다. 계급적 사랑이란 것이 사실은 아주 터무니없는 표현법이다. 나는 사랑 속에 반영해낸 계급투쟁은 아주 드물고, 특히 사랑의 초기 단계에서 그렇다고 생각한다.

뒤떨어진 도덕관념도 작가의 붓에 달라붙어서 작가를 도덕에 부합하는 궤도에서만 내달리게 하고 생활의 미개척지로 내려가 남녀가 몰래 만나 나누는 사랑을 찾기를 원하지 않게 하였다. 작가는 지금 도덕에 부합하고 또 전통 도덕에 부합하는 소야곡을 소리 높여 읊을 뿐이고, 감히 도덕의 모진 욕설 속에 감춘 악의 꽃을 묘사하지 못한다. 이렇게 하여서 고온에서 멸균된 사랑의 그림을 줄줄이 그려냈다. 그림마다 사람은 속세의 불에 익힌 음식을 먹지 않는다. 남자는 하느님 아버지이고, 여자는 성모이며, 그들의 품에 안고 있는 갓난아기는 몸에 핏자국이 묻지 않았고 게다가 배꼽도 없다. 이러한 그림 속에서 우리가 본 것은 도덕화된 사랑일 뿐이고, 사랑 자체가 지닌 활기찬 생명력은 철저하게 거세당하였다. 이러한 사랑은 위선적이고 생활 속의 사랑과는 매우 동떨어져 있다.

소설 가운데서 특히 장편소설 속에는 거의 빠질 수 없는 성애 묘사가 당대문학사에서 내내 아주 불공평한 대우를 받았다. 이는 앞에서 말한 도덕적이고 정치적인 요소 말고도, 과학 방면과 미학 방면에서도 깊은 원인이 있다고 여겨진다. 우리 중국 사람은 몇천 년 동안 봉건 전통의 영향을 받았기 때문에, 성적인 심리와 생리 방면에서 내내 꼭꼭 숨겨왔고, 사람을 괴롭히는 홍수나 맹수로 간주해왔다. 이러한 현상은 지금까지도 존재한다. 과학 방면의 뒤떨어짐이 성 방면에서 전체 사회의 무지를 불러온 것이고, 이 무지가 또 변태적인 광기와 점잔을 빼는 위선을 초래하였다. 작가는 첫째로 사회 풍조에 맞설 힘이 없고, 둘째로 종종 그 자신도 뒤떨어진 사회 풍조에 물들고 해를 입어서 붓을 '계급투쟁표' 먹물로 푹 적시는 것 말고도 또 '참 봉건-거짓 군자표' 먹물을 묻히게 되었다. 그 밖에 우리는 내내 성애를 아름다운 것으로 삼아 감상하지 못하였고, 언제나 남 부끄러운 더러운 짓이라 생각하고, 비파를 안고 얼굴 반쪽을 가린 듯이 수줍어하였다. 이 과학과 도덕면에서의 뒤떨어짐이 문학에서 표현되면, 첫째는 극단적인 성욕의 묘사로 등장하여 왜곡된 정욕을 분출시킬 가능성이 있고, 둘째는 마스크를 쓰고 입맞춤하는 애정 묘사로 나타난다. 이 두 가지 현상은 모두 비정상적이다. 전자는 정말 타락한 것이고, 후자는 거짓 점잔을 빼는 것이다. 이 중간에 또 길 한 갈래가 있고, 성애에 관한 묘사 방법도 있다.

당대문학이 바로 강물처럼 앞으로 흘러가고 있다. 성애 묘사가 도달한 예술적 높이가 어떤 시기의 문학이 도달한 예술적 수준을 가늠하는 표준이 될 수 있다. 17년 시기에도 우리에게 『씀바귀꽃』한 편이 있었다. 하물며 지금에야, 더군다나 앞으로는!

충웨이시 선생 이야기

충웨이시從維熙 선생이 벼슬자리에 있을 때는 우연히라도 사람 같은 말을 하지 않았다. 예를 들라면 들지 않겠다. 충웨이시 선생이 벼슬을 할 때 한 말이 전부 사람 같은 말이라면 그는 성현이지 보통 사람이 아니게 되겠지. 그래서 내가 이렇게 말하는 것은 충웨이시 선생의 인격을 헐뜯으려는 것이 절대 아니다. 나는 충웨이시 선생이 크지도 작지도 않은 벼슬을 한 적이 있음에도 불구하고 사실은 여전히 보통 사람이라는 점을 설명하려는 것이다.

나라는 사람의 악명이 밖에서 손해를 보게 되면 가리지 못하고 막지 못하는 요 입에서 보게 되는 것인데, 충웨이시 선생이 자신에 대한 인상기를 쓰라고 나를 지명하였다. 그가 적당한 사람을 찾은 셈이겠지. 당신이 벼슬을 할 때 우리는 감히 당신이 옳지 않다고 말하지 못하였고, 당신이 벼슬을 하지 않게 되니까 우리 작가가 버릇없이 굴게 되었다. 우리 작가의 행동도 소인배라고 하기에 족할 것이다. 하지만 지금은 모두 이런 것이 아니잖은가? 과거에도 이런 것이 아니었잖은가? 선배의 장점을 계승하려면 확실히 쉽지 않은 일이지만 선배의 결점을 계승하려면 실로 너무 쉽다.

얼마 전에 내가 항저우에 있을 때, 어떤 원로작가와 어떤 원로 편집장과 합석해 식사를 하였다. 나의 케케묵은 소설들에 대해 언급하면서 그들이 말하였다.

"1950년대에는 꼬투리만 한 번 잡혔다 하면 우파 만드는 것쯤이야 식은 죽 먹기였지요."

내가 말하였다.

"어디 우파에 그치겠습니까? 총살해버리기에 충분했습니다. 그렇지만."

나는 말하였다.

"당시에 우리 같은 사람의 소설은 아예 발표될 수 없었고, 발표하지도 않는데 무엇을 근거로 저를 우파로 구분하겠습니까?"

그들이 말하였다.

"당신을 우파로 구분하려고 작정하면 발표시킬 필요가 있겠어요? 후펑胡風의 개인적인 편지들도 발표된 게 아니잖아요?"

내가 말하였다.

"그건 저도 물론 압니다. 요 몇 해 사이에 제가 당시의 우파가 쓴 회고하는 글을 많이 보았고,(충웨이시 선생의 글을 포함하여서) 작가협회 같은 기관을 향해 계통적인 우파 타도 운동을 한 것에 대해 저에게 어느 정도 이해가 생겼습니다. 저는 나이 든 동지들이 당시의 작가협회 책임자의 심리를 분석할 때 이성을 잃고 미쳐 날뛰면서 남을 정리한 까닭이 사실은 이러한 방식으로 자기 자신을 보호하고 싶은 데 있다고 여기는 것을 보았습니다. 이 견해에 대해 저는 동의하기 어렵습니다. 저도 뒷날 어떤 거물을 접촉해 보았는데, 그 모습이 그야말로 벌벌 떨 정도였습니다. 완전히 굉장한 교주의 기세였습니다. 이러한 사람을 두고 누가 또 감히 그를 정리해요? 그가 구태여 자기 자신을 보호할 필요가 있겠습니까? 저는 그가 그렇게 많은 사람을 우파로 묶은 것은 질투 심리에서 비롯된 것이라고 여깁니다. 그 자신이 작가라는 이름을 달고 있기는 하지만 근본적으로 제대로 된 글을 써낼 수 없고, 그래서 먼저 재능이 그 자신보다 위에, 훨씬 먼 곳에 있는 원로작가 몇몇을 들쑤셔 엎어놓은 것이고, 그런 다음에 또 젊고 재능이 넘쳐흐르는 사람들을 뒤엎어서 나이든 사람이니 젊은 사람이니 전부 손을 본 것입니다. 그는 비서 그룹을 거느리고 글을 쓰게 한 것입니다. 사람이 에세이 한 편을 쓰는데도 무슨 비서 그룹을 거느려야 한다니요. 이런 일은 지구상에서 아마 선례가 없을 것입니다. 이런 사람도 작가입니까? 당시에 중국 전역에서 사람이 전부 굶주림 속에서 몸부림치고 있고, 많은 사람이 심지어 죽음의 선상에서 발버둥치고 있었습니다. 그런데 그는 산이니 물이니 하는 글을 써냈습니다. 사람의 심장이 이 정도로 굳어버렸습니다. 좀 기적 같기는 하지요. 뒷날 문화대혁명이 발생하였고, 이 사람도 타도되었습니다. 사실 바로 '바위를 옮기려다 자기 발을 찧은' 자작극이지요. 문화대혁명이 돌발적으로 발발한 것은 절대 아니고, 문화대혁명이 사실은 바로 우파 타도의 연장이었기 때문입니다. 당시의 작가협회 책임자가 바로 문화대혁명을 부채질한 사람이었다고 말할 수도 있습니다. 문화대혁명이 처음 시작되었을 때, 그들은 속으로 또 얼마나 기뻐해야 할지 몰랐지만, 그 자신도 뒤엎어질 줄을 생각지 못하였을 겁니다. 이것이 그래도 불행 중의 다행이지요. 이런 사람들이 문화대혁명 중에 타도되지 않았다면, 그들이 물 위쪽으로 올라가 떠올랐다면, 그들이 남을 정리하였다면, 아마 '사인방'보다 못하지 않았을 것입니다."

우파라는 화제를 말하는 것도 충웨이시 선생과 충웨이시 선생의 문학을 말한 것이나 마찬가지이다. 충웨이시 선생이 당시에 우파로 두들겨 맞은 것이 그가 그때 그 시절에 재능이 넘쳐흘렀음을 설명하고 게다가 당시에 그가 대담하게 정의를 지켰다는 점도 설명해준다. 어떤 '느려 빠진 사람 중에도 견실한 사람은 있다.' 하는 것에 관한 화제는 바로 우파 타도 운동 속의 충웨이시 선생을 형용하는 것 같다. 충웨이시 선생은 우파가 된 뒤에 산시山西로 배치되어 노동개조를 하러 갔다. 그곳에서 지낸 세월은 짧은 시간이 아닌 듯하였고, 돌아온 뒤에 이 경력을 써서 제한 구역을 타파하였고, 「노동수용소 담장 아래 핀 자목련」이란 꽃 한 송이를 피게 하였다. 또 '노동수용소 문학의 아버지'라는 아름다운 명예를 얻었다. 뒷날 그가 한 번 내놓자 거두어들일 수 없게 되어서 한 부 또 한 부 그와 같은 우파 형님들이 모두 또 다른 것을 쓰게 될 때까지 이어갔다. 그는 또 정의를 위하여 뒤돌아보지 않고 용감하게 우파의 문학을 해나갔다. 이러한 고집과 눈먼 정은 그가 고통을 깊이 당한 것 말고도 이분이 막다른 골목까지 가는 옹고집쟁이라는 것도 설명하였다. 나는 당대문학사에 '우파문학'이란 영역이 있는지는 모르겠지만, 만약 있다면 충웨이시 선생이 눈에 띄는 지위에 자리해야 한다고 생각한다. 앞으로 만약 우파문학을 위한 절 한 곳을 세운다면, 충웨이시 선생은 틀림없이 절의 커다란 신 한 분이 될 것이다. 우리 마을 근처에 어떤 농장이 있었는데, 예전에 산둥성 직속 기관, 대학과 전문대학 등의 모든 우파가 집중적으로 모여 살았다. 그들은 우리와 매우 긴 시간 동안 아침저녁으로 함께 지냈다. 그래서 우파에 대하여 나는 낯설지 않다. 우리 마음속에서 우파가 바로 능력 있는 사람의 대명사이고, 우리 그곳 시골 사람의 말로 하면 "능력이 조금 없으면 우파가 될 수 있겠어?"이다. 그래서 내가 여기서 이러한 말투로 우파를 이야기하는 데는 사실 경의를 가득 품은 것이다.

나는 우파문학에 충웨이시 선생의 문학을 포함하고도 역시 불만족을 느낀다. 나는 이러한 작품들 속에서 도스토옙스키의 작품 속에 든 영혼을 고문하는 힘이 부족하다고 느꼈다. 이것에도 모든 문화대혁명을 쓴 작품을 포함한다. 모두 당시의 정치적 배경을 비판하였을 뿐이고, 인간성에 대하여 분석한 것은 아주 드물다. 나쁜 일을 하는 사람이 마치 도구인 것 같고, 마치 다른 사람이 그들에게 그렇게 하도록 지시한 것 같다. 아주 간단한 방법이 바로 요강을 마오쩌둥의 머리 위에 덮어놓는 것인데, 사실 마오쩌둥도 아래쪽의 심보 고약한 사람들에게 속임을 당하였다. 우파대열 속에 사실 많은 진정한 '좌파'가 있었다. 그들은 처음에 모두 다른 사람을 타도하고 싶었지만, 결과적으로 자기 자신도 타도된 것이다. 그들은 되레 이러한 방식으로 자기 자신을 보호하고 싶었을 것이다. 이는 소인배의 비극이자 용서할 수 있는 인격의 결함이다. 아무튼지 나는 우파문학이 고난을 드러내는 것에 만족하여서는 안 되고, 이 참혹하고 터무니없는 운동 과정에서 사람의 심리적 변이를 분석해야 하고, 또 단지 그것을 책임자가 잘못 발동한 정치적 운동으로 보아서는 안 되며, 그것을 인간성의 비극으로 보아야 하고, 또한 비극을 부추기도록 한 인물의 인격적 결함과 이 운동이 떠들썩하게 전개될 수 있었던 원인이 되는 사회적 기초를 분석해야 한다고 생각한다. 혁명아! 얼마나 숱한 사람이 당신 이름을 빌려 썼던가. 이치대로 말한다면 참극이 막을 내린 뒤에 참극을 만든 사람에 대하여 법정을 열어 심판하여야 마땅하다. 얼마나 숱한 사람이 당신의 손에서 죽었는가? 물론 당신이 칼을 쓰진 않았다. 얼마나 숱한 사람의 일생이 고통을 당하였는가? 물론 당신이 직접 채찍으로 그들을 때리진 않았다. 하지만 당신의 죄과는 나도 '문화대혁명' 중에도 박해를 받았다는 한마디 말로 한꺼번에 말소하여서는 안 되는 데 있다. 당신은 더욱 이것이 위쪽의 지시였고 나는 집행자였을 뿐이라며 자신의 죄를 씻어내서는 안 된다. 더군다나 당신은 그저 집행자가 아니었다. 만약 그렇다면 히틀러도 죄과를 인정할 필요 없다. 그는 결코 직접 살인하지 않았기 때문이다. 그렇다면 나치의 망나니도 죄과를 인정할 필요 없다. 그는 위쪽의 지시를 집행하였을 뿐이기 때문이다.

지금 나는 이렇게 생각한다. 장즈신張志新[3]의 기관지를 절단한 사람에게 죄가 있는가? 뤄루이칭羅瑞卿을 외양간에 들어가게 한 사람들은 죄가 있는가? 류사오치劉少奇를 괴롭히고 펑더화이彭德懷를 곤욕을 치르게 한 사람들은 죄가 있는가? '지주, 부농, 반혁명분자, 악질분자 등 네 부류 반동분자'를 직접 때려죽인 농촌 보안요원 주임들과 선생님을 직접 때려죽인 학생들에게 죄가 있는가? 이들이 자신의 죄악을 반성하였을까? 이들이 자기 자신을 반성할 수 있을까? 만약 비슷한 사회 환경이 다시금 등장한다면 이들이 당시보다 적을 수 있을까?

이렇게 하여서 충웨이시 선생에 대한 나의 찬미가 끌려 나왔다. 충웨이시 선생의 글쓰기에 내가 만족하지 못하는 부분이 여전히 있다고 해도, 하지만 부지런하여 쉴 줄 모르는 충웨이시 선생의 노력은 실제로 역사에 대한 책임과 중국 사람에 대한 책임을 지는 사명감의 소산이다. 충웨이시 선생의 글쓰기가 마음이 시커먼 사람들의 흥을 깰지라도 심지어 미워하도록 만들지라도. 충웨이시 선생의 글쓰기는 착한 사람에게 경각심을 갖게 할 수 있다. 당시에 나쁜 짓을 하였지만, 양심을 아직 완전히 버리지 않은 사람들을 반성하게 할 수도 있다. 충웨이시 선생 세대의 작가는 문학을 '도를 싣

---

3 [지은이] 장즈신(張志新, 1930~1975)은 톈진 사람이고, 중국공산당 랴오닝성위원회 선전부 간사를 역임하였다. 문화대혁명 기간에 독자적으로 생각하고 다른 견해를 발표하였기 때문에 체포되었으며, 옥중에서 끔찍한 박해를 당하였으나 강한 의지를 굽히지 않았다. 1975년 4월 4일에 '반혁명죄'로 총살되었다. 사형을 집행하기 전에 그녀가 진실의 소리를 낼 것을 방지하기 위하여 그녀의 기관지를 절단하였다.

는' 도구로 간주하였다. 이는 그들의 특징이자 그들의 가치가 소재한 곳이기도 하다. 우리가 우리의 한계를 가진 것과 같이 그들에게는 그들의 한계가 있다. 충웨이시 선생은 어떤 강의에서 루쉰의 「우연히 짓다」의 "봄날 난초와 가을 국화는 철이 다른 법이려니"라는 구절을 인용하여 선배 작가에 대한 젊은 신진 작가들의 전반적인 부정을 바로잡았다. 내가 '선배 작가'는 비록 아니지만, 젊은이들이 부정하는 줄에도 들어있었기 때문에, 그래서 충웨이시 선생이 일리가 있게 말했다고 생각하였다.

충웨이시 선생의 장점 몇 가지를 다음과 같이 정리하여 말하는 걸로 이 글을 마쳐야겠다.

선생은 젊은이의 재능을 질투하지 않는 작가이고 또 한동안 지도업무를 맡은 작가이다. 그는 신진 작가에 대해 찬미의 말을 하는 데 인색하지 않다. 1986년에 나의 「붉은 수수」가 발표된 뒤에 첫 번째로 호평해준 글을 바로 선생이 지었다. 글은 『문예보文藝報』에 발표되었고, 「우라오펑 아래서 쪽배를 타고」라는 제목의 글이었는데, 당시에 내가 그를 아직 알지 못하였을 때였다.

선생은 대담하게 비판 의견을 발표하는 사람이다. 1987년에 나의 「즐거움」이 발표되었을 때, 선생이 독일에서 나에게 대놓고 많은 사람 앞에서(그 가운데 독일 사람이 많이 있었다) 나의 문학은 미학이 아니라 너절학孼이라고 말하였다.

선생은 예쁜 여자를 좋아하고 맛 좋은 술을 좋아하고 돈을 좋아하고 마작하기를 좋아하고 담배 피우기를 좋아하는 사람이지만,

그는 예쁜 여자를 좋아해서 잘못을 저지른 적이 없고, 맛 좋은 술을 좋아해서 주정을 부린 적이 없고, 돈을 좋아해서 공금을 횡령한 적이 없고, 마작하기를 좋아해서 노름꾼이 된 적이 없고, 담배 피우기를 좋아하였지만 아주 건강하다. 이런 것이 장점이냐? 나는 그런 셈이라고 생각한다.

선생은 감성이 풍부한 사람이다. 나는 독일에서 우리가 헤어질 때, 그가 입을 삐죽이더니 울었다고 기억한다. 그가 자기 자신은 미국 영화 〈애수〉의 주제음악을 듣기만 하면 뜨거운 눈물이 눈에 그렁그렁해진다고 말하였다.

선생이 벼슬을 하였을 때는 조금 사랑스러웠는데, 그가 벼슬자리에서 내려온 뒤에는 더욱더 사랑스러워졌다. 그는 그들 세대의 공통적인 체면을 갖고 있고, 자신의 몇몇 결함을 갖고 있지만, 커다란 방면에서 허물이 없었다. 이분은 신뢰할 가치가 있는 큰형님이고, 심지어 결정적인 중요한 순간에 심지어 영웅적 기개를 드러낼 수 있는 사람이다.

악을 알아야 선하게 될 수 있다

마이톈麦田출판사가 『단향나무 형벌』의 개정판을 출판하려고 하여서 나는 기쁘면서도 걱정된다. 책을 재판할 수 있다는 것은 타이완에 마음의 소리를 알아주는 벗이 아주 많다는 설명일 테니까 기쁘긴 하지만, 젊은이마다 나의 뜻을 완전히 이해하는 건 아닐 거라는 점에서는 걱정되었다. 만일 젊은이를 그르치면 나의 죄가 클 것이다. 그래서 머리말을 써서 간단하게 내가 이 소설을 지은 초심을 토로해보련다. 이런 일에는 아주 서투르긴 하지만 어쩔 수 없다.

『단향나무 형벌』은 보기에는 역사제재의 소설이다. 주인공 자오자趙甲는 청나라 말기의 최후의 망나니이다. 형벌을 집행하는 데 공이 있어서 자희태후慈禧太后가 7품 관모와 황제가 앉았던 의자를 하사하고 퇴직시킨 다음에 고향으로 돌려보냈다. 그의 며느리의 친정아버지 쑨빙孫丙은 본디 고양이창猫腔 극단의 단장이었으나 나중에 극단을 해산하고 아내를 얻어 아들을 낳고 찻집을 열어 생계를 도모한다. 하지만 뒤에 집안이 난데없이 변고를 당하였기 때문에,

그는 독일에 저항하는 우두머리가 되었다. 그는 의화단에게서 법술을 배우고 민중과 옛날 극단의 단원들을 불러 모아 자오지철도를 놓는 독일군에게 대항하다가 패배하여 체포되고 말았다. 일벌백계하기 위하여 독일군 사령관과 산둥순무 위안스카이袁世凱가 현령 첸딩錢丁에게 자오자를 불러 임무를 맡기도록 명령한다. 형벌을 받되 며칠 안에 죽지 않을 수 있는 형벌로 쑨빙을 처벌하게 하고, 이를 빌려 민중에게 경고하려는 계획이다. 자오자는 '단향나무 형벌'을 구상하였다. 쑨빙은 원래 달아날 기회가 있었지만, 그는 달아나지 않았다. 그는 배우 출신으로서 이미 연극화된 사유 습관에 젖어 있었다. 큰일과 부딪칠 때마다, 그는 첫째, 극중 인물이 이런 일에 부딪히면 어떻게 할까 하고 생각하였고, 둘째, 일단 이렇게 하면 누군가에게 극으로 엮여져서 공연되어 길이 남지 않을까 하고 생각하였다.

루쉰 선생이 선생의 작품 속에서 무관심하고 무표정한 구경꾼을 비판하였고, 간접적으로 형벌을 받는 사람의 과시 심리도 드러냈다. 나는 그의 이런 주제에서 더 나아가서 확대해 발전시켰다. 나는 망나니, 사형수와 구경꾼이 삼위일체의 관계라고 생각하였다. 이 떠들썩한 대규모 연극을 공연하는 과정에서 망나니와 사형수는 한 무대에서 연기를 펼치고, 서로 요구를 척척 알아차리고 손발이 착착 맞는다. 망나니의 솜씨가 뛰어나지 않으면 구경꾼이 만족하지 못한다. 형벌을 받는 사람이 배짱이 없어도 구경꾼은 만족하지 못한다. 그래서 이것은 시비 관념을 잃어버린 살인 빅 쇼big show이다.

형벌을 받는 사람이 얼굴빛 하나 바꾸지 않고 죽음도 두려워하지 않고 입에서 씩씩한 말을 뱉어내고, 감격에 북받치는 슬픈 노래를 불러야만, 설령 이 사람이 삼대를 베듯 사람을 죽여서 피맺힌 원한에 칭칭 감겼다고 해도, 그에 대해 구경꾼들은 내심에서 우러나오는 존경을 표시할 것이고, 또 그에게 아낌없는 갈채를 보낼 것이다.

내가 소설에서 중점적으로 파헤친 것은 자오자라는 망나니의 엽기적인 심리이다. 물론 변태심리이기도 하다. 그는 엽기적이지 않고 변태적이지 않으면 살아갈 수 없다. 사실 변태심리는 사람마다 모두 갖고 있다. 변태적인 다른 사람을 욕하는 사람들은 그 자신도 이미 아주 변태적이다. 모든 심리는 기본적으로 모두 환경의 산물이다. 사람마다 모두 다른 사람을 보고 있고, 눈을 감고 자기 마음을 보는 일은 거의 드물다.

소설의 내용은 독일에 대항해 싸운 쑨원孫文의 진실한 이야기가 핵심인 것 외에 그 나머지는 전부 허구이다. 이러한 형법이나 저러한 망나니는 이제껏 등장한 적이 없다. 나는 살그머니 이는 사실 현대소설이라고 줄곧 여겨왔다. 내용을 보면 긴 두루마기와 마고자와 변발과 전족이지만, 실제로는 현대적인 심리를 쓴 것이다. 1980년대 초기에 장즈신의 사적이 밝혀진 뒤에 나는 커다란 충격을 받았다. 나는 당시에 이렇게 생각하였다.

'형을 집행하기 전에 명령을 받고 장즈신의 기관지를 절단한 그 사람, 그리고 그러한 혁명의 이름으로, 또 인민의 이름으로 장즈신에게 끔찍한 형벌을 가한 사람, 그들은 당시에 어떻게 생각하였을까? 장즈신이 명예를 완전히 회복한 일을 보고, 또 혁명 열사로 추인되었을 때, 그들은 또 어떻게 생각하였을까? 그들은 참회하고 싶을까? 만약 그들이 참회하려고 한다면, 우리 중국 사회는 그들의 참회를 허용할 수 있을까?'

이후에 1990년대에 이르러서 나는 또 베이징대학의 재원 린자오[4]의 이야기를 알게 되었고, 또 린자오의 이야기 속에서 그 기가 막힌 총알값 5편의 사연을 알게 되었다. 나는 다시 똑같은 문제를 생각하였다.

'당시에 린자오를 잔인하게 괴롭힌 그러한 사람들과 린자오의 입에 쑤셔 넣어 그녀가 소리를 지르는 대로 끊임없이 부풀 수 있는 고무공을 발명한 사람은 도대체 어떻게 생각할까?'

또 더 나아가 나는 다시 생각하였다.

'만약 당시에 내가 린자오나 장즈신을 지키는 옥사쟁이였다면, 상부에서 나보고 그들에게 형을 가하라는 명령을 내렸다면, 나는 명령을 집행하였을까? 아니면 명령에 반항하였을까?'

더 나아가 생각한 결과가 나를 깜짝 놀라게 하였다. 나는 어떤 의미에서, 혹은 어떤 특수한 상황에서 우리 대다수 사람은 모두 망나니가 될 수 있고, 마비된 구경꾼이 될 수도 있다고 느꼈다. 거의 모

---

4 [지은이] 린자오(林昭, 1932~1968)는 쑤저우 사람이고, 베이징대학 중문학과 학생이었다. 문화대혁명 기간에 독자적으로 생각하고 다른 견해를 발표하였기 때문에 체포되었으며, 옥중에서 비인간적인 박해를 당하였으나 관점을 바꾸지 않았다. 1968년 4월 29일에 총살되었다. 사형 집행 직전에 그녀가 소리를 지를 것을 두려워한 나머지 특별히 고안된 수시로 부풀어 오를 수 있는 고무공을 그녀의 입안에 쑤셔 넣었다. 총살된 뒤에 당국이 사람을 파견하여 그의 어머니에게서 총알값 5편分을 받아냈다.

든 사람의 영혼 깊은 곳에 망나니 자오자가 감추어져 있다.

이어서 내가 고려한 문제라면 어떠한 구조와 언어로 이 소설을 쓸까 하는 것이었다.

구조 문제에서 나는 당시에 베이징대학의 예랑葉朗 교수가 『중국 고전소설의 미학』을 말할 때 언급하였던 '봉황의 머리鳳頭—돼지의 배猪肚—표범의 꼬리豹尾'라는 소설의 구조 패턴을 떠올렸다. 이러한 패턴은 나의 서술에 최대한도의 편리를 가져다주었고, 나는 독자의 독서에도 편리할 것이라고 여겼다.

언어 문제에서 나는 민간의 희곡을 생각하고, 우리 가오미의 특유하지만 사라질 위기에 놓인 전통극 무강茂腔을 떠올렸다. 소설 속에서 나는 그것을 '고양이창'으로 바꾸었다. 동시에 나는 내가 소년 시절에 장터에서 이야기꾼의 이야기를 들을 때의 그러한 잊기 어려운 장면들도 떠올렸다.

전통극을 생각하자마자 소설과 '고양이창'을 접목할 구상이 떠올랐고, 일시에 생각이 확 트이는 것을 느꼈다. 이것은 언어 문제일 뿐 아니라 동시에 소설의 내적인 연극적인 구조와 뚜렷한 극적인 줄거리 배치, 갈등과 충돌도 해결한 것이다. 모든 것을 다 과장으로 또 극치로 밀어붙였다. 간신, 악당, 충신, 효자를 대대적으로 확대하였고, 인물을 모두 도식화한 것이다. 예를 들면 쑨빙, 첸딩, 쑨메이냥孫眉娘 등이 그러하다. 하지만 유일하게 자오자란 망나니는 독특한 '이 한 사람'이고, 『단향나무 형벌』 속에서 유일하게 혼자 확고히 설 수 있고, 전형적인 인물이라고 말할 수 있다. 물론 이것은 약간 '오이 파는 왕씨 할머니'[5] 같은 장사수완이다.

『단향나무 형벌』이란 책이 출판되고 지금까지 논란이 아주 많았다. 좋게 말하는 이는 걸작이자 위대한 작품이라고 여기고, 나쁘게 말하는 이는 쓰레기라고 깎아내린다. 그 가운데 끔찍한 묘사 몇 단락이 더욱 욕을 실컷 먹었다. 내가 스스로 이 소설 속에 끔찍한 묘사들이 있다는 것을 인정하는 까닭은 이 소설이 독특한 텍스트이기 때문이라는 데 있다. 이는 연극화 된 소설이다. 혹자는 소설화한 전통극이라고 말한다. 전통극 속의 공연은 가정 성격이 매우 강하고 이간 효과를 지닌다. 이렇게 해야 관중을 위한 심리적 공간을 마련해두지만 지나친 몰입에 이르지는 않는다. 그밖에, 우리 인류는 또한 끔찍한 형벌의 집행자이자 끔찍한 형벌의 구경꾼이며, 더욱더 끔찍한 형벌을 참고 견디는 자이다. 나는 속일 이유가 없다고 생각한다. 사람이 특수한 환경에서 얼마나 끔찍하게 변할 수 있는지를 알아야만, 사람의 마음이 얼마나 복잡한지를 알아야만, 사람이 비로소 타인을 경계하고 자기 자신을 경계할 수 있다. 나는 미래 사회에서 사람마다 관용 정신을 갖고 사람마다 마음에 자비심을 품기를 바란다. 하지만 이 모든 것이 반드시 인류가 예전에 저지른 죄과를 알았다는 것을 전제로 삼아야 한다.

---

5 '오이 파는 왕씨 할머니王婆賣瓜'는 원래 남자이고 성이 왕王이고 이름이 포坡인데, 그가 아주머니나 할머니처럼 수다스러워서 사람들이 왕씨 할머니王婆라고 부른 것이다. 송宋나라 때 그는 서역西域에서 하미과를 심어서 팔았는데, 변란 중에 카이펑開封으로 흘러들어왔다. 중원 사람들은 하미과를 본적이 없고('오이'라고 오해)의 맛을 모르기 때문에, 그의 하미과를 사 먹는 사람이 없었다. 다급해진 왕씨 할머니가 어느 날 황궁을 나와 순시하는 황제에게 다짜고짜 하미과를 올려서 맛을 보게 하였고, 황제가 맛을 인정한 뒤로 그의 장사가 불티나게 되었다는 이야기에서 유래하였다.

마오 주석이 돌아가신 날

짧은 머리말 하나

이러한 큰일을 골라서 쓰는 까닭은, 최근에 위대한 인물과 친한 척 꾸며대는 글을 많이 보았기 때문이다. 겉모양으로 사람을 놀라게 하면 효과적일 뿐 아니라 재미도 있다. 부끄러움을 아는지 모르는 것인지에 대해서는 간섭할 필요도 없다. 예를 들면 덩샤오핑이 사망한 뒤에 나는 문단에서 한평생 동안 남을 정리하는 것을 업으로 삼고 인간미 없는 글도 많이 쓴 몇몇 '혁명' 작가의 정이 많다고 자처한 애도의 글을 보았다. 그 가운데 한 편의 제목은 「경애하는 덩 정치위원이 나를 구하셨다」이다. 제목을 얼핏 보면 참으로 위협적인 데다가 또 그가 덩샤오핑과 일반적이지 않은 관계를 맺었었고, 제2 야전군의 사단장이나 여단장 같은 말투로써, 아무리 못 되어도 덩샤오핑의 취사원이나 마부 등은 될 것같이 생각된다. 하지만 글을 읽고 나서 아예 그렇고 그런 일이 아니라는 것을 발견하였다. 이 사람은 사실 류보청劉伯承과 덩샤오핑의 대군에게 포로가 된 국민당 병사였다. 모자에 붙인 청천백일 배지를 떼어낸 뒤에 혁명에 투신하게 되었고 그런 다음에 혁명 대열에서 줄곧 일하였다. 그는 덩 정치위원을 만난 적이 없는 것은 말할 것도 없고, 짐작하건대 샤오융인肖永銀이나 피딩쥔皮定均 등 제2 야전군의 중간 간부조차도 만난 적이 없었을 것이다. 지금은 진정한 노혁명가가 모두 사망하였고, 포로나 병사들이 입에서 나오는 대로 함부로 말하게 되었다. 아무튼지 그들은 진정한 노혁명가가 관에서 튀어나와 그들에게 흑백을 가리고자 찾아올 수 없다는 점을 잘 알 것이다. 글의 내용은 이러하다. 1978년에, 덩 정치위원이 명령을 내려서 중국의 전체 우파에게 모자를 벗겨주게 하였다. 그는 '우'파였고 모자도 벗겨졌다. 사실 중국의 그 '우'파 속에 굽힐 줄 모르는 사내대장부도 있고, 천진한 지식인도 있지만, 비열한 밀고자도 있고, 남을 정리한 급선봉도 있고, 권모술수를 쓰는 피라미 음모가도 있고, 자기 꾀에 제가 넘어간 보잘것없는 불쌍한 벌레도 있다. 그들 가운데 어떤 사람은 권력을 잡으면 짐작하건대 '사인방'보다 더하였을 것이다. 그들을 '우'파로 구분한 것은 확실히 오해이다. 아뿔싸, 알고 보니 덩 정치위원이 바로 이렇게 그를 구하였구나. 사실 '우'파에게 모자를 벗겨줄 때, 덩 정치위원은 아직 대권을 장악하지 못하였다. 그때는 아직 뛰어난 지도자 화華 주석이 우리를 지도하였으니. 감사하려면 화 주석에게도 감사해야 한다. 나는 이 사람이 당시에 틀림없이 뛰어난 지도자 화 주석에게도 감사드리는 글을 썼을 것이라고 믿는다.

내가 군대에서 근무할 때, 중국공산당 중앙위원회 판공청 경위국의 어떤 지원병을 알았던 일이 저절로 떠올랐다. 구체적인 업무가 아마 식당에서 밥을 짓는 일 같았다. 그가 나와 한 고향 사람이라고 말하여서, 나도 이 고향 사람을 사귀게 되었다. 나의 이 어린 고향 사람에게 취미 한 가지가 있었는데, 남에게 중난하이의 일을 말하기를 좋아하는 것이었다. 중난하이가 마치 자기 집의 개인이 책임지고 경작하는 밭 같았다. 이 젊은이에게 또 습관 한 가지가 있었는데, 당과 국가 지도자의 이름을 직접 부르는 것을 좋아하였다. 예를 들면 장쩌민江澤民을 말할 때, 우리는 늘 '장 총서기'나 '장 주석'이라고 부르는데 길이 들었지만, 나의 이 어린 고향 사람은 오히려 말마다 '쩌민 동지', 또 '리펑李鵬 동지', '루이환瑞環 동지', '차오스喬石 동지' 등이었다. 내가 그에게 물었다.

"자네들 거기 '하이海' 안에서 일하는 동지들은 늘 '쩌민 동지' 같은 사람들을 볼 수 있는 거야?"

그가 틀림없이 대답하였다.

"물론이요, 늘 봐요. 쩌민 동지는 이호二胡 타기를 좋아하시고요, 포도 시렁 아래 앉아서 타면 우리가 옆을 에워싸고 들어요. 리펑 동지는 늘 식당에 와서 줄을 서서 찐빵을 타세요. 제가 늘 큰 것을 골라서 드려요."

나는 감히 나의 이 어린 고향 사람이 헛소문을 내고 있다고는 말하지 못하겠다. 지금의 일이 진위를 구별하기 어렵게 되었기 때문이다. 모 기관의 식당의 어떤 지원병이 남을 대신해 중난하이의 출입증을 만들어줄 수 있는데, 값이 딱 정해져 있는 것은 틀림이 없다. 이는 폭로된 사실이지, 나의 날조가 아니다.

짧은 머리말 셋

앞쪽의 짧은 머리말 두 토막이 당신이 후안무치하고 당신이 도적처럼 대담하기만 하면, 그러면 당신은 아무리 큰 인물이건 간에 낚싯바늘에 걸 수 있다는 것을 설명하고, 그렇게 하면 나의 글이 근거를 찾게 되는 것이다. 나는 원래 스스로 민초에 불과하다고 생각하였다. 누가 벼슬아치가 되든지 나는 백성이니, 마오 주석이 사망한 것과 나와 무슨 관계가 있겠어? 지금 나는 그렇지 않다고 생각하게 되었다. 지금 나는, 마오 주석의 사망과 나에게는 큰 관계가 있다고 생각한다. 나와 관계가 있을 뿐 아니라 심지어 우리 집의 소와도 관계가 있다. 마오 주석이 사망하지 않고 프롤레타리아 독재 아래서 계속 혁명하면 변화가 그다지 없었을 것이고 계급투쟁이 없어질 수 없고, 만약 문학이 있다고 해도 지금 그러한 모습의 문학이 아닐 것이고 저러한 모습의 문학도 나는 써낼 수 없었을 것이다. 만약 마오 주석이 지금까지 살아있다면 나는 틀림없이 이른바 '작가'로 나설 수 없었을 것이다. 마오 주석이 사망하지 않았으면 인민공사도 절대 해체되지 않았을 것이고, 인민공사가 해체되지 않았으면 사원이 집에서 직접 소를 키우지 못하게 되었을 것이다. 그래서 마오 주석이 살아있다면 우리 집에서 그 소를 갖기란 불가능하였다고 말하는 것이다. 이로부터 연상하면 이러하다.

저 「경애하는 덩 정치위원이 나를 구하셨다」를 쓴 '혁명' 작가님, 당신이 무엇보다 먼저 감사를 표해야 하는 사람 역시 마오 주석입니다. 만약 그 어른이 정말 우리가 천 번 큰소리로 외치고 만 번 노래한 것처럼 그렇게 '만수무강'하였더라면, 당신의 그 우파 모자는 죽을 때까지 안전하게 씌워져 있었을 겁니다. 듣기 싫은 말로 솔직히 말하면 마오 주석이 사망하지 않았으면 덩 정치위원이 세 차례 몰락한 다음에, 아마 다시는 일어나기 어려웠을 것입니다.

본론

1976년 9월 9일 오전에, 우리 경호반의 전사들은, 어떤 사람은 침대에 앉아서, 어떤 사람은 의자에 앉아서 반장의 주관 아래 전날 저녁에 본 영화 〈결렬〉에 대해 토론하고 있었다. 이 영화는 뒷날 '사인방' 반당 집단이 만들어낸, 자신들의 정치적 가치관에 부합하지 않는 문예라는 '대독초'가 되었다. 이 대독초 이야기의 줄거리는 장시의 공산주의노동대학에서 덩샤오핑을 제압하기 위하여 일으킨 '우경 부활 풍조'에 관한 일이다. 거유葛優의 아버지 거춘좡葛存

世이 영화 속에서 전적으로 '소꼬리의 효능'을 말하는 노교수를 맡았고, 〈평원유격대〉에 출연한 궈전칭郭振淸은 이 영화에서 대학의 당 위원회 서기를 맡았다. 이 당 위원회 서기가 문화시험에 합격하지 못한, 두 손에 굳은살이 박인 채로 대학에 들어온 학생들을 이끌고 중국공산당 내 자본주의 길을 걷는 당권파라는 '주자파'와 투쟁한다. 투쟁의 결과는 모두 다 교실에서 교수가 말하는 러시아의 흑토지대blackland와 소꼬리의 효능에 관한 강의를 들을 필요 없고, 그런 다음에 모두 사상이 바뀐 노교수의 인솔 아래서 마을로 가서 빈농과 하층민에게 새끼돼지를 거세해줘야 할 것 같았다. 또 어떤 중농 출신의 학생이 자본주의 사상의 영향을 받아서 자신이 몰래 남의 집에 가서 새끼돼지를 거세시켜 준 결과 돼지를 죽게 하였다고 말한 적이 있는 것 같다. 이 새끼돼지의 죽음은 물론 덩샤오핑의 장부에서 계산해야 할 것이다. 모두 의분이 가슴에 가득 차서 혹은 의분이 가슴에 가득 찬 척하면서 덩샤오핑이 함부로 자본주의의 부활을 꾀하였고, 우리 빈농과 하층민에게 두 번 고생을 당하게 하고 두 차례 고난을 겪게 한 하늘에까지 차고 넘치는 죄행을 호되게 비판하였다. 우리의 어떤 전우는 이름이 류자타이劉甲台인데, 비판하고 비판하면서 뜻밖에 엉엉 울었다. 반장이 그에게 뭘 우냐고 물었다. 그가 덩샤오핑 때문에 화가 났다고 말하였다. 우리 반장이 즉시 온 반원에게 류자타이에게 배울 것을 호소하면서 덩샤오핑 비판을 하려면 반드시 강한 계급적 감정을 띠어야 하고 그렇지 않으면 비판 수준을 낼 수 없다고 말하였다.

류자타이의 행동에서 나는 군인이 되기 전에 마을에서 '쓰라린 과거를 회상하는 대회'에 참가하고 '쓰라린 과거를 회상하는 연극'을 관람하고 '쓰라린 과거를 회상하는 밥'을 먹은 일을 떠올렸다. 우리 마을에서 쓰라린 과거를 회상하는 대회를 열 때마다 쓰라린 과거를 회상하러 무대에 올라가는 사람은 늘 팡方씨 둘째아주머니였다. 팡씨 둘째아주머니는 류자타이보다 더욱 심하였고, 류자타이는 반 토막까지 말하였을 때 간신히 울기 시작하였지만, 팡씨 둘째아주머니는 무대 아래에서 무대 위로 걸어 올라갈 때부터 저고리 소매로 입을 막은 채로 애고대고 큰 소리로 울었다. 그야말로 배우가 무대 뒤에서 대기하면서 높은 곡조로 길게 뽑아 다음 곡조로 넘어가게 하는 대목을 공연하는 것이나 다름없었다. 팡씨 둘째아주머니는 아주 정치적 두뇌를 가진, 쓰라린 과거를 회상하는 전문가였다. 류사오치를 비판할 때, 그녀는 자신이 지주 집의 방앗간에서 아이를 기른 이야기를 류사오치와 연결해서 이 일은 죄다 류사오치가 해를 입힌 것이라고 말하였다. 린뱌오를 비판할 때, 그녀는 또 린뱌오에게 박해를 당한 것이라고 말하였다. 덩샤오핑을 비판할 때, 그녀는 틀림없이 또 죄다 덩샤오핑에게 박해를 당해서 자신에게 지주 집의 방앗간에서 아이를 낳게 하였다고 말할 수 있었다. 지금 돌이켜 생각해보니 그 지주는 더 말할 것도 없이 아주 착한 사람이었다. 엄동설한에 함박눈이 펄펄 날릴 때, 아주 더럽고 온몸에 이가 있는 비렁뱅이가 그만 눈 덮인 땅에서 아기를 낳으려고 하였다. 도와주려는 사람이 한 사람도 없을 때, 빈농과 하층민들까지도 계급적 감정 같은 억지를 부리며 그녀를 구하지 않았다. 이때 그 지주가 그녀를 부축해 자기 집으로 데려가 따뜻한 방앗간에 있게 하고 바닥에 또 금빛의 마른 밀짚을 깔아주고 그녀에게 밀짚 위에서 아기를 낳게 하였다. 아기를 낳은 다음에 그녀에게 뜨거운 죽 몇 그릇도 먹였다. 아주 착한 사람이 아니라면 무엇이겠나? 뒷날 전국의 지주, 부농, 반혁명분자, 악질분자 등에게서 모자를 떼어낼 때, 팡씨 둘째아주머니의 말투가 즉시 바뀌었다. 그녀가 지주의 심장이 독사 같고 자신을 방앗간에서 아기를 낳게 하였다며 욕하지 않고, 도리어 그 지주가 자기 생명의 은인이라고 말하였다.

쓸데없는 소리 하지 말고 본론으로 들어가자. 내가 발언할 차례가 되자 나도 류자타이를 배워 좀 눈물을 흘리며 울어서 반장의 표창을 받고 싶었다. 하지만 마음속에 슬픔과 원한이 없으니 코를 쥐어짜고 눈을 찡그리며 기를 써도 울 수가 없었다. 사실 나는 유달리 대학입시가 회복될 수 있기를 희망하였다. 당신이 손등까지도 굳은살이 박였다고 해도. 우리 같은 중농의 아들딸은 영원히 빈농과 하층민이 추천하지 않으면 대학에 갈 수 없었기 때문이다. 당시에 이른바 빈농과 하층민이 추천해 대학에 간다는 말은 순전히 빈말이었다. 해마다 배정되는 정원 몇 명은 공사 간부의 아들딸들이 채가기에도 부족하였는데, 어디 마을 사람에게까지 차례가 오겠냐고? 하지만 만약 시험 점수대로 하면, 나에게도 희망이 있었다. 나의 큰형이 바로 '문화대혁명' 이전에 시험을 치르고 대학에 들어갔기 때문이다. 마음속에 〈결렬〉에 대해 반감이 있다고 해도 나도 역시 감동을 깊이 받은 모양을 하고, 부르주아의 교육노선에 대해 욕설을 퍼붓고 함부로 부르주아 교육노선의 부활을 꾀한 덩샤오핑의 이리 같은 야심을 신랄하게 비난하였다. 신랄하게 비난한 다음에는 바로 찬미가 이어진다. 프롤레타리아 문화대혁명의 위대한 성과를 찬미한다. 문화대혁명에 무슨 성과가 있는지는 사실 나도 몰랐다. 이것에서도 중국의 백성들 가운데서 장즈신이나 위뤄커遇羅克 등과 같은 사람이 용감하게 목숨을 버려가며 진리를 지킨 것 말고, 그 나머지 절대다수는 모두 나와 똑같이 부화뇌동하는 멍청이들이다. 류사오치를 비판하게 하면 덩달아 류사오치를 비판하고, 덩샤오핑을 비판하게 하면 덩달아 덩샤오핑을 비판한다. 때로는 속으로 좀 마음에 들지 않는 느낌이 드는 것은 무슨 까닭인지 나도 모른다. 하지만 나는 내가 장즈신처럼 진리를 발견하였다고 하더라도 용감히 나설 용기까지도 품었다고는 말할 수 없다고 생각한다. 손에 진리를 쥐고 있으면서 또 용감히 나서지 않으면, 이런 고통은 틀림없이 고뿔에 걸린 것보다 훨씬 심할 것이다. 그래서 이런 의미에서 인생이란 '멍청하기 어렵다' 하는 것이겠지. 당시에 정판교鄭板橋가 이 좌우명을 지었을 때, 대체로 이런 뜻이었을 것이라고 여긴다. 여기까지 말을 하니 참지 못하고 또 허튼소리 몇 마디를 하고 싶어진다. 공자님이 말씀하시기를 '아는 것을 안다고 하고 모르는 것을 모른다고 하는 것이 아는 것이다' 하고 말씀하였다는데, 나는 이 말을 바로 용감하게 자신의 각오가 낮음을 인정해야지, 어떤 사람처럼 그렇게 하지 말라는 것이라고 이해한다. 린뱌오가 부원수가 되었을 때, 그의 '영원한 건강'을 기원하는 가락이 누구보다도 훨씬 크게 울렸었다. 하지만 린뱌오가 일을 내자마자 얼굴을 확 바꾸고 말하였다.

"내가 진작부터 알아보았다니까. 마오 주석 뒤를 따라다닐 때 딱 간신 낯짝이었다구."

우리가 마침 덩샤오핑을 비판하고 있을 때, 업무과의 어떤 참모가 야릇한 표정으로 걸어 들어왔다. 우리 부서는 사람이 적기 때문에 간부와 전사 사이의 관계가 아주 자유로운 편이었다. 이 참모는 고위 간부의 아들로, 그가 직접 한 말에 따르면 그의 아버지는 국가 지도자를 따라 여러 차례 출국하여 외국을 방문하였고, 또 어렴풋이 누렇게 바랜 사진들을 우리에게 보여주었다. 고위 간부의 아들이라고 말하지만, 그는 오히려 별나게 구두쇠이고 작은 이익을 챙기기를 좋아하였다. 야간 당직일 때, 늘 창문을 뚫고 주방에 들어가 달걀을 훔치다가 우리 경호반에게 몇 차례 붙잡힌 적이 있었다. 그래서 그는 우리 반에서 위신이 조금도 없었다. 그가 들어오자 우리 반장이 밖으로 그를 내쫓았다.

"가, 가, 꺼지시지. 우리가 덩샤오핑 비판하는 거 안 보여?"

그가 말을 하지 않고 다가가서 반장의 침대 머릿장 위에 있는 훙덩표 라디오를 켰다. 즉시 중앙인민방송국 남자 아나운서의 무겁고 느린 음성이 온 실내에서 울려 퍼졌다.

"청취자 여러분, 주목하십시오. 청취자 여러분, 주목하십시오. 중앙인민방송국이 오늘 오후 2시에 중요한 뉴스를 방송할 것입니다.

주목해 청취하시기 바랍니다……."

우리같이 농촌에서 온 아이들은 누구도 이러한 방송을 들어본 적이 없었다. 무슨 일인지 직접 말하면 안 되나? 왜 또 오후 2시까지 기다리라는 거야? 우리 반장은 아무튼 노병인지라 정치 경험이 우리보다 풍부하다. 그의 얼굴이 즉시 엄숙해졌다. 그가 그 참모의 작고 마른 얼굴을 눈여겨보면서 나지막한 소리로 물었다.

"무슨 일이 있지? 무슨 일이지?"

참모가 반장을 문밖으로 끌고 나갔고, 무엇을 말한 것인지 모르겠지만 나지막한 소리로 소곤거렸다. 반장이 다시 들어온 다음에 우리를 쓱 쳐다보고는 우리에게 무엇을 말하려는 것 같았지만 끝까지 입을 다물고 말을 하지 않았다. 우리가 모두 그를 뚫어지게 쳐다보자 그가 말하였다.

"그만 마치자. 각자 물건을 잘 좀 챙기고 집에 편지를 써라."

반장은 이 말을 마치고 나가버렸다. 그는 우리의 관리원과 가까운 친구이다. 두 사람이 늘 밤새도록 마르크스레닌주의를 연구 토론하였다. 우리는 그가 관리원의 숙소로 들어가는 것을 보면 그들 두 사람이 또 나라의 큰일을 연구하려는 것임을 알았다. 산속에 호랑이가 없으니 원숭이가 대왕이 되었고, 류자타이가 왕이 되어 말하였다.

"터지려나 보다, 틀림없이 크게 터지려나 봐. 내가 보건대 제3차 세계대전이 일어날 거야. 형제들, 전쟁터에 나갈 준비나 하세!"

류자타이의 말이 나의 뜨거운 피를 들끓게 하였다. 터지면 좋지.

나는 너무 전쟁이 터지기를 기다렸다. 가정 출신이 빈농과 하층민이 아니기에 정치적으로 신임을 받지 못하였고, 남에게 3할은 낮추어야 하니 자책이 아주 심하였기 때문이다. 전쟁터에 나가서 용감하게 피로 치욕을 씻으리라. 그들에게 중농의 아들이 용감하게 싸우고 희생을 두려워하지 않았다는 것을 보여주리라. 나를 희생하여서 아버지, 어머니에게 열사 상패를 안겨주고 그들에게 마을에서 고개를 쳐들게 하고 가슴을 펴게 하고 더는 남에게 고개를 숙이고 허리를 굽히지 않게 하리라. 나는 심지어 자신이 영웅적으로 희생되는 장면을 상상하였다. 둥춘루이董存瑞처럼 토치카를 폭파하고, 황지광黃繼光처럼 총알을 막았다. 나는 눈시울을 적실 정도로 자신에게 감동하였다.

오후 2시까지 기다리기 위하여 모든 간부와 전사가 식당에 집합하였다. 식탁 위에 우리 반장이 건전지를 네 개 새로 갈아 끼운 홍덩표 라디오를 올려놓았다. 스위치를 켜려고 돌리면 가득 찬 전류가 스피커에 흐르면서 치지찍 소리를 냈다. 건전지는 내가 마을의 공급합작판매사에 가서 반장 대신 사 온 것이었고, 반장의 부탁에 따라 영수증을 끊었다. 내가 건전지와 영수증을 반장에게 제출할 때, 반장이 살그머니 나에게 말하였다.

"마오 주석이 사망했어."

반장의 말이 나를 몽둥이로 때린 것처럼 얼얼하게 만들었다. 그것이 어떻게 가능해? 마오 주석이 어떻게 죽을 수 있어? 누구나 다 죽을 수 있지만, 마오 주석은 죽으면 안 되잖아!

2시가 미처 되기 전부터 라디오에서 애도 음악을 내보냈다. 이 해에 우리는 이미 여러 차례 애도 음악을 들었다. 먼저는 저우언라이周恩來가 사망하였고, 이어서 주더朱德가 사망하였다. 하지만 그들이 사망하였을 때는 중앙인민방송국도 사전에 예고하지 않았다. 마오 주석이 정말 사망한 것 같았다. 전우들의 표정에서 나는 사실 모두 다 마오 주석이 사망한 일을 알고 있다는 것을 알았다. 그 참모가 두 손에 유리잔을 받쳐들고 있는데, 작은 얼굴이 기념비같이 숙연하였다. 우리의 지휘관이 어두운 얼굴로 한 개비 또 한 개비 담배를 피웠다. 애도 음악이 끝나자 중앙인민방송국의 남자 아나운서가 침통한 목소리로 말하였다.

"……."

내가 생략표를 쓴 것은 방송한 말을 잊어버렸기 때문이다. 그해의 신문을 찾아보러 가기도 너무 번거롭고 해서 편리하게 몇 마디를 적으려니 또 분명히 너무 엄숙하지 못하고, 그래서 할 수 없이 생략표를 사용하였다.

아나운서가 마오 주석이 병으로 치료에 효과가 없어서 불행히 서거하였다고 말을 할 때, 그 참모가 손에 들고 있던 유리잔이 바닥에 떨어져서 산산조각이 났다. 그런 다음에 그가 빗자루와 쓰레받기를 찾아다 유리 조각을 쓸어 담아 내갔다. 당시에 나는 이 잔이 경우가 없이 깨졌다고 느꼈는데, 지금 생각하니 더욱 경우 없었다고 생각된다. 그가, 그토록 인색한 사람이 미리 마오 주석이 사망한 걸알았고, 두 손이 잔을 쥐고 있었으면서, 어떻게 땅바닥에 떨어뜨릴 수 있는 거야? 이것은 분명히 쇼였고 더군다나 구차한 쇼였다. 하지만 우리의 지휘관이 또 그를 칭찬하며 마오 주석에 대한 그의 계급적 감정이 깊다고 말하였다.

마오 주석이 사망하자 상부에서 즉시 명령을 내려 우리를 1급 전시 대비태세에 들어가게 하였다. 원래 우리에게 총은 있으나 총알이 없었는데, 1급 전시 대비태세에 들어가자 즉시 총알을 지급하였다. 반자동 소총을 소지한 사람에게는 사람마다 총알 100발을 주었고, 자동 소총을 소지한 사람에게는 총알 150발을 주었다. 졸지에 이렇게 많은 총알을 받고 총탄 자루를 빵빵하게 채우니, 마음까지도 무거워졌다. 보초를 설 때, 장탄하고, 방아쇠를 당기기만 하면 발사할 수 있었다. 지휘관도 권총을 차고 초소를 순시하였고, 마치 전쟁이 언제라도 발발할 것 같았다. 우리 부서는 인원이 아주 적고, 병영이 민간인의 주택과 바짝 붙어있었다. 마을 사람은 거의 날마다 모두 우리 마당을 드나들었다. 어떤 사람은 공구를 빌리러 왔고 어떤 사람은 물을 마시러 찾아왔다. 또 몇몇 아가씨는 우리의 몇몇 간부와 연애하는 중이어서 우리 주둔지를 자기 집인 양 드나들었다. 1급 전시 대비태세에 들어가자 지휘관이 우리 경호반에 명령을 내려 민간인은 일률적으로 주둔지에 들어오지 못하게 막았다. 우리는 명령을 집행하여 백성을 문밖에서 통제하였다. 일반 백성은 불만이 없었으나 그 몇몇 아가씨에게 불만이 있었다. 불만이 있어도 들어오지 못하게 막았다. 며칠 동안 긴장하였고, 마오 주석의 추도회를 연 다음에는 모두 태만해졌다. 상부에서 1급 전시 대비태세의 명령을 아직 철회하지 않았음에도 불구하고, 지휘관이 우리의 총알을 회수해가며 사고가 발생할까 봐 그런다고 말하였다. 총알을 반납하자 우리는 더욱더 태만해졌다. 우리 부서는 그 며칠 동안에 서둘러 14인치 흑백 텔레비전 수상기 한 대를 사들였다. 신호가 약하고 화면이 고동치고 흔들려서 거의 볼 수 없긴 해도 마을의 민간인도 여전히 왔다. 그들이 대문 앞을 에워싸고 들어오려고 하면, 우리는 명령을 집행하여 그들을 들어오지 못하게 막았다. 그들이 불평하였다.

"'군인과 민간인이 한 사람처럼 단결하자'며? '군인과 민간인이 물고기와 물처럼 매우 친밀하다'며? 우리가 들것을 메고 당신들에게 군량미를 보내준 때를 잊어버렸느냐!"

이 마을은 항일시기에 혁명근거지였고, 1930년대에 입당한 사람만도 40여 명이 있었다. 성에서, 현에서 모두 이 마을 사람이 벼슬을 하고 있고, 최대한도로 어떤 사람은 중앙에서 부장이니, 만만치가 않았다. 우리 지휘관은 갈등이 생길까 봐 우리에게 텔레비전을 마당으로 내놓고, 그런 다음에 대문을 열어서 사람들에게 개방하게 하였다. 우리가 대문을 열자마자 민간인이 바닷물처럼 쏟아져 들어왔다.

마오 주석이 사망하였다! 이 말과 이 사실은 커다란 우레처럼 우리가 눈을 동그랗게 뜨고 입을 벌어지도록 놀라게 하였다. 나 같은 민초 백성까지도 모두 나라의 운명을 걱정하였고, 모두 중국이 앞으로 살아가기 어렵다고 생각하였다. 하지만 뒷날 일의 변화 발전에 좀 천지개벽하는 뜻을 담고 있다. 마오 주석은 사망하였으나 하늘은 절대 무너지지 않았다. 백성도 결코 그가 사망하였기 때문에 살아갈 수 없지 않았다. 어떤 의미에서 말하면 훨씬 괜찮게 살게 되었다. 지금 백성조차도 마오 주석이 생전에 많은 잘못을 저지른 것을 알고 있다. 하지만 많은 사람, 적어도 나는 당시에 마오 주석을 신으로 삼은 것이 결코 웃긴다고 느끼지 않는다. 많은 사람, 적어도 나는 마오 주석을 떠올리면 여전히 숙연해지고 약간의 경의를 갖게 된다. 마오 주석 이후에 중국에서 그처럼 그렇게 할 수 있는 사람, 한 사람의 죽음 혹은 삶으로써 수많은 사람의 운명에 영향을 끼칠 수 있는 그런 사람이 더는 있을 수 없을 것이다.

옮긴이의 말

이 에세이집은 모옌의 『새로 엮은 모옌의 산문莫言散文新編』에 수록되어 있는 59편을 번역한 것이다. 다만 원 작품집이 작품들을 순서 없어 보이는 방식으로 배치하고 있어서, 한국어판에서는 독자들이 좀더 체계적으로 이해를 할 수 있도록 대체적인 내용에 따라 '붉은 수수, 그 고향은 어떻게 내 소설이 되었는가?', '삶을 질투하지 않는 문학, 문학을 질투하지 않는 삶', '다른 세계와 나', '초원이 존재하지 않는다면 누가 뻔뻔스럽게 계속 살아갈까' 등 4부로 나누어 『고향은 어떻게 소설이 되는가』라는 제목으로 상권을, 『다른 세계와 나』라는 제목으로 하권을 묶어보았다.

이 에세이집의 출간을 앞두고 보니 많은 감회가 몰려온다.

우선적으로는 오랜 인연을 갖고 있는 모옌의 작품을 명색이 중국문학 한다면서 한번쯤은 제대로 번역 소개해야 할 텐데 하는 해묵은 부담에서 어느 정도 벗어나게 되었다는 점이다. 그의 소설 작품들은 2012년 노벨문학상을 수상하기 전부터 거의 모두가 번역 출간되어 있었다. 그러면 번역한다면 무슨 작품을 번역해야 하지? 그렇지, 한번 산문집을 찾아보자. 기실 옮긴이는 2008년에 당대 대표작가 13인의 중국현대소설선집 『만사형통』을 공동으로 배도임 박사 등과 편역 출판할 때 모옌 단편 작품을 한 편 번역해본 적이 있다. 소설집이란 이름 하에 실렸고 다른 작가 작품들은 명실상부 소설이었지만 이 모옌 작품만은 산문이라고도 할 수 있는 작품이었는데, 무엇인가 사람의 폐부를 파고드는 필치의 힘이 돋보여서 매우 인상이 깊었다. 그렇게 하여 찾아낸 것이 이 에세이집이다. 마침 중국작가협회에 중국현대작가 작품의 외국어 번역을 지원하는 프로젝트가 있어서 지원해 보았는데 1~2년 지나서야 연락이 왔다.

모옌과의 인연은 거슬러 올라가자면 2005년으로 돌아가야 한다. 그때 대산문화재단과 한국문화예술위원회가 공동으로 주최하여 제2회 서울국제문학포럼이 열렸는데, 대산문화재단 곽효환 시인의 위촉으로 중국어작가 추천을 담당하는 조직위원을 맡게 되었다. 역자는 당시 중국 작가로 모옌, 해외 망명 시인으로 베이다오를 추천하였다. 그들이 내한하였을 때, 여러 가지 역할을 맡게 되었는데, 그중에는 이 두 분을 한국외대 특강에 초청한 것도 포함되었다.

무뚝뚝한 모옌이지만, 이때 맺은 인연은 중국작가협회 주석 톄닝鐵凝으로 연결되어 2007년 10월 서울과 전주에서, 12월 베이징과 상하이에서 열린 한중문학인대회로 이어지고, 무엇보다도 그 뒤 2008년 서울과 춘천 포럼, 2010년 일본 키타큐슈北九州 포럼, 2015년 베이징과 칭다오 포럼, 그리고 2018년 다시 서울과 인천 포럼으로 이어지는 한중일 동아시아문학포럼의 조직위원으로 함께 꾸준히 참여해왔다. 그리고 2010년 이래 중국에서 격년에 한 번씩 베이징, 창춘長春, 구이저우貴州 등에서 열린 "한학자 문학번역 국제학술대회"에서 여러 차례 만나게 되었다. 그 사이 사이 만날 때마다 그와 인사도 나누고 문학적인 이야기며, 교류 관련 대화도 적지 않게 나누면서 막역한 인연과 정을 이어왔다.

　개인적인 연분이 깊어진 것은 2014년에는 베이징사범대학에서 열린 "모옌과 중국당대문학 국제학술회의"에도 초청받은 뒤라고 하겠는데 이때 모옌의 형님과 딸 등 가족과도 알게 되었다. 무엇보다도 인상이 깊은 것은 2016년 11월 모옌의 고향 산둥 가오미高密를 방문했을 때 모옌 형님의 안내로 모옌의 생가며, 새로 심기 시작한 붉은 수수밭이며 모옌의 소설에 등장하는 장면의 이러저러한 모습들을 보고 듣고 체험한 일이다.

　모옌 소설이나 이 에세이집에 나오는 고향 모습을 제대로 보았다고 말하면 터무니없는 과장일 터이고 또 모옌의 고향도 옛날에 비해 많이 변했다고 하니 모옌 원체험의 옛 고향을 재현해보는 것은 불가능하겠지만 느낌만은 뭔가 깊이 와닿았다고 할 것이다. 특히 그의 생가와 모옌이 태어난 방을 보고는 지난 세기 1950~1960년대 우리 시골의 오막살이집이 연상되었다. 개인적으로는 뭔가 관리가 제대로 되고 있지 않다는 느낌이 들었다.

　2018년 여름에는 귀저우貴州 모임에서 하루 종일 포럼에 참여하여 지쳐 있는데, 모옌이 몇몇 사람과 함께 술 한잔 마시러 가자고 하여 20년 묵은 마오타이를 함께 실컷 마신 일도 기억에 남는다.

직접 겪은 모옌에 대해서 몇 마디 하라면 다음 몇 가지 이야기를 할 수 있을 것 같다.

우선 말이 없는 양반이다. 근본적으로 말수가 적은 사람이다. 모옌莫言을 우리말로 풀이하면 "말을 하지 말라"라는 의미이다. 어렸을 때 말을 함부로 많이 해 부모의 근심을 많이 샀다는 모옌이고 보면 필명을 그렇게 지어 말을 적게 하겠다는 의지의 표명일 수도 있을 것이며, 어지간히 무뚝뚝한 모옌을 마주하고 있노라면 다분히 운명적인 그 무엇이 그 속에 들어 있는 것 같기도 하다. 서문에는 한국에 10차례 방문하면서 벗을 많이 사귀었다고 말하지만, 모옌을 붙임성 있고 다정다감한 친구로 기억하는 이는 별로 없을 것이다. 황석영은 대놓고 별로 재미가 없는 친구라고 하였다. 그러나 이 무뚝뚝한 양반도 이 에세이들을 보게 되면 그 속마음에는 희로애락이 살아 있고 넉살도 좋으며 익살스러우면서도 눈물 흘릴 줄 아는 인간적인 면모를 깊이 있게 발견하게 된다.

역자는 개인적으로 모옌을 촌놈 같은 소박한 진정성이 있는 친구, 그러면서도 중국 작가로서는 상당히 해박하고 분석력, 통찰력을 갖춘 친구로 생각한다. "촌놈 같은 소박한 진정성이 있다"는 의미는 문자 그대로이다. 2007년 1월말 일부러 베이징대학 숙소까지 역자를 찾아와 중국작가협회로 안내해준 그 소박하면서도 꾸밈없는 태도는 잊혀지지 않는다. 그러면서도 어떤 작품이나 현상, 문제에 대한 그의 입체적인 분석과 통찰력 있는 판단을 보면 이미 상당히 이론 수준을 지닌 작가, 세계의 보편적 사고의 높은 지점에 도달해 있는 지식인 모옌을 발견하게 된다.

역자는 또 모옌이 용기 있는 친구라고 느껴지는데, 모옌이 살아온 사회의 특수성을 감안해서 그렇다는 이야기이다. 자신을 어려서 배곯게 하던 세상, 비정상적인 일이 많이 발생하던 사회에 대해 체험한 대로 느낀 대로 쓰다 보면, 알게 모르게 비판적인 시각이 많이 개입하게 될 것이다. 심지어 대놓고 중국의 어두운 면이나 못난 면을 부각시키려는 것으로 오해를 살 수도 있을 것이다. 그렇지만 모옌의 작품 중 많은 부분은 "원래의 즙에 원래의 맛原汁原味"이라고들 한다. 모옌의 살아온 삶의 모습에 대한 묘사 자체가 일정 정도 과거와 현재의 보통 중국 사람들이 살아온 있는 그대로의 모습으로 이해해도 좋을 것이다. 물론 변모된 도시 사람들의 삶 등 방면에서 모옌 소설이 담아내지 못하고 있는 부분도 적지 않게 있겠지만 말이다. 이는 우리의 입장에서 별 일 아니게 느껴질 수도 있겠지만 모옌이 살아온 사회적 상황에서는 이런 작가적 태도를 갖는 데는 많은 용기가 필요한 것임에 틀림없다.

모옌은 그러면서도 낙관적인 친구이다. 에세이를 읽다 보면 자기 자신을 저렇게 모질게 파헤쳐 가며 묘사할 수 있을까, 자기 비하적인 표현이 너무 많은 것 아닌가 하는 생각이 들 때도 있다. 그러나 모옌은 태연자약하다. 술자리에서는 드물지만 영화 〈붉은 수수밭〉에 나오는 노래를 직접 부르기도 한다. 번역하면 이렇다 "누이야

대담하게 앞으로 나아가거라! 앞으로 나아가라! 돌아보지 마라. 이제 붉은 신방을 꾸미거라. 붉은 수놓은 공을 던져 내 머리를 맞추거라. 함께 고량주를 마시자꾸나, 붉은 고량주를 마시자꾸나." 이 에세이집에는 역자가 직접 체험한 모옌의 이러한 성격들이 알게 모르게 많이 담겨 있다.

모옌은 중국에서나 세계에서나 자타가 공인하는 이야기꾼이다. 글로 하는 '입담'으로 말한다면 모옌을 따라갈 사람이 없을 것이다. 여기에 수록된 에세이 59편은 어떻게 보면 이 희대의 이야기꾼이 풀어내는 59개의 이야기인 셈이고 이 이야기들은 모자이크처럼 저마다 빛을 내면서 또 서로 어우러지는 방식으로 독자에게 모옌의 문학예술 세계 속의 여러 가지 진수를 맛 보여주고 있다. 시치미 떼기, 낯설게 하기, 해학, 넉살, 익살 내지는 중국어의 단어에 숨어 있는 모종의 다른 뜻言外之意과 속임수의 진수 등등이다. 그야말로 소설에서 채 드러나지 않은 모옌의 인간적인 매력을 아주 진솔하게 드러내 주고 있다.

이 에세이집을 내용에 따라 임의로 분류해보면, 창작과 관련한 글이 27편으로 가장 많다. 그리고 신변잡기 15편, 문화예술 7편, 여행 5편, 사회 3편과 군대 생활 관련 작품 2편 등으로 되어 있다. 앞에서 언급한 것처럼 역자들은 우리 나라 독자들의 이해 편의를 위해 출판사와 상의하여 새로이 다음과 같이 총 4부로 분류 편역하여 1, 2부를 상권에, 3, 4부를 하권에 실었다.

1부는 '붉은 수수, 그 고향은 어떻게 내 소설이 되었는가?'이다.

모옌은 산둥성 가오미 출신이다. 가오미는 '모옌' 문학 세계 속의 고향이기도 하다. 이 부분 작품은 모옌이 현실 속의 고향을 소설 속에서 '가오미 둥베이향'으로 재구성하게 된 창작 이야기와 고향을 바탕으로 문학의 꿈을 꾸었고 그것이 작품화한 '경험' 이야기들로 이루어져 있다.

모옌은 젊은 시절에 고달픈 시골 생활에서 벗어나고 싶어서 고향을 탈출하였지만, 작가의 길을 걸으면서 고향으로 되돌아갔다. 그것은 그의 운명적인 문학적 선택이라고 할 수 있다. 그가 1970년대 후반에 입대할 때는 고향에서 영원히 탈출하는 줄 알았지만, 해방군예술대학 문학과에 입학하고 문학 수업을 받으면서 고향을 재인식, 재구성, 재창조하게 되었다. 모옌은 군대에 소속되어 오랜 세월을 보냈으면서도 자신의 군대 경험을 별로 많이 말하지 않는 것 같다. 하지만 여기서는 그가 입대하지 않았으면 작가 모옌도 탄생하기 어려웠으리라는 점, 요컨대 오늘의 '노벨문학상 수상 작가'를 탄생시킨 요람은 어떤 의미에서 보면 해방군예술대학이었음을 보여준다.

대학에 입학하려고 노력했던 일, 대학의 꿈을 이루고 작가로서도 성공한 이야기, 신비한 꿈에서 탄생한 「투명한 홍당무」, 첫 번째 장편소설 『붉은 수수 가족』에서 추구한 서사 시각으로 기존의 소설 창작의 상투적인 틀을 돌파하면서 작가로서의 입지를 굳힌 일, 신예 작가였을 때의 우상 아청阿城과의 인연 등 문학창작과 관련한 회상들도 포함되어 있다. 마르지 않는 샘물 같은 열정으로 창작에 몰두하였던 그때 그 시절에 대한 회상, 고향 풍경에 대한 그리움, 가족들을 둘러싼 코끝 찡하게 하는 작지만 소중한 추억 등은 인간적인 모옌의 참 모습을 이해하게 하는 이야기들이다. 소박한 이야기들이고 에세이이긴 하지만 곳곳에서 매직 리얼리즘을 활용한 단편소설 같은 신비함을 담아내서 읽는 이들의 호기심을 일으키게 하기도 한다.

2부는 '삶을 질투하지 않는 문학, 문학을 질투하지 않는 삶'이다.

이 부분 작품들은 성장기와 신변잡기에 중국 문단 이야기도 곁들였으며, 중국의 현대사와 관련한 민감한 문제들에 대한 모옌의 비판적인 시각이 엿보이는 관찰과 사색도 담아내고 있다.

우리는 이 부분에서 모옌의 어린 시절 이야기를 통하여 중국의 현대사의 단면들을 엿볼 수 있다. 석탄을 먹을 정도로 굶주림에 시달린 대기근 시절의 참담한 이야기는 독자들로 하여금 견디기 힘들게 만들지만, 작품은 또 그들 세대가 그 시절을 견뎌냈고, 나름대로 삶의 의미와 재미를 찾아왔다는 사실도 보여 준다. 모옌이 집에서 키우던 개한테 물린 이야기, 입대 뒤에 20년이 지난 뒤에 처음 주둔했던 곳을 다시금 가본 경험, '국가 애도일'에 일어난 조그만 일에서 사회적인 배려심에 대한 단상, 어린 시절의 설날 풍경 등에서 가슴 시린 추억도 있고 자연과 동물과 관련한 사색이 스며들어 있다. 사극영화에 엑스트라로 출연하기 위하여 허난河南에서 말을 타고 후난湖南으로 온 젊은이들의 이야기, 말과 사람의 교감 이야기, 회화전시회에서 느낀 점 등도 포함되어 있다.

문학창작과 관련하여서는 전문적인 논문이 아니지만, '전문' 이상의 통찰과 분석을 보여주고 있다. 충웨이시 선생의 인간적인 매력에 대하여 말하면서 또 사마천이 궁형을 당함으로써 그의 저술 『사기』가 불후의 문학작품이 되었다는 점을 강조한다. 사마천은 호기심이 많고 여행을 통하여 얻은 다양한 견문과 사색을 『사기』로 구체화하였으니 현대 작가는 이 점을 거울삼을 수 있고 루쉰의 작품도 그러하다는 이야기이다. 중국의 현대 전쟁문학은 영웅주의 일색이었기 때문에, 전쟁 속에서 드러나는 사람의 영혼 깊은 곳에 감추어진 야만성과 폭력성 해부에 대해서는 놓친 부분과 1949년에서 1966년 사이에 나온 장편소설 가운데 성애性愛 묘사가 왜곡된 점 등을 지적하고, 독자에게 '폭력성'의 문제에 대하여 사색하게 한다. 아울러 현역에 있을 때 국가 지도자의 서거 소식을 접하였던 경험을 통해서는 역사의 한 페이지를 장식할 뿐이며, 세상은 돌아가고 있고 변하고 있음을 이야기하였다.

3부는 '다른 세계와 나'이다.

이 부분에서 모옌은 세계 곳곳을 여행하며 현지 사람을 만나고 그곳 문화, 문학과 예술을 접하며 그것을 통하여 세계와 소통하고 있음을 서술하였다. 사람 사는 곳은 어디나 다 똑같았고, 사람들은 어디서나 소박하고 훈훈한 정을 나누며 살아가기에 그래서 이 세상은 아름답다고 보는 것이다.

난생처음 타지 칭다오에 갔다가 길을 잃은 경험, 스페인에서 느낀 휴머니즘, 독일 사람들의 동물 사랑과 관련한 단상, 자신들이 하는 일을 천직이라 여기며 묵묵히 열심히 살아가는 홋카이도의 사람들, 베를린에서 만난 타이완의 경극 현대화를 위해 노력하는 우싱궈呉興國, 관광버스를 타고 중국 국경을 넘어 해본 러시아 경내 관광, 중국과 일본 사이를 오가며 중국과 일본의 문화예술 교류에서 다리 역할을 하는 젊은이 등이 모두 세계와 소통하는 과정에서 얻은 소중한 인연이자 경험이다.

세계문학과 관련하여, 오에 겐자부로, 오르한 파묵, 일본 역자 요시다 도미오吉田富夫 교수 등과 만남과 교류와 관련한 글이 있다. 모옌의 문학적 스승은 아마도 윌리엄 포크너일 것이다. 한국의 향토작가 김유정의 탄생 100주년 즈음에 지은 작품도 있다. 여기서 외국 작가와 작품들에 대한 모옌의 이해도를 느낄 수 있고, 그가 다방면에 관심을 기울이고 루쉰과 같이 '가져오기' 하는 점을 볼 수 있다. 그런가 하면 세대를 뛰어넘어 세계적인 사랑을 받는 말괄량이 삐삐와 관련하여 생명력이 강한 동화가 우리에게 주는 교훈에 대한 모옌식의 진단도 들어있다. 또한 별다른 문화생활을 할 수 없었고 오락거리가 없었던 시절에 〈꽃 파는 처녀〉가 왜 그렇게 중국 사람들의 눈물샘을 자극하였는지에 대한 분석과 관람 경험도 들어있다.

4부는 '초원이 존재하지 않는다면 누가 뻔뻔스럽게 계속 살아갈까'이다.

이 부분에서는 모옌의 소박한 성격과 인간적인 면을 드러내고 있다. 독자는 문학작품을 통하여 작가를 만나기 때문에, 작가에 대한 환상을 품을 수 있다. 모옌은 노벨문학상을 수상하였으니까 보통 사람과는 매우 다를 것이라 여길 수 있다. 그렇지만 이 작품들 속에서 우리는 외피를 한 겹 걷어낸 우리와 비슷한 보통 사람 모옌을 만날 수 있다.

등단 초기에 지역 간행물을 통하여 차츰차츰 이름을 알리기 시작한 경력, 검찰관으로 초원을 노래하는 가객 먀오퉁리苗同利의 시에 대한 공감과 그의 문학 세계에 대한 높은 평가, 현직 부서기 정진란鄭金蘭의 업무와 관련하여 저술한 저작에 대한 경의 표시, 문학적 재능을 지닌 작가들의 등단과 발전에 손뼉을 치고 기대하는 것 등은 중국의 문학 발전과 작품 세계의 확장을 기원하는 작가적 소망을 담아낸 글이다.

산둥 가오미 시골 출신으로서 모옌의 겉도는 도시 생활, 그리고 도시 사람이라고 말할 수 없이 동화하지 못하고 거리감을 느끼는 이야기, 꼭두각시극을 관람하고 나서의 연상, 인터넷 문학에 참여해본 경험과 개혁개방 이후 현대화 건설 과정에서 나타난 중국 사회 새 풍속에서 탄생한 『술의 나라』 이야기 등에서 모옌의 평소 사색과 생활의 한 단면들을 엿볼 수 있다. 어릴 적 단짝 친구를 고향에서 10년 만에 만났고, 이 친구는 모옌의 단편소설에도 등장한 인물이다. 어린 시절에 어머니와 함께 집에서 재배한 배추를 장에 내다 판, 가슴 아픈 이야기도 있고, 초등학교 5학년 때 퇴학당한 학력 이야기도 들어있다. 고향 지역의 전통극에서 알 수 있는 고향의 정과 사랑도 가슴 찡한 감동과 해학을 보여준다. 그러면서 그는 좌충

우돌하면서 실수도 하며, 절대 결점 없는 완벽한 사람이 아니라는 점을 독자에게 알려준다.

이 에세이집을 통해 독자는 희대의 이야기꾼 모옌이 풀어놓은 이야기보따리 속에서, 어쩌면 가벼움 속의 무거움, 무거움 속의 웃음, 웃음 속의 애환, 애환 속에서 우리네 삶의 진정성과 치열성을 느낄 수 있을 것이다. 더불어 소설을 통해서는 미처 알 수 없었던, 알려지지 않은 이야기와 그가 창작하는 이유도 알게 될 것이다. 독자는 아마도 노벨문학상 작가 모옌이 무척 친근한 이웃집 아저씨 같다는 느낌을 받을지 모른다. 그는 타고난 이야기꾼이다. 모옌의 친구로서, 번역자로서 이야기를 뿜어내는 영원히 마르지 않는 샘물 같은 그의 창작 생명력이 계속 이어지고 더 원숙해지기를 바란다.

혹 번역에 부족함이 있을까 염려되기도 하지만 독자 여러분의 질정을 기대해 본다. 아울러 이 책을 잘 꾸며내 준 아시아 출판사와 이 책의 한국어판 번역 출간을 지원해준 중국작가협회에 감사를 표한다.

2022년 11월 말
박재우 · 배도임

옮긴이 박재우朴宰雨

서울대학교 중문과 졸업 후 대만대학 중문연구소에서 석박사학위를 취득했다. 1983년부터 한국외대 중국언어문화학부에서 근무하였고 현재 명예교수로 있다. 또한 2020년 중국교육부 장강학자(長江學者) 석좌교수로 선임되어 산시사대(陝西師大) 인문사회과학고등연구소에서 중국문학 연구와 번역에 전념하고 있다. 한국중국현대문학학회 회장 등을 역임하고 현재 국제루쉰(魯迅)연구회 회장, 한국세계화문문학협회 회장, 세계한학연구회(마카오) 이사장 등을 겸하고 있다. 저서에 『사기한서비교연구(중문)』와 『20세기 중국한인제재소설의 통시적 고찰』 등 공저 포함 60여 종이 있고, 『애정삼부곡』(바진), 『만사형통』(모옌 등) 등 공역 포함 25종 이상을 번역하고, 『한국루쉰연구논문집(韓國魯迅硏究論文集)』1,2(중문) 등을 주편하였으며, 『중국루쉰연구명가정선집』10권(소명출판)의 한국어판 번역 출판을 주도하였다.

옮긴이 배도임裴桃任

한국외국어대학교 대학원 중어중문학과에서 리루이 소설 연구로 문학박사 학위를 취득하였고, 현재 한국외국어대학교 중국어대학 중국언어문화학부 시간강사로 강의하면서, 중국 현대문학 연구와 번역 소개를 하고 있다. 역서로는 『한밤의 가수』, 『장마딩의 여덟째 날』, 『바람 없는 나무』, 『만리에 구름 한 점 없네』, 『만사형통』(공역), 『중국은 루쉰이 필요하다』(공역) 등이 있고, 『중국 당대 12시인 대표시선』(공저)을 편역하였다. 논문에 「장후이원의 단편소설 「달 둥근 밤」 속의 '내면의 낯설음' 연구」, 「린리밍의 『아Q후전』 속의 '식인'주제 읽기」, 「자핑와(賈平凹)의 장편소설 『진강(秦腔)』의 주인공 장인성(張引生)의 '욕망'읽기」 등 다수가 있다.

모옌 에세이집 (상)

고향은 어떻게 소설이 되는가

2022년 12월 20일 초판 1쇄 2,000부 펴냄

지은이 모옌 | **옮긴이** 박재우, 배도임 | **펴낸이** 김재범
펴낸곳 (주)아시아 | **출판등록** 2006년 1월 27일 | **등록번호** 제406-2006-000004호
전화 031-944-5058 | **팩스** 070-7611-2505 | **주소** 경기도 파주시 회동길 445
이메일 bookasia@hanmail.net | **홈페이지** www.bookasia.org

ISBN 979-11-5662-618-3 04820 | 979-11-5662-622-0 04820(세트)

* 값은 뒤표지에 표시되어 있습니다.

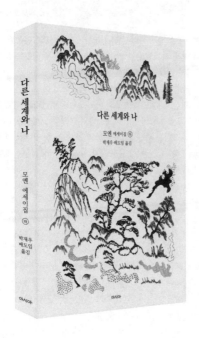

다른 세계와 나

모옌 에세이집 (하)

모옌 지음 | 박재우·배도임 옮김
268쪽 | 13,000원

　　모아 놓은 이러한 글들이 도대체 산문인지 잡문인지 수필인지 아니면 다른 무슨 새의 노리개인지도 확정할 수 없다. 이 십몇 년 동안 소설과 극본 말고도 내가 또 횡설수설한 것들을 이렇게 많이 썼는지 생각지 못하였다. 몇 년 전에 산문과 수필이 유행할 때, 전후하여 출판사 열몇 군데에서 나에게 한 권 엮자고 부추겼지만, 매우 자신이 없어서 감히 수락하지 못하였다. 나는 사람이 소설을 쓸 때는 언제나 짐짓 티를 내거나 눈가림을 해야 독자가 소설 속에서 저자의 참모습을 그다지 쉽게 볼 수 없다고 생각하였기 때문이다. 하지만 이런 산문으로도 불리고 수필이라고도 불리며 잡문이라고도 불리는 자질구레한 짧은 글에서는 저자가 글쓰기를 할 때 자주 감추기를 잊어버린다. 그리하여 저자의 참모습이 더욱 쉽게 폭로된다. _「다른 세계와 나」 본문 중에서